황제의 수의

THE EMPEROR'S WINDING SHEET

ⓒ The Estate of Jill Paton Walsh, 1974

All rights reserved.

Korean translation copyright ⓒ 2025 by Historyqueen

Korean translation rights arranged with David Higham Associates Limited, through EYA Co.,Ltd

이 책의 한국어판 저작권은 EYA Co.,Ltd를 통해
David Higham Associates Limited사와 독점계약한
'히스토리퀸'에 있습니다.
저작권법에 의하여 한국 내에서 보호를 받는 저작물이므로
무단전재 및 복제를 금합니다.

황제의 수의

The Emperor's Winding Sheet

**1453년
비잔티움 제국**

**마지막 황제를 만난
소년의 이야기**

질 패튼 월시 지음 | 김연수 옮김

일러두기

1. 외국 인명과 지명은 국립국어원의 외래어 표기법을 따르되 중세 그리스어의 경우에는 원어 발음을 따른다.
2. 본문의 영어 인명과 지명은 원어와 병기하지 않는 것을 원칙으로 한다.
3. 영어가 아닌 언어가 언급될 경우, 원어와 병기하지 않는 것을 원칙으로 하나, 필요할 경우 원어와 병기한다.
4. 각주는 모두 옮긴이의 각주이다.

나의 어머니와 아버지를 위해

목차

01.	008
02.	021
03.	037
04.	047
05.	060
06.	068
07.	086
08.	105
09.	125
10.	135
11.	142
12.	170
13.	188
14.	201
15.	214

16.	233
17.	247
18.	260
19.	274
20.	284
21.	292
작가 노트	302

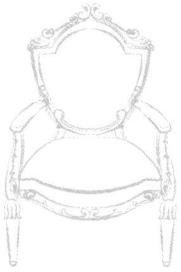

1

　작은 오렌지 나뭇가지에 위태롭게 앉은 소년 밑으로, 아름답고 너른 풍경이 보였다. 오렌지 나무는 큰 교회의 정원에 심어졌는데, 교회는 비탈진 작은 마을 기슭에 있었다. 온통 분홍빛 벽돌과 붉은 장밋빛 돌로 가득한 마을의 좁고 구불구불한 길을 온 힘을 다해 따라가면, 깎아지른 듯한 원뿔형 언덕 꼭대기를 간신히 붙들게 된다. 소년은 길을 통해 산꼭대기의 작은 언덕으로 올라왔다. 소년은 배고픔과 추위에 시달리며, 공포감에 뒤쫓기다가 여기까지 이끌리게 됐다. 정원의 테라스는 골짜기에 매달려 있다. 즉, 넓은 골짜기는 거대하고 둥근 접시와 같아서, 광활한 평원에서 은빛의 푸른 숲이 희미하게 빛을 비추고 꼭대기에 반짝이는 눈으로 뒤덮인 산이 테를 이루었다. 그렇고 말고, 눈이 이 세상에서 볼 수 있을 정도로 충분히 하얀 덕에, 살을 에는 듯한 추위에서 막 벗어난 느낌이었다! 어느 정도 떨어진 곳의 골짜기 바닥 주위를 둘러싼 나무들이 있고, 그곳에 또 다른 작은 마을의 하얀 벽이 보였다. 위에 옅은 겨울 햇빛이 냉랭하게 살짝 비추었다. 멋진 풍경이지만, 이때 소년은 풍경을 보기에는 눈이 멀고 귀가 들리지 않는 상태였다.

 소년이 나무에 오르도록 유혹한 것은 색깔이 선명한 과일이었다. 소년은 이와 비슷한 과일을 전에 보았는데, 배가 아파서 과일이 무엇인지 기억하지 못했다. 다만, 어머니께서 만들어 주신 오렌지와 사과를 설탕에 절인 음식을 떠올렸다. 이때 쓰인 오렌지와 사과는 노턴 삼촌이 포장해서 화물 상자에 담은 뒤 집에 안전히 가져왔다가, 스페인 항구 밖에 있던 브리스토* 정박소로 가지고 갔다. 이때 달랑거리는 가지에 간신히 매달린 소년은 움직이는 가지 탓에 머리가 어질어질한지, 배가 고파 거의 죽어가는 상태인지, 저 멀리 잉글랜드에서 불에 올려놓고 끓이는 설탕 절임 냄새가 흘러나오는 어머니의 조용한 부엌이 그리운지 말할 수 없었다. 아마 배고픔 때문일 것인데도, 소년은 사과에 손을 뻗지 않았고 몸을 움직이지 않은 채 조용히 있으려고 최선을 다했다. 소년은 밑에 누가 있는지 알지 못했다가, 거리에서 정원의 담장을 기어올라 나뭇가지를 움켜잡고 꿈틀거렸을 때였다. 이때 자주색 코트를 입은 신사를 보았고, 신사는 소년을 올려다보았다. 소년이 벽으로 돌아오려고 노력하는지 보려는 것일까? 그래서 소년은 지금 무엇을 하려는 것일까?

 얼마 지나지 않아 소년은 자선을 베풀어달라고 빌어야 하고, 누군가의 자비에 의존해야 한다는 사실을 알게 됐다. 소년에게는 음식, 옷, 소액의 돈, 뱃길을 찾을 기회 등이 필요했다. 그러나 두려움은 소년에게,

---

* 현재 잉글랜드의 브리스톨

머리를 조아려야 하는 상대, 즉 자신에게 친절을 베풀게 해야 하는 자의 얼굴을 보아야 한다고 가르쳤다. 나무 밑의 신사는 꽤 멋져 보였다. 신사가 도울 마음이 있다면 충분히 도울 수 있었다. 그러나 소년은 신사의 얼굴을 볼 수 없었다. 당신이 볼 수 있는 것이 높고 별난 모자의 넓은 챙과 모자에 단추로 채운 왕관뿐일 때, 낯선 이가 친절을 베풀지 말지 판단하기는 어려울 터이다. 만일 소년이 그를 흘깃 볼 수 있을 정도로, 그가 충분히 움직인다면 어떨까!

그러나 낯선 이는 꿈쩍도 하지 않고 올려다보지도 않은 채, 아래만 바라보았다. 그는 나무 그림자가 드리워진 곳의 앞에 카펫이 펼쳐져 있고 대리석으로 된 벤치에 앉아, 비단으로 두른 무릎 위에 두꺼운 책을 올려놓고 읽고 있었다. 이 책의 종이들은 연보라색으로 물들인 양피지였고, 글자는 가장 옅고 깨끗한 금색으로 쓰여 있었다. 그러나 풍경만큼이나 아름다운 책은 빈곤과 극심한 배고픔에 시달리는 소년에게 아무런 느낌도 가져다주지 못했다. 가엾게도 소년은 아래의 남자가 자리를 벗어날 때까지 최대한 기다리기로 결심했다. 그러나 저렇게 두꺼운 책을 읽고 있는데, 언제까지 저 남자가 책을 읽을지 모르지 않나? 그래서 결국 소년은 배고픔을 이기지 못한 채 입안에서 침을 쏟아냈고, 손을 뻗어 오렌지를 뽑아 굶주린 이빨로 한입에 베어 먹었다.

쓰다! 오렌지는 소년의 치아를 메마르게 하고 혀를 메마르게 했으며, 입천장을 따끔거리고 타오르게 했고 눈에 눈물이 맺히게 했다. 눈물 탓에 풍경과 나무가 보이지 않았고, 오로지 보답 하나 해주지 않는 화사한 과일만 보일 뿐이었다. 소년의 머리가 박자에 맞춰 노래하고 웅얼거리기 시작하더니 손으로 쥐고 있던 구부러진 가지를 놓아버렸다. 처음에는 천천히 미끄러지다가 기절해 버린 채, 자주색 코트를 입은 신사의 발치에 있는 카펫 위, 낡고 더러워진 더미로 굴러떨어졌다.

소년의 의식이 돌아오자, 한 사람이 아니라 세 사람이 소년의 주위에 선 채 내려다보았다. 소년이 누운 채 고개를 치켜들고 불빛에 맞춰 눈을 깜빡거리니, 그들의 정교한 예복은 기둥처럼 솟았다. 하늘의 빛이 너무 눈부신 탓에, 처음에 소년은 그들의 특징을 잡아내지 못했다. 수염이 없는 윤기 있고 통통한 젊은 남자와 허리띠에 금색 사슬로 화려한 잔을 고정한 살집이 있어 보이는 중년 남자, 독서를 방해받았던 고운 자주색 비단옷을 입은 남자가 있었다. 불꽃에 익숙해져 소년의 눈이 커지자, 소년은 그들이 모두 검다는 사실을 알게 되었다. 어두운색의 머리, 검은 눈동자, 황갈색 피부를 지녔기에, 자주색 신사가 소년이 볼 수 있도록 허리를 굽혀 모든 보석으로 장식한 금색 십자가가 자주색 신사의 목걸이에 붙어 흔들리는 모습이 위에서 보일 때까지, 소년은 그들이 튀르크인이라고 잠시 생각했다.

세 사람은 이상한 언어로 자기들끼리 이야기하다가 소년을 가리켰다. 소년의 유독 반짝이는 눈동자는 진짜 잉글랜드인다운 푸른 눈동자였고 머리카락은 더럽긴 했어도 금발이었기에, 그들은 소년을 프랑크인이라고 불렀다.

"아니에요! 아니에요! 난 잉글랜드 상인이에요. 온갖 위험과 재난을 겪고 여기로 도착했다고요. 그러다가 마침내 그리스도교인 신사들을 만나게 되어서 아주 기뻐요!" 소년은 힘 빠진 채 분개했다.

"잉글리스?" 잔과 사슬 남자가 말했다. "아니, 프랑크인이오."

이 소리는 소년을 아주 화나게 했기에, 소년은 자세를 바르게 잡고 머리가 혼란스러운 상태에서 다시 선언했다. "저는 프랑스인이 아니에요!

잉글랜드인, 브리스토에서 온 정말 불행한 상인이라고요."

"브리스코?" 그들이 말했다. "브리스코! 브레티키." 라고 말하며 웃었다.

소년은 수척해진 상태에서 갑자기 무릎 꿇더니, 서둘러 사람들의 얼굴을 훑었다. 그러면서 그들에게서 자신을 동정하는 모습이 보이는지, 그들을 마음 놓고 믿어도 되는지 고민하였다. 잔과 사슬 남자의 눈에서 호기심과 즐거움의 눈빛이 보였다. 윤기 있고 통통한 남자의 눈에서도 뭔가 보였지만, 시종으로서 갖출 만한 조심스럽고 경계하는 눈빛만 보일 뿐이었다. 호화롭게 입은 채 독서하는 남자의 검은 눈동자에서 보이는 의미심장한 눈빛에 기댈 수밖에 없었다. 소년은 해진 천 밖으로 앙상한 팔을 들이밀고, 사슬에 걸린 금색 십자가를 붙잡았다. "예수 그리스도의 이름으로, 제게 먹을 것을 주세요. 안 그러면 저는 죽을 거예요!" 소년은 먼저 십자가를, 그다음 자기 입과 배를 가리키며 말했다.

호화로운 자주색 옷을 입은 남자가 바로 손뼉을 치자, 수도사 같은 시종이 달려왔다. 시종은 명령을 받들었다. 대리석 벤치 앞 카펫에 무릎을 꿇은 소년은 금색 십자가를 놓고 기다렸다. 시종이 손으로 접시를 들고 돌아와 소년에게 건넸다. 딱딱한 빵 한 조각과 작게 썬 부드러운 하얀 치즈 덩어리, 채소로 싼 얇은 소고기 한 덩어리가 있었다. "고마워요." 말하면서 소년은 눈을 깜빡이며 그들의 표정을 보았다. "고맙습니다 Gratias ago."라고 간신히 말하고, 그들이 이 말을 이해하는 모습을 보았다.

누군가(윤기 있고 통통한 젊은 남자)가 바로 라틴어로 빠르게 말하기 시작했고 질문했다. 그러나 소년은 말을 거의 알아듣지 못했다. 먼저 소년은 빵을 목구멍에 밀어 넣으면서, 고통에 찼던 배에서 빛을 뿜고 안도와 기쁨으로 우르르거리는 소리를 내느라, 격어미와 품사에 집중할 수 없었다. 사실 소년은 새로운 중등학교에서 어린 시절의 대부분을 라틴어 할 때 실수하고, 친구들과 어울릴 때 영어로 소통하면서 보냈다. 모두 오래전, 멀리 떨어진 곳의 일이었다. 그런데 소년에게 질문하는 남자는 아주 정교하고 너무 익숙지 않은 말투의 라틴어를 구사했다.

그러나 일단 자신을 몹시 괴롭혔던 배고픔에서 어느 정도 벗어나자, 소년은 라틴어를 열심히 구사하려고 노력했다. "너는 누구니?"라는 질문에 "피어스 바버스"라고 간신히 대답했고, "어떻게 여기로 왔어?"라는 질문에 브리스토 상인으로서 리처드 스터미 소유의 배인 코그 앤을 타고 잉글랜드에서 출발했다고 답했다.

불운한 배는 폭풍우 속에서 암초 해안에 부딪혀 사고를 당했고, 구멍이 나면서 질 좋고 많은 털옷, 훌륭한 다수의 잉글랜드인 영혼과 함께 침몰했다. 소년은 자신이 유일한 생존자라고 생각했다. 소년은 하루 종일, 그다음 한나절 동안 물속에서 아무도 보지 못한 채 나무토막에 매달려 있었다고 확신했다.

"근데 여기, 어떻게 여기까지 왔어?" 남자는 계속 물었다.

"배가 왔어요. 선원들은 저를 물속에서 끄집어냈어요. 하지만…. 그들은 민물을 얻기 위해 배에서 내렸고, 저는 족쇄에서 빠져나가 달리고…. 달리고…. 그렇게 저 산을 오르게 됐어요." 얼이 빠져 소년의 눈이 감겼고, 볼에서 근육이 경련을 일으켰다. 소년은 정상이 눈으로 뒤덮인 타이게토스 산*의 검고 가파른 비탈길을 가리켰다.

그러나 이러한 설명은 그들에게 의문점만 쏟아낼 뿐이었다. 그들은 서로 지껄이다가 몸짓하며 산을 보다가, 소년에게 질문했던 라틴어 구

---

* 펠로폰네소스 반도에 있는 산으로, 그리스 신화에서도 언급된 적이 있다.

사자에게 물었다. 얼마나 많이 먹었니? 어떻게 추위 속에서 살아났어? 왜 발이 족쇄에 묶였어? 무엇 때문에 이렇게 힘들게 너희 나라에서 도망쳤니?

소년은 얕게 패인 공허한 눈동자로 그들을 쳐다봤다. "몰라요. 기억 안 나요." 소년이 말했다.

라틴어 구사자는 쭈그리고 앉아 소년의 손을 잡았다. "왜 족쇄에 갇혔어? 누가 너를 물속에서 구해줬니?" 그는 말을 천천히 하며 부드럽게 물었다. 그러나 소년은 뒤로 움찔하며 그의 손을 홱 치웠다. 소년의 목소리는 공황에 빠진 채 높아졌다. "싫어요! 안 돼요! 난 아무것도 기억 못 해요!" 소년은 울부짖었다.

세 명의 낯선 이는 서로를 바라보았다. 그들은 자기네들 말로 했다. "해적 같습니다." 잔 드리는 자*가 말했다.

"설마, 아직 아이일 뿐일세." 귀족이 말했다.

소년은 라틴어 구사자의 예복 단을 세게 잡아당겼다. "여기는 어디인지, 제가 누구 손에 떨어진 건지 말해줘요." 소년은 처음에 보았던 자주색 코트의 온화한 남자를 가리켰는데, 그가 직급이 가장 높다는 사실을 감지했기 때문이다.

"여기는 모레아주란다. 미스트라시이지. 영주는 콘스탄티노스 드라가시스 팔레올로고스로, 이곳의 데스포트**란다." 대답이 왔다. 소년은 이 말을 의식하고, 그가 누구인지 보려고 해도 여전히 무슨 말인지 알아듣지 못했다.

---

* 핀케르니스πιγκέρνης. 황제에게 포도주를 따르는 사람

** 비잔티움 황제의 아들이나 친족, 사위에게 주어지는 직책으로 번역하면 '전제군주', '친왕'이다.

"음, 그래서 거기가 어디라고요?" 소년은 평원 건너 다른 마을을 가리키며 물었다.

"거기는 스파르타란다." 이처럼 들렸다. "스파르타?" 소년이 속으로 깜짝 놀라 외치자, 멀리 떨어진 교실의 딱딱한 의자에 앉아 라틴어를 구사하는 척하며, 헬레네가 있는 곳이라고 말하는 순간으로 바로 장면이 전환되었다.

바로 그때 멀리서 시끄러운 소리가 들리더니, 희미하게 들리던 소리는 점점 크게 들렸다. 사람들과 말이 떠드는 소리로, 한동안 산비탈을 오르다가 이제 정원의 거리에서 한숨 돌린 것 같았다. 트럼펫 소리가 들리고, 세 남자는 서로를 의미심장하게 바라보았다. 잔과 사슬 남자가 거리로 달려 나갔다. 소년이 고개를 치켜세우니, 불룩하고 길쭉한 모자들이 벽 위를 따라 행진하는 모습이 보였다. 잔과 사슬을 지닌 남자가 돌아왔을 때, 트럼펫 연주자와 함께 있었다. 수염 없는 남자는 소년더러 물러나라고 다급하게 지시했다. 그는 굳이 말할 필요 없이 지시해도 되었다. 소매는 넓고 수가 놓여져 있었고 온몸을 진홍색으로 뒤덮은 채, 은색 트럼펫을 입술에 자랑스럽게 올려놓은 트럼펫 연주자는 그와 나이 차이가 나지 않는 청년이었기 때문이다. 옷이 해진 채 자비 덕에 얻은 빵과 고기를 움켜쥔 소년은 부끄러워져서, 바로 나무 뒤로 살금살금 몸을 옮겼다. 소년은 대리석 벤치 뒤에 쭈그리고 앉아 상황을 지켜보았다.

야외극이나 가면극이 열린 것 같았다. 갑자기 배가 부른 소년은 졸음이 왔다. 새로운 사람들이 큰 교회 주위 뜰과 아늑히 자리 잡은 돔*

---

* 반구형 모양의 물체

의 부채꼴 형 그림자를 통과해 행진하고, 멋진 의식을 거행하며 움직였다. 뜰과 뜰을 통과하고 건너편 정원 밖으로 나가던 그들이 오니, 계층별로 아치형 그림자의 양옆에 뻣뻣이 선 채 대성당 옆에 줄줄이 늘어선 성인과 스랍*들 같았다. 마지막으로 찬란하게 수 놓은 옷을 입은 채 무장한 두 사람이 왔고, 그들은 데스포트를 보더니 데스포트의 앞에 있는 풀밭으로 가서 무릎을 꿇었다. 이제 견습 기사 두 명이 호화롭게 장식된 상자의 앞뒤 모서리를 든 채 다가와, 풀밭에 있는 데스포트 앞에 놓았다. 그다음 무릎 꿇은 귀족 중 한 명이 상자의 뚜껑을 열고, 상자에서 빛나는 왕관을 꺼냈다. 반구형의 왕관으로, 온통 금으로 뒤덮고 보석으로 두껍게 장식한 채 에나멜을 짙게 칠한 헬멧 같았다. 왕관 꼭대기에 막으로 뒤덮인 십자가를 세우고, 가장자리에는 거대한 진주가 펜던트처럼 박힌 줄이 걸려 있었다. 햇빛은 왕관에 비쳐 다양한 색을 지닌 빛을 뿜어냈다.

침묵이 흘렀다. 고뇌에 찬 침묵 탓에 수많은 사람이 숨을 죽였다. 100개의 눈이 데스포트 콘스탄티노스를 향했다. 그들이 보았고 명령했다. 소년은 몸을 떨었다. 운명적인 일이 일어난 듯, 끔찍한 연이 맺어질 듯한 상황, 햇빛이 비치는 오후의 공기 속에서 긴장했다. 그때 데스포트가 손을 뻗고 왕관을 부드럽게 만졌다.

"태후 폐하와 도시의 시민들, 모든 총독과 시장市長들의 희망을 품고 왕관을 각하께 바칩니다." 알렉시오스 라스카리스 경이 읊조렸다.

"주님께서 내게 왕관을 쓸 힘을 부여하시길!" 콘스탄티노스 경이 말했다.

---

* 이사야서 6장에 나온 천사로, 여섯 개의 날개를 가진 채 여호와를 모신다.

소년은 무슨 상황인지 이해하지 못했다. 그러나 소년은 자신이 있을 만한 곳이 아닌 장소에 굴러떨어진 사실을 알았다. 자기 능력으로 어찌 할 수 있는 곳이 아니었다. "저들이 정원에서 모두 물러나자마자, 벽을 넘자. 여긴 내가 있을 곳이 아니야. 차라리 거리에서 구걸하거나, 다른 작은 마을에 운을 맡기는 게 낫겠어." 소년은 스스로 이처럼 다짐했다. 소년은 노턴 삼촌이 했던 말을 햇빛처럼 선명하게 기억했다. "왕을 대하는 일은 늘 어렵단다."

그러나 떠난 사람은 아무도 없었다. 누군가 뜰에서 아치로 들어왔다. 검은 옷을 입은 노인으로, 턱수염은 희끗희끗했으며 지팡이를 짚고 걸었다. 소년은 한숨을 쉬었다. "이렇게 기이한 외국인이 더 있을 줄이야." 소년은 혼자 신음했다. 새로 온 사람은 확실히 이상했고 눈에 띄었다. 노인인 만큼 얼굴에는 주름이 있고 자글자글했지만, 시장市場의 사이드 쇼에 있는 아이의 얼굴처럼, 내면에서 빛을 내뿜고 온몸에서 빛이 났다.

앞으로 나온 노인이 말했다. "난 바로 직전까지, 책 위에서 자고 있었소. 트럼펫에 나를 깨울 때까지 말이오. 젊었을 때는 이리 존 적이 한 번도 없었소이다…. 어, 음, 마침내 시간이 우리 모두에게 이러한 변화를 가져다주었구려. 내가 무슨 말을 하냐고? 아, 맞아! 내 꿈 얘기요. 각하, 소인은 특이한 꿈을 꾸었습니다. 들어보시겠습니까?"

"꿈을 꾸었소? 플리톤 경? 한번 들어봐야겠소." 콘스탄티노스 경이 말했다.

"각하, 소인은 꿈속에서 자신보다 작은 새 떼에 둘러싸인 채, 독수리 한 마리가 하늘 꼭대기를 날고 있는 모습을 보았습니다. 독수리는 먹구름을 통과했는데, 그로 인해 작은 새 상당수가 뒤처져 독수리의 곁을 떠났습니다. 독수리는 오직 작은 새 한 마리만 남을 때까지 계속 날았습니다. 새 두 마리는 먹구름을 통과해 저편의 빛으로 향했습니다. 해몽해 주실 분이 계십니까?"

"누가 할 터냐!" 콘스탄티노스 경이 말했다. 그는 위엄 있게 말했지만, 소년이 듣기에 그의 목소리는 약간 떨렸다. 좋아해서? 즐거워서? 소년은 무슨 말인지 이해하려고 안간힘을 썼다. "도대체 일이 어떻게 돌아가는 거야? 저들이 무슨 얘기를 하는 거지?" 소년이 궁금해하다가 제풀에 지쳐, 그들이 떠나주기를 바랐다. 콘스탄티노스 경이 말했다. "친구여, 위대한 플라톤은 꿈과 징조에 관해 어떻게 생각했었소? 그대는 언제부터 이렇게 어리석은 일에 손을 대기 시작한 거요?"

그때 다른 이가 말했다. 그는 성직자로, 어깨에 두른 하얀 띠에 검은 십자가가 수놓아져 있었다. "어리석지 않습니다. 각하. 주님께서는 꿈속에서 우리에게 전언하십니다. 파라오가 꿈을 꾸지 않고, 요셉이 해몽했습니까*? 축성 받은 성인이…."

"성인들은 편히 주무시게 놔두시고, 저를 위해 해몽해 주십시오. 신부님." 플리톤이 말했다.

"먹구름은 이교도 튀르크인의 힘을 가리킵니다. 꿈이 의미하는 바는 다음과 같습니다. 각하의 곁에 한 사람이라도 존재하는 한, 바로 지금 각하 곁에 있는 이는 아무도 해를 입지 않을 것이고, 도시도 소멸하지 않을 것입니다." 성직자가 자신 있게 말했다.

"각하, 각하 곁에 늘 누가 머물 수 있습니까? 지금 있는 자 중 밤낮없이 각하 곁에 있을 수 있는 자가 있습니까?" 플리톤이 간절히 물었다.

"자, 플리톤 경, 내 병사들과 외교관들을 침실 노예로 만들면 되겠는

---

* 이집트의 파라오가 꾼 꿈을 요셉이 해몽하고, 그 덕에 요셉은 흉년과 기근을 예측해 미리 대책을 세운 공으로 이집트의 총리대신이 되었다.

가?" 콘스탄티노스 경이 말했다.

"아닙니다. 각하. 제가 각하 곁에 있을 수 있습니다…." 노인이 말했다.

"아." 콘스탄티노스 경이 중얼거렸다.

"알겠네. 친구여, 고맙소." 그는 플리톤에게 부드럽게 말했다.

"근데 난 그대의 평화로운 삶을 뿌리 뽑지 않을 거요. 그대가 앞에 놓아둔 소중한 플라톤의 책이나 내게 공유해 주시오."

그때 이아그로스 경이 말했다. 그는 왕관을 가져온 또 다른 사람이었다. 이아그로스는 어깨를 으쓱했다. "조심하셔야 합니다. 각하. 꿈속에서 진실을 보기란…. 하지만 사람들은 꿈을 믿습니다. 그들은 쓸데없는 예언에 사로잡혀 있습니다. 각하께서 꿈의 내용을 부정하신다면, 각하의 곁에 남아 있는 자가 거의 없을 것입니다."

"그럼 꿈의 내용에 주의를 기울여야 하는군. 하지만 조용히 노후를 맞이한 플리톤을 문제 삼지 않을 거요. 운 좋게 신의 섭리에 따라 여기 있는 하나도 중요치 않은 자가 숨어버린다면, 뜰에 있는 자 중 숨는 이는 없을 거요. 플리톤이 나를 데리러 와서 밤낮 없이 내 곁에 있겠구려." 콘스탄티노스 경이 말했다. 그러고는 콘스탄티노스 경은 씁쓸히 웃으며, 한 시간도 채 안 되어서 앉고 있던 대리석 벤치 뒤로 안온하게 몸을 뻗었다. 그는 엄청난 힘을 발휘해, 소년이 입은 옷의 해진 천을 한 줌에 집어 소년을 벤치 위에 서게 했다. 갑작스레 소년을 수많은 사람이 쳐다보게 해서, 소년이 움찔하게 했다.

"여기 내 행운을 찾았소. 나의 브레티키. 플리톤의 꿈 덕에 아이와 단단히 결속할 수 있게 되었다고 선언하리다." 콘스탄티노스 경이 말했다.

화가 나고 당황한 채 소년은 서서 그들 모두를 바라보았다. 이상한 노인을 제외한 그들은 모두 어떤 것을 보며 크게 만족했다. 노인은 콘스탄티노스 경을 잔뜩 노려보다가, 얼굴에 사랑과 슬픔이 묻어난 채 터놓고 울었다.

"만족하게나." 콘스탄티노스 경은 노인에게 아주 다정하게 말했다. 소년의 운명이 정해졌는데, 소년은 무슨 말인지 이해하지 못했다.

2

데스포트가 수도원 뜰을 떠날 때 쥐고 있던 호화로운 책을 사서에게 전달하면서 자애롭게 말했지만, 화려한 마구˙를 쓴 백마에 올라타고 언덕을 오를 때 데스포트는 다른 생각에 빠진 것 같았다. 소년은 문을 통과해 거리로 돌진하기를 바라며, 데스포트를 쫓는 인파를 따라 옆걸음질 쳤다. 그러나 소년이 거리의 문에 도착하기 전, 수염 없는 남자가 손으로 소년을 단단히 움켜쥔 뒤 소년더러 데스포트의 말을 따라잡도록 수행원과 시종들 사이에서 빠르게 걷게 했다. 무리는 몇몇 뜰 모두를 뚫는 구불구불한 좁은 길을 따르고, 경사가 없는 계단을 타면서 언덕을 올랐다. 데스포트의 말은 조심조심 앞으로 나아가면서 계단식의 거리를 오를 때는 살짝 피했다. 무리에 있던 당나귀들은 고개를 숙이고 느릿느

---

* 말을 탈 때 쓰는 기구

릿하면서도 바른 자세로 계단을 올랐다. 하지만 연약하고 허약한 소년은 비틀거리다가, 자신을 붙잡은 손에 질질 끌려갔다.

어느 정도 피곤한 게 틀림없었다. 그러나 소년은 자신을 지키는 사람을 옆에서 보느라 자신이 어디로 가는지 보지 못한 탓에 발을 헛디뎠다. 소년을 억류한 자의 키는 성인 남성만 했지만, 매끈하고 수염이 없는 소년의 얼굴을 가지고 있었다. 부자연스럽게 여성스러운 그의 얼굴은 불쌍한 얼간이 잭을 떠올리게 했다. 잭은 브리스토 거리에서 구걸하며 말을 어눌하게 하고 가련하게 침을 흘리고 다녔다. 그러나 이 남자의 얼굴은 거칠지도 않고, 어리석어 보이지도 않으며 아주 멋지고 기민해 보였다. 게다가 그는 소년과 이야기할 수 있을 정도로 라틴어에 능통했다. 가파른 비탈길을 너무 힘을 내서 기어 올라간 탓에 꽤 숨이 찼다. 길쭉하고 좁다란 집들이 시야를 가린 탓에 정신이 혼란스러워졌으며, 거대한 건물의 아치화 된 정면이 집들 위로 공중에 걸린 상황에서, 소년은 왜 나를 여기로 데려왔냐고 묻기는커녕, 여기가 어디인지조차 묻지 못했다. "당신은 누구죠?" 소년은 동반자에게 간신히 물었다. "나는 스테파노스 불가리코스란다. 침실과 데스포트 콘스탄티노스와 관련된 다양한 일을 관리하는 환관이지."

그다음 그들은 거리를 벗어났다. 넓고 기다란 아치형 입구를 거쳐, 자르고 조각한 벌꿀색 돌을 지나고 넓은 뜰에 들어가니, 데스포트가 말에서 내렸다. 시동*이 한달음에 달려와 말을 데리고 갔다. 데스포트는 계단을 올라 내실로 들어가 엄중히 몸을 옮겼다. 스테파노스는 소년더러 옆문으로 들어가 안뜰로 가게 했다. 그곳에는 병사, 시종, 시동과 하인,

---

* 귀족들의 심부름을 하던 아이

부엌에서 일하는 소녀들 등 다양한 부류의 사람들이 모여 있었다. 그들은 다급해 보였지만, 모두 소년을 뚫어지게 쳐다보고 떠들고 소년을 가리킬 여유는 있었다.

스테파노스는 소년을 어떤 문 쪽으로 이끌었지만, 문 앞에 앉아 있던 노예는 분개했다. 비웃고 화내는 다른 이들의 목소리가 울려 퍼지는 가운데, 결국 스테파노스는 낙담하고 말았다. 그는 소년을 바라보다가, 소년더러 뜰의 한가운데에 서 있는 우물 쪽으로 돌아가게 했다. 원숭이같이 생긴 냉소적으로 보이는 사내애가 달려와 바퀴를 돌려 양동이를 들어 올렸다. 스테파노스는 소년의 해진 천 밖으로 삐져나온 꾀죄죄한 목덜미를 움켜잡고 소년에게서 누더기를 벗겨내니 더러운 퇴적물 위로 누더기가 떨어졌다. 그는 모두가 지켜보는 가운데, 소년더러 매서운 겨울의 태양 밑에서 알몸 상태로 서도록 내버려두고 불친절한 웃음의 쓰나미와 싸우게 했다! 고개를 높이 들고 입술을 질끈 물고, 두 손으로 무화과 나뭇잎*처럼 중요 부위를 가린 소년은 힘 빠진 채 속상해할 뿐이었다. 밧줄이 씩씩거리고, 우물 바퀴는 덜컹덜컹 움직이며 삐걱거렸다.

모두가 떠드는 와중, 갑자기 우레같은 고함이 들렸다. 검은 예복을 입은 형체, 그러니까 정원에서 말했던 성직자가 위쪽 창문에서 나타나 뜰을 내려다보았다. "조용히 하시오. 불경한 신성 모독자들이여!" 플리톤이 외쳤다. 고개를 치켜든 소년은 늘어뜨린 희끗희끗한 수염 위로 끔찍하게 얼굴을 찌푸리는 무서운 모습을 보았다. "아이가 우리와 함께 있을 때 제국이 멸망하지 않으리란 말을 못 들었소? 비참해 보일지언정, 주님께서 변함없이 자비를 베풀기 위해 아이를 택하셨으니 감히 누가

---

* 고대 그리스와 로마 제국에서 무화과 나뭇잎은 나체 상태에서 국부를 가리는 데 쓰였다.

아이를 비웃을 수 있겠소이까?"

"아, 내가 뭘 어쨌기에?" 소년은 몸을 움츠리며 속으로 말했다. 남자의 분노는 자신을 위한 게 아니라는 사실과 자신이 무엇을 하든 알몸 사태라는 사실이 다섯 배는 더 최악이라는 사실을 소년은 떠올릴 겨를조차 없었다. "주님을 가장 기쁘게 하는 자는 가난하고 변변치 않은 자 아니오?" 고함치는 소리가 들렸다.

"주님께서 전언하시는 방식은 불가사의해서 우리가 이해할 수 있는 영역이 아니오. 이 가련한 아이처럼 부러진 갈대* 말이오. 아이는 우리의 적을 쓰러뜨리고 이교도의 이빨에서 우리를 구할 것이오. 주님의 사자가 행하리오. 아멘!"

플리톤이 감정을 분출하는 동안, 양동이가 삐걱거리고 끙끙거리며 우물의 가장자리로 끌어올려졌다. 말하던 자는 "아멘!"이라고 외친 뒤, 위의 아치창 너머로 사라졌다. 스테파노스는 양동이의 밧줄을 떼어낸 뒤 소년에게 물을 쏟아부었다.

회색빛 뱀과 찰랑거리는 양동이 물이 소년을 찰싹 때렸고, 닭살 돋은 소년의 피부에 윤기가 흐르게 했다. 추위가 몰려와 소년을 괴롭혔고, 숨이 턱 막히게 했다. 뜰의 더러운 석판 위에 오르자, 어두운 분홍빛 불가사리 모양의 얼룩이 발에서 퍼져 주위까지 더럽혔다. 소년의 머릿속에서 이빨이 딱딱 부딪히고 있었다. 그러나 아무도 웃지 않았다. 부끄러워져서 침묵한 채 그들은 소년을 바라보고, 눈길을 돌렸다. 스테파노스는 목욕탕 문으로 소년을 다시 이끌었고, 이번에는 문지기가 그들을 들여보냈다.

---

* 그는 부러진 갈대를 꺾지 않고 꺼져가는 심지를 끄지 않으리라(이사야서 42:3).

천장이 높고 둥그런 방 안, 대리석으로 줄을 친 반구형 지붕 밑에서 깊고 따뜻한 물웅덩이가 대리석 바닥에 고였다. 김이 유령처럼 소용돌이치며, 욕조의 수면에서 돔의 공기구멍으로 올라갔다. 소년은 얼마나 고마워하며 따뜻한 물 속으로 미끄러져 들어갔는가! 소년은 얼마나 따가워했고 바늘방석 같은 창백한 피부가 고르게 되고 다시 분홍빛이 됐을 때, 얼마나 빛을 뿜었는가. 지중해의 태양이 태운 손의 뒷면과 얼굴과 목 위의 갈색빛 피부, 색이 바래고 어두워진 멍과 흔적을 제외하면 피부색은 분홍빛이었다. 소년은 물개처럼 욕조에서 불쑥 나왔다가 들어갔다가 하며 물속에 몸을 담그고 퍼덕거리고 첨벙거렸다. 그런 뒤 충분히 몸을 데워 간신히 머릿속에서 더 많은 라틴어를 떠올리고 욕조 끄트머리로 와서 아무 표정 없이 대리석 벤치에 앉은 스테파노스를 올려다보았다.

"그들이 가져온 왕관은 뭐죠?"

"제국의 왕관이란다." 스테파노스가 음울하게 말했다.

"무슨 제국이요?" 소년이 물었다.

"로마 제국." 스테파노스가 대답했다.

"하지만 로마 제국은 1,000년 전에 사라졌어요!" 소년이 외쳤다.

"서부 지방은 상당히 오랫동안 야만인에게 지배당했지. 그게 사실이야. 하지만 동부 제국은 여전히 살아있단다. 모든 맹공격을 이겨내고, 지금까지 살아남았지." 스테파노스가 대답했다.

"주님은 얼마나 오래 제국이 버텼는지 아신단다." 스테파노스는 거듭 말했다.

그때 침울한 분위기가 그의 목소리에서 생생히 느껴져, 소년이 어리둥절해하는 와중에 약간 쌀쌀한 떨림이 느껴졌다.

소년이 욕조 밖으로 올라오니, 스테파노스는 손뼉을 쳤다. 노예 두 명이 와서 수건을 가져와 소년의 몸을 문질렀다.

"근데 그가 로마 제국의 황제라면, 왜 라틴어로 말하지 않죠?" 소년이 리넨의 구름들로 몸을 감싸고 노예들이 손으로 쓰다듬어 소년의 몸을 말리는 와중에 소년은 계속 말했다.

"그리스어는 로마의 언어란다. 이라클리오스* 황제 시절부터 그랬지." 스테파노스가 말했다.

"그러면 이 땅은 그리스예요?"

"여긴 모레아란다. 제국의 주이지."

"로마 제국에 있는 거예요?" 소년은 스테파노스의 경탄스러운 답을 들으면서, 서서 걸으려고 노력했다.

"그래. 콘스탄티노스 경은 예수님의 가호 밑에서 모레아주를 다스렸어. 이교도들이 침입하지 않도록 가장 용감하게 분투했고, 그들을 막아낸 적도 있단다. 그분은 이 지방을 잘 다스렸지. 지금은 떠나야 하지만." 스테파노스의 목소리에서 슬픈 한기가 다시 돌았다.

"근데 왜 그가 지금 떠나야 해요? 그는 어디로 가요?" 소년이 물었다.

"도시로 가야 한단다. 다른 곳? 자, 우리는 의상 담당자에게 가서 네가 입을 옷을 찾아야 해."

소년에게 수건을 둥글게 감싸주고 소년의 손을 다시 잡은 뒤 스테파노스는 소년을 데리고, 아치가 이어진 회랑, 고층 궁전에서 깊게 가라앉은 곳에 있는 작은 궁정을 통과하고 좁은 계단을 올랐다.

---

* 황제 이라클리오스(재위 610~641)

"이거요?" 의상 담당자가 소년 앞에 자주색 튜닉*을 대어 보며 말했다. "아니, 그건 너무 길어요. 염치 불고하고 이걸 자르면, 비단 한 장밖에 안 남아요. 이거요? 아니, 그 옷들은 너무 작아요. 이걸로 해요. 까다롭게 굴지 말고."

의상 담당자는 스테파노스의 승인을 얻기 위해 다른 이들이 입고 접은 탓에 빛이 바래 빨간색 줄이 보이는 해진 자주색 튜닉을 늘혀놓았다.

"이걸로 하면 안 되나요?" 소년은 거친 모직으로 만든 딱 맞는 크기의 진녹색 옷을 찾았다.

"넌 자주색을 입어야 해. 황제 폐하의 사람이니까." 의상 담당자가 목구멍에서 라틴어를 내뱉었다.

"하지만 설마, 저는…. 저는 아니에요. 나는 그의 사람도 아니고, 제 주인도 아니에요. 그가 저를 집에 보내줬으면 좋겠어요…. 주님의 자비를…. 그는 그걸…. 안 돼요? 왜요?" 소년이 말했다. 자신의 목소리에 절망이 묻어난 채 점점 커지는 와중에 소년은 두 남자가 눈빛을 교환하며 어떤 표정을 짓는지 보았다.

의상 담당자는 머리 위로 자주색 튜닉을 올려놓고 스테파노스는 허리띠를 찾아 소년의 몸을 허리띠로 둥글게 감쌌다. 허리띠는 나뭇잎 모양으로 무늬를 새겨놓은 무거운 가죽이었고, 소년의 몸보다 절반가량 더 길었으며 소년의 마른 허리둘레에 맞출 때까지 질질 바닥에 끌렸다. 스테파노스는 자신의 허리띠에서 작은 단검을 쥐고, 버클**이 놓인 곳에 작은 흔적을 남겼다. 그다음 허리띠를 푼 뒤, 창문의 빛이 바닥에 정면

---

* 고대 그리스와 로마에서 입었던 옷으로, 소매가 없고 길이는 무릎 정도의 느슨한 통옷이다.

** 허리띠를 고정하는 장치

으로 내리쬐는 곳으로 가서 앉고, 허리띠 치수를 조절하기 시작했다. 의상 담당자는 양말과 부츠를 찾느라 바빴고, 둘 다 소년을 바라보지 않았다. 그동안 스테파노스는 작은 칼을 들고 말했다. "넌 아직 갈 수 없어. 아이야. 여행하면서 너무 굶주렸잖니. 우선 넌 황실에 들어갈 거야. 거기서 귀하게 대접받겠지." 스테파노스는 소년의 허리를 둥글게 감싼 허리띠에 손을 놓고 단단히 조인 뒤, 버클로 잠갔다.

아직 소년이 보기에 콘스탄티노스 경은 또 다른 시동을 필요하지 않는 것 같았다. 소년은 웅장한 궁정에서 적당히 간소하게 살았지만, 소년이 보기에 주위는 믿기 어려울 정도로 호화스러웠다. 궁전의 벽에는 석고 반죽을 부드럽게 발랐으며, 화려한 그림이 칠해져 지루함을 달래주었다. 소년은 숲과 사냥터, 일렬로 나열된 신성한 황실의 저명인사를 둘러보았다. 궁전에는 소파, 찬장, 탁자가 비치되었다. 모두 순수한 잉글랜드인의 눈을 매료시킬 만큼 색다른 디자인이었다. 매일 콘스탄티노스 경은 깨끗한 리넨을 자기 피부 옆에 두었고, 매일 따뜻한 물로 몸을 씻거나 목욕탕으로 내려갔다. 그러나 그는 죄스러울 정도로 호화로운 사치품을 가지고 있는데도, 사치품을 즐기는 것 같지 않았다. 그의 몸을 지켜보던 노예가 그의 머리맡 위에 셔츠를 놓았고, 그의 몸 전체에 두르고 있던 섬세하고 매끄러운 케임브릭*을 낚아챈 뒤, 뻣뻣한 비단 튜닉을 점검하고 가져왔다. 소년에게 콘스탄티노스 경은 이러한 보필을 원한다기보다 고통스럽게 참고 있는 것처럼 보였다. 그들이 의복을 침대에 올려놓았다가 기다리지 않고, 바로 그에게 입힌 뒤 의복에 지나치게 신

---

* 면이나 마로 만든 아주 부드러운 흰색 천

경 쓰느라 야단법석을 떨었지만, 그는 옷을 입는 데 도움을 이미 충분히 받았기에 도움을 더 필요로 하지 않았다. 소년을 위해서 해 주는 일은 없었다. 그러나 소년은 콘스탄티노스 경에게 무릎 꿇고 집에 가게 해달라고 빌 때 그를 잠깐 보았고 그에 대해 면밀히 연구했다.

  이 위대한 귀족은 안절부절못하며 한곳에 오래 머무르고 싶어 하지 않았다. 그는 궁전에 머물면서 짧게 임시 숙소에 있는 것으로 여기던 군인처럼 살았다. 그가 머무를 때나 그가 지명한 자가 머무를 때나 궁전에서는 큰 차이가 없었고, 그가 떠날 때도 모든 일은 그대로 진행됐다. 그는 미스트라에서 손님을 대접하고 그들을 위해 문서에 서명하면서, 시간 대부분을 보낼 때조차 사냥을 즐겼다. 콘스탄티노스 경이 미스트라를 떠나고 이제 한 가지 사소한 일을 하기 전에, 그 지방을 다스릴 자들에게 줄, 수없이 많은 토지의 양여금과 그들의 특권을 확인하기 위해 펜과 잉크, 밀랍 봉인을 가져오는 책상 관리 노예를 소년은 집무실에서 간신히 몰아냈다. 그러나 궁전은 시종으로 가득했고 스테파노스, 콘스탄티노스 경의 입술에 포도주나 물을 따르는 마누일이라 불리는 잔과 사슬 남자 같은, 콘스탄티노스 경의 사람들을 비롯한 시종들은 가구처럼 늘어서 있었다. 이때 소년은 시간 대부분을 서서 하릴없이 눈알을 굴리고 있었다. 간수인 콘스탄티노스 경을 시무룩하게 응시하느라, 석고 바른 벽에 고정된 그림에 매력을 느낄 수 없었다.

  콘스탄티노스 경은 중년 남성으로 아주 호리호리하고 상당히 키가 컸다. 그의 머리 색은 어둡고, 피부는 약간 누렇게 되어 있었다. 수염을 아주 깔끔하고 짧게 깎았고 세밀하게 다듬었지만, 머리카락은 길어서 곱슬머리가 목의 깃을 덮고 늘어졌다. 소년의 눈에는 다소 혐오스러워 보여서 며칠마다 뜨거운 고데기를 들고 오는 이발사가 어떻게 머리를 관리하는지 주시할 수밖에 없었다. 콘스탄티노스의 마른 얼굴이 움직임을 멈췄다. 그러자마자 표정이 침울해졌다. 매일 많은 시간을 시종들 무리와 함께 열을 지어 행진해, 이 교회 혹은 저 교회에서 진행하는 미사를 들었고(화려하고 복잡한 칸막이벽이 시야를 가렸지만, 소년은 그래도 이 일을 미사라고 생각했다), 늘 적어도 한 번 가끔은 하루에 세 번, 다른 교회 세 곳에서 미사를 들었음에도, 콘스탄티노스 경은 잠자리에 들 때 잠옷을 입고 늘어진 눈꺼풀로 검은색 눈동자를 가린 뒤, 성모 마리아의 성상 앞에서 머리를 숙인 채 중얼거리며 자기 전까지 오랫동안 무릎 꿇고 다시 기도했다.

소년은 그들이 자신에게 기대하는 유일한 일은 데스포트가 어디를 가든 서너 걸음 뒤, 데스포트가 볼 수 있는 곳에서 데스포트의 뒤를 그냥 따라 걷는 사실임을 곧 알게 됐다. 개로 사는 게 차라리 나을 것이다.

건강에 좋은 궁전의 많은 음식이 갈비뼈 사이의 구멍을 통해 소년의 몸속으로 부드럽게 들어갔다. 처음으로 한 번에 가득 먹을 수 있었다. 스테파노스는 소년을 위해 수프를 만들고, 마누일은 소년에게 물을 탄 포도주를 주었다. 소년은 정상적으로 먹을 수 있을 만큼 바로 회복되었고, 호기심이 넘치다 못해 반항했다. "왜 사슬에다가 잔을 둥글게 매고 다녀요?" 소년이 마누일에게 물었다. "독살 시도를 저지하기 위함이란다." 마누일이 축 늘어진 채 눈동자를 막 돌리며, 라틴어로 가늘게 말했다. "잔 드리는 자는 황제와 어디든 함께 간단다. 황제는 다른 잔으로는 절대 마시지 않아. 내가 매달아 놓은 잔으로만 마시지. 누가 황제를 독살하려 한다면, 나부터 바로 죽일 거야. 지금은 오로지 예식을 위해 내가 맛을 보고 포도주를 따를 뿐이란다."

"하지만 누가 그를 독살한단 말이죠?" 소년이 물었다.

"그분은 조만간 황제가 될 거란다. 침대에 있을 때보다 침대에서 벗어났을 때 더 많은 황제가 죽었어. 사정을 말하면 이렇단다." 마누일이 말했다.

"왜 제가 콘스탄티노스 경이랑 함께 교회에 가야 하죠? 우리는 이미 세 번 교회에 갔어요. 이제 질렸어요. 왜 여기 있으면 안 돼요?" 소년은 스테파노스에게 물었다.

"그분은 너를 자신의 곁에 두는 사실을 모든 이가 알게 하겠다고 위대한 맹세를 했단다. 이제 언쟁을 멈추고, 당장 여기를 떠나자꾸나." 스테파노스가 말했다.

그래서 그들이 돌아갈 때, 소년은 스테파노스에게 이의를 제기했다. 소년은 교회를 오가면서 생각할 시간을 갖다가, 몹시 화가 났다. 소년이 스테파노스와 마누일을 찾았을 때, 그들은 함께 아치창 앞에 앉아 도시를 올려다보고 있었다.

"저를 데리고 있겠다고, 그가 맹세했다는 게 무슨 뜻이죠? 제 몸 상태가 좋아지면 그가 저를 집으로 보내준다고 말했잖아요." 소년이 물었다.

"난 네가 바로 떠나기엔 너무 약해서 집에 갈 수 없다고만 말했어. 그 다음에 있을 일은 말한 적이 없어." 스테파노스가 조용히 말했다.

"왜? 당신은 믿을 수 없는 거짓말쟁이예요!" 소년이 외쳤다.

"넌 너무 약해. 목소리 좀 낮춰. 콘스탄티노스 경을 방해하지 말고." 스테파노스가 말했다.

"악마 같으니! 당신은 새빨간 거짓말을 했어! 제가 여기 얌전히 머무르기만을 바라는 거예요? 이럴 줄 알았으면 오래전에 도망쳤어요!" 소년은 이를 악물고 쉭쉭거렸다. 분해서 머리부터 발끝까지 몸이 뻣뻣해졌다.

"어디로 달아나려고? 산을 통해 바다로 돌아가려고? 북쪽으로 가서 튀르크인에게 점령당한 땅으로 향하려고? 아니면 항구 도시로? 거긴 베네치아나 제노바인들이 차지하고 있어. 그들을 어떻게 뚫을 거야?" 스테파노스가 한결같이 낮은 목소리로 물었다.

"여기만큼 최악인 곳은 없겠죠. 여기서 날 가혹하게 잡아둬 죄수 취급하면요!" 소년이 대답했다.

"가혹하게 잡아둬? 가혹하게? 너처럼 어린아이를 먼바다로 보내 위험천만하게 떠나게 하는 거야말로 잔인한 거야!" 스테파노스가 말했다.

이때 소년의 뻣뻣한 몸이 떨렸다. 목구멍에서 슬픔이 올라왔다. "그들이 더는 버티지 못하겠죠! 제 아버지는 몸이 편찮으셨어요. 풍향도 안 좋았고요. 발트해가 우리와 가까워지는데, 바람은 아이슬란드의 방향으로 불었어요. 노턴 삼촌은 친구분인 리처드 스터미의 배에 저를 태우고 항해했지요. 배는…. 삼촌은 배가 난파되리라는 것을 알지 못했어요." 소년이 말했다. 그러나 소년은 어머니의 경고를 기억했다. 그들을 보러 온 노턴 삼촌이 현관의 화롯불 앞에 서서 발가락을 앞뒤로 흔들며 (그의 습관이다) 모피로 장식한 망토 속에서 몰래 손뼉을 쳤다. "얘, 좋은 기회가 있어. 너도 알다시피 지금 항구에는 내 배가 없지만, 착한 친구 리처드 스터미가 배를 만들 준비를 하고 있단다. 친구는 레반트의 야파로 순례하려고 갈 거야." 삼촌이 말하고 있었다.

"성지라고! 거긴 이교도들이 있을 거야. 설마, 얘야. 제노바나 베네치아 사람들한테 살해당할지도 몰라. 그자들이 시장^{市場}을 장악한 것을 모르니?" 어머니가 외쳤다.

소년은 어머니가 일을 구실로 수십 마일을 달려와 자신에게 가지 말라고 소란을 피웠는데도 항해를 떠났기에, 어머니의 경고를 더는 떠올리지 못했다. 그러나 지금 소년에게 모든 것이 달라 보였다. 눈에는 눈물로 가득했고, 스테파노스가 볼까 봐 고개를 돌렸다.

".... 집으로 향하면서 피어스는 피렌체와 가까운 피사에 양모, 모직, 통조림을 들고 갈 것입니다. 피어스는 어떠한 비용도 치르지 않고, 자신이 비용을 부담해 가져온 물품으로 거래할 터이죠. 누님, 이는 남매 간 우애를 발휘할 좋은 기회입니다. 마스터 스터미에 승선한 다른 이들은 피어스에게 십일조 헌금을 온전히 지불할 것이지요." 노턴 삼촌이 계속 말했다.

"피어스는 라틴어 공부를 잘하고 있어. 피어스를 옥스퍼드 대학이나 교회에 보낼 수 있으려나." 소년의 어머니가 말했다.

"누님, 제겐 그렇게 해줄 돈이 없어요. 제가 지금 할 수 있는 일은 제가 할 수 있는 한도에서 최대한 걔에게 좋은 계획을 세워주는 것이라고 맹세합니다. 얘는 제 아들이나 다름없어요." 노턴 삼촌이 말했다.

"너무 조바심 내지 마세요, 어머니. 제게는 옥스퍼드의 직원으로 일하는 것보다 저 먼 곳으로 항해를 떠나는 게 더 괜찮을 거예요." 소년이 말했다.

그러나 소년은 괜찮지 않았다. 노턴 삼촌의 아들이자 소년의 사촌인 톰은 잉글랜드의 집에 안전하게 있고, 소년은 알 수 없는 이유로 붙잡혀 여기 있었다.

"오, 도와주세요! 그에게 얘기해줘요! 저를 집에 보내달라고!" 소년은 갑자기 스테파노스에게 외쳤다.

"그럴 수 없단다. 애야." 스테파노스가 말했다. 그는 소년의 손을 잡고 소년을 높은 창문틀 사이에 앉힌 뒤, 소년에게 정원에서 있었던 일을 말해주었다.

소년은 그 말을 듣고 마침내 입을 열었다. "꿈이나 예언을 믿는 것은 제게 어리석고 하릴없는 망상으로 보일 뿐이에요. 하지만 그가 꿈을 믿는다면, 그는 왜 꿈을 꾼 노신사를 데려오지 않은 거죠? 왜 그는 제게 이 부담을 지운 거죠?"

"플리톤이 그분과 같이 오지 않았다고? 주님께서는 그분께 꿈이 아니더라도 해결해야 할 문제가 충분히 많다는 것을 알고 있어. 도시에는 신학을 모든 주제별로 다룬 의견이 수만 가지가 있어. 하지만 그자는 예수보다 플라톤을 더 우선시했고, 하루 종일 매일 고대 이교도만을 찬양했지. 그래, 그자는 모두를 화나게 할 거야! 마누일 황제*께서는 플리톤을 잘 설득해 도시를 떠나게 하셨어. 그곳에서 편히 공부하게 했지. 나의 주인이신 콘스탄티노스 경께서는 플리톤이 놓은 덫에서 벗어나 플리톤을 집으로 보냈을 때, 너를 위해 주님께 감사기도를 드린 게 틀림없어." 스테파노스가 손을 들고 말했다.

"그래도 노인은 언젠가 죽는 법이지." 마누일이 말했다.

"하지만 단지 덫이라면…. 약간의 음모에 불과하다면, 왜 거기에 주의를 기울이는 사람이 있는 거죠? 그게 왜 중요하죠? 왜 저는 그것 때문에 자유를 누리지 못하는 거죠?" 소년이 항의했다.

"이런 식이란다. 애야. 콘스탄티노스 경께서는 플리톤을 감히 공격할 수 없어. 왜냐하면 플리톤은 유명한 학자이자 서방 세계에서 저명하고

---

* 마누일 2세 팔레올로고스(재위 1391~1425), 비잔티움 제국의 황제이자 콘스탄티노스 11세의 아버지이다.

사랑받고 있기 때문이지. 서방 세계는 우리가 적에게 대항할 때 유일하게 도움을 받을 수 있는 곳이야. 그분이 플리톤을 도시로 데려가지 않은 이유는 플리톤이 교회를 공격할까 봐 두려운 것도 있고, 이미 플리톤이 로마의 교황에게 항복해 도움을 얻으려고 헛되이 투쟁했기 때문인 것도 있단다. 콘스탄티노스 경은 꿈과 예언을 감히 무시할 수 없었어. 그분이 꿈에 대해 무엇을 떠올리든 사람들은 이에 깊이 감동하고, 그분이 꿈의 내용을 무시하면 그분을 비난할 것이기 때문이란다. 또한 그분은 어떻게든 사람들이 꿈에서 벗어나 싸우게 해야 한단다." 스테파노스가 말했다.

소년은 아무 말도 하지 않았다. "그분이 너를 브레티키라고 부르는구나." 스테파노스가 말했다.

"왜 그렇게 불러요? 저는 피어스 바버에요. 브리스토에 온 잉글랜드 견습 상인이에요…." 소년이 화를 냈다.

"'브리스코'라고 계속 말하는구나. '찾아보자.' 다행히 우리 언어 중 브레티키라는 단어가 있네."

"그래서 이제 저는 무엇을 하면 되죠?" 소년이 물었다.

"황제 폐하 곁에 머무르면 돼. 그분이 왕관을 쓰고 제국의 수도로 가면, 너도 함께 가서 사람들의 용기를 심어주고 그들의 희망을 키우는 부적이 되어주렴."

"음, 당신이 말하니 그래야죠. 그렇게 해야죠. 하지만 자신이 없어요. 저는 삼촌이 저를 아이슬란드 쪽으로 보냈거나, 여기에 머무르는 것이 아니라 세계 곳곳을 돌아다니게 했기를 바라요. 그러면 저는 어쩔 수 없이 황제 밑에서 일하는 원통한 브레티키가 아니라, 자유인으로 태어난 잉글랜드인 피어스 바버였을 거예요. 이렇게 노예로 살 바에는 달아날 수 있으면 좋겠어요!" 소년이 말했다.
 "자유를 누리는 사람은 거의 없단다. 잠자코 받아들이렴." 스테파노스가 말했다.

3

 어떻게 소년은 향수병에 시달리는 와중에 체념할 수 있었을까? 소년이 잉글랜드에 관해 떠올릴 때, (우두커니 하릴없이 오랫동안 서 있으면서 모든 것을 목격했지만 아무것도 이해할 수 없었다) 기억 남는 것은 그곳의 푸르름이었다. 모레아의 땅도 초록색이긴 했지만, 소년이 생각하는 초록색이 아니었다. 골짜기 바닥을 카펫처럼 덮은 올리브 나무는 은백색의 사시나무 색으로, 바람이 나무를 애무하면 비단옷처럼 찬란하게 빛을 냈다. 하지만 창백하고 차가웠다. 키 큰 사이프러스는 우아하게 끝이 가늘어지는 아름다운 탑으로, 초록색이지만 진한 녹색이었고 검은색이 거칠게 칠해졌으며, 나무들은 차갑고 어두운색을 뽐냈다. 오렌지 나무의 잎사귀들은 초록색이었고 윤기 없는 진한 녹색으로 여름날 잉글랜드 나뭇잎의 분위기를 압도하지만, 소년은 잉글랜드 목초지의 밝은 연두색, 신선하고 습기 찬 초록색과 쌀쌀한 북쪽 봄의 막 싹이 나고 풀리는 어린잎의 놀랍도록 부드러운 진녹색을 갈망했다.

  꽃이 피었다. 그리스의 봄은 일찍 시작하고, 얼마 되지 않아 땅이 꽃으로 화려하게 덮였다. 모든 마른 돌의 틈 속에서 꽃을 피웠고, 풀밭의 모든 풀잎에서 꽃으로 덮인 줄기가 갈라져 나왔다. 많은 꽃은 소년의 눈에 기이하면서 아름다운 미지의 꽃으로 보였다. 꽃들은 소년을 즐겁게 했지만, 꽃을 보면 볼수록 더 가슴이 아팠다. 경솔하면서 거침없이 기를 쓰는 외국의 봄은 철마다 제멋대로 꽃을 바로 피웠다. 과수원에 열매와 꽃봉오리가 나란히 맺혔고, 데이지꽃과 제비꽃은 소년에게 고향의 봄을 떠올리게 했으며, 동시에 양귀비와 들장미가 소년더러 잉글랜드의 여름을 떠올리게 해 심금을 울렸다. 땅에 꽃이 피기 시작했고, 소년은 이를 견디지 못했다.

  고향에 있는 사람들에 관해 말하자면, 소년은 노턴 삼촌의 머리카락, 위압적인 얼굴에 남은 주름 하나하나를 유독 앙심에 찬 상태에서 기억했다. 노턴 숙모도 기억했는데, 숙모에게도 거의 똑같이 분개하며 기억했으나, 아름답다는 사실은 부인할 수 없었다. 소년은 위층 침실 근처의 악취 나는 병실에 누워 있는 아버지를 기억했다. 어머니는….

  하루 종일 소년은 마음속에서 어머니가 떠오를 때마다, 어머니에 관한 기억을 밀어내고 으스러뜨리며 짓밟았다. 이러한 기억이 자신의 마음을 너무 아프게 했기 때문이다. 그러나 밤에, 밤에, 크고 천장이 높은 대기실에서 콘스탄티노스 경의 방까지 돗짚자리를 펼치고 작은 등잔의 빛 속에 누울 때, 등잔의 화사한 황금빛은 지붕까지 닿지 않았다. 소년의 키를 넘어 아치형으로 빛낼 뿐이었다. 등잔이 벽에 그려진 형체를 비춰, 벌벌 떨면서 소년의 주위를 감싼 채 솟은 유령이 보이게 했다. 유령들의 발과 옷단은 보였지만, 불길하게도 얼굴은 가려져 있었다. 이때, 스테파노스가 소년의 주위 어딘가에 드러눕기 전에, 소년이 어머니를 정말 필요로 했을 때, 어머니의 얼굴을 찾을 수 없었다. 소년은 어머니의 코, 눈, 어깨 위 머리의 생김새, 머리망으로 걷은 머리카락은 기억했지만, 이러한 파편의 기억을 하나로 합치지 못했다. 어머니의 모습 전체를 잠깐이라도 보지 못했다. 소년의 돗짚자리는 눈물로 자주 얼룩졌다.

* * *

향수병만 소년을 괴롭히는 것이 아니었다. 허공을 감도는 분위기도 문제였다. 콘스탄티노스 경에게 황금 왕관을 바쳤고, 그는 왕관을 받아들였다. 그러나 축하의 분위기가 느껴지지 않았다. 모두에게서 괴이할 정도로 우울한 평온함이 느껴졌다. 조용했지만, 평화롭다기보다 탄압당한 분위기였다. 슬픈 내용을 말하지 않았는데도, 때때로 그의 목소리에서 슬픈 분위기가 소년에게 선명하게 느껴졌다. 그때 소년은 스테파노스가 말한 바를 되새기고 또 되새기다가 불길한 어구를 떠올렸다. 콘스탄티노스 경은 서방 세계의 도움이 필요하고…. 적에게 맞서…. 그의 교회가 로마 교회에 무릎 꿇기를 바라며 그렇게 해서 교황의 도움을 얻으려…. 소년은 희망을 실현해 줄 부적이 될 거고…. 소년은 말들을 떠올렸다. 스테파노스에게 분명히 물어서 확실한 답을 들을 용기가 나기 전까지, 소년은 움찔할 뿐이었다.

"당신이 제게 말했던 서방 세계에서 얻을 도움과 희망, 위험은 무슨 뜻이죠? 다들 어떤 위험에 처해 있는 거죠?" 소년은 결국 물었다. 소년은 스테파노스와 마누일이 콘스탄티노스 경의 리넨, 망토 핀, 기도서를 분류하고 치우는 것을 돕고 있었다.

"튀르크인이란다. 우리의 사방이 이교도에게 둘러싸여 있어. 제국 전체 영토 중에서 이곳만 유일하게 남았어. 여기, 도시와 주위를 둘러싼 수 마일 정도만 남았지. 술탄은 엄지손가락과 다른 손가락으로 우리를 쥐고 얼마든지 으스러뜨릴 수 있단다. 술탄은 한 번 도시를 차지하려고 했던 적이 있었지. 주님께서는 술탄*의 등을 때리기 위해 채찍을 들었지. 절름발이 티무르 무리가 수많은 유목민 전사들을 이끌고 동방에서 와서 술탄의 땅을 습격했어. 그래서 술탄은 도시를 떠나 급히 달아나야 했지. 하지만 우리는 술탄이 다시 침범할 거란 사실을 안단다." 스테파노스가 말했다.

"함락 같은 소리하지 마라. 도시는 예전부터 여러 차례 포위를 견뎌왔어. 그럴 뿐만 아니라 서방 세계도 도와줄 거야." 마누일이 말했다.

소년은 빠르게 스테파노스 쪽을 바라보았다. 소년은 스테파노스가 고개를 젓거나 말 한마디 하지 않았는데도, 마누일의 말을 믿지 못한다는 사실을 알 수 있었다.

소년은 떨면서 물었다. "그는 저를 데리고⋯. 어딘가로⋯. 튀르크인이 도시의 사방을 둘러싸고 있어서요?" 소년의 목소리가 떨렸다.

"얘야, 너를 물속에 빠뜨린 해적⋯. 너에게 족쇄를 채운⋯. 그들은 튀르크인이지. 그렇지 않아?" 스테파노스가 말했다.

"아니에요! 아니, 안 돼요. 안 돼요. 난 기억 못 해요!" 소년이 울부짖었다. 소년의 얇게 패인 눈동자는 그들에게서 시선을 거두고 양손을 꽉 쥐었다.

---

* 오스만 제국의 술탄 바예지트 1세(재위 1389~1402)

"너를 힘들게 했구나." 스테파노스가 말했다. 그는 손을 뻗어 소년의 긴장한 어깨를 쥐었다.

"무엇이 아이에게 상처를 줬지?" 마누일이 그리스어로 물었다. 마누일은 학교에서 배운 소년의 라틴어를 이해하지 못하는 경우가 많았다.

"도시로 갈 생각에 당황했다고 합니다." 스테파노스가 말했다.

"야만인 때문은 아니겠지." 마누일이 말했다.

미스트라에 있는 콘스탄티노스 경의 대관식 전날, 고위 성직자와 동료들이 모여, 본국의 주교에게서 내일로 다가온 의식이 어떻게 이루어지는지 세밀하게 들었다. 먼저 황제가 자필로 니케아 신경*을 쓰고, 신성한 교회와 7대 공의회의 가르침을 따르겠다고 맹세해야 한다. 만일 황제가 그리스어 대신 라틴어로 니케아 신경을 쓰면, 서방 세계와의 관계가 좋아지고 도움받을 속도가 빨라지리라고 암시되었다. 이는 논쟁을 불러일으켰고, 논쟁은 밤까지 지속되었다. 왕관을 가져온 이아그로스, 라스카리스가 소환되었고, 플리톤, 요안니스 달마티오스, 도시의 수도원에서 온 덕이 높은 수도사들이 있었다.

브레티키는 지친 채 황제 뒤에 서서, 벽에 기대어 잠결 상태에서 기다렸다. 저녁 시간이 지난 지 한참 되었고, 그들은 계속 이야기했다. 처음에는 배고팠다가 시간이 흘러 식사 시간이 다가오자 더 이상 배가 고프지 않게 되었지만, 딱딱하고 차가운 바닥에 서 있느라 몹시 피곤한 브레티키는 그들을 지켜볼 뿐이었다. 상당한 시간이 흐르자, 무릎이 너무 아파 버티지 못했고, 슬며시 움직여 바닥에 앉을 만한 곳으로 갔다. 뒤

---

* 381년 제1차 도시 공의회에서 채택된 신앙 고백문으로, 이 고백문에서 벗어난 내용은 이단으로 간주한다. 니케아-콘스탄티노폴리스의 신경이라고도 부른다.

에 있는 딱딱한 벽이 어깨뼈에 자꾸 부딪혔고, 차가운 판석*은 해진 얇은 원단 사이로 바람이 스며들게 해 엉덩이를 차갑게 했다. 불편한 상황 속에서 브레티키는 이상한 신사들의 마음을 휘저어 놓은 것이 무엇인지 궁금해했다. 튀르크인이 올 수 있을까? 그렇지 않았다. 소년이 플리톤의 얼굴을 보고 추측해 보니, 플리톤(자신의 꿈을 위해 소년에게 악담을 퍼부었다!)은 이러한 발상이 어떤 발상이든 간에 철없는 생각이라고 여기는 듯했다. 이아그로스와 라스카리스는 문제를 중대하게 생각하는 듯했다. 본국 사람들은 심히 혼란스러워했다. 그들의 목소리는 떨렸고 손이 흔들렸으며, 분노에 차다 못해 거의 눈물까지 흘리는 듯했다. 방 안은 감정으로 가득 찼다. 브레티키가 생각하기에, (모든 이의 의견을 계속 듣는 듯한) 콘스탄티노스 경은 피곤함과 괴로움으로 머릿속이 가득 찬 듯했다. 소년은 생각했다. "이렇게 중요한 인물들이 당신을 괴롭히도록 놔둔다면, 황제라는 직위가 무슨 소용이 있죠?"

  마침내 아주 늦은 시간에 그들은 합의에 이르렀다. 그들은 엄숙하게 퇴장했고, 결국 데스포트도 회의실의 의자에서 일어나 자신의 거처로 갔다. 데스포트는 군인처럼 입은 요안니스 달마티오스에게 손짓해 자신과 함께하도록 했다. 대기실에 있는 커다란 탁자에 식사가 차려져 데스포트를 기다리고 있었다. 탁자는 데스포트의 모든 사람이 식사할 수 있을 만큼 컸다. 그는 수면 부족으로 피곤한 수행원들의 얼굴을 둘러본 뒤 말했다. 바로 더 많은 의자가 준비됐고, 수행원들이 먹을 투박한 빵덩어리들, 치즈, 쇠고기 스튜 요리를 담은 그릇들이 큰 서빙용 접시에 올려져 탁자에 둥글게 배치됐다. 콘스탄티노스 경은 한 명씩 호명하며

---

* 넓게 떠 있는 돌

앉아서 자신과 함께 만찬을 즐기자고 요청했다. 그들은 조심스럽게 자리에 앉았고 바로 불편해했지만, 기뻐하기도 했다. 호명된 브레티키는 데스포트의 왼쪽에 자리 잡았고, 브레티키의 오른쪽에는 스테파노스가 있었다. 요안니스 달마티오스는 데스포트의 오른쪽에 앉았고, 달마티오스의 옆에는 축복을 빌어줄 사제가 앉았다. 불편한 침묵이 감돌았고 아무도 식사를 시작하지 않았다.

"자, 친구들이여, 오늘 밤 나와 같이 식사하게. 우리 모두 배고프니까. 내가 왕관을 쓰고 도시에 있으면, 이러한 기회가 없을 걸세. 나는 더 이상 자네들 모두를 가족으로 여기는 정직한 군인처럼 살 수 없어. 그대들 모두 여기서 많은 고난을 겪으며 충직하게 나를 잘 보필해 왔고, 앞으로도 더 많은 고난이 찾아올걸세." 콘스탄티노스 경이 다정하게 말했다. 그는 자신의 앞에 있는 차가운 새고기가 올려진 접시와 포도주 젤리를 모두가 먹을 수 있도록 아래쪽으로 밀었다. 더 많은 포도주를 가져오라고 요청했고, 자기 황금 접시에 약간의 빵과 고깃덩어리가 올라오기 전, 모든 접시에 음식이 올려지고 모든 잔이 가득 차는 모습을 지켜보았다.

브레티키는 양손으로 빵 가장자리를 잡고, 이빨로 모서리를 물어뜯으며 잡아당겼다. 스튜에 있던 돌을 첨벙거리는 소리를 살짝 내며 뱉었다. 브레티키와 같이 식사하던 사람들은 브레티키에서 눈을 돌렸다. 브레티키는 자신의 옆에 있는 콘스탄티노스 경은 섬세하게 남자답지 못하게 먹는다고 생각했다. 그는 빵을 조각낸 뒤 우아하게 엄지손가락과 다른 손가락으로 잡고 나머지 손가락들을 기품 있게 구부린 채, 빵을 입속에 넣었다. 브레티키는 스튜의 돌에 무슨 일이 벌어지는지 지켜보지 못했고 돌에 관해 상상하지도 못했다. 새 한 마리와 다름없는 데스포트의 먹는 모습을 지켜볼 뿐이었다.

시간이 흐른 뒤, 식탁이 치워지고 이불이 펼쳐졌다. 콘스탄티노스 경은 잠옷을 입고 침대로 향했다. 시종들은 대기실에 드러눕고 스테파노스는 작은 등을 불어서 껐다. 브레티키는 어둠 속에서 눈을 뜬 채 어머니에 관한 기억을 밀어버리려고 안간힘을 썼다. 졸음을 이겨냈고, 이른 아침때처럼 배고픔도 이겨냈다.

"스테파노스?" 소년은 어둠 속에서 소곤거렸다.

"무슨 일이지? 어둠 때문에 불편하니?" 스테파노스는 속삭이다가, 브레티키의 손을 잡았다.

"무엇 때문에 저들이 오래 논쟁해 콘스탄티노스 경을 비통하게 했죠?"

"그들은 그분이 그리스어나 라틴어로 니케아 신경을 쓰는 것을 동의하지 못했단다. 그분이 자필로 써서 신앙심을 지키겠다는 맹세를 그분에게 왕관을 씌워줄 주교 앞에서 해야 하는데 말이지."

"왜 그들은 동의하지 않는 거죠?"

스테파노스는 한숨을 쉬었지만, 참은 채로 대답했다. "콘스탄티노스 경의 형님 되시는 고(故) 요안니스* 황제께서는(주님께서 그분을 평안케 하기를) 동방 교회와 서방 교회를 통합시키려고 노력했단다. 그분은 모든 기독교 국가가 하나가 된다면 좋으리라고 생각했어. 도시가 가톨릭 도시가 된다면, 교황이 도시를 구하기 위해 십자군을 보내리라고 생각했거든. 사안을 결정하기 위해 피렌체에서 공의회를 열었어. 요안니스 황제께서 나를 사들이면서 나는 황제의 노예가 됐지. 내가 라틴어를 잘 구사한다는 사실을 알았기 때문이야. 그래서 나를 이탈리아로 데려갔

---

* 황제 요안니스 8세(재위 1425~1448)

지. 결국 합의에 도달했어. 그리스 정교회 성직자 두 명을 제외하고, 모두 서명했어. 그러나 그들이 다시 본국으로 돌아오자, 도시의 사람들은 격분했단다. 서명하지 말라고 외쳤으며, 우리의 용감한 성직자 대부분은 교회 통합 동의를 철회했어. 그래서 지금 이렇게 됐단다. 플리톤과 다른 이들은 황제께서 라틴어로 니케아 신경을 쓴다면 서방 세계에서 도움을 얻을 수 있다고 말한단다. 반면, 도시에서 바로 온 이아그로스와 라스카리스는 이보다 더 어리석은 행동은 없다고 말하지. 교회 통합은 사람들을 격분시켰고, 경건한 이들은 대관식에 의심의 눈초리를 던졌어. 상황이 충분히 나빴기에 도시 밖에서 대관식을 치를 수밖에 없단다. 총대주교 대신 미스트라의 대주교가 주관할 수밖에 없지. 콘스탄티노스 경은 교회 통합에 서명한 형님께 충성을 바치고 싶어 하면서, 진리와 고대 신앙에도 같이 충실하고 싶어 한단다. 그분은 무엇을 해야 하는지 알지 못하는 상태란다."

"만일 도시에서 대관식을 하지 못하는 것이 나쁜 일이라면, 왜 그는 도시로 가서 총대주교에게 왕관을 받지 못하는 거죠?"

"첫째, 그분이 서방 세계와의 통합을 지지한 이후, 총대주교는 자신의 성직을 몹시 무시당했기 때문이지. 둘째, 그런 와중 콘스탄티노스 경은 빨리 권력 얻기를 바라기 때문이고."

"어, 스테파노스? 당신이 요안니스 황제의 노예였다면, 왜 지금은 콘스탄티노스 경을 보필하는 거죠?" 소년이 말했다.

잠시 조용해졌다. 그다음 스테파노스가 말했다. "나의 주군이신 요안니스 황제께는 아주 사랑하는 부인이 있었어. 그분이 피렌체에 계실 때 부인께서 돌아가셨지. 아무도 그분께 이 사실을 알릴 용기가 없었어. 그분은 부인을 볼 생각에 다시 궁전으로 갔을 때가 되어서야, 사실을 알게 되었어. 그분은 자신이 얼마나 오래 자리를 비웠는지, 얼마나 비통한 죽음을 겪었는지 깨닫고 버티지 못했어. 피렌체에서 나는 그분의 곁에 매일 머물렀어. 그분은 내게 자기 동생을 맡겼지."

"오, 스테파노스. 괜찮아요?" 브레티키가 말했다.

"자러 들어가거라." 스테파노스가 말했다.

소년은 잠시 아무 말도 하지 않았다. 잠시 후, "스테파노스? 그리스어와 라틴어 신경에 어떤 차이가 있는 거죠?"라고 말했다.

"서방 교회에서 무언가 덧붙였어." 스테파노스가 피곤한 상태로 중얼거렸다.

"무엇을 덧붙였는데요?"

"'필리오퀘'라는 단어란다. 이 단어로 성부**에게서만 나오는 성령***이 성자****에게서도 나오게 됐지…."

"성모 마리아! 낮에도 실컷 들었는데 밤에도 계속 들어야 하나?" 마누일이 스테파노스 뒤쪽의 어둠 속에서 외쳤다.

"필리오퀘…. 하나의 단어…. 덧붙여…. 그런데 그렇게 해서 뭔 차이가 생겼지?" 브레티키는 이에 관해 생각하다가, 결국 졸고 말았다.

---

* '그리고 성자'라는 뜻의 라틴어

** 삼위일체를 이루는 하느님의 세 위격 중 하나로, 하느님 그 자체이다.

*** 삼위일체를 이루는 하느님의 세 위격 중 하나로, 거룩하면서 신성한 영혼이다.

**** 삼위일체를 이루는 하느님의 세 위격 중 하나로, 예수님을 가리킨다.

4

 콘스탄티노스 경의 로마 황제 즉위 대관식이 있는 날 아침, 스테파노스는 진홍색으로 수놓은 유독 아름다운 자주색 튜닉을 입은 채, 소년이 입을 예식용 의복을 들고 왔다. 둥근 메달 모양 보석을 달고 황금색 철사로 잎, 가지, 새 모양으로 수놓은 의복은 너무 뻣뻣해서, 바닥에 놓아두면 알아서 똑바로 설 수 있을 정도였다.
 "이거 안 입을래요! 여자 옷이잖아요." 소년이 분개했다.
 "누가 너더러 무슨 옷을 입겠냐고 물었니? 아무도 너에게 물어보지 않았어. 이 옷은 네가 입어야 해. 넌 오늘 황제 옆에서 걸어야 하니까." 스테파노스가 말했다.
 "싫어요! 제가 원래 입고 있던 튜닉에 문제가 생겼나요? 이 많은 금은 다 뭐예요?" 소년이 외쳤다.

"금이라고? 이건 놋쇠로 만든 실이란다. 얘야. 실이지. 옷에서 실이 떨어지리란 생각은 하지 않아도 된단다. 실이 네가 집에 갈 때 통행료를 지불할 거란 상상을 하렴. 비록 놋이긴 해도, 햇빛이 조금만 비추면 멋지게 보일 거야." 스테파노스가 말했다.

"이거 안 입을래요! 안 입어요! 안 입어요! 안 입는다고요!" 소년이 말했다. "왜 저들이 말한 대로 해야 하지? 난 노예인 걸까? 아니면 여기서 기꺼이 대접받는 몸인 걸까? 사람에게는 자존심이 있어. 개한테도. 그들이 시켜도 난 따르지 않을 수 있어!" 소년이 생각했다. 그러나 머릿속에서 정갈하게 생각을 정리하고 있는 와중에도, 불쾌함을 유발하는 예복에 달린, 원통형의 촛불 끄는 기구에 씌워진 촛불처럼 소년의 머릿속 불길이 꺼졌다.

소년은 아우성을 쳤다! 단순히 화가 나서가 아니라(그래도 몹시 화가 난 것은 확실했다), 고통스러웠기 때문이다. 고대 제복의 앞면은 금실로 뒤덮여 화려했지만, 뒷면은 안감을 꿰맨 곳이 끊어져 길게 늘어졌고, 1,000여 개의 바늘 같은 철사 끝부분에 찔려 가시덤불처럼 따끔거렸다. "악!" 소년은 울부짖었다. 소년이 정신없이 몸부림칠수록 옷은 더 잔인하게 피부를 긁었고 찔러댔다.

시끄러워졌다. "멈춰. 원숭이, 당나귀 같으니라고!" 스테파노스는 놀란 채 소리치며, 소년이 옷을 마구 움직이는 것을 막아 귀중한 예복이 망가지지 않도록 하려고 했다. 홀에서 예복을 입고 대기하던 시종 절반이 스테파노스를 도우러 왔다. 열두 쌍의 손이 소리 지르는 피해자 탓에 격렬하게 움직이는 옷깃을 잡았다. 그들은 소년의 팔을 거칠게 잡았고, 뻣뻣하게 쌓인 소매 속으로 팔을 쑤셔 넣었다. 소년의 손목은 긁히고 꽤 많은 피를 흘리게 됐다. 소년이 옷을 벗으려고 몸부림치지 않았으면 고통 없이 옷을 입고 끝났을지도 모르지만, 이미 늦었다. 소년의 몸은 100여 개의 작은 상처 탓에 이미 욱신욱신 쓰렸다. 소년은 흐느적거리며 선 채 흐느꼈고, 야단치는 목소리들이 사방에 퍼졌다.

그때 갑자기 조용해졌다. 콘스탄티노스 경이 자주색과 금색으로 꾸민 채 문 앞에 서 있었다. 그 역시 수놓은 옷을 입고 보석으로 꾸며 머리부터 발끝까지 빛을 냈다. 그가 앞으로 한 발짝 움직이자, 소년은 익숙지 않은 무게감에 약간 비틀거렸다. 그는 성상 같았고, 액자에서 걸어 나온 듯했다. 그는 완고하게 움직였다. 그는 빛났다. 그는 떠들썩한 소리를 조용하게 했다.

"여기서 무슨 일이 일어나고 있는 거지?" 콘스탄티노스가 묻자, 스테파노스가 고하기 시작했다.

"아, 이거 안 입을래요. 안 입을 거야. 이건 수의 같아요!" 소년이 흐느꼈다.

"얘가 뭐라고 말하는 것이냐?" 콘스탄티노스 경이 뻣뻣하면서 우아한 인형처럼 머리를 꼿꼿이 세우고 볼에 눈물을 흘리며, 소년을 바라본 채 물었다. 콘스탄티노스 경의 검은 눈동자는 소년을 쳐다보았는데, 마치 소년을 처음 만난 것처럼 쳐다보았다. 스테파노스가 통역했다. 콘스탄티노스 경은 웃고 있는데, 반쯤 미소를 띠고 있었다. 콘스탄티노스 경은 그날 아침에 남은 힘을 쏟아붓듯, 느리고 뻣뻣하게 웃었다. 그의 무거운 예복은 이러한 그의 엄숙한 표정마저 감추고 가둬놓은 듯했다. 황제는 소년에게 바로 말했다.

"이분은 '이 눈을 보아라. 얘야, 여기 있는 우리 모두 예복을 입고 있단다.'라고 말씀하셨어." 스테파노스는 무뚝뚝하게 말하며 고개를 돌렸다. 황제가 방에서 느리게 나가자, 스테파노스는 브레티키의 손을 잡고 황제의 뒤를 따랐다.

황금색 메달 모양 보석을 독수리 모양으로 수놓은 자주색 비단으로 둘러싸인 훌륭한 예복을 입은 황제는 머리에 아무것도 쓰지 않은 채 미스트라의 데스포트 궁전 대형 홀에 서서, 자신의 앞에 있는 독서대에 올려진 양피지 한 장에 글을 쓰고 있었다. 황제의 옆에서 브레티키가 뻣뻣하게 선 채, 잉크, 사포, 펜이 올려진 쟁반을 들고 있었다. 반대편에는 이아그로스가 밀랍과 국새를 들고 서 있었다. 홀은 고관대작과 성직자들로 가득했다.

나 콘스탄티노스는 주님께 충실한 국왕이자 로마의 황제로서, 자필로 이 말들을 쓰고 새기니…. 황제가 썼다.

펜은 크림색 표면을 가볍게 긁었다. 황제는 작고 깔끔한 손으로 익숙지 않은 글자를 춤을 추듯 써 내려갔다.

저는 전능하신 하느님 아버지, 천지 창조주를 믿습니다. 하느님의 유일한 아드님이신 예수 그리스도, 주님, 아버지에게서 비롯된 생명을 주시는 성령….

손과 펜이 함께 멈췄다. 오랫동안 펜은 양피지 위의 손가락 사이에 매달려 있었다. 그다음 황제가 이어 썼다.

하느님, 예수님과 함께 숭배받고 찬미 받을…. 유일하시고, 경건하신, 가톨릭 사도 교회…. 더욱이, 나는 사도의 신성한 진통, 7대 공의회의 모든 조항과 정의를 온전히 고백하고 승인하며…. 이처럼 저는 신성한 교회의 충성스러운 종복이자 친아들이 되겠다고, 살인과 상처 입히기, 그 외 피해 입힐 수 있는 행동을 하지 않겠다고 맹세합니다. 저는 정의와 진실을 따를 것입니다. 1449년 1월 6일, 제가 하느님의 신성한 교회

에 이 모두를 지키겠다고 맹세합니다.

이아그로스가 밀랍을 붓자, 황제는 밀랍을 눌러 직인 했다. 붉은 방울이 브레티키의 손에 약간 튀어 손을 뜨겁게 하자, 브레티키가 손을 흔들어 잉크를 뒤엎을 뻔했다.

본국의 주교가 앞으로 걸어와 직인 된 고백서를 받았고, 성직자 두 명을 뒤에 거느린 채 고백서를 옮겼다.

갑자기 홀에 병사들로 가득 찼다. 그들이 달려와 소리쳤다. "허, 허, 바실레프스!" 그들이 대리석 바닥을 횡단할 때, 갑옷이 부딪히는 소리가 들렸다. 병사들은 황제를 붙잡아 문 쪽으로 끌고 가 어슴푸레한 아침 햇빛을 맞게 했다. 잠시, 놀란 소년은 여기서 혁명, 반란이 있을 것으로 생각했지만, 소년이 보기에 황제가 저항해도 이상할 정도로 약하게, 거의 예식에 맞춰 저항하는 느낌이었다. 바깥 계단 맨 위에서 병사들이 황제의 양팔을 붙잡고 질질 끌고 가다가 멈췄다. 바깥의 군중은 함성을 지르며 붉은색 스카프와 리본을 흔들어, 잔물결이 이는 진홍색 파도 모양을 이루게 했다. 병사들은 황제더러 커다란 접시, 그러니까 방패 위에 올라가게 했다. 그러고 나서 어깨높이로 들어 올린 뒤, 소리치며 칼을 맞부딪혀 갑옷의 정강이받이를 내리쳤다. 그들은 황제를 들어 올린 뒤 둥글게 광장을 돌아오는 과정을 반복했다. 여기에 플리톤, 이아그로스, 라스카리스, 요안니스 달마티오스 모두 고리 모양으로 걸어서 행진하며, 방패의 가장자리를 손으로 만졌다. 그동안 홀에 모여 있던 사람들은 그 모습을 보기 위해 출입구 쪽으로 밀어닥쳤다. 사람들 사이에 있던 브레티키는 성 미카엘 축일의 박람회에 있던 시골 사람처럼 놀라고 기뻐서 넋을 잃고 서 있었다.

그때 병사들은 황제더러 내려오게 했다. 황제의 말이 걷기 시작하자 황제는 말에 올라탔다. 황제를 포위하는 궁정 사람 전체와 함께, 광장의 사람 틈바구니로 길을 천천히 만들었다. 브레티키는 거칠게 밀치고 부딪히는 군중 속에서 극도의 고통을 겪으며 말의 뒤를 쫓았다. 걸을 때마다 뻣뻣한 예복이 앞뒤로 오가며 자신의 살에 부딪히는 바람에, 강판 속의 치즈 같은 느낌이었다. 핀과 바늘에서 막 탈출하는 유일한 방법은 머리를 꼿꼿이 세워 똑바로 걷는 것이었기에, 브레티키는 참고 위엄 있게 걸었다.

커다란 중앙 홀에 있는 사람들은 둑을 가득 채운 강물처럼 좁은 거리를 메웠다. 그들은 대성당을 향해 내리막길로 이동했다. 교회로 가던 황제는 말에서 내려 방향을 돌린 뒤 군중을 마주했다. 황제 옆에서 어떤 남자가 나타났다. 남자는 자주색 황실 옷을 입은 채 진홍색 옷깃을 묶은 다발을 가득 채운 넓은 바구니를 들고 있었다. 황제가 신호를 보내니, 남자는 이 다발을 사람들 사이로 사방팔방에 뿌렸다. 사람들은 다발을 잡으려고 뜀박질하고 팔을 들어 올렸고, 다발이 떨어지자 먼저 잡으려고 달려들었다. 사람들은 웃고 소리쳤다. 시종은 작고 밝은 선물 꾸러미를 높이 더 높이, 더 멀리 던졌다. 꾸러미 한 개가 브레티키의 어깨에 부딪혀 넓게 접힌 소매를 타고 내려갔다. 브레티키는 꾸러미를 움켜잡았다.

황제는 수행원단을 뒤에 거느린 채 교회로 들어가 페인트칠 된 돔 아래에 서서, 성유*를 받고 빛나는 왕관을 쓴 채 성체**와 끝없는 축복도 받았다. 예식 치르는 소리가 계속 지겹게 웅얼거리자, 브레티키는 은밀하게 옷깃의 작은 매듭을 만지작거렸다. 주위에 있던 모든 이가 절을

---

* 그리스도교 예식에서 사용되는 성스러운 기름
** '그리스도의 몸'이라는 뜻으로, 축성된 빵을 의미한다.

올리고 성가대의 윙윙거리는 목소리가 절정에 달하자, 브레티키는 매듭을 풀었다.

해진 천이 땅바닥에 떨어지자, 붉은색 광장 바닥에 금화 세 개, 은화 세 개, 동화 세 개가 놓였다. 소년의 심장에서 큰 희망이 치솟았다. 바로 돈이었다! 돈이 있으면, 당나귀 값이 있으면 탈출할 수 있다! 소년은 머릿속으로 바로 호화로운 노예 상태에서 탈출했고, 어디론가 당나귀를 타고 달려가 친근해 보이는 배 한 척을 찾아…. 아마 배고프고 추울 테니 위험하겠지만, '자유'다. 불운하고 포위된 도시에 끌려다니지 않는 상상을 했다…. 소년은 동전을 다시 바라보았다. 이러한 동전을 본 적이 있었다. 베잔트* 동전이었다. 이 이상한 그리스-로마인들이 말하는 도시는 비잔티움, 즉 콘스탄티노폴리스였다. 소년은 비잔티움에 관해 무엇을 알았는가? 오로지 이곳에는 정직하지 못하고 간사한 자들로 가득하다는 사실만 알았다. 쓰라리게 생각했다. "나는 이미 진실을 찾았어." 이처럼 생각하며 브레티키는 옆에 있는 스테파노스를 흘깃 쳐다보았는데, 스테파노스가 울면서 대놓고 눈물을 흘리고 있다는 사실을 알게 되었다.

돔 주위를 에워싼 창문들에 매달린 종에 맺힌 각진 빛줄기가 어슴푸레하게 빛날 때, 왕관이 높게 추어올려져 콘스탄티노스의 머리로 내려앉았다. 성가대의 합창 소리가 갑자기 더 커지더니 종소리가 들리면서 사라졌다. 밖의 사람들이 소리쳤다. 총대주교는 황제의 오른손에 십자가가 위에 똑바로 올려진 금색 보주**를, 왼손에는 비단으로 된 자루를 올려놓았다. 그러나 황제가 일어나 문 앞으로 걸어가자, 갑자기 허드레

---

* 비잔틴 제국에서 발행되는 동전

** 십자가가 달린 둥그런 물체로 서양에서는 왕권을 상징한다.

옷을 입은 사람들에게 둘러싸였다. 그들은 더러운 앞치마를 입고, 황제의 길을 막으며 주위에서 거칠게 밀쳤다. 스테파노스의 뒤를 따르던 소년은 놀란 채 그들을 바라보았다. 아무도 그들더러 '쉬'하지 않았다. 그들 앞치마의 주머니에는 석공들이 들고 다니는 연장이 있었다. 그들은 황제에게 대리석과 반암* 조각, 카리아산 식물을 보여주었다. 그들은 돌로 된 작은 조각품과 돌로 만든 작은 관도 보여주었다. "어떤 관을 택할 것인지 고르시오. 황제! 그대는 어느 무덤에 묻히고 싶소? 자, 황제. 그대의 무덤을 고르시오!" 그들이 소리쳤다.

황제가 말했다. "나는 내 정직한 석공들에게 감사하고 있소. 모든 전임자를 위해서는 겸손하게 행동해야 하지만, 나를 위해서는 자부심을 가지고 선택해야 하오." 황제는 그들더러 물러나라고 손짓했다. 그들이 물러나자, 황제는 자신더러 나오라고 소리치는 사람들 곁으로 향했다. 작은 도시의 사람들 전체가 거리에 있다가, 황제가 0.8km 정도 거리에 있는 궁전으로 돌아갈 수 있도록 보필했다. 이 도시의 사람들은 브리스토의 훌륭한 시민들보다 수가 적었다.

황제는 그 날밤 침대로 일찍 갔다. 브레티키는 스테파노스가 비단옷과 빛나는 예복들을 접고 모으는 것을 도우면서, 황제가 황금 보주와 함께 받았던 비단 자루를 훔쳐보았다. 그곳에는 흔한 먼지만 가득했다.

며칠 후, 새로 즉위한 황제는 원뿔 모양 도시의 뚜껑을 덮는 궁궐에 주둔한 군대를 사찰하기 위해, 언덕 꼭대기까지 올라갔다. 창문 달린 황제의 궁전이 브레티키가 처음으로 절을 올렸던 대성당 위로 치솟았다.

---

* 자주색으로 된 바위

궁전 위를 적갈색 기와로 덮고 기와 밑으로 쟁기를 간 들판들이 길게 늘어져, 궁전 문까지 말을 타고 갈 수 있었다. 브레티키는 훨씬 전에 도착했던 이 궁전을 좋아했다. 거대한 석조 건물이 여기서 궁전을 올려다보는 것을 금지하는 듯해도, 구불구불한 길을 따르면 궁전으로 올라갈 수 있었다. 실제로 그들이 말을 타고 가다가 도개교가 들어 올려지는 바람에 갑자기 말발굽 소리를 내자, 브레티키는 도개교가 들어 올려지는 이유를 깨달았다. 이러한 모습은 브레티키가 고향에서 익숙히 봐온 모습이었다. 출입구의 아치는 약간 뾰족했고, 창문을 뚫은 긴 화살도 있었다. 마치 잉글랜드의 남작들이 사람들을 내려다보려고 지은 수많은 궁전 같았다. 소년은 궁전 안을 더 좋아했다. 벽에 있는 고리는 언덕 꼭대기를 에워싸고, 안은 또 다른 작은 벽이 총안*이 있는 흉벽**과 함께 끄트머리의 정상을 에워쌌다. 안에 말, 외양간, 음식 매장, 수조***들이 모두 안전하게 있었다. 병사들의 막사는 두꺼운 벽 속의 탑과 방들 속에 있었다. 브레티키와 스테파노스는 내벽을 타고 올라가다가, 바람이 불자 자신들의 망토를 움켜잡고, 기복 있는 라케다이몬****과 화려하게 눈옷을 입은 키 큰 타이게토스 산의 외곽 내 공간을 보았다.

브레티키는 몸을 약간 떨었다. 지금, 이 순간이 괜찮다는 사실을 잊은 채 펄펄 끓는 열로 받은 고통처럼 자신의 기억을 고통스럽게 날려보냈다. 그러나 브레티키는 기억하지 못했기에 몸을 떨었다. 그들 밑으로 군대를 황제의 앞에 일렬로 나열해 주목하는 와중, 황제는 연단에 앉

---

* 총을 쏘기 위해 벽에 뚫은 구멍
** 사람의 가슴 높이만 한 벽
*** 물을 담는 커다란 토
**** 그리스 사람들이 스파르타를 부르는 호칭

아 있었다. 황제는 군대에 말하며, 누가 자신과 함께 여기로 올지, 함께 머무를지 결정하라고 했다.

"여긴 튼튼한 요새네요. 우리나라에 있는 성 같아요." 소년이 행복하게 말했다.

넓은 풍경을 나가떨어지게 만든 바람이 파도처럼 산꼭대기로 휘몰아치자, 브레티키의 말 중 일부가 스테파노스가 대답하기 전에 파르나소스산으로 날아갔다.

"그래! 프랑크인의 손에 건설되었단다." 스테파노스가 바람 속에서 소리쳤다.

엄청난 강도의 안전함이 브레티키를 감쌌다. 그곳에 서 있으면 64km 이상의 거리에서 오는 위험을 볼 수 있고, 벽 안을 둘러싼 벽 속에서 용감하게 위험을 기다릴 수 있었다. 여름에 줄곧 놀았던 강물 속의 작은 섬이 된 느낌이었다. 겨울을 대비하기 위해 소금에 절인 고기, 식초에 절인 사과, 줄에 꿰어 놓은 양파들로 가득한 어머니의 식료품 저장실을 통해 충분히 자급자족한 느낌이었다. 마치 저녁에 화롯불이 활활 타고 덧문이 닫혀 있으며, 문의 빗장이 걸려 잠겨 있어 모두가 안전하게 있는 느낌이었다.

"스테파노스, 여긴 훌륭한 지대 속에 있는 튼튼한 요새이고, 쾌적한 도시예요. 여기 궁전이 있죠. 왜 그는 여기서 머물면서 황제가 된 거예요?" 브레티키가 말했다.

"도시는 그분에게 속해있고, 그분 역시 도시에 속해있어. 여긴 미스트라일 뿐이야. 어떻게 여기서 황제가 될 수 있겠니?" 스테파노스가 말했다.

"왜 안 되죠? 잉글랜드에서는 왕이 있는 곳이 궁정이에요. 만일 도시가 사방으로…. 튀르크군에게…. 포위….”

"목숨을 부지하기 위해 도시에서 달아나려 한 황제˚가 있었어. 황후가 와서 왜 겁을 먹냐고 황제를 꾸짖으며 말했지. '모든 사람은 머지않은 미래나 먼 미래에 죽어요. 그러나 사람들은 제국이 훌륭한 수의를 만들어야 한다고 말하죠.' 황제는 도시를 떠나지 않았어. 십자군이 왔을 때가 유일하게 황제들이 잠시 도시 밖에 있어야 했을 때였어." 스테파노스가 말했다.

"저는 십자군 집안 출신이에요." 소년이 자랑스럽게 말했다. 소년은 조상이 교구 교회의 회색 퍼벡석˚˚을 손쉽게 자르고, 쇠사슬을 물결선으로 엮은 갑옷을 입어 다리를 꼬아 강아지를 그 위에 올려놓고, 자신의 검을 가슴 위에 십자가 모양처럼 눕힌 모습을 기억했다.

그러나 스테파노스는 완전히 겁에 질린 채 소년을 바라보았다. 스테파노스의 매끈하기만 한 얼굴은 혐오감으로 뒤틀렸다. 눈에서 분노와 경멸을 뿜어댔다. "너도 그중 하나라는 거지! 저주받은 새끼 중 하나!" 스테파노스가 말했다.

브레티키는 망연자실했다. 브레티키는 빨개지고 뒤틀린 스테파노스의 얼굴을 입이 떡 벌어진 채 바라볼 뿐이었다.

"십자군! 그들은 와서 이교도에게 맞선다고 말했어. 하지만 그들은 그리스도교의 피가 묻은 팔꿈치에 자기들의 탐욕스러운 손을 뻗었어! 그들은 주님의 이름을 걸고 왔지만, 전 세계 기독교도들의 중심지를 약탈했어. 신의 지혜의 교회˚˚˚ 제단에 창녀가 있게 했어! 그들은 정의와 신

˚ 유스티니아누스 1세(재위 527~565)로 추정된다.

˚˚ 영국 퍼벡 지역에서 생산되는 대리석

˚˚˚ 하기아 소피아 성당

의의 이름으로 왔지만, 강간하고 약탈하고 강탈하고 도시의 승리를 떼어내 베네치아와 서방 세계를 꾸미는 데 썼지! 도둑놈들! 도적들! 건달들! 도시를 돼지우리처럼 만들고, 성스러운 그릇을 전당 잡고, 가장 신성한 가시 면류관을 팔고, 아주 더러운 범죄 행위의 값을 치르기 위해 궁전 지붕에 올려진 납을 벗겨냈어! 우리가 도시를 탈환했을 때, 남아 있는 것이 없었지. 부와 승리의 흔적도, 튀르크인에게 맞섰던 흔적도 없었어. 만일 도시가 튀르크인의 손아귀에 떨어진다면, 이 지경으로 만든 건 술탄이 아니라 십자군일 거야. 이렇게 많이 파괴되고 난 지금, 그들 탓에 우리는 적 앞에서 무력해졌는데, 그들이 우리를 도우러 온다고? '필리오퀘'라는 단어를 넣지 않고서, 우리의 잇속에 누룩을 넣지 않은 빵*을 넣고서는 아무것도 하지 않을 거면서!" 스테파노스가 외쳤다.

"하지만 저는 아무것도 하지 않았어요…. 저는 아무것도 몰라요." 브레티키가 더듬거렸다.

"그렇게 야만스러운 무리에게서 볼 수 있지. 너 같은 아무것도 모르는 강아지에게서는 뭘 볼 수가 없어." 스테파노스는 소리치다가 주먹을 꽉 쥐고 머리를 내리고, 총안이 있는 흉벽 넘어 바람이 부는 허공을 향해 울부짖었다. "이렇게 어리석은 질문들이 쏟아지니, 너의 무지함은 끝이 없구나! 네가 아는 건 대체 뭐야? 이해한 게 있긴 해? 내가 너에게 신과 인간의 역사 전체를 말해줘야 하니? 너에 대해 그리스어로 말할 수 없고, 네 라틴어 소리는 너무 상스러워서, 성인의 귀를 고통스럽게 할 거야. 주여, 우리를 도우소서. 우리의 친구나 적이 누구인지 알 수 없다는 것이 더 끔찍해!"

---

* 성체성사 때, 정교회에서는 누룩을 넣은 빵을 사용하고, 가톨릭은 누룩을 넣지 않은 빵을 이용한다.

스테파노스는 브레티키에게서 등을 돌린 채, 난간을 따라 성큼성큼 걸어가 가장 가까운 탑의 보이지 않는 계단을 타고 가파르게 내려갔다. 트럼펫 소리가 황제의 호위대와 함께 울렸다. 브레티키는 쏟아지는 목소리에 동요해, 뒤에서 조심스럽게 거리를 유지하며 스테파노스를 따랐다.

"하지만 그가 날 좋아하는 것 같아. 그렇지 않아? 늘 친절하고, 참을성 있게 대답하고…. 하지만 오로지 의무감 때문에 그런 거였다면…. 그의 얼굴이 너무 힘이 없어 보였고, 너무 힘없이 움직였고, 닫힌 창문처럼, 고요한 웅덩이처럼…. 아, 여긴 혐오스러워. 달아날 거야! 달아날 거라고!" 브레티키는 속으로 애통해했다.

아래에서 병사들은 선택했다. 황제는 말을 타고 테라스화된 도시에서 본궁으로 내려갔다. 그들은 떠나면서 뒤에 태양을 남겨 놨고, 더 낮은 비탈길, 더 낮은 곳의 마을로 가면서 해의 높이에 걸맞은 무거운 그림자를 드리웠다. 살을 에는 추위가 그림자 속에 잠복했다. 추위 속에 두려움이 잠복해 소년의 쓰라린 가슴을 압박했다. 소년은 고국에서 멀리 떨어진 채, 모든 사람이 불꽃으로 향하는 나방처럼 서둘러 자신의 목숨을 버리려 하는, 포위되고 운이 다한 혐오스러운 도시로 끌려갔다. 그들 뒤의 언덕 꼭대기에, 저녁 빛에 물든 황금빛 성이 서 있었다. 그러나 그림자는 위험을 향해 행진하다가, 자의로 계속 방향을 잡아 황제의 병사들을 향해 몰려갔다.

5

황제의 출발 준비로 분주할 때 힘든 시기가 뒤따랐다. 브레티키는 조용히 사라져 옆길로 새서 도시를 빠져나갈 방법을 궁리했다. 그러나 이때 브레티키에게는 할 일이 있었고, 심부름해야 할 것도 많았다. 스테파노스가 늘 브레티키를 감시하는 것 같았다. 성에서 내려온 후 스테파노스는 소년에게 어떠한 불쾌한 말도 하지 않았으며, 예전처럼 차분하고 온화해 보였다. 그러나 소년은 더 이상 그의 태도에서 자신을 좋아하는 기색도, 편안함도 느낄 수 없었다. 게다가 소년이 달아날 기회를 강조할 때마다, 무표정한 갈색 눈동자는 늘 소년을 쌀쌀맞게 바라보는 듯했다.

사람들과 당나귀, 짐 나르는 말, 수레의 대규모 대열이 모넴바시아 해안으로 가기 위해 모였다. 그곳에서 도시로 향할 예정이었다. 배가 카탈루냐 길드 측의 손으로 정비되었다. 이 사실은 브레티키를 매우 역겹게 했다. 브레티키는 노튼 삼촌에게 배가 있었는데도, 다른 이와 함께 타야 했다고 말했다. 마누일은 황제에게 배가 있는데, 배들은 도시에 있다고 답했다. 그래서 미스트라에서 마지막 날들을 보내면서, 소년은 순조롭게 탈출하지 못했다. 스테파노스는 소년을 온종일 감시하는 것이 확실했다.

소년은 점점 자포자기 상태가 되었다. 미스트라에서 마지막 저녁을 보낼 때, 황제가 궁전 밖 광장에 있는 사람들에게 작별을 고한 뒤 자기 전 자신의 처소에서 기도를 올릴 때, 소년은 최후의 방책方策으로 황제의 발 앞에 달려들어 바로 황제에게 호소했다.

"저를 데려가지 마세요. 이렇게 빌게요. 저를 놓아주세요! 오, 폐하, 제 영역이 아닌 싸움판으로 저를 던져넣지 마세요." 소년이 말했다.

황제는 소년의 금발 머리와 자신을 응시하는 불안해 보이는 파란 눈동자를 생각에 잠긴 채 바라보았다. 황제는 스테파노스를 불러 소년이 자신에게 무슨 말을 하는지 통역하게 했다. 소년은 무릎을 꿇은 채 기다렸다. 소년은 황제가 화가 난 게 틀림없다고 생각했지만, 황제는 슬퍼 보일 뿐이었다.

스테파노스가 말했다. "이분은 네가 요구하는 바를 들어줄 수 없다고 너한테 말하라고 했어. 이분은 내키지 않는 일도 해야 하는 상황이야. 살면서 불가피한 일을 맞닥뜨릴 때 무한한 주님의 의지를 볼 수 있다고 말했어."

브레티키는 절망한 채 소리쳤다. "제 눈에는 황제의 의지 말고 누구의 의지도 보이지 않아요! 군주들이 무력한 이방인을 노예로 만드는 게 주님의 의지인가요?"

"난 그 말을 통역하지 않겠어! 그분께서 짊어지신 짐이 이미 너무 많은데, 넌 어떻게 또 짐을 지우려 하니?" 스테파노스는 분노로 굵어진 목소리를 외쳤다.

소년은 황제가 자신에게 맞선다는 사실에 너무나 놀라서, 잠시 아무 말도 하지 않았다. 침묵 속에서 황제는 소년의 머리카락 뭉치를 부드럽게 만지고 뒤를 돌아 기도하러 갔다.

"브레티키. 내 말을 들어라. 이해하려고 노력하렴. 살면서 피할 수 없는 일은 의젓하게 받아들여야 한단다. 사람들은 주님께서 정해주신 운명으로 판단되는 게 아니라, 그들이 운명을 마주하는 태도로 판단된단다. 네게 일어날 일은 이미 일어났어. 거기에 맞서 싸우는 것은 네 자신에게 상처를 줄 뿐이야." 스테파노스가 다급히 말했다.

소년은 대답하지 않았다. 마구 흥분하고 뚱한 기색을 누그러뜨리지 못했다. 소년은 여전히 황제가 서 있는 자리 앞에서 무릎을 꿇고 있었다.

"들어 보거라. 이 위험을 조용히 받아들이렴. 주님께서는 네 희생을 보시고, 네가 짊어진 짐을 조용히 보실 거란다. 주님께서 판단하실 거야. 주님께서 보답하실 거야. 하지만 네가 싸우고 억지로 버틴다면, 너는 주님께서 내리실 상을 받지 못할 거란다. 그러면 넌 떠나야 하고 상황은 똑같을 거야. 항복할 용기를 찾아보거라."

"항복할 용기요? 그건 겁쟁이나 하는 짓이에요. 사내답지 못해요. 제가 해야 할 일은 제 몸속의 마지막 숨이 차오를 때까지 싸우는 거예요. 삶이 저를 계속 때린다면, 저는 싸울 수 있을 때까지 싸울 거라고요. 끝까지 물어뜯고 발로 찰 거예요!" 소년이 소리쳤다.

"야만인을 맞이할 때 끝까지 싸워야지! 이렇게 화를 내면, 난 너를 도와줄 수 없어. 네가 내 주군께 또다시 호소하거나 불만을 늘어놓으면,

내 허리띠로 네 엉덩이를 묶어 놓을 거야. 알겠어?"

"아, 이제 본심이 나왔군요. 그게 당신의 본모습이네요." 소년이 일어서며 말한 뒤, 행군하듯 걸어갔다. 소년의 뒤로, 스테파노스가 경악한 표정으로 얼어붙은 채 서 있었다.

브레티키의 말이 쓴 굴레는 모넴바시아로 가는 길 내내, 스테파노스의 손목을 묶었다. 브레티키는 아무 말도 하지 않았다. 분개한 채 모든 말을 쏟아낸 브레티키는 침울한 상태로 절망에 빠진 채 정신을 놓고 있었다. 선상에 있을 때, 소년은 비탄과 향수병에 잠식되어 있었다. 소년이 출항 준비를 하는 선박에 오른 마지막 시기, 브리스토에서 닻을 올리고 통조림과 옷감을 실은 배에는 잉글랜드인의 목소리와 지금은 죽은 배 주인들의 원대한 욕망으로 가득했다. 황제를 실은 카탈루냐 배는 혀 짧은 소리로 왁자지껄 떠드느라, 인류애를 발휘해야 알아들을 수 있었다. 배는 흘수선* 위로 이상할 정도로 정교하게 지어졌고, 돛은 유별나게 튀어나온 범장**에 달려 있었다. 그러나 배는 코그 앤처럼 삐걱거리고, 타르와 소금 냄새가 바람을 마주하자, 코그 앤처럼 신음 소리를 냈다. 모넴바시아가 배의 뒷부분 쪽으로 사라져갈 때, 소년은 브리스토 해협 아래로 활기찬 바람이 불고 부두가 땅에서 물러나면서, 손을 흔들고 눈물을 흘리는 어머니의 모습이 인형만큼 작아지던 상황을 기억했다. 카탈루냐 선원들은 자기들의 일에 능숙했고, 소년은 그들이 돛과 시트***를 모는 모습을 즐겁게 바라보았다. 하지만 소년은 얼마 후 선실로 가

---

* 배가 어디까지 잠겨야한다고 알려주는 한계선
** 배 바닥에 돛을 달려고 세운 기둥
*** 돛의 각도와 방향을 조절하려고 돛 아래에 다는 장치

야 해서 그들이 배를 모는 모습을 더 보지 못했다.

　황제가 뱃멀미하기 전까지 배는 물에 거의 뜨지 않았다. 스테파노스와 마누일 모두 뱃멀미 때문에 얼굴이 창백해졌다. 브레티키는 브리스토 해협과 비스케이 만을 뒤로 한 채, 무역으로 다져진 통통한 다리로 굳건히 선 덕에 배의 움직임을 거의 느끼지 못했다. 브레티키는 스테파노스가 고통받는 모습을 보고 자신이 이겼다고 생각하며 짓궂게 기뻐했고, 따뜻한 물과 수건을 갖고 황제의 침대 옆, 비어 있는 대야 쪽으로 갔다.

　소년은 깨끗한 천을 덮고 누운 콘스탄티노스 황제에게 거의 가까이 가지 않은 채, 침대 옆의 나무판자를 수건으로 닦았다. 스테파노스가 비슷한 조치를 요구하자, 소년은 또 있을 재앙에 대비하기 위해 깨끗한 그릇을 준비했다. 소년은 객실의 매캐한 냄새를 킁킁거리며 맡고 넌더리 쳤고, 엉망인 상태를 치우기 위해 물에 포도주를 격하게 탔다. 배는 계속 너울*에서 뒤놀았다. 사실 브레티키에게는 외양外洋**이라기보다 요람이 흔들리는 것처럼 느껴졌다. 그러나 제 발로 서 있는 유일한 황실 일원이 되기란 참 고됐다. 브레티키가 모두를 돌보고 나니, 어느새 밤이 되었다. 황제는 어떤 음식도 먹으려 하지 않았지만, 스테파노스는 브레티키가 숟가락으로 떠다 주고 달래주고 삼키라고 구슬려 준 덕에, 수프 몇 스푼만 먹었다.

　모든 일이 끝나자 브레티키는 갑판 위로 올라갔다. 깨끗한 소금 맛 공기가 폐를 가득 채우고 영혼을 들어 올렸다. 브레티키는 밧줄과 목재가 압박받을 때마다 우르릉거리고, 물에 거품이 생기고 자신의 밑에 있

---

* 바다의 큰 물결

** 육지로 둘러 싸이지 않고, 육지에서 멀리 떨어진 바다

는 배의 측면을 따라 물이 출렁거리는 소리를 들었다. 브레티키는 모든 밧줄이 둥글게 말리고, 돛의 가장자리가 깔끔하게 정돈된 모습을 보고 선장에게 마음속으로 경례했다. 브레티키는 엄청나게 많은 별을 올려다보았다. 수백만 개의 별이 빛나고 있는데, 여태까지 잉글랜드의 하늘을 장식한 별보다 더 많았으며, 브리스토의 강가 목초지에 있는 미나리아재비만큼 두껍게 무리 지었다. 브레티키는 오랫동안 뱃전*에 기대어 있다가, 밑의 악취가 진동하는 폐쇄된 선실로 내려가겠다고 마음을 단단히 먹었다.

사흘째 이러한 일이 계속되었다. 이틀째 되던 날, 자신을 영어로 불평하고 괴롭히다가, 내일은 용기가 필요하다고 자신에게 말하던 브레티키는 황제에게 수프를 한 사발을, 한 스푼을 간신히 먹였다. 스테파노스에게 브레티키는 라틴어로 신랄하게 말했다. "오, 자, 앉아서 먹어요. 각하, 사내다웠던 모습은 어디 갔죠?" 스테파노스는 움찔하고 바로 몸부림치다가, 꾸중 받은 아이처럼 먹었다.

그날 저녁 브레티키가 잠시 바람을 쐬기 위해 갑판 위로 올라가자, 양편의 비탈지고 나무가 우거진 해안을 낀 좁은 해협을 배가 통과했다. 이처럼 좁은 것을 보니, 브리스토 해협 같았다. 초록색 해안이 브레티키의 기억을 자극했다. "여기는 헬레스폰트란다. 튀르크인의 땅이니 해안에 눈을 떼지 말거라." 항해사가 브레티키에게 말했다.

"어떤 해안이요?" 브레티키가 물었다.

"둘 다." 항해사가 답했다. 그러나 날이 어두워지는 가운데, 해협 중앙으로 미끄러지는 와중, 다가오는 배 네 척에 아무도 저항하지 않았다.

---

* 물과 맞닿는 배의 가로형 가장자리 부분.

좁은 해협 저편으로 육지에 둘러싸인 고요한 바다가 있고, 배가 그 위에서 너무 유유자적 움직이느라 황제와 황제의 환관은 어느 정도 상태가 괜찮아졌다. 브레티키는 그들을 위해 조리실에서 음식을 가져가 간호사라기보다 다시 시동처럼 행동했다. 황제는 브레티키에게 무거운 은화를 주고, 자신을 돌봐줘서 고맙다고, 근엄하고 미묘하게 느릿느릿 미소를 지었다. 브레티키는 대관식 때 받은 포상금과 함께 그 돈을 해진 천으로 작게 매듭지어 걸어갔다. 무사히 여기서 탈출하려면 더 많은 금이 필요하다. 지금은 탈출할 가망이 없지만, 언젠가 확실히 돈이 쓸모 있을 때가 존재할 것이다. 이처럼 다른 때보다 더 순조로운 날 저녁에 브레티키는 바람을 쐬러 평소처럼 갑판 위로 올라갔다. 배가 거의 움직이지 않았고, 돛이 부드럽게 펄럭거리며 바람 부는 현장을 신중하게 빠져나갔다는 사실을 알게 됐다.

"거의 다 왔다. 아침까지는 내리지 마라." 키잡이가 말했다. 소년이 몸짓을 취하며 왜 멈추냐고 묻자, 키잡이는 소년이 이해할 수 있을 정도의 이탈리아어로 답했다.

고요한 바다를 방해하는 것은 없었다. 부드럽게 잔물결이 일고, 황금빛 저녁노을이 완만하며 유리처럼 매끈하게 유백광으로 빛이 났다. 편안히 기대어 나른하게 지켜보고 꿈을 꾸는 소년은 숨겨진 보물처럼 가슴 속에 남몰래 분노를 품었다. 이는 소년에게 힘을 주었다. 그런데도 저녁은 아름다웠다. 마치 회청색 비단에 달린 무척이나 창백하고 반투명한 숄*이 바다의 표면을 덮었다. 소년이 빛을 본다면 은색 스팽글** 한두 개가 표면에 흩뿌려져 있는 모습을 볼 것만 같았다. 황금색과 상아색

---

* 머플러나 스카프 같이 장식을 위해 어깨에 덮는 천
** 금속으로 만든 얇은 반짝이 조각, 주로 옷을 장식하는 데 쓰인다.

비단 베일이 표면을 덮고, 희미하게 빛나는 것 같은 하늘은 너무나 환했다. 하늘과 맞닿은 윤곽선을 따라 가장 밝고 깨끗하게 광택을 내는 띠와 강처럼 흐르는 창백한 수금*이 바다와 하늘을 갈랐다. 같은 방향, 먼 곳에, 사라져가는 수평선 위로 흐릿한 그림자가 맴돌았다. 원형의 거대한 땅에 아롱거리는 신기루, 길고 널찍한 돔이 위로 올라갔다.

"도시$^{\text{La Città}}$! 바로 이 도시$^{\text{Ècco la Città}}$, 산타 소피아$^{\text{Santa Sofia}}$다! 거기 있어라^{Ècco}!" 키잡이가 말했다.

마침내 도시에 도착했다.

---

* 도자기를 칠할 때 사용하는 금빛 물감

6

    황제는 그 날밤 적당히 평화롭게 잠을 잤고, 황제의 시종들은 누구도 방해받지 않았다. 배는 항구에 묶여 있어, 선가대*에 괴어 있는 물이 배를 조금씩 흔들었다. 그러나 너무 이른 아침, 묶인 밧줄들이 덜컹거리고 도르래가 다시 앓는 소리 내는 사실을 브레티키가 눈치챘다. 그때 바람이 거세지면서 범포**가 큰 소리를 내며 딱 부러지다가 쾅 소리를 냈다. 물이 조용히 소리 내다가 배 옆면으로 빨려 들어갔다.

    도르래는 다시 움직였다. 브레티키는 조용히 일어나 위로 올라갔다. 담홍색 하늘 가까이, 도시의 기다란 곶***에서 라일락이 은빛 바다 위

---

* 배를 땅 위에 끌어올릴 때 쓰는 장치

** 돛을 만들 때 사용하는 천

*** 하천이나 바다에서 돌출되어 나온 지형

를 몽환적으로 맴돌았다. 이제 훨씬 더 가까워졌다. 라일락은 사랑스럽게 뭉친 채, 가느다란 기둥이 표면을 덮고 부풀어 오른 돔이 라일락 안을 가득 채웠다. 점점 더 가까워질수록, 날이 밝아지고 브레티키는 이 모습이 희미해지고 사라질 것이 확실하다고 예상했다. 그렇기에 라일락 모습이 기이하면서 비현실적이라고 생각했지만, 라일락의 모습은 형상이 확고해지고 가벼운 아침 햇살 속에서 형태를 갖추면서 세밀해졌다. 모든 면을 탑과 탑, 총안의 흉벽을 갖춘 벽으로 에워쌌다. 기슭에서 바다가 춤을 추고 반짝였다. 위에, 아치, 테라스, 탑, 기둥, 뭉쳐 있는 돔 위로 아치가 올라갔다. 분홍색, 자주색, 벌꿀색 보석이 새겨진 회색 돔, 초록색 돔은 빛나는 벌꿀색 대리석 십자가 위로 높이 솟아, 짙어지는 파란 하늘에 부딪혀 빛을 냈다! 브레티키는 미스트라에 멋진 장소가 있다는 사실을 기억하면서 살짝 놀랐다. 이때 바로 세상 어디에서도 이처럼 멋진 모습을 볼 수 없다는 사실을 깨닫고 있었기 때문이다.

선원들은 도시의 서부, 남부 끝부분의 작은 항구로 들어갔다. 그렇게 하면서 그들이 남부 해안을 따라 원만히 항해할 때, 뒤돌아보던 브레티키는 헬레스폰트보다 더 넓지 않은 해협의 어귀에 있는 도시를 보았다. 튀어나온 곳은 지루한 해안에서 0.8km 이내에 서 있었다. 도시 끝부분 너머 해협의 개빙* 구역을 올려다보기 전에 브레티키에게 몇 분이라도 존재했다면, 뒤돌아보다가 이 땅에서 새벽을 맞이할 수 없다는 사실을 알았을 것이다.

"저기야. 튀르크인이야." 키잡이는 다른 해안을 가리키며 말한 뒤, 손으로 목을 긋는 시늉을 해 죽을 수도 있다고 암시했다.

---

* 바다에서 얼음이 얼지 않은 면

진홍색 천으로 된 넓은 천막이 해안가에 있는 그들을 위해 준비됐다. 황제는 배에서 천막으로 몸을 옮겼고, 그곳에 식복과 왕관을 놓았다. 무엇이 오는지 보던 브레티키는 고해성사* 용 예복을 붙잡고, 매일 입던 꾀죄죄한 튜닉 위에 올려놔, 살갗에 긁힐 고통에서 벗어났다. 황제의 말이 천막 쪽으로 향했다. 황제는 말에 올라타 브레티키를 둘러보았다. 작은 갈색 조랑말을 브레티키를 위해 데려왔고, 브레티키는 황제에게서 세네 보폭 뒤로 떨어진 채 움직이라는 말을 들었다. 그다음에 그들은 천막 문의 커튼을 걷었고, 황제는 앞으로 가서 자신의 사람들을 환대했다.

천막 저편에서 군중이 소리 지르고, 손을 흔들며 몰려들었다. 행렬이 다가와 그 속의 성직자들, 병사들이 황제를 보필할 준비를 했다. 기다란 깃발이 병사들의 검 끝에서 펄럭펄럭 나부꼈다. 태양 빛이 그들의 투구와 갑옷의 정강이받이를 비췄다. 길에는 사람들이 하루 종일 일렬로, 풋옥수수처럼 줄줄이 차도 옆에 서서 소리치고 눈물 흘리며 황제에게 손을 내밀었다. 황제와 병사, 성직자들이 말에 올라타자, 땅이 위쪽으로 약간 기울었고 완만하게 경사진 산의 꼭대기가 앞의 풍경을 갈랐다. 마치 잉글랜드 평원이 오르락내리락하는 모습 같았고, 언덕 꼭대기에서 보는 것과 달리 풍경은 전혀 평평해 보이지 않았다. 그다음 그들은 앞으로 움직여, 완만하게 경사진, 앞으로 우뚝 솟은 채 일렬로 선 벽과 탑들이 있는 곳으로 갔다. 비탈길로 향하니, 작은 골짜기 저편에 도시의 벽이 세워져 있었다.

브레티키가 갑자기 이곳에 왔을 때, 가장 먼저 압도한 것은 벽과 탑의 크기였다. 벽과 탑은 거대했고, 탑들은 무시무시한 거인들의 전선** 처

---

* 그리스도교인이 하느님께 자신의 죄를 뉘우치고 용서받는 의식

** 전쟁이 벌어지는 지역을 가상으로 연결한 선

럼 서 있었다. 탑들은 사방으로 뻗어서, 오른쪽에는 빛나는 군청색 바다가 아래로 향하고, 왼쪽에는 언덕이 위로 향했다. 이들은 모두 산마루 저편으로 사라지면서, 모두 일정한 간격을 둔 채 잘 훈련된 부대처럼 떠나갔다. 방어물들은 높기도 했지만, 그만큼 깊기도 했다. 먼저 그곳에는 해자*가 있었고 매우 깊었다. 석조 부벽**으로 해자를 에워싸고 마주했다. 이때 벽은 총안이 있는 흉벽, 탑과 함께 있었다. 뒤쪽 저편에 이 벽보다 위로 솟은 또 다른 벽이 있는데, 이 큼직한 벽은 절벽 같았다. 외벽에 있는 탑 사이의 공간에 거대한 탑들이 서 있었다. 이들은 모두 균형 잡힌 정사각형에, 짙은 붉은색 띠를 팽팽히 죄어 다듬은 멋진 회색 석조로 이루어졌다.

"근데 튀르크인은 여기 절대 못 들어오겠지!" 갑자기 기분이 좋아지던 브레티키는 이처럼 생각했다.

그들이 달리는 길은 벽이 있는 지점까지 구불구불 이어졌다. 그러다가 삭막해 보이는 하얀 대리석 보루***가 보였다. 보루가 일렬로 서 있는 탑들보다 훨씬 키가 컸다. 보루 앞 양편에 아치, 기둥, 계단이 무성하게 솟았고, 여기에 있는 벽의 모든 구멍과 발판, 총안이 있는 흉벽과 계단 모두, 소리 지르고 손 흔드는 시민들과 함께 떼 지어 있었다. 벽 사이의 테라스에 작은 소년 무리가 있었다. 황제가 해자를 건너 둑길****을 짓밟자, 소년들은 갑자기 노래를 부르기 시작했다. 말에 탄 이들이 해자에 가고 바깥 아치를 통과해 비탈진 계단에 오를 때, 브레티키는 산

---

* 적의 침략을 막기 위해 성곽 주위에 땅을 파고 물을 채워놓은 시설.
** 벽 대신 건축물이 외부에서 버티도록 해 주는 장치
*** 적의 침입을 막기 위해 돌을 쌓아 놓은 건축물
**** 물의 범람을 막기 위해 흙으로 쌓은 구축물 사이로 만들어 놓은 길

더미 같은 하얀 대리석 보루 중앙에 황동색의 넓은 문이 있다는 사실을 깨달았다.

"금문이란다. 이 벽들이 만들어지기 전에도 금문이 존재했단다." 이들이 그사이를 통과할 때, 옆에 있던 스테파노스가 말했다. 브레티키는 평화롭게 공물을 바치듯, 이 말을 조심스럽게 귀담았다.

"저건 얼마나 됐죠?" 브레티키가 자신도 모르는 사이에 물었다.

"벽? 벽은 1,000년 전 테오도시우스 황제* 때 지어졌단다. 개선용 아치? 모르겠구나. 근데 꽤 오래됐을 거야…."

거대한 문 저편에, 더 작은 벽에 둘러싸인 채 울타리를 설치한 장소가 있었다. 그곳은 병사들로 가득했다. 그들은 소리치고 쾅쾅거리며 걷고 긴 창을 가지고 기다란 깃발을 흔들다가, 갑자기 나팔을 불었다. 황제가 말의 고삐를 쥐고, 말을 타기 전에 병사들에게 인사하기 위해 팔을 들어 올렸다.

도시의 거리를 통과하고, 왁시글거리는 군중 사이를 지났다. 브레티키는 이러한 거리를 한 번도 본 적이 없었다. 이곳은 온통 대리석, 반암이 일렬로 깔렸다. 거리를 마주한 커다란 집들에는 창문이 없었지만, 높이 솟은 온벽**이 있었고, 그곳에는 세로로 된 입구가 구멍을 냈다. 기둥과 기둥, 옥상정원, 더 작은 합각화***된 지붕과 위층 방, 여닫이창, 발코니가 우뚝 솟아 있었다. 그리고 길을 따라 즐비한 모든 집과 모든 위층 창문에, 모든 벽과 기둥 위로, 색칠된 옷이 길게 매달려 있었다. 사람들은 집을 붉은색, 자주색, 황금색으로 된 예복과 침대보, 아라스 벽

---

* 테오도시우스 2세(재위 408~450)

** 창이나 문, 구멍이 없는 벽

*** 'ㅅ'자 된 각

걸이˚, 카펫, 천, 리넨과 모직, 반짝이고 살랑거리는 비단으로 씌웠다. 활기 넘치는 사람들은 이를 파도치듯 벗겨내고, 깃발처럼 흔들었다. 큰 길은 광장을 뚫고, 포럼을 뚫었다. 거대한 기둥들이 그곳에 선 채 하늘을 찔렀다. 브레티키가 한 번도 들은 적이 없는 말을 새긴 기념비도 있었다. 틀림없이…. 기둥의 받침대에는 조각상, 청동 기수, 대리석 기수, 금박을 입은 성인들이 있었다. 그들은 마침내 히포드롬이라는 거대한 광장에 도착했다. 광장은 가늘고 긴 타원형으로 이루어져 있었다. 황제는 기뻐서 소리치는 사람들이 서 있는 줄을 통과했다. 광장의 한 측면, 오른쪽에서 커다란 형체가 솟았고, 브레티키가 보았던 첫 번째 돔을 받치는 거대한 부벽은 너무 커서 멀리서부터 바다에까지 희미하게 보일 정도였다.

카탈루냐 키잡이는 이를 산타 소피아라고 불렀지만, 스테파노스는 이때 이처럼 중얼거렸다. "신성한 지혜의 교회."

그러나 그들이 그곳으로 말을 몰았는데도 그곳에 들어가지 않자, 브레티키는 놀라면서 약간 실망했다. 문에 총대주교 같은 노인이 서 있었다. 하얀 예복을 입고 검은 십자가가 새겨진 영대˚˚를 두르고 있었다. 황제는 말에서 내려 그를 만나러 갔고, 계단에 올라 그의 앞에서 무릎을 꿇었다. 그러나 총대주교가 황제에게 축복을 내리자, 황제는 다시 말에 올랐고, 행렬이 움직였다. 황제가 이처럼 무릎을 꿇을 동안, 구름이 태양을 가로질러 건너는 것 같았다. 군중은 입을 다물었고 환호를 멈췄다. 당신은 포장도로에서 사람들이 발을 끌며 걷는 소리를 들을 수 있을 것이다. 그들은 서로 비밀히 말했다. 총대주교가 앞으로 나아가자, 누군가

˚ 프랑스의 아라스 지방에서 생산된 벽걸이다.

˚˚ 사제가 예식 때 무릎까지 늘어놓은 헝겊 띠

쉿 소리를 냈다. 갈라진 목소리를 가진 자가 군중과 멀리 떨어진 후방에서 미친 듯이 소리쳤다. "콘스탄티노스를 위한 도시에 재앙이 있으리!"

스테파노스는 이를 악물었고, 목소리가 들리는 곳을 향해 노려보았다. 그러나 이때 축복이 끝났다. 황제가 말을 타고 가버리자, 마치 구름이 지나간 듯 군중은 다시 기뻐하고 환호했다. 아이들은 황제의 말 옆으로 달려가 뛰면서, 높이 나는 새소리처럼 외쳤다. 그들은 브레티키를 가리켰고, 자기들끼리 지껄였다. 사람들은 도금양* 가지와 올리브 가지를 황제의 말발굽 앞에 던졌고, 황제가 지나갈 때는 황제에게 장미 향수를 뿌렸다. 사람들은 거리에서 따라가다가 땅에 세워진 벽을 마주하자, 다시 돌아갔다. 오랜 시간이 흐른 뒤, 브레티키의 눈에 그들은 몇 시간 동안 말을 모는 듯했다. 태양이 하늘 위로 솟자, 그림자는 검은 벨벳** 색으로 짙어졌다. 브레티키는 벽이 다시 그들 앞에 있는 모습을 보았다. 길은 약간 황폐해졌고, 땅에 세워진 벽은 내려가다가 궁전의 벽을 맞닥뜨렸다. 궁전은 땅의 벽과 바다의 벽 사이의 도시 모퉁이에 서 있었다. 궁전의 지붕 위로 고요히 흐르는 물과 초록색 언덕이 보였다.

그들이 경사지를 내려갈 동안, 궁전의 벽은 그들 위로 치솟았다. 활짝 열린 채 그들을 맞이하는 커다란 청동 문을 통과해, 나무로 가득하고 허브가 심어진 작은 대리석 대야가 있는 정원으로 들어갔다. 청동 넵튠의 손에 있는 소라에서 분수가 솟구쳤다. 소라는 넓고 하얀 대야를 깨끗한 물로 가득 채웠다. 판석 포장도로는 나무 아래를 거슬렀다. 종이 세 번 맑은 소리를 냈고, 궁전의 커다란 문이 닫혔다. 군중은 시끄럽게 외치다가 입을 다물었다. 갑작스러운 침묵 속에서 브레티키는 분수

---

* 2m 정도 지중해 지역에서 자라며, 긴 타원형 잎이 나는 식물, 늘 녹색을 띠고 있다.

** 흑맥주와 샴페인을 섞은 음료

가 줄줄 흐르고, 작은 새가 덤불 속에서 노래 부르는 소리를 들었다. 말을 타던 이들은 녹초가 된 채 말에서 내렸다. 정원 주위에 무턱대고 몰려 있는 건물 중 하나의 문에서 어떤 노파가 앞으로 왔다. 노파는 아주 호화로운 검은 다마스크 예복을 입고 은색 지팡이를 짚고 걸었다. 황제는 노파를 만나기 위해 빠르게 앞으로 걸어가 노파의 앞에서 손을 내민 채 이처럼 불렀다. "어머니."

브레티키는 스테파노스가 이곳에서 중요한 인물이라는 사실을 눈치챘다. 그들이 블라헤르네 궁전으로 들어선 순간부터, 스테파노스는 노예와 시종에게 둘러싸였다. 그들은 스테파노스를 '각하'라고 부르고 어떻게 행동해야 할지 지시해달라고 요구했으며, 달려가서 지시대로 수행했다. 스테파노스는 브레티키더러 세 걸음 뒤에서 느릿느릿 걷게 한 채, 황제의 처소를 면밀히 살폈다. 대기하고 있던 시종들은 스테파노스의 곁으로 가서, 무슨 일을 처리했는지 그에게 보여주기를 갈망했다. 스테파노스는 방의 상태를 보고 괜찮다고 했다. 방들은 총 세 개였다. 다마스크직 비단이 매달린 방, 널찍한 난로에서 불이 활활 타오르고 미끄러질 듯한 소파와 글을 쓰는 책상이 있는 침실, 벽이 모두 페인트칠 되고 대리석 바닥이 색칠되었으며 한 측면에 넓고 커다란 옥좌가 있는 커다란 대기실 말이다. 방들 모두에 아치화 된 커다란 유리창이 있었고, 창문을 거친 따뜻한 빛은 밝게 빛났다.

스테파노스가 황제의 처소를 둘러볼 때, 자기들의 방도 보았다. 황제의 처소 밖에 스테파노스와 마누일을 위한 작은 방이 있었다. 스테파노스는 브레티키를 위해 침대 하나를 가져왔고, 그다음 성직자, 옷장 관리자, 집사, 사제, 지휘관이 묵는 방과 미스트라에서 그들과 함께 온 모든 이의 방을 빠르게 둘러보았다. 3분마다, 그 날밤 연회를 위한 준비에 관한 전갈들이 부엌과 지하 저장고에서 스테파노스에게 전달되었다. 그에게는 브레티키를 위할 시간이 전혀 없었고, 브레티키는 스테파노스를 더 이상 따라가지 않고 작은 방으로 돌아갔다. 여기서 브레티키는 짐을 풀고, 자신을 위해 준비된 듯한 작은 나무상자에 어차피 별로 있지도 않은 소지품을 놓은 뒤, 나무상자를 침대 옆에 놓았다. 그다음 브레티키는 창문에 코를 박고, 작고 두꺼운 유리창 너머를 보았다.

브레티키는 금각만의 윗부분, 도시너머 경사진 언덕을 가르는 빛나는 곳을 볼 수 있었지만, 유리창을 통해 보니 모닥불의 열기 때문에 뿌예진 경치처럼 모든 장면이 뒤틀리고 왜곡되어서 보였다. 그렇기에 브레티키가 낮은 나무 침대 위에 서서 경첩이 달린 작은 여닫이창을 여니, 밖이 더 잘 보였다. 밑에 뜰이 있었는데, 병사들이 1층의 자신들이 묵는 임시 숙소를 오갔다. 브레티키는 웅성거리는 소리와 웃음소리를 들을 수 있었다. 그들은 햇빛이 비치는 모퉁이에 둘러앉아 무기와 마구를 닦았다. 브레티키가 있는 창문 바로 아래에서, 어떤 남자가 자신의 말을 매끈하게 문지르며 휘파람을 불었다.

"우리의 왕은 노르망디로 갔지. 기품과 기사도 정신을 가지고 주님께 기상천외한 일이 그에게 일어나게 해달라고 빌었어…. 영어로 말하면서!" 브레티키는 속으로 말했다.

"아니지. 그럴 리가 없어. 분명 이때도 그리스어로 말했을 거야. 이탈리아어나, 세르비아어이거나, 아니면 다른 언어겠지." 브레티키는 왁자지껄하게 떠드는 목소리 속에서 이처럼 덧붙였다.

바로 그때, 마누일이 도착해 예복을 묶은 띠를 풀기 시작했다. 마누일은 몸을 감싸고 있던 허리띠와 사슬에 걸려 있던 황제의 술잔을 침대 밑에 두었다.

"그래서, 넌 지금, 도시가 얼마나 마음에 드니? 여전히 미스트라가 그리워?"

"아, 마누일!" 브레티키가 벽, 크기, 거대한 돔, 거친 군중, 화려한 풍경을 떠올리느라 머리를 비틀거리며 외쳤다.

"오, 도시, 도시, 도시의 눈 말이지. 오, 도시, 도시, 모든 도시의 머리가! 오, 도시, 도시, 전 세계 도처의 중심지! 오, 도시, 도시, 그리스도교의 자부심이자 야만인의 파멸을 상징하는! 오, 도시, 도시, 서방 세계에서 심어 놓은 두 번째 천국 말이야!" 마누일이 양팔을 활짝 펴고 가운에 있는 다마스크화된 독수리의 날개를 퍼덕이며 열변을 토했다.

"맞아요! 맞아요!" 브레티키가 말했다.

"이곳! 전 세계의 왕관과 보석이 있지. 사람은 이곳을 보아야만 살 수 있어!" 브레티키는 그날 밤 큰 만찬이 있었던 황제의 옥좌 뒤에 서서 이처럼 되뇌었다.

브레티키는 황제의 시종들이 옥좌 뒤에서 이룬 반원형 줄에 서 있었다. 그들 뒤로 근위대가 더 큰 반원을 이룬 채 서 있었고, 그들 모두 하얗게 빛나는 청동 갑옷을 입었다. 이들은 황제를 지키는 바랑인 친위대였다. 황제는 소파처럼 넓은 옥좌에 앉았고, 옥좌는 진주층으로 무늬를 새겼으며, 옥좌 위에 쿠션을 놓았다. 황제의 오른편에는 연보라색 피지에 금색으로 쓰인 복음서 사본이 놓였고, 에메랄드와 진주를 박은 상아색 독서대가 복음서를 떠받치고 있었다. 황제의 왕관은 머리에서 눈부시게 빛났다. 왕관 가장자리 밑으로 루비가 달린 줄이 매달려 있었고, 거대하고 뿌연 진주가 황제의 깊고 어두운 곱슬머리 속에서 늘어져 있었다. 황제의 앞에 서 있는 커다란 탁자를 다마스크화된 하얀 리넨이 덮고, 리넨 위에 향초의 잔가지와 꽃잎이 흩뿌려져 있었다. 온통 금으로 칠해진 접시에 생선과 새고기가 무겁게 올려져 있었다. 브레티키는 이러한 음식을 한 번도 본 적이 없었다. 구운 젖먹이 돼지, 고니, 공작, 들오리와 셀 수 없이 많은 큰 물고기가 회색과 은색 저울에 올려져 있었고, 맨 마지막의 경우 똑바로 놓인 모습이 마치 접시에서 물고기 떼가 수영하는 모습 같았다. 황금색 바구니에는 사과, 멜론, 무화과, 대추, 건포도, 작고 밝은 초록색 견과류, 치즈, 아티초크가 있었고, 자주색으로 칠한 완숙란이 밝은 청색 에나멜로 칠한 작은 계란 컵에 놓여 있었다. 음식들이 모두 너무 아름다워서 브레티키의 배고픔을 자극하는 것으로는 충분하지 않을 듯했다.

 황제의 손님들은 아무도 탁자에 앉지 않는 대신 광장에 몰려들어 서 있다가, 스테파노스가 그들의 이름을 차례대로 부르자 앞으로 나섰다. 시종들은 자신들을 위해 접시에 음식을 수북이 담았고, 다른 이들이 호명되는 와중 시종들은 접시를 받고 원래 장소로 돌아가 서서 먹었다. 각자 자신의 이름이 불릴 때마다 황제에게 직접 인사말을 올렸다. 명단에는 저명한 이름, 위풍당당한 직책이 즐비했다! "페레 율리아, 카탈루냐 도시의 콘술*! 지롤라모 미노토, 베네치아 도시의 바일로**! 지오반니 로멜리노, 금각만 건너 있는 제노바의 식민지 페라의 행정관!" 브레티키는 호기심으로 씰룩거리다가, 마지막으로 호명된 두 신사가 서로 단검을 내미는 모습을 보았다. 그리스 이름도 있었다. "루카스 노타라

---

* '집정관'이라는 뜻의 라틴어
** 짐꾼을 의미하는 라틴어 'baiulus'에서 유래된 단어로, 여기서는 베네치아 출신의 상주 대사를 의미한다.

스, 메가스 둑스! 테오필로스 팔레올로고스, 황제 폐하의 친척! 요안니스 달마티오스, 황실 군대의 지휘관! 오르한, 튀르크의 왕자, 오스만 왕좌의 정당한 계승자!"

소년이 놀라서, 완전 무장을 하고 터번을 썼으며 야만인의 의복을 입은 채 탁자에 갑자기 나타난 튀르크인을 올려다보았다. 그러나 그는 두 손을 마주 모아 이마를 정중히 어루만진 뒤, 우아한 그리스어로 황제에게 예를 올렸다.

더욱더 많은 손님이 앞으로 나와 고기와 술을 받았다. 더욱더 많은 시종이 접시를 앞뒤로 바쁘게 옮겼으며, 고블릿*을 다시 채우고 빈 접시를 치웠다. 탁자 옆에 서서 다홍색 포도주를 붓던 마누일은 브레티키더러 와서 자신을 도와달라고 했다. 브레티키는 황금색 고블릿을 들고 인파를 통과해 손님을 위해 가득 채워주고, 비면 더 채우기 위해 돌아갔다. 브레티키는 자기 주위를 둘러싼 화려한 광경에 넋을 빼앗겨 멍한 채로 움직였다. 윤이 나는 반암으로 이뤄져 벽에서 빛이 났다. 등불의 빛이 반사되어, 짙은 다홍색 빛이 고인 채 떠다녔다! 오, 천장이 높고 찬란하게 빛나, 마치 벽처럼 총총한 황금이 강하게 반짝이는 천 같구나! 곳곳에 황금이 있어 황제의 빛나는 왕관을 비추고 황제의 탁자를 빛과 대조시켜 더 어둡게 해, 술로 가득 찬 귀중한 고블릿을 들고 있는 브레티키의 손이 떨렸다!

스테파노스는 또 다른 이름을 불렀다. "요안니스 잉글리스, 바랑인 친위대의 지휘관!" 요안니스 잉글리스는 갑자기 영어로 외쳤다. "인사드립니다. 폐하, 오래 장수하고 전장을 지키며 승리로 가득하길!" 요안

---

* 금속이나 유리로 만든 잔으로 포도주를 주로 담는다.

니스가 말하는 바를 직접 들은 브레티키는 깜짝 놀라, 자리에 멈춰서 들고 있던 잔을 떨어뜨렸다.

브레티키는 잔이 바닥에서 울리며 굴러가면서 종처럼 소리 낼 것으로 예상했다. 대신 잔은 쨍그랑 소리를 내면서 대리석 바닥에 있는 자기 발 주위에서 산산이 부서졌다. 브레티키는 서서 입이 벌어진 채, 바닥에 깨진 조각들이 떠는 모습을 멍하니 바라보았다. 두툼한 조각은 반투명하고 회색빛이 도는 초록색 같았다. 황금은 종이처럼 얇았고 금이 가고 벗겨져 있었다. 황금색 고블릿은 색칠된 유리로 이루어져 있었다.

브레티키가 깨진 유리잔을 집어 들 때, 자기가 서 있는 곳에서 곡선형의 작은 조각들이 바닥에 놓여 흔들리고, 포도주의 검은 찌꺼기 조각이 눕혀있는 모습을 보았다. 그때 시종들이 달려와 더는 정체를 숨길 수 없는 조각들을 급히 없앴다.

이제 브레티키는 자신의 주위를 다른 눈으로 바라보았다. 유리잔에 얼마나 많은 보석이 있을까? 보석들은 의심스러울 정도로 무난해 보였고, 색깔은 또렷하면서 거칠어 보였고…. 수많은 황금 접시를 두른 검은 띠에 금박이 얇게 입혀졌는데, 안의 유리가 지금 자신에게 보이는가? 테이블보를 섬세하게 꿰매고 기운 조각들이 있고…. 석고 반죽을 진득하고 섬세하게 칠한 자주색 벽의 판에 금 간 흔적이 있었다. 어울리지 않는 조합이었다. 이때 브레티키는 천장 모서리에 초록색 조각이 있다는 사실과 지붕에 빗물이 들어와 있고 푸른곰팡이가 황금으로 된 표면 위에 자라 있다는 사실을 눈치챘다…. 심지어 황제의 왕관도 단단한 황금 대신 금박을 입힌 가죽으로 만든 듯했다. 이러한 왕관에 희미한 선과 주름이 있었는데, 황제는 이를 보지 못했을까?

"이건 다 거짓이에요! 이건 모두 가짜고 칠한 거예요. 모두 보여주려고요. 무언극 배우나 메이폴* 댄서가 입은 옷 같다고요! 황제는 거기 왕좌에 앉아서, 왕 역할 하는 배우처럼 유행에 한참 지난 사치품으로 치장하고 있어요! 저더러 이런 걸 받아들이라고요?" 브레티키는 홀로 소리쳤다. 격노와 실망의 눈물이 목을 타고 흘러내렸고, 스테파노스는 브레티키를 위로해야겠다고 생각하며, 네가 깨뜨린 잔은 전혀 중요하지 않고 가치가 없다고 속삭였다.

황제의 궁정에서 느껴지던 아름다움이 요정에게서 얻은 돌처럼 한순간에 사라졌다면, 브레티키가 발견한 도시의 영광도 마찬가지였다. 처음에 도로를 말을 타고 거닐 때, 브레티키는 황제가 신성한 사도의 교회로 기도하러 갈 수 있도록 호위했다. 도시의 색칠된 벽걸이와 몰려 있는 인파를 통과할 때, 모든 것이 얼마나 다르게 보였는가! 풀이 거리의 포장된 바닥판을 뚫고 자랐고, 폐허가 된 집들이 다 허물어져 가는 더미 위에 있었다. 대리석과 반암, 기다란 기둥, 청동 조각상이 모두 그곳에 있었지만, 기둥은 약간 기울었고 집은 허름했으며 모든 곳과 사방이 파괴되어 있었다. 한 소년이 풀로 덮인 덮개 위에서 양을 방목했다. 덮개는 쓰러진 집의 뼈에 휩쓸려 해져있었다. 사방의 거리에서 브레티키는 경작된 들판을 볼 수 있었다. 봄의 곡식이 고랑이나 과수원 속에서 연약하게 솟아 있었다. 바로 이때 곡식의 불룩한 싹이 꽃이 피는 시기에 맞춰 창백하게 변한 채 기울어져 있었고, 심지어 작은 잡목림과 흩어진 야생 장미 나무 무리도 싹이 자라는 길을 따라 자라고 있었다. 식물들은 썩은 물웅덩이를 통과했다. 이들의 아치형 그림자가 땅에 똑바로

---

* 서양에서, 5월 1일 봄축제인 메이데이에 꽃과 리본으로 장식한 기둥. 그 기둥 주위에서 춤을 추고 논다.

섰으나, 아치형 지붕을 이룬 것은 아니었다. 물속에 깊게 가라앉았던 거대한 광장에는 한 때 물이 있었으나 지금은 말랐다. 바닥에 있는 풍부한 흙과 모래는 조심스레 괭이질 된 채, 위에 상추가 심겨 있었다. 식물들은 여전히 사람이 살고 있는 집을 웅장하게 거슬렀지만, 예전과는 전혀 다른 방식이었다. 집의 뜰을 향한 거대한 청동문은 깨진 경첩 위에 삐딱하게 달려 있었고, 문을 열어젖히니 어둡게 변색한 부분이 나타났다. 그곳을 통과한 브레티키는 금 간 분수의 대야 안에 서 있는 대리석 천사에 묶인 염소 한 마리와 먼지 속에서 쪼아대는 암탉들을 흘깃 보았다.

도시는 작은 정착지 몇 구역으로 쪼그라들었고, 시내 중심가를 제외하면 정착지 사이의 지대는 거의 텅 비어 있었다. 자기들이 고립되었다는 사실을 인식이라도 했는지, 몇몇 구역에는 그들 주위를 감싸는 벽과 울타리까지 있었다. 그런데도 도시의 척추에 있는 골짜기를 가로지르면, 광대한 고대의 수로가 회색빛을 갖추고 위엄 있게 뻗어있었다. 거대한 2층짜리 아치형 집은 깨지지 않은 채 물탱크로 계속 물을 옮기고 있었다. 도시의 거의 모든 곳에 있던 바다의 반짝이는 파란 물이 남쪽으로 향하거나, 금각만의 물이 북쪽으로 향하다가 도착하더니 모든 곳에서 물이 빛났다. 그들이 신성한 사도의 교회에 도착했을 때, 창문에 금이 가고 지붕을 타고 빗물이 들어오고 비둘기가 돔 안으로 날아오더니 똥으로 바닥을 더럽혔지만, 빛나는 유리 조각으로 한데 모아 그림을 장식해 찬란한 금빛으로 빛나는 교회로, 브레티키가 보았던 교회 중 가장 아름다운 교회였….

소년의 심정은 모든 영광과 퇴락으로 인해, 견딜 수 없을 정도로 뒤틀렸다. "오! 한때 이곳은 얼마나 화려했을까! 그렇지만 지금은 아무것도, 거의 아무것도 남아 있지 않구나. 모두 폐허가 되고 갈라졌네. 튀르크군이 이곳을 기습하고…. 그들이 들어올 때…. 텅 빈 버팀목이 바람을 견뎌냈듯, 그들의 공격도 견딜 수 있을 거야." 브레티키는 속으로 외쳤다. 공포감이 생각을 멈추게 하니, 다시 침울하고 두려워졌다. 확실히, 브레티키는 자신의 운명과 꼼짝 못 하는 도시의 운명이 이제 동일하다는 사실을 깨달았다.

브레티키를 옆에 데리고 집으로 향하던 중, 브레티키가 낙담한 채 파란 눈으로 무기력하게 바라보는 모습을 본 스테파노스는 말을 걸기 시작했다.

"거기서 기둥을 보았니? 맨 윗부분에 부딪힌 흔적이 있지 않든? 기둥에 관해 이야기를 하나 해줄게. 기둥은 불가리아의 왕인 차르 시메온[*]의 스토이케이온^{στοιχεῖον}[**]이라고 한단다. 몇몇 사람은 모두에게 스토이케이온^{στοιχεῖον}이 있다고, 몇몇 물질은 사람의 운명과 깊은 연관이 있다고 믿고 있단다. 옛날에 자신의 스토이케이온^{στοιχεῖον}이 히포드롬에 서 있는 청동 사자라고 생각한 황제가 있었어…. 그는 사자를 매일 닦고 윤을 냈고, 밤낮없이 근위대더러 이를 지키게 해, 아무도 사자에 자국 하나 내지 못하게 했어. 음…. 내가 말했다시피 차르 시메온은 자신이 살아있을 때 도시에 위협이 되었어. 현명한 늙은 수사는 시민들에게 시메온의 스토이케이온^{στοιχεῖον}은 도시 안에 있는 바로 저 기둥이라고 말했지. 그러자 사람들은 기둥을 깨부수니, 차르 시메온은 죽고 말았어!"

그러나 브레티키는 이러한 우스운 이야기를 듣고 거의 웃지 않았다. 브레티키는 이날 아침에 보았던 사람들이 해진 옷을 입고 초라하게 장

---

[*] 불가리아의 시메온 대제(재위 864 또는 865~927)

[**] '원소', '뿌리'라는 뜻의 그리스어로, 만물을 구성하는 가장 근본적인 요소를 의미한다.

사하는 모습을 떠올리면서, 도시의 구조만큼 도시의 상태가 끔찍하다고 생각하고 있었다. 그곳에는 수레에 물병과 상추를 넣고, 이 물품들을 판다고 외치는 행상인들이 있었다. 등에 바구니를 진 채 길목에 하릴없이 서서 짐꾼으로 고용되기를 기다리는 소년 무리도 있었다. 탬버린을 쥔 집시 소년과 소년의 뒤에서 사슬로 묶인 채 리본을 차고 동전을 얻기 위해 춤출 준비를 하는 어린 곰도 있었다. 이처럼 더 가난한 민중 속에서 브레티키는 귀나 코가 잘렸거나, 오른손이 없는 사람을 한두 명 보았다. 브레티키 일행이 보아 온 모습은 쓰레기를 커튼으로 가리고 잘 차려입은 노예들이 나르며, 우아한 시녀들이 아침 기도식을 준비하는 번영한 모습뿐이었다.

그때 그들이 말을 타고 가던 중, 갑자기 창문에서 갈라진 목소리가 들렸다. "콘스탄티노스를 위한 도시에 재앙이 있으리!"

황제는 창문 밑에서 말의 고삐를 쥐었고, 황제의 일행은 황제의 뒤에서 더는 덜커덕거리지 않았다. "자자, 어머니, 어머니께서는 이미 제게 그 말씀을 하셨어요. 이제 어머니께서 하실 일을, 해오신 일을 말씀해주세요." 황제가 격자무늬의 덧문을 올려다보며 말했다.

"난 네가 디미트리오스여야 했다고, 토마스여야 했다고 말했었어! 아주 오래전, 마지막 황제는 첫 번째 황제의 이름과 같을 거라는 예언이 있지 않았니?" 날카로운 답이 돌아왔다.

황제는 잠시 침묵했다. 그다음 "하느님의 뜻대로 될 겁니다."라고 말한 뒤, 앞으로 나아갔다.

스테파노스가 브레티키에게 이처럼 주고받는 말을 통역해 주자, 브레티키는 더 깊은 우울감 속으로 빠져들었다. 유모는 이러한 뒤죽박죽인 미신을 전혀 믿지 않으리라고 브레티키는 생각했다. 길거리 시장[†]

뜰을 지나칠 때 소년의 얼굴을 흘낏 보던 스테파노스는 잠시 자리에서 벗어났다. 스테파노스가 다시 그들을 따라잡았을 때, 소년을 위해 선물을 가져왔다. 고리버들 새장 속의 명금*이었다.

"여기, 새의 노래가 너를 기쁘게 할지도 몰라." 궁전 문에 다다랐고 그들이 말에서 내릴 때, 스테파노스가 브레티키에게 새장을 주며 말했다.

그러나 브레티키의 얼굴은 더욱더 어두워졌다. "저는 황제가 아니에요. 새장에 갇힌 생물은 필요 없어요!" 브레티키가 말한 뒤, 세공된 바구니의 문을 열고 새가 야외로 나갈 수 있도록 문을 열었다. 새장은 땅으로 떨어져 먼지 속에서 흔들렸다. 그때 새는 날았지만, 궁전 정원의 나무속으로 들어가지 않았다. 대신 브레티키의 손에 있는 우리 주위에서 절망적으로 날개를 퍼덕였다. 날개로 고리버들 빗장을 열려고, 다시 들어가려고 밀어붙였다. 당황한 브레티키는 자기 망토로 우리를 감쌌다. 그러자 갈 곳을 잃은 새는 위로 날더니 하늘 높이 회전하다가, 마침내 도시 밖 초록색 지대로 날아갔다.

이 모든 광경을 비꼬는 듯이 웃으며 바라보던 스테파노스가 말했다. "알겠지. 쉽지 않아. 나의 작은 십자군이여. 쉬운 것은 없어."

---

* 곱게 지저귀는 새

7

그런데도 몇 개월간 생활 방식은 단순했다. 새벽에 스테파노스가 일어나고, 황제를 깨우러 가서 세 번 문을 두드렸다. 황제는 옷을 갖춰 입고 알현실로 가서, 성상 절반을 은칠하고 보석으로 장식한 뒤 벽에 걸린 성모 마리아의 성상 앞에서 기도했다. 그다음 황제는 넓은 옥좌의 왼쪽 부근에 앉아 복음서를 옆에 두었다. 스테파노스와 마누일이 아침을 가지고 오고, 황제가 먹는 동안 그들이 옆에 서 있었다. 브레티키는 먹을 것이 더 필요하다 싶으면, 달려가서 더 큰 빵이나 더 많은 무화과를 가져왔다. 황제가 식사를 마치면, 세 사람은 탁자와 접시를 치우고 복음서를 근처에 서 있는 독서대로 옮겼다. 황제는 옥좌의 오른편 부근으로 자리를 옮긴 뒤, 회의하면서 땅 위의 그리스도처럼 행동했다. 브레티키는 황제를 위해 발판을 옮겼다. 그다음 스테파노스는 황제 알현을 바라는 귀족들을 안내한 뒤, 그날 할 일을 열거한 기록표를 황제에게 건넸다. 황제가 아침 일을 진행하는 동안, 시종들은 물러나서 허겁지겁 자기들끼리 식사했다.

아침 내내 황제는 대신들과 관리들을 만났다. 그들은 황제 앞에서 엎드린 뒤, 일어나 선 채로 정사를 논의했다. 중요 인사들이 오갈 때마다 브레티키는 회의실의 문을 여닫았다. 브레티키는 그들의 얼굴과 몸짓을 보고, 가끔 라틴어에서 유래한 그리스어를 한두 마디 들으며, 도시의 방어와 관련된 해야 할 일이 무엇인지 알아들으려고 열심히 노력했다. 브레티키는 살아가려면, 심각하면서 음울한 사람들이 주는 허약한 희망에 의존해야 한다는 사실을 절대 잊을 수 없었다. 두려움이 여전히 뇌리에서 떠나지 않았다. 튀르크 선원들이 자신에게 무슨 짓을 저질렀는지 기억하지 못했다. 계속 브레티키의 마음은 기억해 내기를 거부했다. 그러나 때때로 악몽 같은 기억의 파편이 되돌아왔다. 아주 잠깐, 브레티키는 튀르크인의 매 같은 코와 가무잡잡한 이마, 잔혹해 보이는 진홍색 입술을 떠올렸다. 아니면 그들에게서 달아날 때 남은, 몸의 은밀한 부위에 있는 흔적들을 기억했다…. 브레티키는 죽음보다 그때의 기억을 더 두려워했다. 브레티키가 중요 인사들의 대화를 들을 때, 불안의 한 줄기가 자신의 지루하면서 무기력한 마음을 거듭 파고들었다.

그들이 회의를 끝내자, 브레티키가 펜과 잉크가 올려진 쟁반을 들고 오는 동안 황제는 그들이 황제 앞으로 가져온 문서에 서명하려 했다. 그때 황제는 왕관과 뻣뻣한 식복을 따로 놓아두려 했고, 다른 귀족들이 떠날 때 자기 자리에 종종 머물렀던 총대주교도 황제와 똑같이 행동했다. 그런 뒤, 두 남자는 점심 식사를 위해 함께 앉았다. 황제는 총대주교가 떠날 때, 동등한 지위를 가진 사람을 대하듯 포옹했다. 그러나 브레티키는 총대주교를 좋아하지 않았다. 그는 교활한 눈빛을 가지고 있었다. 그는 좀처럼 황제를 똑바로 바라보려 하지 않았다. 그때 세 시가 되자 궁전 문이 닫혔다. 황제의 어머니가 앓아누운 상태라서 황제는 어머니의 침실로 갔으므로, 브레티키는 저녁때까지 자유로웠다. 황제의 옆에 있어야 한다는 규칙은 공적인 일을 할 때만 해당했으니, 궁전 안에서는 자유였다.

가끔 스테파노스는 브레티키에게 아침 회의에서 일어난 일들을 말해주곤 했다…. 예를 들어, 강단 있는 회색 머리의 신입 대신으로서, 황제가 아주 기쁘게 맞이한 프란치스가 황제의 친한 벗이자 수석 비서관으로서, 트레비존드로 가서 주군과 결혼할 콤니나라는 성을 가진 공주를 찾으려 했다는 이야기를 들려주었다. 프란치스는 술탄*이 죽었다는 소식이 트레비존드에 당도하자마자 고국으로 최대한 빨리 돌아왔다. "그는 트레비존드의 황제가 숙적이 죽었다면서 크게 기뻐할 정도로 어리석었다고 말했어." 스테파노스는 계속 이야기를 들려주었다.

"그게 좋은 소식이 아니라고요?" 소년이 물었다.

"그렇단다. 늙은 술탄은 현명했고, 싸움에 싫증 나 있었어. 그의 아들**은 경험해 보지 못한 부류로서 전혀 다른 사람이야."

오, 소년은 황제가 스콜라리오스라고 불리는 남자를 대하며 어쩔 줄 모르고 있다는 사실을 알게 되었다. 시민들은 모두 로마 교회와의 통합을 거부했다. 스콜라리오스는 일요일마다 사람들이 광란을 일으키도록 조장하면서, 교회 통합에 반대하는 설교를 했다. 황제는 총대주교더러 자신과 함께 문제를 다루자고 요청했지만, 이루어진 것은 없었다.

---

* 오스만 제국의 술탄 무라트 2세(재위 1421~1444, 1446~1451)

** 오스만 제국의 술탄 메흐메트 2세(재위 1444~1446, 1451~1481)

"총대주교는 황제 폐하를 마주하기가 두려운 게 틀림없어." 마누일이 음울하게 말했다. 이처럼 황제는 교회 통합을 연설하고 설명해서, 사람들이 이를 받아들이게 할 수 있는 학식이 풍부한 성직자들과 로마에 튀르크인에게 맞설 수 있도록 도와달라고 호소했다. "우리나라에서 키워낸 신앙의 힘만으로는 스콜라리오스를 대할 수 없단다. 그는 대천사 미카엘을 중심으로 무리를 이루어 논쟁하려고 할 거야." 마누일이 덧붙였다.

"하지만 스콜라리오스는 피렌체에서 교회 통합을 하겠다고 서명했습니다." 스테파노스가 말했다.

그러나 스테파노스가 흔쾌히 통역을 해주는데도, 브레티키는 다른 사람들에게서 더 많은 정보를 얻었다. 바로 바랑인 친위대의 잉글랜드인들에게서였다. 브레티키는 창문 밑 뜰에서 처음으로 알현실에서 들었던 잉글랜드인 목소리가 들린 곳이 어디인지 찾으며, 자신만의 길을 걸었다. 그곳에 요안니스 잉글리스라는 지휘관과 데인인*, 러시아인, 세르비아인, 스비아인**, 독일인이 이룬 무리 속의 네 사람, 아이슬란드인 한 명, 스페인인 네 명, 튀르크인 한 명이 있었다. 잉글랜드인들은 이야기하는 자기들 주위에 브레티키가 앉는 것을 꺼리지 않았다. 특히 브레티키가 마구를 씻고 무기를 닦는 동시에 말에게 먹일 겨를 섞는 일을 도울 때, 더욱 기뻐했다. 스테파노스의 대화와 달리 그들의 대화는 라틴어로 엄숙하게 진행되지 않았다. 게다가 미스트라에서 보냈던 마지막 날 이후로 브레티키는 스테파노스와 줄곧 불편하게 지내왔었다.

요안니스 잉글리스를 통해 브레티키는 교활한 눈빛을 가진 총대주

---

* 덴마크와 남부 스칸디나비아 일대에 살았던 북게르만인
** 스웨덴 일대에 거주하던 북게르만인

교가 로마로 달아나, 그곳에서 교황에게 황제가 교회 통합 강요를 위해 아무것도 하지 않는다고, 도시 전체는 황제의 어머니가 살아계실 동안 황제가 아무것도 하지 않는다고 생각한다고 격렬하게 불평한다는 사실과 황제의 어머니가 교회 통합을 반대하고 스콜라리오스가 태후의 친한 벗이기 때문이라고, 하지만 운 좋게 황제의 어머니는 죽어가고 있다고⋯. 병사들은 서방 세계의 도움이 없으면 도시가 침몰할 거로 생각하고, 서방 세계는 도시가 교회 통합을 받아들여야 도울 거고⋯. 이에 관해 황제에게 힘을 실어주는 것은 아무것도 없다는 사실을 알게 되었다.

그러나 브레티키는 밤에 침대에 누운 채, 자신의 새 친구로서 이처럼 용감한 남자들은 스테파노스처럼 쉽게 "체념하는 사람"이 아니라고 생각했다. 브레티키는 그들에 관해 생각하며 터무니없는 희망을 품었다.

브레티키가 언급했던 최고의 순간이 찾아왔다. "요안니스, 여기서 언제 탈출할⋯." 브레티키가 낮은 목소리로 급히 말했다.

"탈출한다고? 어디서? 우린 여기의 죄수가 아니야. 우리가 바라기만 하면 나갈 수 있어." 요안니스가 말했다.

"오, 저는 당신들이 죄수라고 생각했어요." 소년이 깜짝 놀랐다.

"아냐, 얘, 우리가 원해서 여기 온 거야. 그러니 원하기만 하면 떠날 수 있어." 요안니스가 말했다.

"그럼, 언제 갈 거예요. 오, 부디 저를 데려가 줘요!"

"우린 가지 않아. 여기 온 지 그리 오래되지 않았어."

"오, 저는 할 수만 있다면 전투가 시작되기 전에 당신들이 떠날 수 있다고 생각해요." 브레티키가 다시 말했다.

"뭐? 넌 내가 싸움의 대가로 돈을 받은 뒤, 전투 전에 배신하라는 거니? 애야, 네가 내 몸집만 했으면, 그렇게 말한 네 몸의 뼈를 절반이나 부러뜨려 놓았을 거야! 감히 어떻게 그러니? 난 용병이지만 신의를 중요하게 여긴다고! 싸우기 위해 돈을 받았지만, 그만큼 잘 싸울 거야!" 요안니스가 갑자기 얼굴이 창백해진 채 소리쳤다.

"아, 미안해요, 그런 뜻이 아니었어요…. 그렇게 생각하지 않아요…."

"그래. 음, 말할 때 주의를 기울이면 좋겠구나."

"아, 근데 요안니스, 져도 괜찮아요? 잘못된 편에 서서 싸워도 좋아요?" 소년이 극심한 공포감을 뚫고 외쳤다.

요안니스는 대답하기 전에 오랫동안 입을 다물었다. 그는 기름칠한 마구를 향해 머리를 숙인 뒤 무릎에 놓았다. "난 소년일 때부터, 너와 비슷한 나이대일 때부터 군인이었단다. 나는 프랑스에서 주군을 위해 싸웠지. 이길 때도 있었고, 질 때도 있었어. 나는 충실히, 제대로, 내 힘을 끝까지 발휘해 싸웠어. 그러나 잔 다르크를 불에 태우려고 할 때, 거기서 난 꼼짝하지 못했어. 난 꼼짝하지 않았어. 얘야, 나는 옳은 일을 위해 싸운다면, 싸움에서 져도 괘념치 않아. 나는 헨리 왕*이 이기기를 원치 않았을 때부터 더는 그를 위해 싸울 수 없었어…. 나는 자신의 땅에서 싸우는 왕을 찾아 여기로 왔단다. 올바름이란 칭호를 얻는 것은 대단한 일이 아니야. 그건 인정해. 하지만 이제부터가 시작이야. 나는 그날 이후 줄곧 여기에 있어 왔어." 요안니스가 말했다.

"그러면 당신은 고국으로 가지 않을 거예요?" 소년이 절망한 투로 물었다.

"그렇단다. 그러니 이제 가거라." 요안니스가 말했다.

---

* 잉글랜드의 헨리 5세(재위 1413~1422)

그러나 소년이 하루 이틀 후에 돌아왔을 때, 요안니스는 소년의 존재를 유감스럽게 생각하지 않는 듯했다. 그는 브레티키에게 굴레 더미를 주며 닦고 문지르게 하고, 예전처럼 자유로이 이야기를 나눴다.

"요안니스, 디미트리오스와 토마스가 누구예요?" 브레티키가 말했다.

"그들은 황제 폐하의 아무짝에도 쓸모없는 형제들이란다. 우리는 이들 중 한 사람 곁에 있다가, 황제 폐하의 곁으로 간신히 탈출했어! 태후께서 이를 보았단다. 그분은 로마를 호의적으로 생각하지 않았을지 몰라도, 기쁘게도, 아들들이 어느 방향으로 나아가는 게 좋을지 분명히 알고 있었어. 왜? 그들이 도시로 온다고 하니?" 요안니스가 말했다.

"저는 누군가 황제더러 둘 중 하나여야 한다고 말하는 것을 막 들었어요."

"두 사람 모두 교회 통합을 반대했어. 특히 디미트리오스가 그랬지. 물론 여기에도 마음속으로 두 사람을 종교적으로 지지하는 미치광이들이 있어. 둘 중 한 사람은 도시를 내버려둔 채 누이를 튀르크인에게 팔아넘기려고 했어. 우리는 콘스탄티노스 곁에 있는 것이 훨씬 좋아." 요안니스가 말했다.

"그분은 훌륭한 군인이야. 그분이 적극적으로 앞장서서 사람들을 이끌었고, 사람들은 그분을 위해 죽기를 원하지." 요안니스의 부사령관인 마틴 프리랜드가 말했다.

소년은 얼굴 전체에 믿지 못한다는 티를 내면서 그들을 바라보았다.

"내가 이에 관해 말해줄게. 폐하의 왕관은 풀로 반죽해 칠한 것일지도 몰라. 그분 주위에 선한 젊은 지휘관 대신 노인들로 둘러싸였지만, 그분의 용기는 충분히 진정성이 있어." 요안니스가 말했다.

"그래요? 스테파노스는 젊잖아요." 브레티키는 이상하게 여기며 말했다.

"그를 남자라고 부를 수 있다면, 그는 적어도 마흔 살쯤 됐을 거야." 요안니스가 말했다.

"하지만 그는 아직 수염이 자라지 않았어요."

"그는 환관이란다. 애야, 고환이 잘렸다는 뜻이지. 그는 절대 수염을 기르지 못하지만, 여자는 아니야." 마틴이 말했다.

"내가 들어본 이야기는 아닌데, 너, 환관과 관리인 아내의 이야기를 아니?" 또 다른 잉글랜드인이 말했다.

"아니, 그게 뭔데, 그럼?" 마틴이 흥미를 느꼈다.

"닥쳐! 네 군대용 이야기는 풋풋한 어린애에게 들려주기에 적합하지 않아." 요안니스가 단호히 말했다. 브레티키는 약간 불안해하며, 함께 할 다른 무리를 찾기 위해 살금살금 움직였다.

다른 무리는 이러했다. 시동과 아이들이 하릴없이 궁전에 있지만, 소녀들은 실내 구석구석을 면밀히 보고 있었다. 브레티키는 사촌 알리스를 기억했다. 알리스는 초록색 산비탈 위에서 조랑말을 타고 다녔고, 곱슬머리가 뒤의 바람에 실려 늘어졌다. 이처럼 사촌을 떠올리며, 수줍음을 타는 창백한 로마 소녀들을 오싹하게 여겼다. 그러나 소년들은 술래잡기나 활쏘기, 주사위 놀이, 그 외 널빤지와 산가지를 활용한 수많은 놀이를 했다. 브레티키는 고국에서 이 중 오직 한 가지 게임만 들었고, 자신이 이길 수 있는 게임이었다. 브레티키는 그 게임을 '아홉 사람의 모리스"라고 불렀다.

---

* Nine men's morris, 중세 영국에서 인기를 끈 보드게임. 고누와 비슷하다.

때때로 황제는 도시 밖 언덕에 있는 제법 큰 숲에서 사냥했다. 브레티키는 찰랑거리는 상쾌한 개울 옆, 잎이 무성한 나무 밑에서 오래 말 타기를 좋아했다. 한두 번, 그들은 마르마라해부터 도시의 남쪽 하늘과 맞닿은 윤곽선에서 비치는 그림자처럼 섬들을 실은 잔잔한 물 위까지, 황제의 너벅선*을 타고 다녔다.

황제와 궁정 사람들은 그늘이 드리워진 수풀 산림을 걷고 산뜻한 장소에서 부는 시원한 산들바람을 맞으며 생기를 되찾았다. 이처럼 하니 길고 뜨거운 여름날이 사라졌다.

가을에 늙은 태후가 세상을 떠났다. 태후가 세상을 떠나자, 애도하고 노래하며 시신을 땅에 묻었다. 황제와 함께 있는 브레티키는 맨발로 모자를 벗은 채 긴 장례 행렬 속에서 걸었다. 황제는 어머니를 잊지 못했다. 황제의 볼은 예전보다 움푹 꺼졌고, 어두운 눈동자는 더 커졌다. 황제는 훨씬 덜 먹었고, 너무 크게 실의에 빠져서 브레티키조차 황제를 안타까워하느라 가슴이 쿡쿡 찔렸다. 이때 브레티키는 황제에게 중요한 자들이 황제를 알현하는 모습을 보았다. 요안니스 달마티오스는 미스트라에서 온 군인이었고, 테오필로스는 황제의 젊고 멋진 친척으로서 비웃듯이 한쪽으로 씩 웃었다. 두 사람은 오가면서 황제의 양 볼에 입맞춤했다. 곁에는 불안해하는 충직한 비서 프란치스가 있었다. 두 사람은 주군의 얼굴에서 약간 활기를 느끼고 미소를 지었다. 두 사람 외 모든 사람의 앞에서 황제는 굳은 표정으로 위엄을 유지했다.

"그는 희망을 품고 있지 않아." 브레티키는 절망한 채 생각했다.

---

* 바닥이 넓적하고 너비가 넓은 배

한겨울에 새로운 술탄이 도시로 진격했다. 술탄은 도시와 고작 9.6km 떨어진, 황제의 보스포로스 해협에 커다란 성을 건설하기 시작했다. 먼저 병사들이 도착했고, 그다음에 석공들이 도착했다. 나무가 우거진 구불구불한 해안가 비탈에 자리 잡은 작은 어촌에서 사람들을 몰아낸 뒤, 튀르크인은 집과 교회를 박살 내고 분해했고, 돌을 날라 벽을 세웠다. 황제가 항의하고 사절을 보내면서, 고뇌에 찬 만남이 이루어졌다. 사절들은 입을 꾹 다물고 창백하게 안색이 질린 채, 황제에게 돌아왔다. 술탄은 그들더러 이러한 전갈을 다시 내게 가져온다면, 산 채로 가죽을 벗기겠다고 위협했다.

이제 도시는 극심한 공포감에 사로잡혔다. 사람들은 옛날 뼈로 가득 찬 성유물*함을 거리 주위에서 운반하고, 하나의 교회에서 다른 교회로 열을 지어 성상을 옮기고 기도하고 노래하고 손을 꽉 쥐고 도와달라고 하늘에게 빌며, 이쪽저쪽으로 달아났다. 한 사람이 위험이 다가온다는 사실을 너무 늦게 깨달았다. 이를 본 다른 사람들이 분노에 잠식되니, 브레티키는 이러한 고통에 찬 분노에 휩쓸렸다. 스테파노스는 침착하게 어떻게 정치적으로 이득을 얻을 것인지 따졌다. "엘레니 태후께서 승하했기에 사람들은 겁에 질렸어. 폐하께는 결국 스콜라리오스를 조용히 시킬 여력이 생겼지."

"스콜라리오스가 누구예요?" 브레티키가 물었다.

"확실히, 저번에 말해줬잖니." 스테파노스가 말했다.

"죄송해요…. 이름들이 다들 길고 이상해서…. 머릿속에 모두 새겨 넣지 못했어요."

---

* 그리스도교에서 예수나 사도, 성인에 관련된 모든 유품

"음, 그의 이름은 기억해야 해. 우리의 용감한 총대주교가 안전을 위해 도피했기에, 스콜라리오스가 사람들의 종교 지도자가 됐어. 스콜라리오스는 피렌체에서 교회 통합을 하겠다고 서명했고, 지금은 이에 반대하는 설교를 하고 있어."

"신경의 필리오퀘 때문이지요?"

"그 때문이기도 하고, 다른 이유도 있어."

황제는 밤에 스콜라리오스를 보러 갔다. 오직 돌돌 말은 양피지를 든 프란치스하고만 함께 갔다. 스테파노스와 브레티키, 병사 두 명은 등불을 들고 말에 오르기 위해, 문 앞에서 말을 잡았다.

스콜라리오스는 자신의 방에서 그들을 환영했다. 탁자와 등받이가 없는 의자, 나무 침대, 성상, 책꽂이가 비치된 채 하얗게 칠한 작은 방이었다. 스콜라리오스는 거칠게 베를 짠 옷을 입고 있었다. 얼굴은 긴장된 상태였고, 찌푸린 눈은 움푹 꺼져 있었다. "제게 원하는 바가 무엇입니까, 폐하?" 스콜라리오스는 험악하게 말했다.

"그대의 도움이 필요하네. 스콜라리오스." 황제가 말했다.

"저를 조용히 시키려고 온 거라면, 헛걸음하셨습니다." 스콜라리오스가 말했다.

"그대는 모든 이의, 내 형님의 비서로서, 법무감으로서, 얼마나 오래 재임했는가? 수많은 세월이지. 그대는 제국에서 벌어지는 사건들이 어떻게 진행되고 있는지 아나? 나는 정치력을 어떻게 행사하고, 이를 행사해야 하는 이유를 아는 그대에게 남자로서 호소하겠네." 황제가 조용히 말했다.

"저를 잘못 판단하셨습니다. 폐하, 폐하께서 제가 진실을 앞에 두고

정치력을 행사해야 한다고 보셨다면요."

"아, 진실이라. 옛 친구여. 그대는 얼마나 자주 서방 교회의 신부들을 칭찬했나? 20년 전, 그대는 이미 내게 아퀴나스의 작품을 칭찬하는 글을 썼네. 그대는 내 형님께 피렌체에 갈 것을 권유했지. 교회 통합에 찬성했고. 그런데 어떻게 지금, 우리가 필요한 순간에 어조를 바꾼 것인가?" 황제가 말했다.

스콜라리오스는 황제를 똑바로 바라보았다. "저는 그들의 허울만 있는 그럴듯한 주장에 현혹됐습니다. 현혹되어 잘못된 길에 이끌렸지요. 저는 이를 철회했으니, 하느님께서는 제 잘못을 용서하실 것입니다. 하지만 폐하, 폐하께서는…." 스콜라리오스가 말했다.

"나 말인가?" 황제는 목소리에 날이 서 있었다. 브레티키는 귀를 쫑긋 세웠다. 책꽂이에 서 있는 라틴어로 된 아퀴나스 책이 길게 나열된 모습을 바라보았다.

"폐하께 제가 쓴 논문의 사본을 드리겠습니다." 스콜라리오스가 말했다. 그는 황제에게 라틴어와 그리스어로 '종교 평화의 역할에서'라는 제목이 쓰인 소논문을 내밀었다. 제목은 교의 상 통합이지, 평화의 방책方策이 아닌 듯했다.

"고맙네. 내 벗이여, 다들 그대가 로마인 중 가장 많이 배웠다는 사실을 알고 있네. 비잔티움의 모든 곳에서 그대와 총명을 견줄 자는 절대 없네. 그대는 교리의 진실한 통합을 이야기하는 것이 분명하네. 나는 그대가 말한 대로, 교리의 통합은 이루었다고 생각하네." 황제가 말했고, 스콜라리오스를 위해 소논문을 가져온 브레티키에게 손짓했다.

"제가 잘못했었습니다. 저는 실수를 저질렀습니다. 하지만 폐하, 폐하께서는 믿지 못할 비열한 서방의 이단적인 사상을 믿는다고 고백해,

서방에 도움을 갈구하는 악한 행위를 저지르는 잘못을 저지르소서!"

스콜라리오스의 목소리는 말하면서 커지다가 거의 고함치듯 외쳤고, 주먹을 꽉 쥐었다. "이 자의 목소리는 갈라졌어." 브레티키는 계속 응시하는 스콜라리오스의 눈을 바라보면서 생각했다.

"내가 믿지 못해? 이건 뭐지?" 황제가 말했다. 그러자 프란치스가 황제의 앞에 있는 탁자에서 자신이 들고 온 양피지 두루마리를 펼쳤다. 그곳에는 그리스어로 적힌 글과 라틴어로 적힌 글이 있었다. 브레티키는 탁자로 조금씩 다가가서 양피지를 바라보았다. *나는 공의회의 결정을 따를 것을 선언합니다…. 그래서 나는 이 의견에 동의합니다. 성령께서 성부와 성자한테서 비롯되시거나, 성자를 통해 성부한테서, 하나의 신조와 하나의 원인에서 비롯되시니….*

여기에 스콜라리오스의 서명이 있었다.

스콜라리오스는 아무 말도 하지 않았다. 그는 양피지 한 장을 치우는 대신 그들 사이의 탁자에, 자신의 고백문 옆에 양피지를 놓았다. 종이에는 황제의 글이 적혀 있었다. 황제가 미스트라에서 쓴 신경이었다. "폐하께서 서방 교회를 진정으로 믿는다면, 폐하의 신경에 '필리오퀘'라는 단어는 어디에 있습니까?" 스콜라리오스가 말했다.

황제는 머리를 숙였다. 그다음 마침내 "적어도 그대만큼은 입을 다물어야 하네. 그대의 약조는 사람들을 흥분시키지 않는 선에서만 말할 수 있네. 술탄은 우리에게 맞서기 위해 성을 짓고 있으니, 나는 서방의 도움을 받아야 하네."라고 말했다.

"도움을 받아야! 편법으로. 흥!" 스콜라리오스는 말을 뱉어냈다.

"그대는 판토크라토르*의 수도원에 가게 될 걸세. 내 명령으로 그곳에 갇힐 것일세. 설교도 금지될 것이네. 더욱이, 내 명령은 비밀이 유지될 걸세. 그대는 물러나라는 압박을 받았다고 누설하지 못할 것이네. 하지만 주님께서는, 내가 바라건대, 언젠가 천국에서 우리를 화해시킬 것이네. 모든 사악한 교리들도 깨끗해질 걸세." 황제가 엄숙하게 말했다.

"약간의 세속적인 이익을 위해 진실과 고대 신앙을 버리려는 자들을 위한 천국은 존재하지 않소이다!" 스콜라리오스가 말했다.

황제는 휙 돌아섰고, 그들은 갑작스레 차가운 밤공기 속으로 빠져들었다.

"도대체 저 자는 신경을 어떻게 받아들인 것이오?" 스테파노스가 프란치스에게 쉬쉬거렸다.

"거의 교회 전체가 그와 결탁했소." 프란치스가 애통해했다.

"오, 이게 무슨 뜻인지 이해하면 좋을 텐데! 왜 그 단어 하나가 중요하지? 내가 황제라면, 저 미치광이가 황제에게 했던 말을 내게 못 하게 할 거야…. 울면서 말을 타고 황제가 가버렸는데, 난 그가 운다고 생각해. 계속 볼을 닦아 내렸으니까. 난 요안니스가 한 말처럼 생각하지 않아. 황제는 여린 사람인 것 같아!" 브레티키가 속으로 울부짖었다.

요안니스는 동의하지 않았다. "네가 잘못 알았어. 애야." 요안니스는 이처럼 말한 뒤, 더는 말하지 않았다. 그러나 술탄의 성에 관해, 그는 더 자세히 알려주었다. 요안니스는 브레티키를 위해 뜰의 먼지 속에서 지도를 그렸다. "보렴. 여기가 보스포로스야. 비록 강은 아니지만, 강처럼

---

* "전능자"라는 뜻으로, 예수 그리스도를 형상화한 그림을 의미한다.

폭이 좁단다. 보스포로스는 흑해의 북쪽 끝에 자리 잡고 있고 러시아, 조지아, 트레비존드의 통상로 역할을 했지. 그곳들에서 어떤 도움이 오리라고 기대하고 있어. 바로 여기, 가장 좁은 지점에 튀르크인들은 이미 성을 세웠어. 그들은 이곳을 알루히사르라 부르지. 반대편, 우리 해안가에 그들은 다른 성을 짓고 있어. 그들은 자기들이 원할 때마다 배로 보스포로스를 가로막을 수 있어. 우리 해안의 측면에 거점을 세워, 대규모 군대를 이끌고 해안을 건너는 것을 대신할 거야."

"하지만 확실히, 그들이 원하기만 하면 앞뒤로 건널 수 있겠지요." 브레티키가 말했다.

"분명한 사실이지. 여전히, 이러한 상황은 내게 나쁘게 보여. 이에 관해 가장 최악인 점을 말해줄게. 그는 자신의 장소를 잘 골랐어. 군인의 안목을 갖춘 채 골랐지. 사람들이 말하길, 그의 군인들은 잘 조직되었고 잘 먹고, 악마처럼 일하고 있어. 그는 훌륭한 장군이 될 거고, 우리는 약간 부족한 상태에서도 싸울 수 있어. 음, 별수 없지. 세상이란 그런 거야." 요안니스는 침울한 기색을 내비쳤다.

성이 잘 지어지고 있을 때, 우르반이라는 헝가리인이 도시에 도착해 황제와의 알현을 요청했다. 황제는 열두 명의 의원으로 의회를 꾸린 채 우르반을 알현실에서 환대했다. 브레티키는 황제의 옥좌에서 약간 뒤에 서 있었다. 이번만큼은 지루함을 느끼지 않았다. 대화는 라틴어로 이루어졌고 헝가리인이 그리스어로 말하지 않았기에, 스테파노스가 통역을 해주었기 때문이다. 우르반은 땅딸막한 작은 남자로, 더블릿*을 입고

---

* 14~17세기에 남자들이 입었던 상의

호스*를 신고 짧은 망토를 두르는 등 서방식으로 화려하게 갖춰 입었다. 옷은 호사스러웠지만, 손은 더러웠고 알갱이 모양으로 때가 껴서 검었으며, 손톱은 깨지고 조각난 상태였다. 얼굴은 작고 하얀 흉터 몇 개 때문에 얽어 보였다. 눈썹 하나는 끝부분이 타버린 상태였다. 우르반은 황제에게 정중히 인사했다.

"저는 총기 제작자입니다. 폐하. 제가 온 이유는 폐하께서 전쟁이 부담을 지고 있다고 들었기 때문입니다. 저를 고용해 주시옵소서."

"그대가 무엇을 할 수 있소? 총기 제작자여. 다른 이들은 할 수 없소?" 요안니스 달마티오스가 물었다.

"저는 커다란 대포를 만드는 사람입니다. 폐하. 저는 총포류를 제작해 1,000파운드나 그 이상 무게가 나가는 총알을 쏘고, 0.25마일 거리로 날려 보내지요. 물론, 더 작은 대포도 만들 수 있습니다. 필요한 것은 무엇이든 공급할 수 있습니다."

의원들은 자기들끼리 이야기했다. 그들은 이러한 주장을 간신히 믿을 수 있었다.

"저는 이를 시험해 보기를 겁내지 않습니다. 귀족 여러분, 저는 약속을 지키는 사람입니다. 저는 약속한 바를 수행할 수 있습니다. 폭발하고 제 얼굴에 상처 낸 것은 제가 만든 총이 아닙니다. 제가 만든 총은 지금까지 실패한 적이 없습니다." 그들이 믿지 못하는 모습을 보고 우르반이 말했다.

"우리에게 무거운 대포가 필요한가? 우리가 방어해야 할 것은 성벽이거늘." 황제가 요안니스 달마티오스에게 물었다.

---

* 양말과 스타킹을 통칭하는 말

"총은 폐하의 성벽을 오를 수 있습니다. 폐하. 저는 포탄 한 개가 수백 명의 사람들을 살육하는 모습을 보았습니다." 총기 제작자가 제의했다.

"저자가 우리와 일해서 원하는 바가 무엇인지 물어보게." 황제가 말했다.

"1년에 1,000더컷을 베네치아 금화로 지불해야 합니다. 게다가 금화 주조를 위해 20명의 노동자와 150톤의 청동이 필요합니다."

"너무 비쌉니다. 우리는 그만큼 지불할 수 없어요." 프란치스가 말했다.

"깎아줄 수 있소?" 요안니스 달마티오스가 물었다.

"안 됩니다. 그만한 돈이 필요합니다. 그러면 저를 고용하지 않겠습니까?"

"그 돈으로는 불가능하오."

우르반이 어깨를 으쓱했다. "음, 할 수 없지. 저는 그리스도 편에 있는 여러분께 먼저 왔습니다. 하지만 모든 싸움은 두 편으로 나뉘는 법이지요. 저는 다른 곳에서 제 능력을 활용하겠습니다. 그대들은 이를 후회할지도 모르겠습니다. 귀족 여러분." 우르반이 말했다.

"우리는 대포가 두렵지 않소이다. 우리는 성벽 뒤에 숨을 수 있으니까 말이오." 테오필로스가 말했다.

"맹세코, 귀족 여러분. 그대들의 성벽이 바빌론 성벽만큼 단단하다 해도, 저는 성벽을 붕괴해 황폐화할 총을 만들 수 있습니다!" 총기 제작자가 단호히 말했다. 그는 잠시 기다렸지만, 아무도 마음을 바꿀 준비가 됐다고 신호를 보내지 않았다. "오늘 하루 잘 보내시기를 바랍니다." 우르반은 이처럼 말하고, 으스대며 나갔다.

하루 정도 지나자, 브레티키는 모든 이야기를 근위대 막사의 친구들에게 몇 번이고 되풀이해 들려주었다. 브레티키는 자신이 열렬한 관심을 한 몸에 받고 있다는 사실을 깨달았다. 자신이 했던 모든 말은 영어를 한마디도 하지 않는 바랑인들을 위해 빠르게 통역되었다.

"자, 애야, 그의 총이 뭘 한다고 말했어?" 요안니스가 열정을 불태우며 말했다.

"바빌론 성벽을 붕괴한다고 했어요."

"아니, 아니, 총알의 무게가 얼마냐고? 얼마나 멀리 날아간대?"

"기억이 안 나요…."

"기억해, 애!"

"1,000파운드에요. 아마 그럴 거예요…. 그래요…. 0.25마일이라고 했어요."

누군가 휘파람을 불었다. "성인의 피로! 그러면 폐하께서는 그자가 편안히 떠나도록 내버려둔 거냐?" 바랑인 요안니스가 외쳤다.

"황제가 할 수 있는 것이 뭐가 있겠어요? 그자는 황제가 지불할 수 없는 많은 양의 돈을 요구했어요."

"왜, 제기랄. 그자가 올바르게 행동할 수 없다면, 그자는 부정하게 행동할 거야…. 그자를 지하 감옥에 넣어버리거나 도시 밖으로 나가는 그자를 긴 검을 든 자가 불러 세우든가. 그자가 술탄에게 가는 걸 막아야 해!" 요안니스가 화가 나서 외쳤다. 군인들은 모두 심각해 보였다. 그들은 총의 위력을 평가하며 서로 음울하게 속삭였다. 요안니스는 비통하게 말했다. "우리가 약간 부족한 상태에서 싸울 수 있다고 말했을 때, 우리가 아닌 그들이 부족한 상태라는 뜻으로 한 말이었어."

그러나 브레티키는 황제의 문제를 생각할 준비가 충분히 되었다. 브레티키의 감정은 도시의 불운한 소식을 듣고 스스럼없이 침체했다. 브레티키가 볼 수 있는 모습은 요안니스가 주군이 살인을 저지를 정도로 비열해지기를 바라는 모습 정도였다. 브레티키는 한숨을 쉬었다. 심지어 이 낯선 장소에 있는 잉글랜드인들은 무슨 말이 오가는지 이해하기 힘들어하는 것 같았다. 그렇지만 못생기고 작은 몸집의 총기 제작자는 살해된다고 할지라도, 잔 다르크보다 덜 연약한 희생자라는 사실은 틀림없었다.

8

"소문 가지고 논쟁해 봤자 무슨 소용이 있겠소? 우리가 가서 직접 봐야 하오." 모두의 의견이 통합되지 않자, 황제가 자기 앞 탁자에 놓인, 개략적으로 묘사한 지도 더미를 쓸어버리며 소리쳤다.

"하지만 위험해요, 폐하. 폐하를 위해서 드리는 말씀입니다. 우리는 사람을 보낼 수 있습니다." 말한 사람은 프란치스였다.

"내가 직접 봐야 하오." 황제가 말했다.

그래서 동이 트기 전, 회색빛이 비치는 아주 이른 아침, 그들은 금각만에서 자신들을 기다리는 작은 갤리선에 탔다. 요안니스 달마티오스, 칸타쿠지노스라고 불리는 다른 지휘관, 테오필로스 팔레올로고스가 왔다. 황제는 브레티키와 함께 왔다. 갤리선은 노잡이 네 명이 노를 저었기에, 바람을 기다릴 필요가 없었다. 배는 부드럽게 철썩거리며 조용한 바다를 거쳐, 도시의 북쪽 해안을 따라 거대한 항구로 향했다. 그동안 도시는 떠오르는 태양, 맞은편에서 기나긴 자줏빛 그림자를 드리웠다. 처음에 물은 휘황찬란한 새벽빛으로 불타는 듯했다. 태양이 떠오르자, 갤리선은 제노바 갈라타 벽 밑의 돌출된 땅을 돌아, 금각만 밖으로 빠져나갔다. 밝게 빛나는 날에 물의 광택은 옅어져 은빛이 됐고, 도시는 훨씬 더 뒤쪽에 위치해 희미해지다가 장밋빛과 라일락 빛이 되었다. 그들은 보스포로스의 구불구불한 물길에서 한결같이, 세로 방향으로 나아갔다. 깃발이 휘날리지 않을 때, 황제는 자주색 의복 위에 큼직하면서 추레한 망토를 입었다.

그들은 보스포로스를 본 뒤, 30분 후에 보스포로스로 나아갔다. 그들은 높은 산등성이가 해협 쪽으로 튀어나온 곳으로 향했다. 보스포로스는 주위를 지그재그 형태로 감쌌다. 움푹 들어간 해안의 작은 개울 어귀에, 튀르크인들은 오래전에 성을 세웠다. 로마의 기슭에 있는 키 큰 산등성이가 그들의 맨눈으로 보였고, 산등성이 꼭대기를 덮은 탑들을 볼 수 있었다. 거대한 탑 하나가 경사지 꼭대기를 장식했고, 다른 탑이 있는 곳보다 훨씬 밑에 해안선이 있었다. 탑들은 총안이 있는 거대한 흉벽과 연결됐고, 탑 사이를 연결한 산등성이 밑의 해안으로 내려갈 수 있었다.

"저기입니다. 폐하." 갤리선 선장이 말했다.

"더 가까이 다가가게." 황제가 앞을 응시하며 말했다. 사공들은 노를 살짝 담갔고, 갤리선은 천천히 조심스럽게 앞으로 나아갔다. 그렇게 하니, 더 거대한 탑들이 맨눈으로 보였다. 해안선을 따라 탑 네 개가 줄지어 서 있었다. 믿을 수 없을 정도로 거대한 탑 두 개가 가장 바깥쪽에 있었고, 거의 다 완공된 외벽이 탑 사이에서 솟아 있었다. 산기슭 뒤로 성이 위치한 채 무질서하게 바위투성이 땅에 뻗어 있었고, 폭이 넓어져 작은 도시의 가파르게 비탈진 곳을 에워쌌다. 벽의 어느 부분에서 보든, 탑은 솟아 있었다. 배에 있던 관찰자들은 건축가들의 야영지를 볼 수 있었다. 성안에 천막과 판잣집이 옹기종기 모여 있었다. 그들은 조용히 그곳으로 들어갔다. 아무도 작은 목적을 이루려고 이처럼 큰 건축물을 지은 게 아니고, 한 사람이 이처럼 믿지 못할 정도의 빠른 속도로 광대한 건축물을 지은 것도 아니었다. 그가 서두르지 않았더라도, 벽은 거의 꼭대기까지 지어지고 탑도 거의 다 완성되었을 것이다. 브레티키는 몸을 떨었다.

아침의 드문드문한 안개 속 기슭의 가파른 숲속에 있는 새로운 크림색 석조는 1,000년 동안 존재해 왔다. 마치 성벽이 서 있는 땅은 이미 술탄의 땅이 된 듯했고, 오랫동안 그리 지속 되어온 것 같았지만 말이다.

병사들이 단거리 총에 관해 이야기하던 것을 기억하던 브레티키는 기슭과 기슭 사이에서 흐르는 물을 보았다. 노는 물 위에서 느긋하게 움직였다. 이때 아주 평화롭게 떠 있었다. 이곳이 대륙을 나누고, 낯선 해협에서 가장 좁은 돌출구였다. 각 기슭에 성이 있었고, 술탄이 원하기만 하면 어떤 배를 타든 도달할 수 있으며, 물 위에서 움직이는 것도 막을 수 있다는 사실은 틀림없었다.

"그래, 알겠소." 황제가 말했다.

갤리선의 방향을 돌려, 겉으로 눈에 띄지 않은 채 기슭에서 기꺼이 탈출한 그들은 해협 밑으로 노를 다시 저어 도시로 돌아갔다. 이제 물에 파도가 일렁였다. 바람과 해류로 일렁이고 거품이 일며, 아침 파란 하늘 밑에서 색감이 더 깊어져 군청색이 되었다.

도시로 돌아온 그들은 가파른 암산*의 길을 가까스로 올라와, 길게 늘어선 사람들의 줄 사이를 건너, 하늘 맞은 편 산마루에 있는 녹슨 분홍색 돔들이 보이는 곳으로 향했다.

"저긴 어디예요?" 브레티키가 손으로 가리키며 물었다.

"예수 그리스도의 판토크라토르 수도원이란다." 병사 한 명이 말했다.

"나는 저기에 스콜라리오스를 가두었고, 사람들은 그를 만나려고 쇄도했어." 황제가 단호히 말했다.

그들이 궁전에 다다르자, 황제는 정원을 활보한 뒤 문으로 걸어서 갔다. 황제는 튀르크인의 눈을 피하려고 입고 있던 검은 망토를 벗었고, 시종이 다가와 자신에게서 망토를 벗기기 전에, 대리석 바닥에 망토를 던졌다. 황제는 옥좌에 앉아, 자기 앞에 있는 독서대를 주먹으로 내리치며, 의원들더러 오라고 소리쳤다. 황제의 어두운 눈동자에 불꽃이 일었고 목소리는 떨렸다. 브레티키가 생각하길, 황제가 명령하는 바가 무엇이든 간에 황제의 눈이 휘둥그레진 모습을 황제의 의원들이 거의 좋아하지 않는 것 같았다. 그들은 서로 언쟁하고 애원하고 이야기하며, 서로 실망한 표정으로 곁눈질했다. 프란치스는 황제의 옥음을 기록하기 시작했다. 황제는 종종 고개를 들었고, 어떤 말들에 반박하기도 했다. 황제는 주장했다. 글이 쓰였다. 의원들이 떠났다.

"그는 뭘 한 거예요?" 브레티키는 스테파노스에게 속삭였다. 두 사람은 옥좌의 한쪽 끝에 나란히 서 있었다. 황제는 여전히 불안하고 화가 난 채 창문 밑에서 왔다 갔다 했다.

---

* 바위로만 구성된 산

"그분은 술탄에게….." 스테파노스는 황제가 두 사람에게 다가오자, 말하다가 멈췄다. 황제가 등을 돌리고 번들거리자, 스테파노스는 다시 말했다. "새로운 성을 이용해 도시를 공격하지 않겠다고 굳게 약속할 것을 요청했어."

"그렇게 해 봤자 무슨 소용이 있죠?" 브레티키가 물었다.

"없어. 없어. 내일 폐하는 그 사실을 알게 될 거야. 오늘 폐하는 자신의 땅에 자행되는 무례할 정도의 잔혹한 행위에 분노했어. 누가 그분을 비난할 수 있겠니?" 스테파노스가 대답할 시기를 고민하며 말했다.

그러나 술탄이 대답했을 때, 황제는 자신을 비난했다.

이날 돈 프란시스코 데 톨레도가 도착했다. 그는 튀르크군과 싸우기 위해 스페인인 몇 명을 데려왔다. 그는 황제를 알현하려 왔다. 황제가 그를 환대하자, 그는 정중히 인사하지 않은 채 뽐내며 앞으로 걸어가 황제의 어깨를 붙잡고 한쪽 볼에 입맞춤한 뒤 다른 쪽 볼에도 입맞춤했다. 그다음 일어서서 뒤죽박죽인 긴 이름들을 나열하며, 자신이 황제의 먼 친척이라고, 친척의 한 부류란 사실을 입증하려 했다. 이러한 전례 없는 친근한 행동을 보고, 모인 사람들은 화가 나서 웅성거렸다. 루카스 노타라스는 건방진 놈이라고, 절하라고, 네 분수를 알라고 소리쳤다. 황제는 손님의 행동에 몹시 놀랐다. 황제는 이 스페인 사람에게 시선을 고정했다. 그는 키가 작았고, 레이스, 보석, 비단으로 된 술을 온몸에 두른 채, 곱슬거리는 거대한 깃털을 붙인 모자를 썼다. 턱수염과 콧수염은 끝부분이 정교하게 정리되어 있는 것 같았다. 그는 자신이 일으킨 소란을 보고도 전혀 창피해하지 않는 것 같았다. 마치 자신이 어떤 먼 야만인의 나라에서 온 친척으로서 불려 온 것처럼 황제의 옥좌 앞에서 버릇없이 서 있었다.

황제가 경악한 탓에, 모두 오랫동안 조용히 있었다. 돈 프란시스코는 경쾌한 어조의 그리스어로 더듬더듬 말했다. "내 검을 바치러 왔소. 나의 친척인 황제여."

황제가 말했다. "친척이기에 온 거고, 나를 위해 싸울 것이니 확실히 친척이 맞지." 그렇게 말한 뒤, 황제는 앞으로 향했다가 돌아가 돈 프란시스코를 포옹했다. 그러자 갑자기 돈 프란시스코는 황제의 발 앞에서 무릎을 꿇고, 황제의 손에 입맞춤했다.

"참 잘하는구나. 황제는 사람들의 마음을 사로잡을 방법을 알고 있어. 저 자만심에 찬 어리석은 작은 남자는 이제 황제를 위해 죽을 때까지 싸우겠지. 많은 도움을 줄 거고! 하지만 난 쉽게 마음을 열지 않을 거야. 난 그렇게 약하지 않아. 난 모두 페인트칠 되고 반죽을 바르고 파괴된 제국의 곁들인 구경거리를 위해, 황제가 내 의지에 반한 채 나더러 여기 있게 해, 내 영역이 아닌 싸움과 위험 속으로 빠뜨리게 했다는 사실을 잊지 못해. 난 황제가 싫어." 브레티키는 구석진 곳에서 뚱하게 바라보며 생각했다.

어떤 평범한 병사가 들어와 절을 올리며 자신이 차리시오스 문에서 근무한다고, 튀르크인 무리가 자신에게 무언가를 가져와 이것을 황제에게 넘기라고 말한 사실을 알렸다. 그의 옆에는 가죽 포대를 들고 있는 병사 두 명이 더 있었다.

"열어보게." 황제가 말했다. 절단된 손 두 개가 바닥으로 굴러떨어졌다. 한 손은 왼쪽 귀가 있는 곳에 놓였다. 황제는 눈을 크게 뜨고 시선을 고정했다. 다른 손은 좀 더 떨어진 거리에 있는 바닥으로 굴러다니면서, 핏방울이 뚝뚝 떨어지며 자국을 남겼다. 숨이 턱 막힌 채 실망해 울부짖는 소리가 들렸다. 발밑에 머리가 굴러온 것을 본 돈 프란시스코는 비틀거리며 뒤로 향했고, 손수건에다가 헛구역질했다. 떨어진 것들에서 도살업자의 역한 냄새가 브레티키에게 훅 끼쳤고, 먹은 것이 위로 올라올 듯했다. 황제는 평화 협상을 요청하기 위해, 서신과 함께 어제 자신이 마지못해 술탄에게 보냈던 사람의 멍한 눈을 바라보며 꼼짝하지 않고 서 있었다.

황제는 교황에게 도움을 요청했다. 교황은 추기경 이시도로스와 궁수 200명을 보냈다. 오직 200명뿐이었지만, 그들은 금문에서 메세라 불리는 거리를 타고 히포드롬까지, 그곳에서부터 블라헤르네 옆 벽에 있는 자신들의 숙소까지 행진했다. 그들은 교황의 색인 노란색과 하얀색 옷을 훌륭하게 차려입었고 흉갑*과 강철 투구로 무장하며, 각각 석궁을 들고 등에 화살로 가득 찬 화살통을 지고 있었다. 그들의 모습은 시민들에게 막대한 힘을 북돋아 주었고, 거리의 군중이 최소 하루 이틀 만에 황제의 생각에 설득되도록 했다. 그런데도 판토크라토르의 언덕으로 올라갈 정도로 충직한 소수의 무리도 여전히 있었다. 스콜라리오스가 자신의 수도실 문에 꽂아놓은 메모를 읽으면 이러했다. *하느님보다 서방을 믿는 그들에게 재앙이 있으리!*

추기경은 공손하고 합리적인 사람으로, 와서 교회 통합 선언과 논쟁을 빨리 끝맺을 것을 주장했다. 추기경의 말은 무난했어도, 키오스섬에서 사나운 작은 남자인 대주교 레오나르드를 데려왔고, 레오나르드는 극단적인 요구를 많이 해서 메가스 둑스인 루카스 노타라스가 "여기 있

---

* 상체에 두르는 갑옷

는 인물 중 절반은 거리에서 폭동을 일으키는 사람들을 두겠소이다." 라고 말할 정도였다.

"절반까지는 아닙니다. 거리는 튀르크인의 손아귀에 들어갈 터니까요!" 대주교가 답했다.

"진정하시오, 여러분. 추기경, 피렌체 공의회가 우리만의 예배 형식을 갖추도록 허락했다고 생각하오." 황제가 말했다.

"두 예배식은 똑같습니다. 폐하. 그래서 두 방식이 모두 활용되어야 합니다. 폐하께서는 대교회*에서 라틴식 미사를 드리고, 그곳에서 통합을 선언하세요. 교황께서는 그 점만 요청했습니다." 추기경이 말했다.

그래서 그렇게 결정됐다.

브레티키는 황제가 가장 훌륭한 예복을 입어야 하기에, 전날 황제가 가서 의상 책임자에게서 예복을 받아내는 모습을 볼 수 있었다. 황제는 옷의 속을 뒤집어 놓고 무릎에 가로질러 옷을 놓고, 날카롭고 가느다란 철사 끝을 느끼고 손톱으로 끝을 구부리느라 시간을 보냈다. 그래서 그들은 자주색 비단을 펄썩 넘어뜨리거나, 두꺼운 비단을 주먹으로 찔러 대 피부에서 떨어지게 했다. 그다음 아침에 스테파노스가 황제를 깨웠을 때, 황제는 쿡쿡 찔리지 않고 움츠러들지 않는 옷을 입고 매만졌다.

나뭇잎과 가지 사이에 있는 직물에 메달 모양의 보석이 곳곳에 달렸다. 각 보석에 말 네 마리가 끄는 마차를 모는 소년이 새겨져 있었다. 사실 브레티키는 이 모습을 꽤 좋아했다. 새로운 하루는 도시의 옥상과 돔을 가리키며 시작됐다. 황제의 회의실에서 끝없는 목소리를 듣는 대신

---

* 하기아 소피아 성당

적어도 거리에서 말을 타고 예식을 보다가, 마침내 유명한 신성한 지혜의 교회 안을 볼 수 있었다. 그러나 브레티키는 마음이 불편해졌다. "나는 저기 있으면 안 돼." 브레티키는 자신에게 말했다. 가슴속 분노의 근육이 피곤함을 느꼈지만, 브레티키는 분노로 격렬하게 끓어올랐다. "황제는 내 의지에 반해 나를 죄수로 만들었어. 나는 도축장으로 끌려가는 어린 송아지와 다를 바 없어. 난 황제가 싫어." 브레티키는 자신을 침울한 상태로 몰아넣다가, 다시 안심했다. "내가 왜 신경 써야 해? 난 로마인도, 그리스인도 아니야. 튀르크인을 가지고 많은 불화가 생길 텐데!" 행렬이 시작되어 궁전 안에서 대형을 이룰 때, 브레티키는 황제 옆에서 세 걸음 물러나 자신의 자리로 가면서 자신에게 거칠게 물었다.

그들은 거대한 직사각형 문을 통해 대교회로 들어갔다. 황제 일행이 내려가다가 멈춘 곳은 홀이었다. 또 다른 넓은 문이 그들을 맞이했다. 문 저편에 또 다른 홀이 교회를 가로지르고, 황금색 모자이크와 대리석 벽 속으로 어슴푸레하게 빛났다. 일행은 여기서 다시 멈췄다. 이번에는 사제가 앞으로 왔다. 황제는 왕관을 벗고 사제에게 주었다. 거대한 두 번째 홀에서 우뚝 솟은 곳에 있는 세 번째 문으로 나아갔다. 문 저편으로 아주 많은 빛이 비쳐서, 브레티키는 그늘 앞 멀리 떨어진 곳에 있는 성소의 칸막이벽과 벽 너머의 제단을 보지 못했기에, 문을 열면 야외로 통할 것으로 생각했다.

앞에 길게 늘어선 풍경을 처음으로 깜빡거리며 본 브레티키는 브리스토의 대성당에 있는 신도석처럼, 기둥이 길게 늘어선 거리가 있는 기다란 교회를 무심결에 예상했다. 문지방을 건너 들어가니, 브레티키는 좌우로 멀리 떨어진 채 거대하고 복잡한 벽이 솟아오른 넓은 곳을 보리라고 예상하지 못했다. 그곳이 아주 기다랗다는 사실을 알았을 때, 그제 야 제대로 자신이 있는 곳을 보았다. 그다음, 위를 보던 브레티키는 천 장의 높이를 보고 황홀해했다. 문지방에 있던 숭배자의 시선은 똑바로 솟구쳐 광대하고 납작한 돔 꼭대기, 창문들을 가르는 모든 종, 흩뿌려진 각진 빛, 새벽처럼 이마 위를 맴도는 황금색 호로 향했다. 그래서 아주 방대하고 황홀히 빛나는 하늘 모양의 건물에 브레티키가 있을 만한 곳은 없는 듯했다. 춤을 추듯 에워싼 기둥과 멋진 초록색과 검은색 반암, 건물을 에워싸고 부풀어 오른 탁한 황금색 돔과 반구형 돔이 있는 밖도 마찬가지인 듯했다. 이는 마치 하느님이 거주하는 장엄한 천막으로써 하늘 높이 치솟은, 천국에 있는 건물 같았다. 멍하게 자신의 주위를 둘러보던 브레티키는 교회를 향해 머뭇머뭇 걷다가, 황제 뒤의 자신이 있어야 할 자리에서 벗어나고 누군가의 질질 끌리는 망토에 발이 걸려 넘어지고 난 뒤, 종종걸음쳐서 황제를 따라잡았다.

"천막처럼 생겼네. 공중에 뜬 것 같아. 무게가 안 나가는 듯해." 브레티키는 바로 이처럼 생각했다. 밑의 건물을 옮기기 위한 거대한 교각˙ 은 어디에 있는가? 큰 짐을 지닌 채 팽팽히 서 있는 거대한 기둥은 어디에 있는가? 대신 브레티키는 오로지 깔끔히 닦은 분홍색, 초록색, 노란색의 가는 줄무늬가 칠해진 대리석 판으로 덮고, 반짝거리다 못해 바삭바삭한 하얀 돌에 새겨진 포도 덩굴이 가른 채, 크림색을 띠는 하얀색의 멋진 벽만 볼 수 있었다. 기둥은 단단히 버티고 있지 않지만, 미묘하게 매달린 듯했다. 기둥머리에 잎이 무성했고 위에 아치가 있으며, 모든 잎과 꽃에는 번개무늬와 자주색 원형무늬가 새겨져, 화환을 쓴 댄서

˙ 벽, 다리를 지탱하는 기둥

처럼 경쾌해 보였다. 기둥 사이의 통로와 회랑을 힐끗 보니 더 많은 빛과 황금으로 된 표면을 볼 수 있어, 마치 벽 전체가 돌이라기보다 비단 커튼을 친 창문 같았다.

이 모든 모습을 보던 소년의 눈은 위로, 돔으로 올라갔다. 돔의 가장자리 부근에 아치 네 개가 있었고, 아치의 끝부분이 돔에 닿는 것 같지 않았다. 마치 아치 위에 돔이 매달린 것 같았다. 떠다니는 돌 밑에 몽환적인 스랍 네 명의 빛나면서 접힌 깃털 날개가 아치의 귀퉁이 부분에서 희미하게 빛을 뿜으면서 떠돌았다.

브레티키가 정신을 차리고 보니, 예배식이 진행 중이었다. 브레티키는 자신의 주위에서 무슨 일이 일어나고 있는지 눈치챘다. 그들은 라틴식 미사를 드리고 있었다. 반쯤 비어 있는 교회에서 미사드리고 있었다. 참석한 사람 대부분은 눈물을 흘리고, 울면서 두 손을 꽉 쥐고 있었다. 교황의 이름이 불렸을 때 울부짖는 소리가 울려 퍼졌고, 사제가 누룩을 넣지 않은 빵의 하얀 표면을 들어 올리자, 슬퍼하는 소리가 들렸다. 추기경 이시도로스가 설교단으로 올라가 설교를 시작하니, 청중 중에 손으로 귀를 막는 자들도 있었다.

추기경 이시도로스가 말하면서, 옆에 있던 사제에게 그리스어로 똑같은 말을 읽지 말라고 했다. "아주 사랑하는 신도들이여, 저는 하느님께 선택받은 자로서, 하느님의 어린양을 한 번 더 모두 모아 양의 우리에 넣고자 합니다. 저는 로마 교황의 특사이고, 여러분처럼 그리스도인이기도 합니다. 신도들이여, 우리 위에 뻗어 있는 거대한 황금빛 천장을 보세요. 황금 유리의 무수히 많은 작은 조각으로 만들어졌습니다. 셀 수 없이 많은 조각 하나에는 각각의 둘레에 다른 각도의 모서리들이 붙어 있어서, 조각 전체가 모여 하늘에 있는 별처럼 빛날 것입니다. 그렇기는 하지만 사랑하는 신도들이여. 우리는 모든 일에서 똑같이, 하느님 우리의 아버지를 기쁘게 할 필요가 없습니다. 우리의 차이점이 서로를 증오하는 마음이 아니라 하느님을 사랑하는 마음에서 비롯됐다면, 하느님의 영광을 보여줄 수 있을지 모릅니다. 우리 모두, 하느님을 향한 마음이 반영하는 것은 하느님의 진리가 비추는 빛이자 하느님이 지혜를 발휘해, 각각 다른 양상을 유일무이한 불변의 광채 속으로 통합할 거로 확신하는 것입니다. 하느님의 뜻대로 되기를. 아멘."

브레티키가 생각했다. "그게 뭐가 중요하단 거지? 이것보다 그게 더 중요해? 고국의 교회들은 손들, 손들이 기도 하느라 모으고 위로 세우고 있지만, 이 교회는 기쁨으로 벅찼고 가슴이 황홀감을 느끼게 해. 이러한 것보다, 필리오퀘나 빵의 작은 조각이 중요해? 이러한 것보다 삶과 죽음이 중요해? 내 삶과 죽음까지도? 하느님의 불변 지혜 안에서 이 모든 것은 아무것도 아니야."

그들이 미사 후 자리를 뜨면서 황제가 바깥 홀에 왕관을 놓으려고 멈출 때, 황제가 했던 꿈결같이 평온한 표현이 소년의 얼굴에서 맴돌았다. "애야, 주님께서는 오늘 너와 함께 있단다. 내 옆에 가까이 붙어 있거라."

* * *

술탄이 보스포로스에서 성을 완공했을 때, 술탄은 자신의 허가를 받기 위해 멈추지 않고는 어느 배도 이곳을 통과하지 못한다고 선언했다. 트레비존드에서 비단을 가져오던 베네치아 갤리선은 처음으로 술탄에게 반항했다. 술탄의 대포는 배를 가라앉혔고, 술탄의 부하들은 빠른 해류 속에서 선원들을 끌어내렸다. 선원들은 목이 잘렸고, 선장은 몸이 찔렸다.

바랑인 요안니스는 브레티키에게 찌르기에 관해 말했다. "튀르크인들은 베네치아인들을 꼬챙이로 찔렀지. 닭을 꼬챙이에 꿰듯이 말이야. 다리 사이에 날카로운 막대기를 찔러 어깨까지 넣고, 땅에 똑바로 세워서 불쌍한 녀석들이 죽게 하지. 그들은 베네치아 선장이 가기까지 이틀이 걸렸다고 말해. 그보다 좀 더 걸렸을 거야. 다른 사실을 말해줄게. 어린 피어스야. 배를 훼손한 총은 우리 친구 우르반이 주조했어. 난 네게 그자를 처리해야 했다고 말했지. 튀르크인들은 자기들의 새로운 성에 이름을 붙였어. 그들은 그 성을 '장벽 절단기'라고 부르고 있단다." 요안니스가 말했다.

"그걸 어떻게 알았어요?" 브레티키가 깜짝 놀라서 물었다.

"다 방법이 있지. 술탄은 반짝거리는 새로운 총을 쏘긴 했지만, 실수를 하나 저지른 듯해. 베네치아인들은 사태를 거의 간과하지 못할 거야. 적어도 우리는 그들이 이를 간과하지 않기를 바라야 해." 요안니스가 아리송하게 말했다.

황제 역시 그렇게 바랐다. 황제는 도시에 있는 모든 베네치아인을 불러 모아, 회의 중에 자신을 알현하게 했다. 그중에는 금각만에 놓인 상선 여섯 척의 선장들이 있었다. 그중 네 명은 트레비존드로 향하다가, 술탄의 총이 두려워 앞으로 나아가지 못했다. 두 명은 본국으로 향했다가, 결국 보스포로스로 내려왔다. 도시에 있는 베네치아의 외벽에서 미노토라고 불리는 노인이 황제에게 자신은 도시에 남겠다고, 모든 건강한 베네치아인이 도시의 방어를 위해 무기를 들게 하겠다고, 자신은 본국에 급히 전갈을 보내 도움을 줄 배를 빨리 보내라고 요청하겠다고 황제에게 약속했다. 황제는 차례차례 선장들에게 이야기했고, 그들더러 이곳에 머물러서 시민들의 투쟁을 도와달라고 요청했다. 그들은 함께 간단히 조언했다. 트레비사노가 그들의 답을 전달했다. "우리는 주님과 전 세계 기독교도들을 기리기 위해 이곳에 머무르겠습니다." 트레비사노가 말했다.

황제는 페라 쪽으로 방향을 돌렸다. 도시의 끝 반대편, 금각만 저편에 제노바인이 갈라타라고 부르는 제노바의 식민지가 있었다. 벽이 포근히 그곳을 감쌌고, 전함이 가까이 서 있었다. 거의 모든 무역을, 흑해를 통해 진행했다. 흑해 저편은 그들의 영역이었다. 그들은 도시의 얼마 남지 않은 부까지 빨아먹었다. 그들의 통치자인 포데스타*는 얼버무리며 절대 명확한 대답을 주지 않으려고 조심했다. 포데스타는 황제에게 아무것도 약속하지 않았다. 그러나 가장 많이 도와준 곳은 제노바였다.

그의 이름은 주스티니아니 롱고였다. 1월에 주스티니아니는 배 두 척을 가지고 금각만으로 들어왔다. 그가 도착했다는 소식은 도시의 마음을 사로잡았다. 바랑인 요안니스는 자신을 가지고 뽐냈다. "우리 같은 남자, 사내들, 용병은 영광 없이는 절대 싸우지 않아. 무엇보다 유명해지고 도시를 잘 방어한다고, 포위 공격전에서 잘 싸운다고 명성을 얻는 게 좋지. 어떤 새가 황제에게 날아갈지, 새가 선택한 사람을 어떻게 다뤄야 할지 황제가 알기를 바라자!"

"황제가 모른다고 생각하면, 당신이 황제에게 말해야 해요." 브레티키가 말했다.

"난 못 해. 하지만 넌 할 수 있어. 네가 그분에게 말해." 요안니스가

---

* 중세 이탈리아 도시들의 고위 관리를 부르는 호칭

말했다.

브레티키는 스테파노스에게 말했다.

주스티니아니는 몸집이 떡 벌어지고 다부진 체격을 가진 동료로, 꼿꼿하게 서 있었다. 그는 회색으로 도금한 강철 갑옷을 입고, 어깨에서 엉덩이까지 딱 닿는 주름 잡힌 짧은 망토를 두른 채 나타났다. 들어갈 때 챙이 아주 넓은 모자를 썼지만, 옥좌에 나섰을 때는 모자를 벗었다. 그의 검은 머리에는 티 하나 없는 하얀 머리카락이 이마 위에서 자라고 있었고, 검은 머리가 깃털처럼 가볍게 머리 뒤로 쓸렸다. 가운데에서 빗겨 난 곳에 있는 턱수염에서도 하얀 머리가 있었다. 그는 검을 뽑았고, 앞으로 나서서 무릎을 꿇고 황제의 무릎에 검을 놓았다.

"그대를 제노바에서 보냈는가?" 황제가 물었다.

"보낸 게 아닙니다. 폐하. 저는 시민 개인으로서, 자의로 이곳에 왔습니다." 주스티니아니는 의원들의 얼굴에 실망이 묻어난 것을 눈치챈 듯했다. 그는 서서 말했다. "제노바는 폐하를 위해 공식적으로 아무 일도 하지 않았습니다. 그들은 무역에 피해당할까 봐 튀르크인의 공격을 두려워합니다. 그들은 직접 돕지 않을 것이고, 페라를 통해서도 돕지 않을 것입니다. 갈라타의 포데스타는 중립을 지키라고 명령했습니다. 제 동포들을 생각하면 부끄럽지만, 저는 폐하께 진실을 말씀드렸습니다."

"우리를 위해 다른 소식을 들려줄 수 있소? 베네치아는 무엇을 한다고 했소?" 황제가 물었다.

"그들은 배를 보낼 것이라고 들었습니다. 하지만 제가 여기까지 오면서 아무것도 보지 못했습니다."

"그러면 교황은?"

"그는 모든 곳에 서신과 사절을 보내고 있습니다. 몇 곳에서는 아마 답을 할 것입니다…. 제 생각에 폐하는 거기에 기대지 않아도 잘할 것입니다." 주스티니아니가 황제를 똑바로 바라봤다.

브레티키는 이 유명한 남자를, 넋을 잃고 바라봤다. 마치 여기서 그를 향해 부는 신선한 바람의 기미가 자신에게 들이닥친 듯, 활기차면서 화를 잘 내는 작은 사내는 그를 바라보았다.

황제는 주스티니아니의 검을 돌려주었다. 황제의 어두운 눈동자는 손님의 사람됨을 가늠하며, 주스티니아니를 뚫어져라 바라보고 있었다.

"저를 고용해 주시겠습니까, 폐하?" 주스티니아니가 말했다.

"그대를 성벽을 지킬 총사령관으로 임명하겠소. 우리가 이기면 그대에게 렘노스섬을 하사하리다." 황제가 말했다.

"후하시군요." 주스티니아니가 말했다. 브레티키는 루카스 노타라스의 얼굴에서 화가 난 모습을 볼 수 있었다.

"솔직히 말해, 우리가 서방의 도움을 받지 못한다면 제안을 들어주리라 장담할 수 없소이다. 서방 어느 곳이든, 상당한 도움이 있어야 하오. 괜찮다면, 마음을 바꾸시오." 황제는 중후한 목소리로 말했다.

제노바인은 입술을 약간 비틀고 눈을 반짝거리며 자기 새 주군을 바라보았다. "자, 폐하. 전쟁은 변덕스럽습니다. 여기에 제대로 무장한 부하 700명이 저와 함께 있지요. 짖을 뿐 아니라 물을 수 있기까지 하는 베네치아의 개들도 여기 있을 것입니다. 폐하께서는 충성스러운 시민들을 곁에 둘 수 있겠습니다. 아마 우리는 잔혹한 이교도를 이길 수 있을 수도, 아닐 수도 있겠습니다. 하지만 확실히 우리는 이교도와 잘 싸울 수 있습니다!" 그는 갑자기 환하게 웃었다. "제가 가서 폐하께서 제게 주신 성벽을 보겠습니다." 주스티니아니가 말하면서 절하고, 자신의 검을 개의 꼬리처럼 망토의 접힌 부분 뒤쪽에 매단 채 행군하듯 나갔다.

"폐하, 폐하께서는 아니, 절대로 저자를 총사령관으로 임명해서는 아니 되옵니다. 베네치아인들은 제노바인을 절대 따르지 않습니다. 총사령관은 모두가 우리 로마인을 위해 싸우러 가게 해야 합니다." 루카스 노타라스가 말했다.

"그는 군인이오. 루카스. 그대는 군인이 아니오." 황제가 말했다. "게다가 난 그를 좋아하오." 황제는 작은 소리로 중얼거렸다.

주스티니아니와 그의 지휘관들을 축하하기 위해, 다음 날 밤에 황제는 만찬을 마련했다. 주스티니아니는 호쾌히 말했다. "성벽을 지키려면, 많은 것이 필요합니다. 먼저, 해자를 청소해야 하고 땅이 허락하는 영역까지 물이 다시 넘치게 해야 합니다. 일을 착수할 사람은 트레비사노라고 불리는 호쾌하고 통통한 동료로, 부하들과 함께 있습니다."

황제는 무화과가 담긴 그릇을 보다가 시선을 가로질러 루카스 노타라스를 보았다. 트레비사노는 베네치아인이었다.

주스티니아니가 오면서 정말로 새로운 바람을 불러일으킨 듯했다. 갑자기 일, 해야 할 임무, 예방책, 대비책들이 생겼다. 브레티키 입장에서는, 해야 할 일을 찾으면 끔찍한 위협이 가까이 다가오고 모두에게 위협이 실제화되었는데도, 이상하게도 두려움으로 침체한 분위기가 퍼진 것 같았다. 황제는 새로운 총사령관과 함께 성벽을 이리저리 둘러보고, 약한 곳과 강한 곳이 어디인지 익혔다. 시민들은 쓰레기로 찬 큰 도랑을 청소하고, 노포*와 대포를 쏠 때 필요한 돌덩이를 옮기며 엄선된 지점

---

* 돌을 발사할 때 쓰는 활

에서 비축품 더미를 모으느라, 무리 지어 일했다. 주스티니아니는 자신을 위해 사람들이 일하게 할 때, 아무 문제도 일으키지 않았다. 그는 막힘없이 웃고 막힘없이 칭찬했으며, 자신이 명령한 일을 다른 이들이 할 때 기꺼이 돕고 칭찬에 후하고 늘 생기가 있었다. 그는 심지어 돌 운반 같은 중노동조차, 희망에 찬 상황에서 가치 있게 일하는 것처럼 느끼게 했다. 브레티키는 주스티니아니를 좋아하기 시작했다. 주스티니아니를 아주 멋지다고 생각했다. 벽을 탄 브레티키는 황제조차 새로이 들떠있다는 사실을 알게 됐다. 황제가 바람 부는 난간에 선 채, 전략을 이야기했다. 딱딱했던 모습이 사라졌다. 황제는 갈라진 석조 부분을 눈썰미 있게 찾아내는 활기차면서 노련한 인물이 되어 있었다. 눈을 깜빡이지 않은 채 묘비를 철거하거나 폐허가 된 예배당을 분해해 보수 재료로 쓰게 할 때, 자신이 품어왔던 옛날의 신앙심에 아주 약간 방해받긴 했다.

브레티키는 다른 이들처럼, 곧 벽에 약한 곳과 강한 곳이 있다는 사실을 알게 됐다. 누구라도, 문제가 있는 곳을 볼 수 있었다. 성벽을 따라 중간쯤에 리코스라고 불리는 작은 강이 있었는데, 강은 전원 지대에 있다가 도시에 이르렀고 마르마라 해안으로 나아갔다. 강물은 벽 밑에 있는 거대한 도랑을 통했지만, 평평한 골짜기 바닥을 따르던 벽은 공격자들이 집결할 수 있고, 총을 쏠 공간이 있는 넓은 평원을 마주했다.

황제와 함께 아침에 벽의 한 구역을 따라 말을 타던 주스티니아니는 갑자기 브레티키의 존재를 눈치챈 듯했다.

"어쨌든 그대의 주군께는 약점이 있구려. 그분은 사랑스러운 노예 소년을 늘 옆에 데리고 있더라고." 자신이 해야 할 일이 있다는 사실을 눈치채고, 자신의 옆에서 말을 타는 스테파노스에게 주스티니아니가 말했다.

스테파노스는 분노로 얼굴이 붉어진 채, 조용한 목소리로 거칠게 중얼거리며 빠르게 술술 대답했다. 주스티니아니는 정중하게 사과했다. 잠시 후 주스티니아니는 브레티키에게, 어디서 왔는지 물으며 다시 말을 걸려고 했다.

"브리스토? 아, 잉글레제*! 거기에는 햇살 같은 머리카락과 여름의 눈동자가 있지. 그래서 너 역시 전투의 영광을 기대하며 여기로 왔구나. 우리는 무모하면서 대담한 동료야. 너와 나 말이야!" 주스티니아니가 웃으며 말했다.

브레티키는 기쁨으로 들떴지만, 왠지 오해받을까 봐 이러한 칭찬을 받아들일 수 없었다. "저는 그렇게 용감하지 않아요. 자유롭게 떠날 수 있다면, 멀리 떠날 거예요. 하지만 어리석은 꿈이 저를 여기에 묶어놨어요." 브레티키가 말한 뒤, 주스티니아니에게 코그 앤과 난파, 미스트라, 플리톤에 관해 말해주었다.

"그래서 네가 여기 있구나. 여기 있으면서, 우리 못지않게 너도 잘 싸울 수 있지? 응?" 브레티키가 말을 마치자, 주스티니아니가 말했다.

"저는 주군 옆에서 제 자리를 지킬 거예요. 하지만 싸움에 관해서 말하자면, 전력을 다해 싸워 왔어요." 브레티키가 말했다.

다음 날, 주스티니아니의 으스대는 병사 중 한 명이 '잉글레제'에게 보내는 소포를 들고 황제의 처소로 왔다. 리넨으로 된 포장지 안에는 이탈리아 단검이 있었다. 30cm의 강철 칼날이 있었고 검의 자루에 흑금이 새겨져 있었으며, 칼집은 금박을 입힌 가죽으로 이루어져 있었다. 브레티키는 다칠 때까지 손가락으로 칼날을 타고 내려갔다. 단검은 허리

---

* 이탈리아어로 잉글랜드인을 가리키는 말.

띠에 하루 종일 두르고 있었고 매 순간 칼집에서 검을 빼놓고 있었으며, 밤에 베개 옆 가까이에 검을 두었다. 그 훌륭한 제노바인과 대화를 다시 주고받게 되기까지 오랜 시간이 걸렸다. 그래도 그날 이후로, 브레티키는 주스티니아니를 계속 숭배했다.

9

황제는 루카스 노타라스, 베네치아인 미노토, 튀르크인 오르한과 함께 아침에 말을 타고 방조벽 주위를 돌았다. 방조벽은 성벽보다 더 단순한 구조였다. 해안을 둘러싼 채 한 겹으로 탑이 세워져 있었고, 성벽 위의 총안이 있는 흉벽을 따라 난간과 좁은 통로가 있는 거대한 벽이 탑들을 연결했다. 계단을 따라 일정한 간격으로 있는 강한 곳으로 오를 수 있었다. 벽의 북쪽으로 가면 많은 문이 있었고, 문밖 해안가 쪽에는 어부의 배와 판잣집이 어수선하게 많이 모여 있었다. 그러나 황제는 도시의 끝부분과 페라 사이의 입구를 가로질러 떠다니는 방책防柵*에서 가해질 튀르크인의 공격에 맞서며, 크게 굽은 물의 줄기에서 멈출 계획이었

---

* 적의 침입을 막으려고 둘러 놓은 울타리

다. "하느님의 도움으로, 우리가 이 구간을 방해할 필요가 없게 되길." 황제가 말하고 있었다.

"변변찮은 공격일 것입니다. 아마도." 오르한이 말했다.

"그렇지만 그들이 통과해서 여기를 공격할 수도 있습니다. 여기의 벽이 제일 낮은 곳인데, 여기는 십자군들이 들어온 곳입니다…." 노타라스가 말했다.

"그대는 이 지역을 방어할 수 있네. 그대의 집이 이 구역에 있지 않은가. 노타라스. 함대는 그대가 책임져야 하니, 그대는 그곳과 가까이 있어야 하네. 그대는 벽을 방어할 수 있네. 필요하다면, 병력 증강을 위해 군대를 비축하게." 황제가 말했다.

벽을 따라 저편에서, 그들은 금각만 입구에 다가오고 있었다. 그들은 요새화된 탑과 벽 속에서 반대쪽 지점 비탈길에 걸쳐 있는 페라를 볼 수 있었다. 그들은 해협을 가로막는 방책^{防柵}의 위치에 관해 논의하기 시작했다. 확실히 도시의 끝에서 더 가까운 곳에 방책^{防柵}이 위치할 수 있었고, 더 많은 벽이 공격에서 보호받을 수 있었다. 그들이 이야기하는 동안, 브레티키는 난간을 훑어보며 서 있었다. 왼쪽에는 페라가 있었고, 도시는 보스포로스의 심해로 통하는 북쪽 해안보다 더 멀리 튀어 나가 있었다. 브레티키의 앞에 있는 보스포로스는 북쪽으로 넓게 펼쳐졌고, 술탄의 성은 굽은 곳을 돌아 먼 곳에 있었다. 오른쪽에는 나무가 우거지고 햇볕 속에서 안개가 낀 아시아 해안이 있고, 튀르크인 마을이 몇 개 보였다. 가장 가까운 지점에는 작은 모스크의 기울어진 지붕과 미너렛*이 있었다. 너무 가까웠다! 브레티키는 눈으로 거리를 측정했다. 친구

---

* 모스크를 구성하는 뾰족한 첨탑

와 적 사이, 이교도와 그리스도교 사이의 만은 검푸른 물속에서 파도가 출렁이면서 수시로 거리가 바뀌었다. 황제의 무리가 그 지점을 남쪽으로 돌아 움직이자, 브레티키는 돌풍의 소리, 기도하는 외국인의 단조로운 노랫소리를 들을 수 있으리라고 생각할 정도였다.

무리는 위로 솟은 테라스를 짓밟으며 오래된 황궁의 폐허 속으로 빠르게 나아갔고, 벽의 둥근 부분을 돌아 남쪽으로 나아갔다. 황제는 이 구역이 공격당할까 봐 크게 걱정하지 않았다. 해류가 아주 거칠고 빠르게 그 지점을 돌아서 놀랍도록 배를 잘 조종하면, 그곳의 공격을 버틸 수 있으리라고 생각했기 때문이다. 그러나 남쪽 벽에는 수많은 항구가 벽에 고정되어 있었고, 약한 곳을 보호하기 위해 각각의 항구에서 벽을 주의 깊게 봐야 했다. 모든 곳에 요새가 필요한 듯했다. 그들이 타고 있는 곳의 왼쪽에, 실안개 속에서 흩뿌려진 채 그늘이 진 섬들이 있는, 밝게 반짝이는 바다가 존재했다.

그들이 성벽 안 가까이에 있는 작은 교회로 갈 때, 남쪽 해안의 방조벽이 다시 성벽과 합쳐지는 곳으로 가까이 말을 몰았다. 교회를 둘러싼 정원이 있었다. 그곳에 사이프러스가 자라고 있었다. 나무 밑에 탁자가 있었고, 그곳에서 어부와 양치기 무리가 신랑, 신부와 함께 앉아서 먹고 있었다. 황제는 말의 고삐를 쥐고 이 장면을 잠시 내려다보았다. 바로 사람들은 황제를 목격했다. 양치기의 솜털 같은 망토를 두른 노인이 계단을 타고 벽의 꼭대기로 달려와, 급히 무릎을 꿇고 황제를 초대해 결혼식을 위해 준비한 포도주 한 잔을 마시는 영예를 누리게 했다.

황제는 미소를 지었다. 황제는 말에서 내려 정원으로 내려갔다. 스테파노스와 브레티키가 황제와 함께 갔지만, 황제의 귀족들은 자신들이 있던 자리에서 머물렀다. 황제는 작은 교회 현관의 긴 의자에 앉았다.

황제는 포도주를 홀짝이고, 그들이 포도 나뭇잎을 써서 가져온 작은 생선 한 조각을 먹었다. 교회의 사제는 정중하게 절을 하며, 젊은 신랑은 어부 바실리오스이고 신부는 양치기의 딸인 조이라고 말했다. 조이는 베일을 벗지 않고 있었지만, 바실리오스는 앞으로 와서 황제를 환대했다. 그는 무슨 말을 해야 할지, 어떻게 절해야 하는지 알지 못한 채 어색해하고 부끄러워했다. 검은 옷을 입은 노파가 "행운의 아이"를 위해 다른 생선 조각을 들고 왔다. 분홍빛에 딱딱하고 짭짤하며, 몸에 좋은 향신료를 넣어 톡 쏘는 맛이었다.

바로 그때, 연구자들이 숌˙, 살터리˙˙, 작은 드럼을 가지고 도착했다. 바실리오스는 신부를 앞으로 데리고 나와 황제를 위해 춤을 추게 했다. 신부는 빙글빙글 돌고 미끄러져 움직이고, 신랑은 폴짝 뛰어오르고 발을 구르며 간단히 춤을 추니, 마치 잉글랜드 5월제에 즐기는 유희 같았다. 황제는 구경하며 미소를 지었다. 브레티키는 바실리오스가 비단 신발로 박자를 맞춰, 즐겁게 춤을 추는 모습을 놀란 채 바라보았다. 마침내 바실리오스는 무릎을 꿇은 채 양팔을 위로 뻗었다. 그는 약간 숨이 찼고, 젊고 매끈한 얼굴에서 땀이 반짝였다. 조이 역시 도는 것을 멈추고, 머리에 쓰는 베일에 달린 펄럭이는 리본이 공중에 뜨게 한 채 쉬게 했다. 황제가 일어섰다.

"춤출 때만큼 용감하게 싸워주게. 젊은이." 황제가 말했다.

성벽 꼭대기에 있는 다른 이들더러 합류하게 하고, 루카스의 탐탁지 않아 하는 차가운 얼굴을 보며 황제가 말했다. "그대는 내려와야 하네. 루카스. 포도주를 마시기 좋을 때일세."

˙ 중세 유럽에서 이용했던 길쭉한 겹리드의 관악기
˙˙ 비잔티움을 비롯한 중세 유럽에서 이용했던 역삼각형 모양의 현악기

"지금 결혼하는 중입니까?" 말을 타고 내려올 때 루카스가 말했다.
"좀 지나면 시간이 너무 늦을 걸세." 황제가 답했다.

"성벽을 에워싸려면 우리는 얼마나 많은 사람을 거느려야 하나? 정확히 세야 하네. 그대가 준비하게. 프란치스. 각 구역의 시장市長더러 그대에게 자신의 구역에 있는 모든 건강한 장정과 그들이 모을 수 있는 모든 무기를 표로 나열해 가져오도록 하게. 그들은 이 일을 비밀리에 해야 하네. 서로의 기록을 비교해서는 안 되고, 그대에게 바로 결과를 가져오게 해야 하네. 프란치스, 옛 친구여, 그대에게만 말하는 것인데, 그대 집의 사방이 막힌 곳에서 혼자 앉아 계산하고 최종 결과를 내서, 그대와 나를 제외하고 아무도 이를 알게 해서는 안 되네." 황제가 요청했다.

봄이 다시 돌아왔다. 브레티키에게는 거의 겨울처럼 느껴졌는데, 폭풍우와 강풍 속에서 비만 몰아쳤다. 눈이 바람 탓에 모퉁이와 틈 속으로 약간 흩뿌려지고, 눈은 떨어지자마자 거의 다 녹아내렸다. 비가 하늘에 있는 잿빛의 뿌연 안개처럼 더 자주 찾아왔고, 피부를 약하게 애무하는 부드러운 보슬비가 내렸다. 사이에서 밝은 햇빛이 비쳤다.

그러나 겨울은 지나갔고 이제 봄이었기에, 모든 관목에서 노래하는 새와 거리의 먼지가 쌓인 모퉁이를 타고 올랐다. 난간과 석조 부분 틈 속에 있는 연약한 깃발처럼 흔들리며, 폐허 속에서 자리를 차지하려고 다투는 꽃이 갑자기 늘어났다. 황새가 돌아와서 지붕에 둥지를 틀었고, 도시의 들판에서 봄의 경작이 불완전하게 이루어졌으며, 양치기들은 폐허와 잡목숲을 응시하며 거니는 양 떼가 새끼를 낳게 해주느라 바빴다. 정원사들은 처음 경작한 농산물을 모아 달콤한 야채 샐러드를 만들어, 거리에서 손수레에 놓고 팔았다. 태양이 빛났고 잠시 따뜻한 소나기에 방해받았으며, 하늘은 밝고 포도주처럼 달콤했다.

　꽃과 새들만이 태연히 지내는 것이 아니었다. 페트리온 구역 밑, 바글거리는 해안에서 궁정 사람들이 물고기를 샀다. 넙치 가격이 뛰어올랐다. 몇몇 어부에게 새로운 그물이 필요했기 때문이다. "오래된 그물은 한 달을 넘지 못할 것입니다." 어부가 브레티키와 마누일에게 말했다.

　"저들은 하느님께 기도해야 하네." 마누일이 중얼거렸다. 그러나 황제는 넙치를 좋아했다. 마누일은 약간 흥정했지만, 결국 값을 치렀다. 도시에는 왁시글거리는 시장市場이 여전히 존재했고, 페라에서 온 제노바 상인들로 가득했다. 가판대에는 농장에서 온 농산물과 말린 무화과 열매, 비단 더미, 가죽 제품과 양모로 가득했다. 다른 물품 속에 무기도 있었고, 밝고 새로운 검, 정강이받이, 투구, 가죽띠, 활이 판매되고 있었지만, 아직 군중은 빛나는 비단 더미를 보느라 더 몰려있었다. 황금색 스팽글로 바느질된 태양과 별들로 이루어진, 긴 푸른 망토를 두른 이상해 보이는 남자가 가판대에 환한 색감의 액체를 넣은 병을 놓고, 작은 유리병에 담긴 "잠에 빠진 어린아이처럼 고통 없이 재빨리 최후를 맞이하게 해줄" 독을 팔고 있었다. 그러나 아무도 그의 물품에 관심이 없는 듯했다. 어떤 사제가 잠깐 들렀을 때 남자의 어조는 갑자기 바뀐 채, 기묘한 요통 치료제를 제공했다.

　브레티키가 선 채로 생선 바구니를 들고 참을성 있게 기다리는 동안, 마누일은 이 친구에게 큰 목소리로, 마누일 자신은 황제의 사람들 대부분이 군인으로 해야 할 역할을 다할 수 있도록 농산물을 사고 있을 뿐이라고 설명하고 있었다. 마누일은 황제에게 브레티키를 풀어 달라고 요청해야 한다고 생각하고 있었다. 연금술사가 브레티키에게 다가와 속삭였다. "너를 위해 내가 더 좋은 것을 준비하고…. 이걸 보렴." 그는 작은 상자를 열고, 설화석고 단지를 꺼냈다. 연금술사는 단지의 뚜껑을 열고, 브레티키에게 안에 있는 뿌옇고 회색빛의 반투명한 연고를 보여주었다. 톡 쏘는 듯한 기름 냄새가 뿜어져 나왔다. "자, 이것이 상처를 아주 잘 치료해 준단다. 깊은 상처가 만든 문을 닫고, 피가 흐르는 것을 막아주며, 즉시 피부의 상처를 아물게 해주지…."

"전 돈이 없어요." 브레티키가 뒷걸음질 치며 말했다. 남자의 긴 턱수염은 달콤한 냄새가 나는 조제품을 두텁게 기름칠했다. 그는 약간이라도 현명해 보이려고, 얼굴에 주름을 지게 했다. "돈?" 연금술사는 브레티키의 팔을 붙잡은 채, 이 친구에게 쇳소리를 냈다. "왜, 너처럼 이렇게 귀여운 아이는 돈 같이 하찮은 것이 없어서 슬퍼하면 안 돼…. 도련님, 이리 와서 단검과 교환합시다…." 그는 한 손으로 계속 브레티키를 잡은 채, 다른 손으로 허리띠를 풀어 단검을 끄집어내기 시작했다.

"안 돼요! 안 돼! 안 돼! 안 돼!" 브레티키가 연금술사의 손아귀에서 벗어나려고 몸부림치면서 외쳤다. 마누일이 뒤돌아보고는, 브레티키를 도우러 왔다. "손 떼, 나가. 나가지 않으면, 시장^{市場} 관리인에게 보고할 거야!" 마누일은 악한의 코 밑에서 꽉 쥔 주먹을 흔들며 외쳤다. "뒤에 네 단검 찼니, 있어? 저자는 널 살해하려는 듯이 구는구나!" 악한은 조롱하듯 브레티키에게 말했다.

두 사람은 집으로 향했다. 먼저 그들은 비단 가판대에 있는 여인들 무리에서 몸부림쳐야 했다. 그곳에서 그들은 테오필로스 팔레올로고스가 아내를 기다리느라 서 있는 모습을 보았다. "드레스로 치장할 시간이 있어? 궁금하시죠. 세계는 종말로 치닫고 있는데, 내 아내는 여전히 새 옷을 사고 있어요!" 그는 아내의 가려놓은 쓰레기를 향해 비꼬듯이 미소를 지었고, 더미 뒤의 더미는 아내의 동의를 얻기 위해 옮겨지고 있었다.

아드리아노폴리스 길에 있다가, 블라헤르네로 향하는 그들은 어떤 행렬을 우연히 발견했다. "매일 하는 것 같아!" 브레티키가 생각했다. 행렬은 코라의 성 그리스도 교회로 가서, 성벽 바로 안의 시민들이 최소한 평화 속에서 부활절을 기릴 수 있게 해 달라고 하느님께 간청했다.

종려주일*이 왔다. 도시는 헬레스폰트에서 올라올 술탄 함대의 크기에 관한 끔찍한 소문으로 가득 찼다. 그렇기는 하지만, 초록색 가지와 도금양, 월계수와 올리브 나무가 황제가 걷는 길을 따라, 모든 기둥과 모든 말뚝에 있었다. 황제는 오른손에 십자가를 들고, 왼손은 아카시아 나뭇잎으로 만든 다마스크로 감싼 채 촛불을 들고 있었다. 사제와 귀족의 성대한 행렬이 걸어서 신성한 지혜의 교회로 갔다. 예배식 이후 황제가 교회를 떠날 때, 하얀 의복을 입은 작은 소년이 달려와 크게 외치며 가지를 쥐었다. 그러자 모든 사람이 가지를 쥐고 흔들며, 무리를 지어 마치 정원인 듯 이리저리 쏘다니면서 집으로 향했다.

성 목요일이 왔다. 그들은 새로운 하얀 튜닉을 입은 극빈자 열두 명을 황제의 옥좌로 데려왔다. 황제는 허리에 수건을 두르고 묶은 뒤, 대야에 물을 붓고 바닥에 무릎을 꿇었다. 낭독자가 큰 소리로, 예수가 제자들의 발을 씻겨주는, 사도 요한이 집필한 대목을 낭독했다. 황제는 가난한 사람들의 오른발을 차례차례 씻겨주고 말려주고 입맞춤했다. 그때 황제는 그들에게 각각 금화 세 개를 주고 수건을 놓고 예배식을 들

---

* 부활절 전 일요일

으러 갔다. 황제는 그날 잠을 자지 않고 먹지도 않았다. 다음 날 성경에서의 소예언서* 12권이 신성한 지혜의 교회에서 읊조려졌다. 이처럼 읊조려질 동안, 황제는 큰 촛불을 들고 제단 뒤에 서 있었다. 책과 책이 읽히는 동안, 황제는 화랑의 자기 영역으로 물러나 쉬었다. 그동안 초기 황제들의 희미하게 빛나는 초상화들이 황제를 빤히 내려다보았다. 거대한 대리석 문이 황제가 휴식을 취하는 화랑의 구역을 분리했다. 황제가 안에 있는 동안, 브레티키는 다음 책이 읽히기 시작할 때 주군이 다시 쥘 것을 대비해, 촛불을 쥐고 문에 서 있었다. 촛불은 소년의 허리 높이에 있었다.

그들이 블라헤르네로 돌아가기 전, 동이 트고 있었다. 그들은 형언할 수 없을 정도로 성스러운 성상을 나른 채, 깃발을 달고 노래하며 궁전으로 행진했다. 황제는 대사나 높은 직급의 귀족을 맞이하듯, 문에 서서 성상을 받아야 했다.

성토요일, 황제가 대교회의 옥좌에 앉아 있는 동안, 사제들은 월계관, 하얀 백합, 하얀 데이지꽃을 한 아름 들고 옥좌의 사방에 산처럼 쌓아 올렸다. 하얀색과 초록색의 거대한 더미가 황제를 둘러쌌다. 그때 누군가 "예수님께서 부활하셨다!"라고 외쳤다. 황제와 황제의 수행원들은 나뭇잎과 꽃을 집어 들고, 신도들에게 마구잡이로 던졌다. 사람들은 달려갔고 자기들에게 뿌려진 꽃과 가지를 집어 든 채, 모든 곳에 세례를 퍼부으며 베개 싸움을 하는 아이들처럼 웃고, "예수님께서 부활하셨다! 부활하셨어!"라고 힘껏 소리쳤다. 의식이 끝나자, 교회 문에는 꽃잎과 이파리가 곳곳에 흐트러져 있었다.

---

* 호세아서, 요엘서, 아모스서, 오바디야서, 요나서, 미가서, 나훔서, 하바꾹서, 스바니야서, 하깨서, 즈가리야서, 말라기서

부활절이 왔다. 동이 트기 전, 황제와 사람들은 촛불을 들고 대교회에 모였다. 노래하며 그들은 하나씩 촛불을 켰고 촛불에서 촛불로 불을 옮겨 붙여, 교회 전체를 별빛으로 가득 채웠다. 그다음 황제는 화랑으로 물러났고, 황제의 황궁 사람들 전체가 황제의 뒤를 따랐다. 그들은 황제 앞에서 차례차례 무릎을 꿇고, "예수님께서 죽음에서 깨어나셨습니다."라고 말한 뒤, 오른발, 오른손, 오른쪽 볼에 입맞춤했다. 거물들이 차례대로 황제에게 인사했고, 더 낮은 직급의 사람들은 다가와서 무릎을 꿇은 뒤 물러났다. 도시에 있는 베네치아인들은 적절히 거리를 유지했지만, 주스티니아니는 자기 사람들에게 하듯, 황제에게 세 번 입맞춤했다. 다른 제노바인들도 그렇게 했다. 의식이 끝났을 때야 황제는 처소로 갈 수 있었고, 성 목요일 아침때 이후 유지해 온 단식을 중단했다.

그들이 블라헤르네에 도착했을 때, 아침 식사에 맞춰 소식이 기다리고 있었다. 튀르크인 선발대가 성벽에서 약 8km 떨어진 곳에 나타났다는 소식이었다. 바랑기아 지휘관은 자기 사람들을 데리고, 자신이 그들을 꾸물거리게 해도 되는지 보려고 소규모 접전 부대로 갔다.

해 질 녘이 되자 지휘관은 귀환했다. 그는 한 사람도 죽게 하지 않았다. 그는 수백 명의 적군을 죽였다. 그러나 범람한 급류를 둑으로 막을 수 있었을 뿐, 적군을 꾸물거리게 할 수는 없었다.

10

 그래서 부활절 다음날 월요일, 동이 튼 지 한 시간이 지나자, 황제는 도시의 문을 닫고 해자 위의 다리를 잘라 넘어뜨리라고 명령했다. 같은 날, 제노바에서 온 기술자 무리와 선박 네 척의 선원들이 금각만 쪽에 거대한 방재*를 박았다. 커다란 사슬로, 성벽 탑 측면에서부터 페라의 다른 쪽 벽의 탑에까지 뻗어 있었다. 페라에 있는 사람들은 사슬을 고정해도 될지 의문을 품었지만, 기술자 솔리고는 사슬을 고정하려고 페라에 들어서도 되냐는 허락을 구하지 않고도 간신히 사슬을 고정했다. 그는 사슬을 고정해도 된다고 허락받은 상태였다. 사슬이 지나는 거리를 따라, 나무 뗏목들이 정박해 사슬이 물 위에서 뜰 수 있도록 지탱했고, 하나의 뗏목과 다른 배 열 척 사이에 다가와 선 채 방재에 정박해,

---

* 적의 침입을 막기 위해 바다, 강 등에 쇠줄로 엮어 만든 방해물

사슬을 자르고 뚫고 나아가려는 적의 시도에 맞서 방어할 준비를 했다.

아침에 매시간 소식이 황제에게 당도했다. 방재가 고정되었다. 튀르크인들이 성벽 앞으로 떼 지어 몰려왔다. 술탄은 벽의 가장 약한 곳과 반대편의 리코스 골짜기에 있는 자기 정예 부대인 예니체리 사이에 거대한 천막을 설치했다. 보스포로스에서 떠다니는 배들은 도시의 시야에서 사라졌다.

브레티키는 그날 아침, 고뇌에 빠졌다. 이처럼 잠시 평온했던 순간 이후, 브레티키가 예전처럼 황제에게 반발해 분노와 억울함으로 끓어올랐다면, 대교회가 브레티키에게 기쁨을 선사하지 못했을 것이다. 기쁨을 느끼지 못했다면, 브레티키는 껍데기에서 비틀어 떼진 소라게와 같은 신세였을 것이다. 노출되어 움찔거리는 소라게 말이다. 그날 아침, 브레티키는 전혀 두려워하지 않았다. 자신의 단검을 더듬거리며, 어떻게 해야 주스티니아니처럼 용감해질 수 있을지 생각했다. 그러나 여전히 관절이 떨렸고, 위가 무언가로 요동쳤다. 브레티키가 코그 앤을 타기 전, 자신을 밤에 아프게 했던 떨림이 찾아온 것 같았다. 황제의 알현실에서 앓던 브레티키는 겁을 먹고 침을 꿀꺽 삼켰다. 배가 다가온다고 소식이 당도하자, 황제는 스테파노스를 서둘러 방조벽으로 파견해 배가 몇 척인지 정확히 세게 했다. 브레티키도 가서 아무것도 묻지 않은 채 신선한 공기를 들이마시기 시작했고, 자신의 병을 바로 누그러뜨렸다.

배들은 갤리선이었고, 노를 저어 상류로 거슬러 갔다. 그들은 아시아 해안 쪽으로 계속 나아갔다. 그들이 파란 해협을 거스르는 가운데, 북소리가 희미하게 들렸는데도, 브레티키는 무슨 소리인지 이해하지 못한 채, 배와 아주 멀리 떨어진 곳에서 빛이 비치는 모습을 바라볼 뿐이었다. 계속 배의 수를 세던 스테파노스와 병사 세 명은 각각 기록을 내고 서로 확인했다. 많은 비레메*와 트리레메스**, 범선***, 커터****가 있었다. 종류가 아주 많았다. 벽을 감시하던 이들에게 우울함이 불쑥 찾아왔다.

브레티키는 여전히 초조했다. 태양의 열기와 성벽의 높이는 다시 토할 것 같게 했다. 브레티키는 주위를 바라보기 좋은 이곳을 떠나 벽을 타고 내려가, 전에 한 번도 들린 적 없는 도시의 구역을 혼자 거닐었다. 계단식 비탈길에 황제들의 고대 궁전이 한때 존재했었다. 이제 이곳은 폐허가 되었고, 뜰과 뜰의 꽃들이 지고 잡초가 무성히 자랐다. 교회 하나가 여기저기를 아우른 채, 위태로운 자세로 계속 서 있었다. 폐허가 된 커다란 방에 모자이크화 된 바닥이 있었고, 모자이크에는 곰 한 마리가 자신의 앞에 굴러온 사과에 발을 대고 냄새를 맡고 있었다. 허공이 뚫린 채 진흙투성이에 잡초로 무성한, 바닥은 바닥을 나눈 조각들만이 여기저기에 보일 뿐이었다. 곰으로부터 가까운 곳에서 브레티키는 짧은 튜닉을 입은 뚱뚱한 소년 두 명이 바퀴 달린 굴렁쇠를 가지고 놀고 있는 장면을 보았다. 브레티키는 이리저리 거닐었다. 궁전의 모든 방과 안뜰은 바다를 내려다보았다. 구름 낀 어두운 하늘 밑, 섬들이 떠다니는 마르마라해가 흐릿한 날씨 속에서 희미하게 빛났고, 반짝거리며 밝게 빛나는 보스포로스는 한없이 깊었다. "내가 황제였다면, 여기서 살았을 텐데." 브레티키가 말했다.

브레티키는 이때 미로 같은 폐허의 중심 어딘가에 있었다. 신성한 지혜의 교회 모습 대부분이 자신의 오른편에 보였다. 앞에, 히포드롬에 있

---

* 2단 갤리선

** 3단 갤리선

*** 돛단배

**** 소형 쾌속선

는 거대한 곡선형의 층층형으로 된 아치가 있었다. 상대가 안 좋은 치아의 배열처럼 맨 윗부분이 부서졌지만, 밑은 여전히 웅장한 자태를 유지한 채 단단했다. 가볍고 시원한 산들바람이 바다를 감쌌다. 브레티키는 한때 찬란했던 공간에 섰다. 그곳에는 기둥이 있었고 몇몇은 무너지고 테살리아 대리석으로 만들어진 기둥 세 개만 서 있었으며, 얕게 팬 곳의 시원한 물이 풀로 덮여 있었다. 깨진 대리석이 흐트러져 있었다. 넓은 계단은 원기둥꼴의 포르티코*와 통했고, 계단 입구에서 가까운 곳에 있는 대리석 난간과 통하는 우물이 있었다.

브레티키는 난간에 기댄 채, 내려다보았다. 검은 통로 안은 처음에 안 보였다. 그러나 눈을 크게 뜨자, 어둠 속을 멀리 바라볼 수 있었다. 수직 통로 벽의 초록색 이끼로 뒤덮인 석조 부분에 철로 된 빗장**이 일렬로 늘어서 있었다. "억!" 브레티키가 속으로 몸서리치며 말했다. 그런 다음 훨씬 밑에서 빛이 약하게 불꽃을 일으키는 모습을 보았다. 브레티키는 어떻게 빛이 빛날 수 있는지 생각하지 못했다. 브레티키가 우물의 둘레를 도니, 바로 불꽃이 꺼졌다. 브레티키는 다시 움직였다. 각도를 트니, 무엇이든 볼 수 있었다. 물론 우물은 마른 게 틀림없었고, 우물 밑에서 무언가가 길 잃은 태양 빛을 붙잡고 빛났다. 브레티키는 돌덩어리를 던진 뒤 소리를 들었다. 첨벙거리지 않았고, 오직 자신이 예상한 것보다 2초 뒤에 쿵 소리만이 들릴 뿐이었다.

"재미없어. 저 밑에 뭐가 있는지 궁금한데." 브레티키가 말했다. 그런 다음에 자신의 이름을 부르는 소리를 들었다. 스테파노스가 여기로 오고 있었다. 마지막 배들은 상류를 통과했고, 그들은 황제에게 소식을

---

* 지붕이 있고 한쪽 면이 개방된 곳

** 문을 잠글 때 쓰는 막대기

전하러 돌아가야 했다.

"블라헤르네보다 여기가 더 좋은데, 왜 황제들이 이사했죠?" 브레티키가 말했다.

"오래전 일이야. 내가 어떻게 알겠니?" 스테파노스가 멍하니 말했다. 그는 걸으면서 안절부절못하며 명단을 훑어보았다.

"당신은 많은 것을 알고 있는 줄 알았어요…." 소년이 속삭였다.

"어, 그럼, 생각해 볼게. 이곳에 관해 내가 아는 게 있을까? 여기 어딘가에 테오필로스 황제*가 세운 알현실이 있어. 알현실에는 황금 사자가 올라탄 옥좌를 세워서, 입을 열어 포효하도록 만들었지. 천장을 향해 옥좌가 위로 뻗어 있어, 엎드린 방문객들의 머리 위로 황제가 공중에 떠 보이게 했단다. 또한 방에는 보석으로 만들어진 열매와 꽃, 작은 황금새가 날개를 퍼덕이고 노래하며, 거리에는 황금과 은으로 된 나무가 일렬로 서 있단다." 스테파노스가 갑자기 기뻐하며 말했다.

브레티키는 입이 떡 벌어졌다. "이 모든 것에 어떤 일이 벌어진 거죠?" 브레티키가 물었다.

"십자군들이 훔쳤을 거야. 남은 게 있긴 했어. 황제들은 이미 다른 궁전으로 갔지. 우리가 도시로 돌아왔을 때는 이곳을 구하기 너무 늦은 상태였어. 왜냐하면 그들은 빚을 갚기 위해 지붕의 납을 벗겨내 팔았거든. 모두 심하게 썩어 있었지. 자, 우리는 소식을 가지고 서둘러 돌아가자꾸나. 이 소식으로 위안을 거의 드리지 못할지라도." 스테파노스가 말했다.

---

* 황제 테오필로스(재위 829~842)

* * *

나중에 조신들과 황제의 의원들 전체가 성벽을 타고 적을 보러 갔다. 튀르크인 부대가 성벽 앞으로 다가와 그들이 볼 수 있는 영역까지, 천막과 깃발을 벽의 끝에서 끝까지 설치했다. 도시 밖 완만한 언덕에서부터 적이 볼 수 있는 땅까지 적의 무리가 뻗어 있었다. 그들이 얼마나 넓게 뻗었는지 누가 말할 수 있겠는가? 각 부대 앞에 깃발이 세워졌고, 놋쇠로 된 훈장이 깃발 꼭대기를 장식한 채, 위에서 튀르크의 깃털이 휘날렸다. 튀르크인의 갑옷은 빛났고 투구는 세로로 홈이 새겨져 있었으며, 기울어진 저녁 빛이 비쳐 반짝거렸다. 황금색 술이 달린 빨간 천으로 된 술탄의 천막이 빛을 내며 서 있었다. 천막의 모든 기둥에서 깃발이 바람에 흔들렸다. 그들은 야영지 앞에서 흙벽을 이미 쌓아 올렸고, 흙벽은 해자를 넘어 성벽 높이에 달했다. 벽의 무리는 그들이 거대한 총, 커다란 총을 설치한 모습을 보았다. 벽을 따라, 포의 검은 포구*가 도시를 겨누었고, 리코스 골짜기에 총들이 줄지어 몰려 있었다. 하나의 대포가 15쌍의 황소의 등에 실린 채 옮겨지고 있었다. 그림자에 드리워진 곳은 아직 푸르게 변색하지 않은 채, 황금빛으로 빛났다.

"우르반의 업적이 확실해." 스테파노스가 마누일에게 낮게 투덜댔다. 대포는 벽을 오르는 컬버린**과 투석기를 장난감처럼 보이게 했다.

황제는 이 모습을 보면서 벽을 올랐다. 해 질 녘의 맹렬한 빛이 화사하게 옷을 입은 무리와 그들의 장비를 붉게 빛냈다. 그때 재빨리 어둠

---

* 대포의 포탄이 나가는 구멍
** 15세기 유럽에서 사용된 대포로, 긴 몸통과 가벼운 무게를 지닌 것이 특징이다.

이 찾아왔고, 평소처럼 놀라던 브레티키는 북쪽 땅의 우중충하게 기나긴 저녁을 애석하게 여겼다. 황제는 계속 어둠 속에서 벽을 통과했다. 평원에서 중얼대는 소리가 났다. 무수히 많은 속삭임이 뒤섞인 채 잇따라 그들의 귀에 들렸다. 말이 울었다. 어떤 목소리가 들렸다. 셀 수 없이 많은 적의 모닥불이 하나씩 커졌고, 보이지 않는 들판들에 새빨간 불꽃이 산발적으로 보였다. 땅 전역에, 불꽃들이 선명한 하늘 위의 별만큼 두텁게 모였다.

11

황제의 곁방에서 쇠바구니의 불이 켜지고, 등불 밑에서 부드럽게 빛났다. 프란치스가 황제를 기다리며, 이마에 절망스럽게 주름살을 넣었다. 비서의 손에는 종이들이 들려있었다. 황제가 망토를 던지자, 스테파노스가 망토를 가져갔다. 황제가 와서, 위로하는 듯이 불타오르는 나무에 손을 내밀었다. 황제는 바닥에 발을 구르며, 추운 방의 한기에 대비했다.

"상황이 나쁜 것을 알고 있네. 알려주게." 황제가 프란치스에게 말했다.

프란치스는 말하기 고통스러운 듯 힘없는 목소리로 속삭였다. "6,983명입니다."

황제가 말하기 시작했다. "뭐? 어떻게 그럴 수 있지? 이건 절대 불가능해!" 황제가 외쳤다.

"수도사와 사제를 포함해 무기를 들 수 있는 모든 시민의 수는 4,983명입니다. 외국인에 관해 말씀드리자면, 제가 그들이 돌아가는 것을 막을 수 없기에 확신하기 어렵습니다. 하지만 대략 2,000명쯤 될 것입니다." 프란치스가 무겁게 말했다.

황제는 침묵했다. 마침내 "우리와 맞설 상대는 몇인지 세어 보았는가?" 그가 물었다.

"최대한 정확히 말씀드리자면, 10만 명의 전투원이 있고, 후방에서 도울 더 많은 사람도 있습니다. 폐하, 폐하께서 안전한 곳으로 물러나셔서, 명목상으로라도…."

"난 물러나지 않겠네. 하지만 듣게. 옛 친구여. 그대의 충성스러운 마음을 동원해, 아무도 이 수치를 알지 못하게 하게. 그대와 나, 우리를 둘러싼 네 벽만이 알아야 하네." 황제가 말했다. 그다음 황제는 스테파노스에게 고개를 돌렸다. 스테파노스가 조용히 말했다. "폐하, 폐하께서는 제가 충성스럽다는 사실을 잘 아실 것입니다…."

황제는 고개를 끄덕였고, 스테파노스의 어깨에 잠깐 손을 얹었다.

"그 소년, 제가 아이를 보니 바랑인들과 종종 떠들더군요." 프란치스가 말했다.

"하지만 아이는 그리스어를 하지 못한다." 황제가 말했다.

다행스럽게도 브레티키는 자신이 간신히 유지하는 평온한 마음으로는, 그들이 무슨 말을 하는지 이해하지 못했다.

군사 회의에서 주스티니아니가 말했다. "14마일을 돌아야 합니다. 얼마나 많은 장정이 성벽을 방어할 수 있겠습니까?" 아무도 대답하지 못했다. "어쨌든 10,000명을 넘지 못합니다. 제 생각으로는 우리가 내벽과 외벽에 모두 인원을 배치할 수 없기에, 외벽에서는 전투를 치러야 할 것 같습니다." 주스티니아니가 계속 바삐 말했다.

"아마 궁수 몇 명과 투석기 몇 개만 내벽에 배치하면 될 듯합니다. 그들은 주력 부대에서 벗어나 아주 앞쪽에 있는 튀르크군에게 총을 쏠 수 있을 것입니다." 요안니스 달마티오스가 말했다.

"성벽 사이에서 싸우면, 우리가 내벽 뒤의 장정들을 보호할 수 있습니다. 이렇게 하면, 그들의 용기를 강화할 것입니다. 여분 공간이 아주 깁니다. 폐하. 그렇지요. 여분 공간이 길면 길수록, 우리의 승리도 커질 것입니다!" 주스티니아니가 말하면서, 이상하리만큼 따스히 웃었다.

황제는 공간을 배당하기 시작했다. 자신은 자신의 군대, 바랑인 친위대와 함께 리코스 골짜기로 가서 가장 격렬한 전투를 치를 예정이었다. 주스티니아니는 밑으로 가면 블라헤르네가 있는 비탈길의 오르막길, 즉 황제의 오른편에 있었다. 어느 곳에도 베네치아인과 제노바인이 나란히 배치되지 않았지만, 다양한 국적의 사람들은 신중하게라도 뒤섞일 수밖에 없었기에, 그들은 모든 장소에서 배치될 것에 대비하는 방법을 알았을 것이다.

"우리는 내일까지 이 장소들에 사람을 배치해야 하오. 술탄은 자신의 법이 금지했다는 이유로, 우리에게 항복의 기회를 주겠다고 할 때까지 전투에 참여하지 않을 것이오. 그런데도 우리는 내일부터 준비를 단단히 해야 할 것이오. 트레비사노, 그대의 용감한 선원들과 성 마르코*의 사자가 그려진 깃발을 가지고 벽 둘레를 행군해, 술탄이 벽 주위에서 자

---

* 베네치아의 수호성인. 성 마르코의 상징은 그가 집필한 복음서를 지닌 날개가 달린 사자이다.

신의 적 사이에 로마인뿐 아니라 베네치아인도 있다고 생각하게 해 줄 수 있소?" 황제가 말했다.

"명 받들겠습니다. 폐하." 트레비사노가 말했다.

해 질 녘에 술탄의 전갈이 백기*를 내걸고 찾아왔다. 술탄은 그들이 자신에게 기꺼이 항복한다면, 사람들의 목숨을 살려주고 재산을 보존하게 해 주겠다고 하였다. 이러한 제안은 황제와 의원들에게 거부당했다.

아주 이른 아침, 브레티키는 침대에서 몸을 뒤척였다. 무언가 브레티키를 깨웠다. 뭐지? 이때 약간 거리가 떨어진 곳에서 새 한 마리가 깜짝 놀라 지저귀는 소리 외에, 아무것도 듣지 못했다. 희미한 빛과 연노랑의 청량한 하늘이 창문 사이로 보였다. 동이 트려 했다. 그러나 브레티키는 무언가 악몽을 꾸다가 일어났다. 땀을 흘리며 일어났고, 자신이 꾼 것이 꿈이라는 사실을 깨닫고 잠시 안도했다가, 잠깐 꿈이 진짜라고 생각했다. 이건 뭐지? 아버지는 2층에 쓰러졌고, 그날 병이 아버지를 덮쳤다. 가족들은 널 천장에서 둔탁한 쿵 소리를 들었다. 그들은 계단을 타고 올라가 문을 열어젖혔다. 아버지가 침대 위에서 얼굴이 새빨갛게 뒤틀린 채 팔을 내뻗고 누워 있었고, 아버지가 세고 있던 동전은 아버지 주위에 흩뿌려져 있었다…. 이때 말고 끔찍했던 순간은 코그 앤이 비바람을 뚫고 모던이라 불리는 항구를 피난처 삼아 달려갔을 때였다. 그들이 보았거나 보았다고 생각한 것은 등대로, 불타는 듯한 거대한 불꽃이 그들에게 약간 앞으로 가라고 경고했지만, 왼쪽으로 가야 했을 때 오른쪽으로

---

* 항복할 때 사용하는 하얀 깃발

가 버렸다. 그때 갑자기 배의 끝에서 끝까지 쾅 소리가 울려 퍼졌고, 배는 격렬하게 소용돌이치는 물속으로 빠르게 쓰러져 갔다…. 브레티키는 어찌 꿈이 사실이라고 생각하는 지경에 이르렀는가?

그때 소음이 다시 찾아왔다. 소음은 아주 깊고 저음이었고 브레티키의 귀에 거의 들리지 않았기에, 소음이라고 부를 수도 없었다. 그러나 아침 공기의 떨림이 느껴졌다. 브레티키는 창문으로 달려가 올라가서 밖을 보았다. 소음이 다시 찾아왔다. 쾅 소리가 비탈길을 타고 내려가 낮게 떠는소리의 파편 속에서 깊게 울려 퍼졌고, 종들의 갑작스러운 절규가 소리를 뚫고 들렸다. 종소리는 기도 소리의 느린 리듬을 타고 울리지 않았지만, 도시 전역에 걸쳐 수없이 많은 요란한 소리를 내는 멀리 있는 교회들에서부터 거칠고 맹랑한 소리로 울려 퍼졌다. 튀르크군은 연달아 돌격 소리를 내기 시작했고, 경보 소리가 났다.

황제가 서서 아침 식사를 하는 동안, 스테파노스와 마누일은 황제의 갑옷을 가죽띠로 고정했다. 황금색 흉갑을 입고 정강이받이와 팔목 보호대를 차고 자주색 망토를 두르니, 황제는 1,000년 전 진짜 로마인이 된 듯했다. 갑옷이 고정된 순간, 황제는 절반 정도 먹은 둥근 빵을 내려놓고 포도주를 단숨에 마신 뒤, 성큼성큼 걸어 자신의 하얀 아라비안 말에 올라타 대포들이 어떻게 발사되는지 보러 갔다.

결국, 튀르크군은 골짜기에서 엄청나게 큰 대포들을 발포하지 않았다. 아직은 아니었다. 그들은 높은 곳에 있다가 좀 더 가까이 다가와 포격하니, 주스티니아니가 배치된 차리시오스 문에서 폭발했다. 먼저 하얀 불꽃이 보였고, 고막을 찢는 듯한 폭발음이 바로 따라왔다. 그다음 벽이 마구 흔들렸고 즉시 말이 주춤해 두려워서 발을 올렸을 때, 쿵 소리가 들리고 포탄이 벽을 쳐서 갈라버려 무수한 조각으로 깨뜨렸다. 아주 두꺼운 검은 연기가 대포에서 피어났고, 벽을 돌며 모든 것을 감쌌다. 황제는 말의 비단을 두른 목을 쓰다듬고, 말에게 속삭이며 말을 진정시켰고 앞으로 나아가도록 재촉했다. 그들은 비탈길을 올라 가까이 다가갔고, 대포는 다시 발포됐다. 번쩍임, 쾅 소리, 떨림, 쿵 소리가 이 때 한 번에 몰려왔고, 연기구름이 따라와 그들을 기침하게 하고 눈물 흘리게 했다.

"저들이 벽을 흔들고 있어!" 황제는 목소리에 당황의 기색을 내비친 채 주스티니아니에게 말했다.

"좀 흔들리는군요. 저들이 벽을 공격하니 말이죠. 폐하." 주스티니아니가 말했다. 얼굴은 포연*의 재로 검게 물들었고, 포연에서 나는 유황 냄새가 의복에서 맴돌았다. 주스티니아니가 주군을 보고 활짝 웃었을 때 분홍색 혀와 하얀 이빨이 생생히 보이니, 마치 거무스름한 피부의 튀르크인이 웃는 듯했다. "보세요." 주스티니아니가 말했다.

또 다른 대포를 발사할 준비가 되고 있었다. 더 일찍 발사된 대포에서 나는 연기를 아침 바람이 날려 보냈는데도, 연기 기둥이 대포의 포구에서 여전히 흘러 떨어졌다. 튀르크 무리는 네 번째 대포에 총알을 장전했다. 내벽 난간에서 궁수는 황제 머리 위로, 조심스레 정조준했다. 궁수의 화살은 도화선에 불을 밝히려고 횃불을 든 사람에게 겨누었다. 또 다른 사람이 왔다. 대포가 발포됐다. 포탄이 땅을 공격했다.

"그들은 포탄을 어떻게 조준해야 하는지 모르는 듯합니다. 포탄이 무거우니, 그들은 아주 높은 곳을 조준해야 합니다. 제 생각에 저들은 하루 이틀 안에 문제를 해결할 것이지만, 저들이 해낼 때까지는 걱정하지

---

* 대포를 쏠 때 생기는 연기

않아도 괜찮습니다. 폐하. 미련한 놈들! 바보들!" 검은 연기가 떠다니면서 앞이 또 안 보이자, 주스티니아니는 무능한 적에게 이처럼 소리쳤다.

"우리는 다른 곳에서 무슨 일이 일어나는지 봐야 하오." 황제가 급히 말에 오르며 말했다.

이교도인 다수가 두텁게 모였다. 전열 뒤에 술탄의 천막이 서 있는 리코스 골짜기에서 적군은 벌채목으로 포좌*를 세우며, 자신들의 대포에 계속 공을 들이고 있었다. 총으로 발사할 때 생길 반동을 거대한 바위들로 깨부수기 위해, 무시무시하게 큰 돌덩이들을 깔끔히 쌓아 올렸다. 그들은 아직 발포할 준비가 안 된 듯했다. 바랑인 요안니스는 계속 엄중히 감시했다. 바랑인들은 내벽과 외벽 사이의 넓은 테라스에 배치되어 있었다. 그들과 함께하는 크레타 출신 궁수가 아래쪽에 보이는 총기 제작자 우르반에게 활을 쏘려고 대기하고 있었다. 우르반이 아주 어리석다면 활이 쏠 수 있는 범위 안에 들어올 것이었다.

훨씬 남쪽에서 테오필로스 팔레올로고스와 베네치아인 콘타리니는 자신들이 배치된 곳에서 술탄의 비정규 군대인 바시 바주크의 어마어마한 무리가 있는 모습을 보고, 적이 해자에 다가와 소리친다고 보고하는 일 외에 할 수 있는 일이 없었다. 금문 옆에 있는 디미트리오스 칸타쿠지노스는 튀르크군이 배들을 거느리고 마르마라해 전체를 순찰하고 있다고 말했다. "그들이 공격하면 내게 바로 고하시오. 그대는 병력을 단단히 강화해야 하오." 황제가 말했다. 성벽 남쪽으로 뻗은 곳에서 보는 도시는 전망이 좋았다. 그곳은 여전히 멋졌다. 종소리가 계속 크게 울렸다. 황제는 말의 고삐를 쥔 채 칸타쿠지노스에게 말했다. "전령

---

* 대포를 올릴 때 쓰는 장비

을 보내 종이 그만 울리게 하시오. 이보다 더 최악의 순간에 종이 울려야 하오."

천천히 그들이 두 개의 거대한 벽 사이에 있다가 블라헤르네로 귀환할 때, 종은 천천히 잦아들었다. 처음에는 가까운 곳에서 울림을 멈추다가, 천천히 차례대로 좀 더 먼 곳의 종이 울림을 멈췄고, 마지막으로 신성한 지혜의 교회에서 울리던 낭랑하고 큰 소리가 더는 울리지 않았다.

종들이 침묵하자마자, 차리시오스 문에서 불규칙하게 끊임없이 대포가 쾅쾅거렸다. 이러한 소리를 도시 전역에서 분명히 들을 수 있었다.

* * *

하루 종일 대포가 계속 발포됐다. 밤새도록 그랬다. 황제는 다음 날 아침, 말을 타고 신성한 지혜의 교회로 예배식을 들으러 갔다. 거리에는 불안해하는 시민들로 가득했다. 여인과 노인들은 교회로 향했다. 그러나 대교회는 추기경 이시도로스가 라틴식 미사를 주최한 이후, 거의 매일 방치되다시피 했다. 황제는 아무 말도 하지 않았지만, 귀환하는 길에 큰길에서 벗어나 호위대와 함께 끝없는 계단을 타고 도시의 구불거리는 언덕 비탈길을 올라, 정상에 있는 판토크라토르 수도원에 이르렀다. 바실리카* 양식의 교회 앞 광장에 사람들로 가득 찼고, 다른 교회들에도 사람들이 가득했다. 문밖에서 사람들은 먼지투성이가 되어 기도하고 눈물을 흘리고 있었다. 문을 열면 수도사들의 수도실과 연결되었다. 종이 한 장이 언덕 꼭대기의 약한 바람에 흔들려, 해진 상태에서 핀

---

* 끝부분이 반원형이고 양 끝을 기둥이 지탱하는 양식으로 주로 세 개의 바실리카가 나란히 서 있다.

으로 고정되어 있었다. 황제는 스테파노스에게 종이를 주며 읽으라고 했다. 종이에는 이처럼 적혀 있었다. *하느님보다 서방을 더 믿는 자들에게 재앙이 있으리.* 밑에 덜 바랜, 새것 같은 종이에 이처럼 덧붙여져 있었다. *그들은 세속과 천국의 왕국 모두를 잃으리라.*

그들은 조용히 물러나서 다시 비탈길을 내려갔다.

"폐하, 그가 폐하를 동요하게 하지 않게 하십시오. 베네치아나 교황 측에서 도움을 주면, 사람들은 폐하의 곁으로 다시 몰려들 것입니다." 스테파노스가 불안해하며 말했다.

"그래. 그들은 바뀔 걸세. 그리고 그는 바뀌었어. 그는 이에 찬성한다고 서명했고…. 스클라리오스가 직접 서명을…. 그래도 그가 지금 잘못하고 있다고 내가 확신한다면 좋을 텐데!" 황제가 침울하게 말했다.

"폐하, 폐하께서 하시는 일이, 폐하께서 하셔야 하는 일입니다. 폐하께서는 다른 일을 하실 수 없습니다." 스테파노스가 말했다.

다음 날 끊임없이 쾅쾅거리던 하루가 끝날 무렵, 차리시오스 문 옆의 외벽 구역이 갑자기 돌무더기가 무너진 곳의 해자로 무너져 내렸다. 외벽 뒤에서, 내벽은 갈라졌고 총안이 있는 흉벽은 폭삭 무너져 버렸다. 예니체리들은 거의 30분가량 무의미한 '와' 소리와 '이봐'하는 소리를 소름이 끼치게 냈고 무너진 벽을 보았을 때 환호를 지르니, 대략 0.8km쯤 되는 성벽 안에서 그들의 목소리가 들렸다. 인근에서 하루 종일 싸우던 주스티니아니는 아주 차분하게 위기에 대처했다. 그는 휴식을 취하려고 벽을 떠나는 사람들과 잠자기 위해 다른 이들과 교대하는 이들을 직접 가서 가로막고, 그들에게 여기 머물러서 흙을 운반해달라고 요청했다. 그들은 벽 안 코라의 구세주 교회에 있는 수도사들이 경작한 들판의 흙을 운반하기 시작했다. 곧 수도사 무리가 와서 그들의 예복을 무릎까지 졸라매고, 등에 바구니를 인 채 일손을 도왔다. 주스티니아니는 그들을 위해 하느님을 찬양했고, 가서 해자를 청소하기 위해 노동자들을 불러 모았다.

황제가 저녁 식사 이후 말을 타고 일이 어떻게 진행되는지 보러 가니, 무수히 많은 시민이 탑 하나에서 타오르는 불을 제외하고 아무런 빛도 없는, 해자 밑 어둠 속에서 피땀 흘려 일하고 있었다. 희미한 불빛 덕에 일할 수 있었지만, 주위에서 무슨 일이 일어나는지 주목할 수 있을 정도로 밝혀줄 불빛은 없었다. 사람들과 당나귀들은 무너진 벽의 잔해를 가져가서, 튀르크군이 해자에서 나가 발판을 딛고 비탈길을 기어오르지 못하게 했다. 그동안 벽돌과 벽돌이 벽의 갈라진 틈을 가로질러 오가며 마구 늘어진 채 석조 더미가 만들어지고 있었고, 기둥과 목재들로 말뚝 울타리가 지어졌다. 방어군이 전쟁 전에 피난처에서 싸울 수 있게 해준 총안이 있는 흉벽을 위해, 다량의 흙으로 울타리 공사를 착수했다.

황제는 다음 날 아침에 일어나자마자 스테파노스를 보내 수리 공사에 관한 소식을 듣고 오라고 하고, 주스티니아니더러 와서 자신과 아침 식사를 하라고 명령했다. 스테파노스는 돌아와서 수리 공사를 마쳤고 매우 탄탄해 보인다고 말했지만, 주스티니아니는 튀르크 지휘관들이 위로 올라가 어제의 일이 자신들에게 이익이 거의 되지 않았다는 사실을 알게 되는 모습을 보고 기뻐할 때가 되어서야 왔다. 황제는 이를 깨닫고 느릿느릿 뻣뻣하게 웃은 뒤, 뜨거운 포도주 단지와 신선한 빵을 주스티니아니의 용감한 지휘관에게 보내게 했다. 브레티키는 심부름하기를 바랐지만, 마누일이 파견됐다.

정오에 황제는 군사 회의를 개최했다. 이는 황제의 다른 회의와는 달랐다. 아무도 황제의 발에 입맞춤하지 않았다. 아무도 서 있지 않았다. 황제는 회의를 위해 자주색 예복을 입지 않은 채, 갑옷을 입고 왔다. 그래서 황제의 지휘관들도 청동이나 기름칠한 강철 갑옷을 입었다. 탁자 위에 지도가 있었고, 의자들이 탁자 주위에 둥글게 서 있었다. 스테파노스와 마누일은 음식과 포도주를 가져오라는 명령을 받고, 조용히 가져왔다. "사람은 배고프면 싸울 수도, 잘 생각할 수도 없소." 황제가 말했다.

"벽 전체 둘레를 따라, 그들은 해자를 채우려고 노력하고 있습니다. 우리는 그들을 막기 위해 돌멩이와 화살 세례를 계속 퍼부어야 합니다. 그들이 계속 올라오고 있습니다." 테오필로스 팔레올로고스가 말했다.

"그들은 성공하지 않을 것입니다." 주스티니아니가 말했다.

"우리가 그들을 막으려면, 무슨 일을 더 해야 합니까? 우리는 아마 반격할 수 있을 것입니다." 콘타리니가 물었다.

"그러려면 막대한 힘이 필요할 것입니다. 장소를 구분 짓지 않은 상태에서 싸우려면 말입니다. 일단 우리가 개방된 곳에서 싸우면, 그들이 모든 이익을 차지할 것입니다." 테오필로스가 말했다.

"너무 위험하오. 그렇게 싸우려면, 확실히 목숨을 바쳐야 하오. 우리가 수적으로 열세이니, 우리는 모두 죽고 그들에게 큰 승리를 안겨줄 것이오." 황제가 말했다.

"우리에게는 비상구가 필요합니다. 우리가 그들의 측면에 있다가 돌진하기만 하면, 실제로 그들이 해자에 있다면…." 주스티니아니가 말했다.

그때 루카스 노타라스를 보필하던 늙은 하인이 지팡이를 짚고 땅을 더듬고 절을 하며 나섰다. "저를 용서하시옵소서. 폐하. 나의 주군이

여…. 주제넘게 구는 것을 용서하십시오."

황제는 고개를 돌려 노인을 보았다.

"그럼 하실 말씀이 무엇입니까. 선생님?" 황제가 물었다.

"황제는 평민들에게 특별히 대해주는구나. 특별히 온화하게." 브레티키가 주목했다.

"폐하, 비상구가 있습니다. 작은 문을 통해, 지상에서 오른쪽 아래로 내려가면 해자가 있습니다. 제가 어렸을 때 늙은 술탄이 밖에 있자, 아버지께서 말을 타고 비상구를 통과했던 기억이 남아 있습니다. 문은 오랜 세월 동안 벽돌로 막혀 있었습니다." 노인이 말했다.

"어디 있지?" 주스티니아니가 노인 앞에서 지도를 내밀며, 흥분되어 눈빛을 반짝인 채 물었다.

노인은 눈을 고정한 채 지도를 뚫어지게 쳐다봤다. 노인이 위치를 정확히 찾기 위해, 손가락으로 줄을 따라가려고 할 때 손가락이 떨렸다. 그때 노인은 반백의 머리를 흔들었다. "어디 있는지 알 수 없습니다. 폐하. 하지만 벽이 갑자기 모퉁이를 돌아야 하는 곳, 그러니까 궁전을 들르다가 튀어나온 곳이 어디인지 폐하께서는 아시지 않습니까? 음, 새로 지은 벽은 이곳에 있는 남은 해자를 가로지릅니다. 새로운 탑 하나의 바람이 받지 않는 곳에는 작은 문이 있으며, 우측 훨씬 아래에 아주 잘 숨겨져 있습니다. 그곳은 케르코포르타라고 불리죠. 케르코포르타, 이게 맞습니다."

"우리는 그곳을 통해 달아날 수 있고, 그들을 해자 밖으로 몰아낼 수 있습니다. 우리는 그들을 기습 공격할 수 있습니다. 정문 중 하나를 통해 출격하려면 전력을 다해야 하는 것에 비해, 그곳을 통하면 힘이 거의 들지 않습니다…. 하늘이 내린 선물입니다!" 주스티니아니가 말했다.

"그럼, 문을 열어보시오. 그리고 자나 깨나 호위대가 문을 지키게 하시오." 황제가 말했다.

"왜 벽돌로 막혀 있는지 궁금합니다." 테오필로스가 말했다.

"이곳을 통과하면 도시는…. 언젠가…. 하는 예언이 있습니다." 노인이 말했다.

"아, 체! 예언이라는 게 존재하면, 그대들, 그리스 병사들은 도움이 거의 필요 없겠소!" 주스티니아니가 말했다.

"우리는 로마인이오. 선생. 로마이오이. 로마인이올시다." 노타라스가 말했다.

"알았소. 알겠소. 그래서 교황이 그랬군. 얼마나 빨리 우리가 문을 열 수 있겠소?" 주스티니아니가 말했다.

"보키아르도 형제가 그곳을 책임질 것이오. 아마 오늘 밤 그들이 문을 열 수 있으리다." 노타라스가 말했다.

다음 날 아침, 도시의 다른 쪽 끝에서 경보가 울렸다. 아크로폴리스의 감시자들은 새벽에 튀르크 함대가 보스포로스를 급습하고 불빛을 흔들며, 트럼펫을 불어 방재를 따라 졸던 선원들에게 경고하는 모습을 보았다. 튀르크 배들은 일렬로 나란히 서서 방재를 마주하려고 노력하는 듯했다. 사랑스러운 물이 부드럽게 흘렀는데도, 격렬한 해류가 배들을 잡아끌고 돌풍이 설상가상으로 그들을 더 곤혹스럽게 했다. 바로 튀르크 갤리선들에서 세로의 노들이 뒤엉키고 나무가 쪼개지면서, 소리를 해안에서 들을 수 있었다. 그리스도교 선박들은 방재에 안전하게 묶여 있었다. 이들은 선미루˚와 선수루˚˚를 갖춘 서양식 배로, 물속에서 우뚝 치솟았고 적의 갑판들보다 훨씬 높았다. 배에 탄 선원들은 화살과 포탄을 이교도들에게 비처럼 퍼부었다. 무장한 괴한으로 가득 찬 고슴도치 같은 갤리선 하나가 방재에 접근하려고 애썼다. 배에는 뱃머리에 고정된 거대한 노깃˚˚˚이 있었고, 바다를 가로질러 방재를 물에 뜨게 하려는 듯 했다. 그러나 방재는 밧줄이 아니라 강철 사슬로 이루어졌다. 어쨌든 갤리선은 방재 근처에 전혀 접근하지 못했다. 방어군이 가장 강력한 무기를 들자마자(무기는 그리스의 불로, 극심하게 타오르는 불꽃 발사 장치였다), 튀르크 함대는 꽁무니를 빼고 달아났다. 방어군은 겨우 30분 만에 경로를 정했다. 해 질 녘이 되자, 제독이 더 많은 배를 준비시키기로 했다고, 즉, 흑해 해안과 시노피, 삼순에서 더 많은 배가 아직 오는 중이라는 소식을 튀르크군에게 밧줄과 무기를 파는 페라 출신의 선박 잡화 상인 한 명이 듣고 왔다.

페라에 있는 제노바인들은 선박 잡화 상인의 능력을 능숙하게 활용했다. 즉, 튀르크인과 거래하는 능력과 소식을 유출하는 능력 말이다. 그들은 튀르크 진영에도 소식을 전했고, 아무도 의심하지 않았다. 벽 뒤에서 공격받지 않고 안전하게 있는 그들은 도시 안에서 완전히 증오받았다. 보통 그들은 동료 그리스도교인의 편을 들었고, 많은 이는 금각만을 건너 성벽에서 싸웠다. 그러나 그들의 포데스타가 조심스레 중립을 유지했기에, 다른 이들이 오지 않았기에, 일구이언한다는 유언비어와 소식, 소문 때문에 모든 제노바인, 심지어 황제를 위해 용감하게 싸

˚ 배 뒷부분의 선루. 선루는 배 위의 구조물을 뜻한다.

˚˚ 배 앞부분의 선루

˚˚˚ 노를 저을 때 물에 잠기는 노의 넓은 부분

우는 이들조차 주스티니아니를 제외하면 끊임없이 의심받았다. 왜냐하면 주스티니아니는 페라인하고 아무 일도 없었지만, 훨씬 더 큰 활력과 기량, 남자답게 솔직한 태도 덕에 도시에서 그를 믿지 못하고 존경하지 않는 사람이 없었다. 브레티키에게 주스티니아니는 동포들보다 비할 데 없이 고결하게 보였고, 그가 저들과 어떻게 똑같은 출신일 수 있는지 궁금해했다.

여러 저녁 날이 흘러가는 동안, 작은 굴을 잡는 새들이 날았다. 그러니까 그늘을 만든 채 눈을 깜빡거리는 새 떼가 녹은 바다 표면을 빠르게 스치듯 지나갔다. 새들 사이에 작은 배 수백 척이 은빛 금붕어를 잡으려고 반짝이는 물 위에 있을 때, 마르마라해 위에서 순찰하던 적의 갤리선들이 배들을 모두 뒤쫓은 뒤, 다시 항구로 들어갔다. 그렇게 모든 시장市場의 물고기 가격을 올려놓았다.

그날, 방재가 짧게 기습당한 것 외에 다소 조용히 흘러가는 듯했다. 그러나 이튿날 아침, 4월 10일 아침에 동이 트면서 햇빛과 가벼운 미풍이 부는 상쾌하고 청량한 황금빛 하루가 펼쳐졌다. 벽에서는 흉측한 광경이 펼쳐졌다. 튀르크인들이 급습해 도시 밖 작은 성채 두 채를 장악한 듯했다. 술탄의 새로운 성벽 저편, 보스포로스의 테라피아에 있는 작은 성과 스투디온의 마을에 있는 훨씬 작은 울타리 친 곳의 성이었다. 두 개의 끔찍한 주둔지에서 살아남은 이들은 차례대로 꼬챙이에 찔렸다. 튀르크군 전열 앞 토루*, 성벽의 방어군이 다 보는 앞에 이들을 일렬로 세웠다. 그들은 극도의 고통에 시달리며 비명을 질렀다. 아침 바람이 불

---

* 적의 침입을 막기 위해 흙으로 만든 방어물

어 소리가 퍼져 시민들을 역겹게 했다. 여인들은 올라가서 바라보고 눈물을 흘리며 저들에게 천벌을 내려달라고 빌었다.

새벽에 꿰뚫리기 시작할 때, 주스티니아니는 자고 있었다. 그는 다른 이들에 비해 휴식이 훨씬 덜 필요한 듯했지만, 밤의 절반을 순찰하고 수리가 잘 이루어지는지 감독하느라 보낸 후, 새벽에 쉬고 있었다. 벽에서의 소식을 들은 그와 황제는 함께 현장에 도착했다. 두 사람이 처음 본 광경은 사제 무리가 향과 기도서를 가지고, 손을 뻗어 축복기도*를 하며 죽어가는 사람들을 위해 미사곡을 노래하는 모습이었다. 어두운 표정을 지은 두 사람은 아래를 내려다보았다. 그때 주스티니아니는 황제가 크레타섬에서 모집한 정예 궁수들을 소환했다.

어떤 까닭인지 궁수들이 도착하자 튀르크군은 극도로 화가 났다. 그들은 벽을 향해 연기가 자욱한 대포를 닥치는 대로 쐈다. 그들은 자신들의 궁수를 불러 총안이 있는 흉벽의 궁수들을 공격하게 했다. 그런데도 천천히 차례대로, 크레타인들은 꿰뚫린 채 고통받는 이들을 겨냥하여 조심스러우면서 자비롭게 활을 쐈다. 비명과 신음이 서서히 잦아들었다. 마침내 벽에서, 평원에서 새가 지저귀고 끊임없이 가늘게 빛이 새어 들어, 무장한 남자들이 움직이는 소리가 들리는 평온한 오후가 되었다.

브레티키는 이 모습을 전혀 보지 않았다. 두 사람이 벽에 오르기 전에 스테파노스가 황제에게 한두 마디 속삭였고, 황제는 자기 개인 무기고에 있는 사용 가능한 무기의 수를 계산해야 한다면서, 브레티키를 처소에 보냈기 때문이다. 그래서 브레티키는 하루를 깊은 지하 저장고 주위에서 녹슨 칼날과 창 다발을 들어 올리고, 움푹 들어가고 구부러진 무

---

* 예배를 마칠 때 사제가 하느님께 축복을 비는 일

기에서 꽤 곧게 뻗은 무기를 선별하고, 조심스레 수를 기록하며 보냈다.

"그대는 아이에게 애정이 있는 것 같구려." 그날의 일이 끝난 모습을 황제와 스테파노스가 본 뒤, 황제가 스테파노스에게 말했다.

"아이는 튀르크군의 손아귀에 있는 듯합니다. 때때로 아이가 꿈을 꾸는데, 잠결에 얘기하는 것을 들었습니다." 스테파노스가 말했다.

"하느님께서 우리 모두를 구하시리라!" 황제가 맹렬하게 말했다.

그날 저녁 마누일은 황제의 발에 무릎을 꿇고, 갈 수 있게 해달라고 허락을 요청했다. "제가 바랑인 친위대에 합류하게 해주시옵소서. 폐하. 제가 한 사람 역할을 다할 수 있습니다." 마누일이 말했다.

그때 스테파노스가 움찔했고, 고개를 돌려 저녁 식사에 몰두하는 척했다. 브레티키는 주의가 끌려 스테파노스의 모습을 보았다. "누가 내 잔을 닦고 포도주를 가져와 주겠소?" 황제가 온화하게 물었다. 황제의 목소리는 슬픔과 즐거움이 뒤섞인 채 들렸다. 브레티키는 황제의 엄숙한 목소리에서 반대 감정이 공존한다는 사실을 눈치챘으며, 황제의 말을 이해하려고 안간힘을 썼다. "태양의 열기가 내리쬐고 바람을 타고 먼지가 날아오는 동안 벽을 끊임없이 올랐으니, 목이 타는 걸까?" 황제가 말하고 있었다. 브레티키는 "목이 탄다", "오르다", "벽"을 알아들었다.

"여기 브레티키가 있습니다. 이 애가 할 수 있습니다." 마누일이 말했다.

"그래서 애가 할 수 있군. 좋아. 가거라. 애야. 조심해라. 목숨을 함부로 버리지 말거라. 스테파노스, 브레티키더러 오늘 찾은 것 중 가장 상태가 좋은 무기를 여기 가져오게 하게." 황제가 슬프게 말했다.

브레티키가 상태가 좋은 검을 선택했다. 작은 쇠사슬을 엮어 만든 상체 갑옷을 선택했다. 작은 갑옷이라서 마누일의 날씬한 체격에 잘 맞으리라고 생각했다. 브레티키는 특히 그 갑옷을 마음에 들어 하다가 반짝거리는 흉갑을 찾았고, 흉갑의 무게 때문에 휘청이다가 황제의 처소로 돌아가기 위해 계단을 올랐다.

"마누일은 흉갑을 찰 수 없을 거야. 브레티키. 이는 황제를 위해 만든 것이란다. 보렴. 위에 쌍두 독수리가 새겨져 있잖니." 스테파노스가 흉갑을 보며 말했다.

"황제를 위해 만든 갑옷이지만, 황제의 사람이 입었지." 콘스탄티노스 황제가 직접 청동 갑옷을 들고 자신의 잔 드리는 자에게 잘 맞을지 알아보려고, 마누일의 몸에 갖다 댔다. "잘 맞겠군." 황제가 말했다. 함께, 콘스탄티노스와 스테파노스는 가죽끈을 갑옷 위에 올렸다. "음, 그럼 사나이여. 가게. 가서 바랑인 요안니스와 함께 할 수 있는지 보게."

마누일은 조금도 망설이지 않고, 마치 연설하듯 정중히 인사한 뒤 계단을 덜커덕거리며 내려갔다. 브레티키는 지하 저장고에 도달해서, 그곳에 있는 술통을 지키는 노인에게, 황제의 저녁 식사를 위해 또박또박 걷고 방향을 틀어, 포도주를 갖고 오라고 요청했다.

다음 날 아침 브레티키가 침대 밖으로 나설 때, 기이한 천둥소리같이 쾅 소리가 크게 울렸다. 잠시 이 소리 때문에 침대에서 소리 없는 진동이 느껴졌다. 귀에 저리는 소리가 들렸다. 그때 불쾌한 소음이 남긴 쓰레기가 침대 뒤로 찾아왔다. 유리가 창문 안에서 덜컥덜컥 움직이고 타일이 미끄러지다가 벗겨지고 지붕이 긁어내려 가고 그곳의 새들이 겁먹고 거칠게 깍깍거렸으며, 개가 울부짖고 사람들은 비명을 지르며 여기저기로 바쁘게 뛰어다녔고, 경보가 울리고 교회 종이 갈라진 높은 음으로 땡땡거리기만 한 채, 100여 명의 합창 소리를 묻어버렸다. 대포 소리는 종소리 속에서 계속 출발해 반복해서 쿵쿵거렸다. 튀르크군은 리코스 골짜기의 성벽을 향해 대포를 쐈고, 우르반이 그들을 위해 주조한 거대한 대포 바실리카에서 폭발이 시작됐다. 그들이 다시 바실리카를 발포하기까지 두 시간이 걸렸지만, 더 작은 대포들은 온종일 쉬지 않고 발포됐다. 우레 같은 소리를 도시 전역에서 끊임없이 들을 수 있었다.

사람들은 침대 깔개와 양모 뭉치, 얇은 가죽 천을 가져가 벽에 걸어, 거대한 돌덩이가 지진 수준의 충격을 주지 않게 했다. 여전히 성벽은 갈라졌고 허물어져 있었다. 포탄들이 딱딱한 석조 부분에 부딪히자, 포탄들은 1,000여 개의 조각들로 산산이 부서졌고, 사방팔방으로 날아다녔다. 날이 예리한 조각들이 방어군에게 쏟아졌다. 튀르크군은 자기들의 대포가 위를 향하게 하는 방법을 빨리 배우고 있었다. 시간이 흘러가자, 그들은 무자비하게 벽의 같은 구역을 계속 때려 부쉈다. 벽 뒤, 성벽 문과 통하는 들판과 정원을 거쳐 블라헤르네에서 스투디온 수도원까지의 거리를, 소규모 행렬 속 사람들은 성상이 아니라 돌, 잔해, 목재를 들고 구불구불하게 나아갔다. 어둠을 틈타 수리 공사를 하기 위해서였다. 여인들은 남자들 옆에서 무거운 짐을 날랐다. 아이들조차 조약돌이나 흙을 한 움큼 옮겼고, 빈민들의 노새와 당나귀들은 무자비할 정도로 과중한 짐을 짊어지다가 반죽음 상태가 될 때까지 일했다.

흑해의 배들, 이곳에 있는 튀르크군이 기다리다가 페라에서 약간 멀리, 보스포로스의 튀르크 제독 주둔지에 도착했다. 그날 거대한 대포가 처음으로 발포됐다. 벽의 상태가 나빴는데도, 가장 절박한 상태에 놓인 듯한 방재가 벽을 보호해 주었다. 새로운 배들이 보이자마자(적의 주둔지가 도시의 정점에서 분명히 보였다), 루카스 노타라스가 황제에게 와서 자신의 예비함대들에 방재의 선원들을 돕도록 움직일 수 있게 해줄 것을 허락해 달라고 요청했다.

해군의 공격이 시작했을 때, 이들의 공격은 무시무시했다. 황제의 사람들 속에서 선 채, 총안이 있는 흉벽에서 공격하는 모습을 바라보던 브레티키는 자신이 따뜻한 햇빛 속에서 떨고 있다는 사실을 깨달았다. 튀르크군은 흉갑기병과 궁수들로 갑판을 채운 채, 전보다 더 큰 배들을 끌고 왔다. 화살이 미치는 거리에 다다르자, 그들은 타오르는 솜을 꽂은 화살을 날려 보냈다. 화살들이 그리스도교인의 갑판들에 타오르는 비처럼 쏟아 내렸다. 튀르크 갑판에서 많은 투구와 횃불들이 힘이 미치는 곳을 향해, 어디든 불을 지를 준비를 하며 타올랐다. 튀르크의 갤리선 뱃머리에서, 중무장한 장정들이 거대한 도끼를 들고 선 채 굵은 밧줄을 자르고, 방재 자체를 마구 잘라낼 준비를 했다. 그들은 자기들의 선박에 작은 대포를 옮겨와 그리스도교 배에 돌로 된 포탄을 쐈고, 연기를 퍼뜨려 장막을 만들어 온 광경을 둥글게 에워싸, 구경꾼들을 혼란스럽고 두렵게 했다. 벽에서 망보던 사람들은 눈의 긴장을 놓치지 않은 채, 갈고리가 네 개 달린 닻*이 튀르크 뱃전의 중앙부들에 매달리는 모습을 보았고, 엄청나게 많이 모인 군인들이 중앙부 갑판에 처음으로 올라탈 준비를 하는 모습을 보았다.

황제는 징글징글하게 모인 무리가 자기 사람들을 공격하고, 노를 휘저어 파란 보스포로스에 하얀 거품이 일게 하는 모습을 보았다. 황제

---

* 배를 움직이지 못하게 하려고, 줄에 맨 뒤 갈고리를 날려 보내 배가 흙바닥에 박히게 하는 도구

는 움직이지 않고 꼼짝하지 않은 채 서서, 총안이 있는 흉벽에서 상황을 보았다. 황제의 옆에 있던 브레티키만이 황제의 엄지손가락이 꽉 쥔 손의 집게손가락에 끼워진 반지를 끊임없이 문지르고 돌리는 모습을 볼 수 있었다.

  튀르크 배들이 약간 떨어진 곳에 계속 있을 때, 끔찍한 일들이 벌어졌다. 그들의 포탄은 그리스도교 배를 공격해 나무배의 몸체가 소름 끼칠 정도로 흔들어 해안에서 소리를 들을 수 있게 할 뿐 아니라, 튀르크 배가 공격하는 모습까지 볼 수 있었다. 불이 삭구*에서, 갑판 위 모든 곳에서 타오르고 선원들은 미친 듯이 이리저리 뛰어다녔다. 그러나 튀르크군이 북새통을 이루며 다가오자, 갑자기 느낌이 달라졌다. 제노바와 베네치아의 높은 갤리선과 황제의 함대가 이처럼 훨씬 큰 튀르크 배보다 키가 컸기에, 이들의 궁수와 창 던지는 병사들은 이득을 얻었다. 루카스 노타라스는 사람들더러 믿기 어려울 정도로 크게 타오르는 사슬을 설치했다. 방재의 순서를 따라 손에서 손으로, 뗏목에서 배로 물통들을 옮기게 하니, 갑판의 불이 빠르게 꺼졌다. 튀르크 선장들은 밀어붙이며 나란히 나아갔고 쇠갈퀴로 배를 걸어 잡고 승선하려고 노력하자, 간단하면서 엄청나게 충격을 주는 답을 마주했다. 그리스도교 선박의 가로대**에서, 돛대 높이 던져올린 거대한 포탄들이 그물에 걸렸다. 그리스도교 선박의 함대가 튀르크 배를 향해 뻗는 순간, 삭구 속의 남자가 소리를 지르며 밧줄을 잘랐고, 포탄이 아래쪽으로 떨어졌다. 포탄은 갑판 아래를 뚫고 나갔고, 쪼개지고 울퉁불퉁한 구멍을 남겼으며 빠르게 배를 가라앉혔다. 브레티키는 깜짝 놀란 채, 머리를 뒤로 젖히고 웃었다.

---

* 배에서 쓰는 밧줄이나 쇠사슬을 뜻한다.

** 배에서 가로로 뻗은 막대기.

자신이 집에서 개울에 흘려내려 보내다가, 작은 조약돌을 던져 가라앉히던 호두 껍데기를 떠올렸다.

갑자기 방재에 틈이 생겼다. 잠시 공포감에 빠진 브레티키는 방재에 적이 구멍을 냈다고 생각했지만, 그때 거대한 제노바 갤리선이 틈을 통과했다. 바로 다른 갤리선과 갤리선이 뒤를 따랐고, 그들은 적의 배들이 뒤얽힌 곳을 에워싸듯 조심스레 움직였다. 이때 알라, 알라를 외쳤다! 소리는 서서히 사라졌다. 트럼펫 소리가 들렸고, 튀르크 함대들은 계속 배를 후진시키기 시작하다가 사라졌다. "만세, 만세!" 브레티키가 성벽에서 미친 사람처럼 춤을 추고 공중에 모자를 던지며 소리쳤으며, 주위에 있던 엄숙한 모든 외국인은 브레티키가 기뻐하듯 기뻐했다. 브레티키를 향해 웃고 미소를 지었다.

그들은 고소해하며 심한 공격을 받은 적이 힘겹게, 거리가 먼 정박지로 물러나는 모습을 바라보았다. 그들의 눈에서 튀르크군이 사라지기 전에, 루카스 노타라스는 길고 티 하나 없으며 주름 잡히지 않은 비단 예복을 입은 채 와서 황제에게 경의를 표했다. 주군이 웃으며 잘했다고 말하자, 노타라스는 무표정한 채 절을 올렸다.

"곧 성벽이 공격당할 것입니다. 그들의 대포들은 그동안 우리에게 큰 피해를 주었고, 그들은 상황을 돌파하려고 꼭 노력할 것입니다." 주스티니아니가 말했다.

일주일 넘게 술탄의 끊임없이 쾅쾅거렸던 대포들이 해자와 통하는 외벽의 91m가량의 거리에 내려앉았고, 뒤에 구멍이 뚫린 내벽에 있는 거대한 탑 두 개를 깨뜨려 놓은 상태였다. 흙과 나무로 된 말뚝 울타리가 매일 밤 수리가 진행되고 피해 본 구역을 가로지르며 뻗어 있었지만,

해자에는 돌무더기로 꽉 찼고 돌격하는 적을 막아줄 장애물이 전혀 없었다. 5일이 흐르는 동안, 그들은 새벽에 마음을 다잡고 문제를 예상한 뒤, 곧 무너질 듯한 말뚝 울타리 뒤에 일렬로 선 채 약간 떨어진 곳에서 적의 전열을 긴장한 눈으로 응시했다.

그들은 공격자들의 의복과 장비를 세세히 볼 수 있었다. 술탄의 정예부대인 예니체리가 높이 우뚝 선, 깃털이 달린 막대기의 군기 뒤에 줄지어 섰고 터번을 끈으로 묶은 넓은 투구를 쓰고 있었는데, 투구가 이마에 너무 낮게 내려와 뻣뻣한 테두리의 눈썹을 지닌 상태였다. 눈에서 더 낮은 곳만 드러낸 탓에 반원형 눈을 두 개 가진 듯했다. 투구들에는 무늬가 새겨지고 세로 홈이 파였고 투구 꼭대기가 뾰족하게 튀어나와, 큰 깃털이 돌돌 말려 흔들리고 있었다. 투구들은 적의 눈에 그들의 머리가 거대하고, 금속 얼굴이 험상궂게 찌푸린 것처럼 보이게 했다. 그들은 로마인들처럼 빛이 비치지 않으며 윤이 나지 않는 갑옷을 입고, 서양 갑옷처럼 강철로 두른 무거운 관절 부분을 내버려두었다. 그러면서도 작은 쇠사슬 갑옷의 덧칠이 통을 두른 고리들처럼, 강철 고리가 배와 가슴 사이의 상체 주위를 둘러싸 갑옷을 튼튼하게 했다. 튀르크군의 다리와 팔은 천이나 가죽으로 둘러싸고, 주스티니아니는 자기 사람들에게 이 모습을 가리키며 공격력을 약화하는 얕은 상처의 가치에 관해 자세히 설명했다. 이에 반해 그들의 검은 무시무시했다. 아주 길고 구불구불한 양날 검으로, 낫 모양의 곡선형 칼날이 끔찍하게 보였다.

총안이 있는 흉벽 뒤에서 또는 말뚝 울타리의 높은 곳에 있는, 흙으로 가득 찬 통들 가운데에서, 방어군은 앞으로 다가오는 예니체리의 군기가 신호를 보내는지 바라보았다. 그러나 5일 동안, 새벽은 그들이 여전히 가만히 있는 모습을 보여주었다. 금이나 청동으로 도금한 조롱박

같은 갑옷을 입고 코란에서 나오는 구절을 외치며, 고요를 뚫은 채 잠을 깨우고, 여러 천막, 모닥불 무리 앞의 긴 막대기 쪽에서 목에 달린 말꼬리를 휘날리며 서 있었다. 하루에 다섯 번, 야영지에서 거칠고 요란하게 이교도 기도문을 읊으며 울부짖는 소리가 울렸다. 이에 응하여, 튀르크 군은 땅에 작은 깔개와 손수건을 깔고 성벽을 향해 무릎을 꿇은 뒤, 땅에 이마를 박고 오랫동안 머리를 내려놓은 채, 엉덩이를 허공에 띄웠다. 처음에는 이러한 행동을 본 그리스도교인들은 상스럽고 왁자지껄하게 웃었다. 외설스러운 발언과 더러운 노래, 썩은 내 나는 헛소리가 엎드린 이교도들 속에 있다가 벽을 타고 폭포처럼 쏟아졌다. 그러나 날이 갈수록, 하루에 다섯 번씩 매일, 기도문을 충직하게 읊자 야유를 퍼붓는 소리는 잦아들었다. 기도하는 사람 10만 명의 모습은 경탄할 만한 광경이었다. 이처럼 야만인들의 장엄한 광경을 본 그리스도교인들은 불안해하며, 이슬람이 흉포하다는 사실과, 도시 밖 무리에게는 이 전쟁이 지하드, 즉 성전이라는 사실을 기억했다. 도시를 향한 그들을 마주할까 봐 불안해했다. 마치 그들의 아주 적대적인 신이 이미 벽 안을, 저 멀리 메카 대신 도심을 지배한 듯했다.

하루에 다섯 번 적은 기도했고, 하루에 일곱 번씩 하루 종일 매일 괴물 같은 대포를 발포했다. 시민들은 성벽에 자리 잡은 채 비가 오나 햇볕이 내리쬐나 늘 서서 두려워하며 기다렸다. 블라헤르네의 방어군(매일 말을 타고 황제와 함께 벽을 돌던 이들)과 금문에 있는 이들은 적어도 그들 뒤의 도시 전망을 볼 수 있다는 사실을 브레티키가 눈치챘다. 금문에서, 반도 전체의 돔, 지붕, 기둥이 보였다. 북부 끝에서, 방어군은 그들 뒤에 있는, 황궁의 뜰과 정원들을 볼 수 있었다. 그러나 어느 모로 보나 중간 지점에서, 벽 뒤에 있는 땅의 오르막이 풍경을 가로막았다.

리코스 골짜기에서도 벽 꼭대기의 사람들도 저 멀리 볼 수 있는 것은 정원, 공한지˙, 교회 한 두 채뿐이었다. 이들은 인적이 드물고 멀리 있는 국경을 방어하며, 도시를 순환하기보다 황량한 시골을 감고 있는 듯했다.

하루 종일, 매일, 적의 냄새가 벽을 거슬러 코를 찔렀다. 인간의 땀과 대변, 말의 땀과 대변, 모닥불 연기에서 나는 악취, 식사 후 남은 쓰레기가 썩는 냄새, 대포의 유황 냄새였다. 바람이 서쪽이나 북쪽으로 불 때 나는 냄새는 방어군을 숨 막히게 했다. 그들은 마르마라 해안에서 흘러오는 깨끗하고 시원한 공기가 오게 해달라고 빌었다.

오래 기다리던 공격이 왔는데, 새벽이 아니라 일몰 후 두 시간이 지났을 때 왔다. 방어군의 수가 적고, 오랫동안 감시한 탓에 피로해진 상태였다. 벽의 깨진 부분이 뻗은 곳 반대편에 있는, 적군의 야영지가 갑자기 횃불 수천 개가 타오르면서 밝아졌다. 갑작스레 불빛이 끔찍할 정도로 모여든 곳에서 격분한 사람들이 심벌즈˙˙와 드럼을 시끄럽게 치고, '알라아아아아아아아'하고 리듬을 타고 크게 울부짖으며 행진했다. 그들은 방책防柵을 향해 뻑 소리를 내며 돌진했고, 해자를 가득 채운 흩어진 조약돌들을 뛰어넘었다. 그들은 횃불을 가져가 방책防柵에 불을 질렀고 갈고리로 흙이 담긴 통을 허물었으며, 창과 화살로 로마인들의 수를 줄였다. 잠깐, 졸고 있는 방어군 속에 혼란이 생겼다. 그때 주스티니아니가 그곳에 있었다. 그는 힘내라고 소리치며, 장정들을 소집하고 그들을 격려했다. 튀르크의 횃불 빛으로, 그들은 성곽 공격용 사다리가 다

---

* 아무 것도 심지 않은 땅

** 둥근 판을 쇠붙이로 만들어, 두 개의 판을 맞부딪혀 한 장을 막대기로 쳐서 소리 내는 타악기

가오는 모습을 보았다. 소규모 무리가 쭈그리고 앉아 튀르크군의 공격에 대비하며, 사다리에 튀르크군이 올라탈 때까지 기다리고 숨어 있다가, 걷고 막대기로 사다리를 밀어 사다리와 모든 사람이 넘어지는 모습을 보았다.

황제와 호위대가 신성한 사도의 교회에서 기도할 때, 전령들이 황제에게 찾아왔다. 그러나 공격의 규모를 보고, 주스티니아니가 이미 거기 있는 모습을 본 황제는 총공격이 시작되는 것 같다는 소식을 가지고, 구역에서 구역으로 말을 타고 향하며 모든 벽에 걸쳐 있는 자신의 지휘관들을 바로 깨워 경고했다. 그러나 리코스 골짜기를 제외한 모든 곳이 조용했다. 모닥불은 적의 야영지에서 평소처럼 타올랐고, 그들은 평소와 달리 움직이는 소리를 내지 않거나 움직이는 조짐을 보이지 않았다. 황제가 추위와 흥분으로 떠는 브레티키를 한두 걸음 뒤에 태운 채 온 힘을 다해 금문과 그 뒤로 말을 타고 가니, 황제의 조랑말에게 씌워진 굴레의 부품들이 작은 종처럼 확실히 딸랑거렸다.

그들이 리코스 골짜기로 귀환하니, 말뚝 울타리가 허물어진 사실을 깨달았다. 울타리는 타버리지 않았고 깨져 있었다. 그러나 적이 안으로 들어오게 하는 대신, 제노바인과 바랑인이 밀려오게 하고 튀르크인을 해자 건너편으로 돌아가게 하니, 그들은 상당히 많은 사람을 죽인 후에야 도주했다. 황제가 돌아왔을 때, 튀르크 트럼펫이 복귀하라는 소리를 냈고 공격은 끝났다. 적은 후퇴했고, 횃불을 함께 옮기면서 빛도 떠났다. 어둠 속에서 녹초가 된 그리스도교인들은 방책防柵을 수리하기 시작했다.

새벽에 주스티니아니는 적 200명이 해자에 매장되었다고 보고했다. 그리스도교인은 아무도 죽지 않았고, 몇 명만 다쳤다. 방책防柵은 다시 수리됐다.

"어떻게 이런 일이 가능한가? 하느님께서 정말 우리를 지키고 계시는구나!" 황제가 말했다.

"하느님, 다른 것들 덕택입니다. 그들은 고작 100야드*의 벽만을 깨부수었고, 공격을 위해 해자를 채웠습니다. 그들은 병력의 덕을 보지 못했습니다. 솔직히 말씀드리면, 그들은 우리와 달리 그리 중무장하지 않았습니다. 게다가 그들은 오직 술탄을 위해 싸웁니다. 폐하의 사람들은 폐하와 아내, 아이들을 위해 싸우지요. 그들은 사자처럼 싸웁니다. 폐하." 주스티니아니가 말했다.

"앉아서 함께 식사하는 게 어떻소. 사자들의 제후여. 그다음 그들 사이로 말 타고 가서, 그들을 칭찬합시다." 황제가 미소를 지으며 말했다.

그래서 머지않아 그들은 아침에 시원하고 깨끗한 비가 쏟아지는 곳으로 갔다. 시동들이 뒤를 따르게 만든 주스티니아니의 단검 두 개, 브레티키와 스테파노스가 나란히 향했다. 벽에서, 정원에서, 도시의 돌무더기가 된 폐허 위 먼지 쌓인 잔해들 곳곳에서, 꽃이 잔해를 뚫고 올라오다가 꽃봉오리를 피웠다. 형편없이 갈라지고 틈이 생긴 곳에서 꽃들은 뿌리를 내렸고, 온화한 4월의 날씨 속에서 자기들의 섬세한 꽃잎들을 부채질하거나 과시하거나 눈에 띄게 했다. 이러한 공간 사이로 용감한 남자 두 명이 말을 타고 지나갔다. 스테파노스와 브레티키가 그들 뒤를 따랐으며, 그들이 가망 없는 땅에 뿌리를 내리니 때 묻지 않은 희망이 자랐다. 희한하면서 부서지기 쉬운 무언의 희망이지만, 눈으로 미소 지으며 눈동자 속에서 희망을 씩씩하게 과시했다. 황제는 그날 아침

---

* 1야드는 0.91m이다.

을 거의 활기차게 보냈다. 황제는 내려와서 자신의 먼지투성이인 병사들 사이로 왔다. 병사들 옷은 연기, 떨어지는 석조와 허물어진 회반죽의 회색 먼지 탓에 음산하게 보였다. 황제는 손을 내밀어 그들의 입을 맞추게 했다. 황제는 그들에게 말을 건넸고, 그들에게 감사했다. 황제는 두꺼운 벽 속의 거대한 아치형 방에 누워 있는 부상자들을 찾아가, 그들의 피로 승리를 얻었다고 말했고 의사에게 황금을 주며 계란과 포도주, 붕대를 사라고 했다.

그날 저녁, 황제는 자신의 지휘관과 의원들을 모두 불러 자신의 궁전에서 함께 만찬을 들게 하고, 그들 모두 식탁에 둥글게 앉힌 채 말했다. "여기는 지금 황제의 탁자이기도 하고, 병사의 탁자이기도 하오." 황제가 말했다. 황제는 실제로 전쟁 계책 이야기만 했다. 주로 해자를 다시 청소하는 방법 이야기였다. 마누일이 떠나자 포도주를 붓는 이는 브레티키로, 이 덕에 브레티키는 주스티니아니를 흠모하듯 바라볼 기회를 많이 얻었다. 브레티키는 잠시라도 주스티니아니의 잔이 반드시 마르지 않게 하면서, 이 훌륭한 사람의 의자 뒤에서 맴돌았다.

12

 다음 날 아침, 달콤한 남풍이 똑같이 불었다. 황제도 시종들도 푹 자지 못했다. 튀르크군이 대포를 위로 옮겨서 블라헤르네 궁전 주위 벽을 때려 부쉈다. 엘레니 황태후가 소유했던 처소들은 포탄으로 완전히 파괴되어 지붕이 망가졌다. 모든 곳의 타일이 미끄러져 나갔고, 창문에 금이 갔다. 프란치스는 일찍부터 황제와 함께 있으면서, 당연히 조심스레 황제더러 좀 더 안전하고 사적인 구역으로 이동해야 한다고 말했다. 그러나 그들이 이야기할 때 전령이 도착했다. 황제는 소식을 듣고 얼굴빛이 환해졌다. 심지어 늘 이마에 지친 기색을 드러냈던 프란치스조차 희망에 찬 것 같았다. 그들은 바로 일어나서 뜰로 내려가 말을 데려왔다.
 "저게 뭐죠, 스테파노스?" 브레티키가 그들의 뒤를 따르며 물었다.
 "배가 남풍을 타고 여기로 오고 있어." 스테파노스가 말했다.

배 네 척이 있었다. 선미루와 선원 선실이 있는 커다란 갤리선으로, 모든 배는 돛을 다 올리고 마르마라해에서 불어오는 바람을 맞고 있었다. 도시의 거리에는 이들을 보려고 서두르는 사람들로 가득했다. 소식이 빨리 찾아왔기 때문이다. 황제는 방조벽의 남동쪽 끝으로 갔다. 황제의 무리는 빛을 발하는 바다 경치를 보고, 손님들이 어느 민족인지 알아보려고 안간힘을 썼지만, 한 시간 넘게 지난 후에야 확실히 알아보았다. 황제의 뒤에서 비탈길과 테라스를 지켜보던 브레티키는 어마어마하게 많은 사람이 나무 위의 곤충 떼처럼 히포드롬의 아치와 벽에서 무리를 이루고, 성벽 뒤 기울어진 밝은 궁전 잔해에 모였으며 성채의 비탈진 곳과 높은 곳에도 모인 모습을 보았다. 잘 보이는 곳과 높은 곳은 모두 불안하게 쳐다보며 매달린 관찰자들이 차지했다.

한 시간 후, 그들은 다가오는 배의 깃발과 휘장을 알아볼 수 있었다. 이들 중 한 척에서는 황실의 보라색이 흘러나왔다(스테파노스가 말하길, 이는 황제가 소유한 갤리선으로 플라타네라스의 명령을 받고 시칠리아에서 공물을 공급받으려고 떠났었다. 다른 세 척은 교황의 색이 칠해진 깃발을 휘날렸다). 마침내, 마침내, 오랫동안 기다려 온 고귀한 도움이 서방에서 왔다!

관찰자들은 불안해하며, 와서 그들을 구해줄 더 많은 배, 더 많은 함대를 찾기 위해 수평선을 훑어보았다. 그동안 방재만큼이나 먼 아크로폴리스 밑 성벽에서 지휘하던 추기경 이시도로스가 보낸 불안한 전갈이 도착했다. 황제는 그곳에서 출항하고 사람을 모으던 튀르크 군함과 배에서 보내는 신호를 볼 수 있었다. 튀르크군 역시 새로운 손님들을 보았다.

술탄의 배들은 뿔피리를 불고 드럼을 치고 갤리선의 노를 삐걱대며 거품을 일으켜, 보스포로스를 휩쓸었다. 그들은 돛 없이 바람에 힘차게 부딪혔지만, 노를 저으며 침착하게 왔다. 그들은 배의 갑판 위에서 둥글게 대형을 이루고, 일반 방패와 왼손에 드는 작은 방패를 휘둘러 화살과 창에 맞서 방어용 흉벽을 만들었다. 갑판에는 술탄의 무장한 정예병 일부와 작은 대포, 컬버린도 있었다. 그들은 성벽의 관찰자들이 보는 앞에서 그리스도교 선박을 향해 돌진했고, 의기양양하며 기세등등하게 소리쳤다. 배 140척이 네 척의 배와 맞서게 되었다.

  정오쯤, 벽에 있는 등대 바로 밑에서 튀르크 함대가 배 네 척을 따라붙었다. 황제는 성벽의 좁은 통로를 따라 말을 타고 움직였고, 움직이는 배들을 따라 이동해 배들을 따라갔다. 그리스도교 배들은 튀르크 제독이 플라타네라스에게 돛을 내리라고 소리치는 소리를 들었다. 그리스도교 배들은 뒤에서 바람을 맞고 휩쓸려 나갔다. 배 네 척은 빠르게 적의 선박에 포위됐다. 화살과 창이 그들 주위로 폭포처럼 쏟아졌지만, 예전에도 그랬듯 그리스도교 배들이 훨씬 높았기에 이득을 얻을 수 있었다. 튀르크군은 서방 배들의 높이 솟은 부분으로 기어올라, 정신없이 승선하려고 노력했다. 그들이 뱃전에 도달하니 도끼와 갈고리 장대가 그들을 기다리고 있었다. 물 전체가 소용돌이쳐서 배를 허우적대게 하니, 바람이 다른 쪽으로 강하게 부는 동안 한쪽으로 강하게 흐르는 해류에 노 젓는 이들이 계속 만족했다. 이때 거대한 갤리선은 여전히 계속 움직이고 있었고, 공격자들을 그들 곁으로 끌고 가며 금각만을 향해 거침없이 움직였다. 해안에서 그들을 지켜보던 어마어마하게 많은 군중은 아무 소리도 내지 않았다. 가끔 새로운 공격이 찾아오고 그들이 공격하는 모습을 볼 수 있을 때, 그들은 숨이 턱 막히거나 신음을 내거나 다시 침묵한 채 긴장하며 지켜보는 일만 할 수 있었다.

브레티키는 사냥을 떠올렸다. 배들은 옆구리를 물어뜯겨, 주위를 깐닥거리며 달리는 거대한 수사슴 네 마리 같았다…. 이때 몸부림치던 배들은 도시의 돌출된 땅을 거의 다 돌았다. 바람이 갑자기 멈췄을 때, 그들은 성채의 비탈길 밑 연안으로 떨어진 돌처럼 되지 않았다. 용기 있게 펄럭이던 깃발들은 가라앉고, 거대한 돌은 축 처지고 퍼덕거리며 돛대 꼭대기에 힘없이 매달려 있었다. 선박들은 적의 한가운데에서 속절없이 움직임을 멈췄다.

신음을 내고 두 손을 비비던 비잔티움 사람들은 선원들을 불렀고, 아주 가깝고도 먼 곳에 도움을 요청하였다. 브레티키는 자기도 모르게 황제의 손을 보았고, 황제가 반지를 돌리는 모습을 바라보았다…. "목이 마르다." 황제가 말했다. 브레티키는 허리띠에 사슬로 묶인 잔에 매달린 포도주 뚜껑을 열고, 주군에게 마시라고 건넸다. 브레티키의 목도 말랐지만, 마셔야 할 정도로 갈증 나지는 않았다.

튀르크 제독은 자신의 함대들을 결집했다. 그들은 약간 멀리 떨어진 채, 거칠게 밀치고 움직이다가 갤리선 전체를 포위해 대포를 발포하기 시작했고, 불화살과 창이 폭풍처럼 날아다니게 했다. 그러나 바라보던 군중이 몸서리치고 그때 느낀 공포감이 배로 전달되긴 했어도, 공포감으로 배가 피해를 본 것은 아니었다. 대포는 평평한 곳에서 발포됐고, 대부분 포탄이 다 소모되다가 바다에 빠졌다. 많은 물통과 손이 갑판의 불을 끄려고 준비된 상태였다.

그때 튀르크 갤리선이 트럼펫을 불면서 안으로 움직였다. 적의 제독이 탄 갤리선은 황실 갤리선의 뱃머리를 들이받았고, 꽉 붙잡을 동안 사방에서 배들이 쇠갈고리로 황실 갤리선을 딱 붙잡거나, 고정된 사슬이나 그들이 꽉 잡을 수 있는 것에 자기들 몸을 매어놓아 열광적으로 기어 올라가 승선했다. 그동안 쭉 배들은 해안에 있는 황제의 조신들을 지켜보며 도시에서 떨어진 곳을 부유하고 페라나, 술탄이 보이는 곳을 향해 느리게 움직였다. 처음에 시민들은 교황의 갤리선에서, 승선한 튀르크군과 제노바 선원들이 싸울 때 머리와 손을 베는 모습을 볼 수 있었고, 황실 갤리선의 갑판에서는 검을 휘두르고 용감하게 싸우는 플라타네라스의 사람이 누구인지 구분할 수 있었다. 그러나 배들이 멀리 떠내려가자 개략적인 모습만 볼 수 있었고, 그 외 무슨 일이 일어나는지는 볼 수 없었다.

   그들은 황실 갤리선이 그리스의 불에 들어갈 토분*을 사용하는 모습을 볼 수 있었다. 튀르크 배들이 상처를 입고 깨진 채 황실 갤리선에서 물러났는데도, 튀르크 제독의 배에서 아무도 이탈하지 않는 모습을 볼 수 있었다. 얼마나 많은 튀르크 선박이 물러나든 상관없이, 그들을 대체해 그리스도교 전사들과 맞설 새로운 이들이 늘 북새통을 이루었고, 피로하지 않은 이들의 해소**가 나아가고 또 나아갔다. 한동안 황실 갤리선이 평소처럼 있는데도 곤경에 빠져 있고 쪼들리는 상태에 있는 듯 보이자, 다른 배 세 척이 그 배를 도우러 와 옆으로 간신히 달라붙었다. 배 네 척은 밧줄로 묶은 뒤 떼 지어 있는 적 위로 서 있으니, 마치 탑 네 개로 둘러싸인 요새 같았다. 표류물, 해양 폐기물, 방출된 무기, 깨진 둥근 목재와 망가진 노들이 굳어진 바다를 너무 많이 가로막아, 노가 적절히 움직일 수 없었다. 공격용 함대 몇 척이 너무 많이 박살 났고 피 흘리고 죽어가는 사람들이 너무 많이 누워 있어, 물러날 수도 없었고 다른 이들을 위해 공간을 내어줄 수도 없었다.

---

* 희고 고운 흙가루

** 바닷물이 빠지면서 거센 물결을 일으킬 때 나는 파도

오후가 흘러갔고 빛이 은은했다. 물 위 잔해로 가득한 곳에서 시체들이 떠다녔다. 도시의 성벽에서 시민들의 기도하는 목소리가 높아졌다. "주여, 불쌍히 여기소서. 주여, 불쌍히 여기소서." 그들은 하늘로 중얼거렸다. 석양이 물에 금박을 입혔고, 튀르크군은 공격하기 위해 선박의 또 다른 물결이 흐르는 것을 막고 있었다.

이때 갑자기 바람이 돌아왔다. 아주 세찬 바람이 늘어진 돛을 팽팽하게 했고, 갤리선들은 다시 움직이기 시작했다. 그들은 자기들이 지나갈 길을 내면서, 뒤엉켜 있는 반대편 배들을 뚫고 나아갔다. 그들은 방향을 바꾸어 방재를 향해 항해했고, 도시 성벽의 편한 벽 밑으로 대피했다. 어둠이 빠르게 내려앉았다.

어두워진 후, 선박의 수보다 세 배 더 큰 소리로 트럼펫을 불어 할 수 있는 만큼 최대한 크게 소음을 내서 배가 많아 보이게 하며, 배 네 척은 방재를 통과해 손님들이 안전하게 들어갈 수 있도록 호위했다. 황제는 새로운 지휘관들을 환대할 때가 되어서야 처소로 갈 수 있었다. 그래서 그들은 횃불을 들고 이웃과 함께 즐겁게 이야기를 나누기 위해 오고 가는 사람들과 함께, 오랫동안 거리에서 머물며 즐거운 이야기와 웃음으로 거리를 가득 채웠다. 좋은 소식이 저녁 바구니와 함께, 추운 곳에서 비좁게 있으며 온종일 성벽을 지키던 사람들을 찾아왔다. 그들은 불타오르는 작은 쇠바구니 주위를 감싼 채, 노래하고 뒤에서 서로를 향해 박수치고 서방에서 더 많은 원조가 오리라고 이야기했다. 튀르크군이 멈추지 않고 방재를 통과하기 위해 쓸 방법에 관해 말했다.

황제의 의원들은 곡식, 화살, 창, 화약, 포탄, 소금, 고기, 초석* 등 교

---

* 화약 만들 때 쓰는 물질

황이 그들을 환대하기 위한 모든 화물을 마련하는 데 필요한 지폐를 기쁘게 바라보았다. 플라타네라스는 양팔에 붕대를 감싼 채, 자신이 적군의 해안에 가까이 이동해 실제로 술탄을 보았던 경험을 이야기하며 웃었다. "그는 자기 말에게 물에 들어가라고 밀어붙인 탓에, 망토도 어느 정도 파도 속에 젖어버렸습니다. 거기서 그는 눈코 뜰 새 없이 안장에 앉아 미치광이처럼 팔을 흔들고 소리치며, 미친 사람처럼 저주를 퍼부었지요…. 그의 장교들은 그를 다시 해안으로 끌고 오려고 했습니다."

"그는 어떻게 생겼소?" 황제가 물었다.

"폐하, 그와 너무 멀리 떨어져 있었던 탓에 특징을 분명히 분간하기 어려웠습니다…. 하지만 그는 굽어 있고 잔인해 보였습니다. 마치 새처럼…. 마치 독수리처럼 말입니다. 입술은 통통하고 붉었습니다."

비록 늦었지만, 황제와 황제의 의원들은 감사 기도를 드리기 위해 해안에 있다가 신성한 지혜의 교회로 갔다. 그곳에는 시민들 인파가 있었고, 촛불이 타고 있었다…. 몇몇은 최소 이날 밤에 교회 통합을 받아들일 것이었다.

그래서 결국 찬란한 달빛 아래에서 집으로 향할 때 여기저기에서 소리가 들리더니, 도시에서 만족한 속삭임이 높은 기둥을 별빛처럼 희미하게 에워쌌다. 창문에서 들리고 저 멀리 병사들의 야영지에서 들리는 훌륭한 옛날 노랫소리가 후줄근히 말을 모는 브레티키에게도 들렸다. 브레티키는 이처럼 생각했다. "여기는 승리를 위해, 성공을 위해 만들어지고 의미하는 곳이야!"

다음 날 아침 동틀 무렵이었다. 이날은 4월 21일 아침으로, 브레티키는 자신의 생일이기에 이날을 주목했다. 브레티키는 만일 자신이 집에 안전히 있었다면, 사촌인 앨리스와 톰이 얌전히 와서 자신과 같이 식사 하리라고 생각하고 있었다. 프림로즈˙가 숲에 탐스럽게 피어있을 것이었다. 그날 아침 브레티키와 스테파노스, 황제의 다른 시종들은 황제와 함께 벽을 따라 말을 타고 전후 상황을 감독할 수 없었지만, 대신 황제의 숙소를 블라헤르네에서, 벽과 적당히 가까우면서 쾅쾅거리는 대포 소리가 들리지 않는 코라의 수도원으로 옮기느라 바빴다. 이곳의 수도사들은 작은 수도실 세 개를 발견해 황제의 침실과 수행원들이 자는 방을 마련했다. 교회 옆에는 장례용 예배실이 있었고 아름답게 채색되고 꾸며져 있었으며, 옥좌를 놓고 황제가 회의를 개최할 수 있는 공간이 있었다. 돔과 건물들이 모인 곳을 빙 둘러싼 정원이 있었고, 여기서 비탈길을 타면 성벽에 오를 수 있었으며 성벽하고 아주 가까웠다.

 황제의 침구, 옷과 책, 호화로운 예복과 음식, 포도주를 궁전 저장고에서 옮기던 스테파노스는 브레티키와 함께 외출해 짐꾼을 찾아다녔다. 그러나 거리는 몇 주 만에 바뀌었다. 아무도 시장市場에서 일감을 찾으려고 어슬렁거리지 않았다. 오직 여인들만이 물건을 살 뿐, 물건을 파는 사람은 거의 없었다. 물고기와 상추, 빵 조각들을 황소 광장에서 판매하고 있었다. 그러나 수레는 절반가량이 비어 있었고, 가격을 듣고 스테파노스는 깜짝 놀랐다. 그는 짐꾼을 어디에서 찾을 수 있는지 묻기 시작했다.

 "들어본 적 없습니까, 선생님? 거대한 박타니안 탑이 오늘 아침에 무너졌고, 이탈리아인들이 모든 사람을 모아 그들더러 노새처럼 이동해 바위와 흙을 옮겨 수리를 돕도록 했습니다. 너무 늦었군요. 선생님." 허

---

* 연노란색을 띠는 꽃으로, 이름은 봄에 처음으로 피는 꽃이란 뜻이다.

리가 굽은 노파가 건포도를 팔며 물었다. 건포도는 작년 것으로, 바싹 말라 딱딱하고 쪼그라들어 있었다.

"자, 여인이여, 모두가 성벽에 있을 수는 없지. 돈이 궁한 사람들을 어디에서 찾을 수 있겠소?" 스테파노스가 말한 뒤, 브레티키에게 말을 덧붙였다. "빵과 물고기 가격이 세 배 올랐다면, 일자리가 필요한 사람들도 있겠지."

"마르마라 항구로 내려가시면 됩니다. 어부들은 거기서 일을 손에 놓고 있지 않을 테니까요." 노파가 말했다.

그래서 그들은 가파른 길을 내려가 여기저기를 오가며, 청색과 은색으로 뒤덮인 넓게 트인 공해*로 향한 뒤, 지금은 방조벽 사이를 중간에 가로막은 방재로 폐쇄된 주요 항구로 갔다. 그러나 그들이 들은 바에 따르면, 사람들은 더 이상 물고기를 잡을 수 없고 성벽을 방어하러 갔다고 했다.

"그럼, 그것밖에 없겠네." 스테파노스가 중얼거렸다. "이탈리아인이 준 귀한 단검 가지고 있지, 얘야? 음, 검의 자루를 네 손 위에 올려놓고, 내 옆에 가까이 서렴." 이처럼 말하며 스테파노스는 항구에서 등을 돌려, 뒷동네로 뛰어들었다.

브레티키는 자신이 여태껏 한 번도 보지 못한 도시의 구역에 있다는 사실을 알게 됐다. 그곳은 음산하지도 폐허가 되지도 않았고, 단지 지저분하고 금방이라도 허물어질 것 같았을 뿐이다. 곧 부서질 듯한 가옥들이 악취가 나는 좁은 도랑에 모여 있었다. 집들의 위층은 집들 사이에 있는 흙투성이의 진창길 위로 튀어나와 빛이 차단된 상태였다. 쓰레기

---

* 모든 나라가 공동 사용하는 바다

가 수북수북 쌓인 채 썩어들어갔고, 파리들이 위에서 기어다녔다. 사람들은 해진 옷을 입었고, 출입구에 서 있는 여인들은 베일을 쓰지 않았으며, 단정하게 몸을 치장하지도 않았고 굽지 않은 밀가루 반죽 같이 덕지덕지 때 묻은 유방을 보디스˙ 밖으로 그대로 드러내어, 그들이 서서 만들어 낸 그림자 속에 있게 했다. 그들은 스테파노스와 소년을 보고 킥킥거리고 웃었다. 거의 발가벗은 아이가 쓰레기 더미 위에, 노새 위에 앉아 파리들 사이에서 노래를 부르고 있었다. 브레티키는 뒤에서 발소리를 들었고, 그들 뒤를 살금살금 따르고 음침하게 쳐다보는 부랑아 무리에게 길이 막히자, 길을 뚫기 위해 빙 돌았다. 브레티키가 무리에게 달려들자, 그들은 한 걸음만 물러날 뿐이었다. 그때 그들 중 한 명이 자기 손을 내밀며 끙끙대기 시작했다.

 몇 분 지나자, 두 사람은 빈터에 오게 됐다. 길은 포장되지 않았고, 가파르게 비탈져 있었다. 브레티키가 올려다보니 집들이 언덕 위에 있었다. 너무 가까이 밀접한 탓에 집들이 서로의 어깨에 기어올라 탄 듯했으며, 위쪽과 오른쪽에서 하늘을 등진 히포드롬의 거대한 아치들을 볼 수 있었다. 이곳에서 스테파노스가 멈췄다. 그는 주머니에서 다량의 열쇠 뭉치를 꺼내 칼로 열쇠들에 타격을 가하니, 소리를 내는 종처럼 쨍그랑거렸다. "일, 일이오! 하루 일하면, 오늘 저녁에 삯을 지급하겠소!" 스테파노스가 소리를 쳤다.

 그러자 옆 골목 진흙투성이의 길과 집에서 사람들이 기어 나왔다. 흉물스럽고 누더기만 걸친 사람들이었다. 사람들의 코는 길게 잘려있었고 귀는 떨어져 나갔으며, 손은 손목에서 베어져 있었다. 브레티키

---

* 중세 유럽 여성들이 입던 상의

는 빤히 쳐다보면서 벌벌 떨었다. 마치 자신의 악몽이 앞에 걸어 나오는 듯했다.

스테파노스는 이 가련한 인물 중 열두 명을 골랐다. 그는 발 하나만 있는 사람을 돌려보냈고, 얼굴이 잘리고 기형이 된 사람 네 명을 데려갔다. 모두 사지는 멀쩡했으며, 다른 네 명에게는 혀가 없고, 네 명은 한 손을 잃었다. 이들과 함께 두 사람은 도시 쪽으로 터벅터벅 돌아갔다. 빈민가의 길에서 히포드롬까지 가면서, 히포드롬의 아치 하나 밑에 있다가, 무너진 테라스 사이에서 풀로 덮이고 꽃이 핀 이곳에 있는 거대한 배수로를 지난 뒤, 말을 타고 있는 소년 두 명을 제외하고는 아무도 없는 곳을 지났다. 이들은 브레티키가 한 번도 본 적 없는 이상한 놀이를 하고 있었고, 안장에 앉아 손잡이가 긴 나무망치로 공을 치고 있었다. 거대한 타원형 공간의 등성이 부분을 따라, 이들은 서 있는 기둥과 오벨리스크˚, 머리가 세 개 달린 뱀이 휘감은 일그러진 기둥을 지나쳤다. 스테파노스는 흐느적거리며 따라오는 사람들이 이곳을 지나가고 울타리 친 커다란 장소를 빠져나가게 하며, 블라헤르네 궁전으로 향하는 길로 되돌아가게 했다.

스테파노스는 자신이 그들더러 만지라고 하기 전까지 모든 것이 자물쇠로 잠겨 있고 밧줄로 묶여 있을 거라는 점을 확신시켰다. 손이 달린 사람들은 짐을 들어 올려 손이 없는 사람들 등에 올렸다. 스테파노스는 어딘가에서 졸고 있는 바랑인 두 명을 불러 모아 지나가는 행렬을 보호하게 했고, 자신은 직접 왕관이 있는 상자를 손으로 옮겼다. 그래서 마침내 그들은 1.6km가량 이동해 짐을 수도원으로 옮겼다. 동시에

˚ 네모진 돌기둥 형태로, 위쪽으로 갈수록 가늘어지다가 꼭대기가 피라미드 형태로 되어 있는 탑이다.

스테파노스는 노동자들더러 장작을 옮겨 작은 놋쇠 난로에 불을 때, 두꺼운 돌벽에 막혀 으스스하고 한기가 도는 수도실을 따뜻하게 하도록 했다. 이때는 오후로, 노동자들이 보수를 받기 전이었다. 스테파노스는 자기 가죽 지갑을 열어, 무시무시하게 생긴 이들에게 자기 앞에 오라고 불렀다. 그러나 첫 번째 남자는 돈 받기를 거부했다. 그는 스테파노스를 구슬리면서 흐느끼고 애원하는 어조로 움츠러든 채 말했다. 스테파노스는 아무 감정 없이 들은 다음 고개를 끄덕였고, 브레티키를 그들이 가져온 물품 더미로 보낸 뒤, 곡물 자루를 열어서 밀을 차례차례 이 사람들에게 조금씩 나누어주었다. 그들은 밀을 넣으려고 해진 천을 앞치마로 만들거나 모자를 내밀었고, 한 사람은 자기 신발에 밀을 넣었다.

그다음 마침내 그들이 모두 이곳에서 벗어나자, 브레티키는 크게 안도했다. 처음에는 불을 지켜야 했다. 그러나 불이 밝게 타오르자, 브레티키는 짐을 풀고 잠자리를 준비하고 가져온 물품들을 점검하는 스테파노스에게 말을 건넬 수 있었다. 수도사들은 평범한 나무 상자를 가져와 황제의 리넨을 보관할 수 있게 했다.

"스테파노스, 저 사람들에게, 그러니까 저들에게 무슨 일이 있었던 거죠?" 브레티키가 스테파노스와 함께 이들과 섞여 일하며, 말했다.

"뭐? 아, 저들은 범죄자야. 형벌을 받았지."

"벌이요? 불구가 됐어요?" 브레티키가 역겨워하며 물었다.

"그래, 그래. 손을 잃은 자들은 절도범이고, 혀가 없는 자들은 위증자이고, 귀가 잘린 자들은…."

"억! 그만 해요!" 브레티키가 말했다.

"그런데 네가 온 곳에서는 도둑들을 어떻게 대했는지 물어봐도 되니?" 스테파노스가 약간 즐거워하며 말했다.

"물론, 목을 매달았죠! 자비를 베풀었을 수도 있고요. 아마 그렇겠죠." 브레티키가 말한 뒤, 속으로 생각했다. "하지만 적어도 그들은 빈민굴에 오래 있지 않았고, 자신의 죄를 상기시키는 사람에게 굽실거리지 않았어…."

마침내 수도실이 편안한 공간이 되자, 그들은 수도원의 부엌으로 가서 황제의 저녁 식사를 위해 수프를 만들고 새를 구웠다. 스테파노스는 수도사들을 위해 그곳에서 구운 빵을 맛보고, 빵이 거칠지만 맛이 충분히 좋다는 사실을 발견했으며, 그곳의 요리사들에게 나중에 빵 만들 때 쓰라고 밀을 주었다.

황제가 벽에서 돌아왔을 때는 날이 저물었다. 피곤해했다. 황제의 앞에서 무릎을 꿇은 브레티키는 부츠를 벗기고, 황제의 발에 필요한 쿠션을 가져왔다. 스테파노스는 주군의 손을 씻기기 위해 물그릇을 가져왔고, 브레티키는 국자로 백랍* 그릇에 수프를 담았다.

황제는 자신의 수도실에 만족한 듯했다. 궁전에 있을 때보다 여기 있을 때 더 편안해 보였다. 황제는 의자에 앉아 팔을 뻗고, 난로의 따뜻한 곳에 발을 내민 뒤 수프를 홀짝였다.

"오늘 하루는 어땠습니까, 폐하?" 스테파노스는 황제에게 물었다. 지위가 높은 사람들이 가까이 있을 때, 스테파노스는 자신의 주군에게 말을 걸지 않고, 조용히 대기할 뿐이라는 사실을 브레티키는 눈치챘다.

"그들의 대포는 성 로마노스 문 옆의 박타니안 탑을 붕괴시켰지. 탑이 허물어지면서, 탑과 이어지던 외벽도 무너졌어. 아주 상황이 나빴지. 그들이 공격을 계속했다면, 하느님께서는 우리가 더는 버티지 못할 거

---

* 주석과 납을 섞은 물질

라는 사실을 아실 듯했어. 그들의 기력이 다할 때까지 공격한다면 말이야. 하지만 그들은 공격하지 않았네. 그들이 땅에 너무 빽빽하게 있는 탓에 풀잎 하나 볼 수 없고, 오직 예니체리의 하얀 깃털과 남은 튀르크군이 쓴 빨간 페즈*만 볼 수 있었지. 눈으로 보면 하얀색과 빨간색만 보일 걸세. 하지만 그들은 공격하지 않았네. 그들과 우리 사이를 가로지른 흙과 돌무더기로 만든 벽이 이미 존재하네. 이 벽은 밤새 더 높아지고 단단해질걸세." 황제가 말했다. 황제는 비어 있는 그릇을 브레티키에게 건넸고, 스테파노스는 빵과 고기를 가져왔다.

"왜 그들이 기다리고 있는지 궁금합니다." 스테파노스가 황제에게 칼과 포크를 바치며 말했다.

"술탄이 거기 있지 않았거든. 술탄이 없기에 아무도 결정을 내리고 싶어 하지 않는 것 같았어. 다들 그렇지 말하지. 아마 어제, 술탄은 자기 제독을 상대하러 갔을 거야. 그게 가능했지. 오늘 방재를 노리는 대포가 그곳에 많이 있고, 페라 전체가 연기로 둘러싸일 걸세. 맛있는 저녁 식사로군. 스테파노스. 그대와 저 소년이 먹을 음식도 충분한가?" 황제는 갑자기 미소를 지으며 덧붙였다.

"많습니다. 감사합니다. 폐하." 스테파노스가 말했다.

"그럼, 자기 전에 기도하겠네. 아니, 아니, 그대는 오지 않아도 되네. 식사하게." 황제가 말했다.

스테파노스와 브레티키는 앉아서 먹었다. 스테파노스의 얼굴은 유난히 평화로워 보였고, 기쁨이 넘쳐흘렀다.

"그는 개와 같구나. 주인이 그를 쓰다듬거나, 말을 건넬 때 그 순간을

---

* 튀르크인이 주로 쓰는 원통형 모자로 챙이 없다.

위해 살아온 개처럼 아양 부리지." 소년이 생각했다. 그다음 또 다른 생각이 소년을 찾아왔다. "그가 걱정하는 한, 나는 그의 주군이 필요로 하는, 아마 쿠션이나 검 같은 것이 되어야겠지. 하지만 일단 그가 걱정하는 것은, 그 자신이 전부니까." 이러한 생각과 반대로, 브레티키의 마음 속에서는 그때까지도 0.8km 떨어진 곳의 파괴된 벽에서 일하며 영웅처럼 사람들을 이끄는 주스티니아니가 떠올랐다.

어두운 밤에 브레티키는 소리 지르며 일어났다. 스테파노스는 브레티키를 붙잡고 이처럼 말을 반복했다. "일어나, 애야, 아무것도 아니야! 일어나, 애야!" 악몽의 덫이 약해지자, 스테파노스는 벌벌 떠는 소년을 자신의 짚이불에 앉힌 뒤 등을 켜러 갔다. 뜰의 판돌을 따라 샌들들이 퍼덕거리는 소리를 들을 수 있었고, 문을 두드리는 소리도 났다. 불길이 심지에서 타오르고, 나뭇잎 모양의 불빛이 춤을 추며 튀어 올랐으며, 넓은 그림자가 작은 수도실 벽을 맴돌며 드리워질 때, 스테파노스가 문을 열었다. 한 수도사가 밖에 있었고, 잘못된 게 무엇이냐고 물었다.

"소년이 나쁜 꿈을 꿨소." 스테파노스가 말했다.

"아." 수도사가 수도실로 들어오며 말했다. 수도사는 긴 모자를 쓰고 있었다. 모자는 벽의 맨 윗부분에서 거대한 그림자를 드리운 채, 천장을 감쌌다. 수염은 길고 숱이 많았고, 눈썹은 뾰족뾰족했다. 그러나 수도사는 적당히 친절했다. 그는 웅크리고 있는 브레티키의 몸을 두고 십자가 표시를 했고, 악령을 몰아내기 위해 말을 늘어놓았다. "어떤 악마가 너를 사로잡았는지 말해 보거라." 수도사가 말했다. 브레티키는 이해하지 못한 채, 고개를 저었다. 스테파노스가 통역했다.

흉측하게 벌어진 붉은 콧구멍과 혐오스러워 보이는 잘린 팔다리를 지닌 채, 망가진 얼굴을 가진 많은 군중이 주위에 모여들어 다들 브레티키를 가리키고, 가리키니, 브레티키는 그들에게 말하기 위해 겁에 질린 채 톤이 높은 목소리를 내기 시작했다…. "도둑이야! 도둑이야!" 그들은 브레티키에게 이처럼 외쳤다. 그때 가장 멀고 험한 곳에서 삼촌의 얼굴이 오고 있었다. 삼촌은 황제의 예복을 입고 있었다. "교류하라고 너에게 준 상품을 가지고 무슨 일을 했니? 상품을 가지고 어디서 이득을 얻었어? 도둑, 놈팡이, 십자군이 네게 손을 뻗는구나…." 노턴 삼촌의 목소리가 물었다. 그곳에는 도끼가 있었다….

스테파노스는 부드러우면서 개탄하는 듯한 어조로 수도사에게 그리스어로 속삭였다. 수도사는 고개를 젓고, 길게 답한 후에야 떠났다.

"그가 뭐라고 했어요?" 잠시 후 브레티키가 물었다.

스테파노스는 난로에서 재를 갈퀴로 긁었고, 우유 한 냄비를 준비해 난로 위에 올려서 데웠다. "그는 네게, 두 눈으로 불을 맞닥뜨릴 바에는 하나의 눈으로 삶을 맞닥뜨리는 것이 낫다는 구절을 기억하라고 했어. 네가 다시 자기 전에 잠깐 깨어 있어야 한다고 말했지. 그가 오늘 밤 내내 기도하리라고, 지금도 너를 위해 기도하고 있다고 말했어."

브레티키가 고개를 끄덕였다. "그의 말은 가혹하지만, 친절해." 스테파노스가 덧붙였다. 스테파노스는 따뜻한 우유에 꿀 한 숟가락을 넣고 저었다. "얘야, 와서 이걸 마셔라. 내 어머니께서는 내가 잠을 자지 못할 때, 이걸 주곤 했어. 오래전 일이지만, 꿀 탄 우유의 효능이 좋았던 것을 기억하지."

"고마워요." 브레티키가 잔을 가져간 뒤, 조심조심 홀짝이며 말했다. 꿀꺽 삼키기에는 너무 뜨거웠기 때문이다. 드디어 브레티키가 우유를 다 마시자 정신이 말똥말똥한데도, 실제로는 더 침착해졌다. 스테파노스는 담요를 내려놓고 자기 몸에 뒤집어썼지만, 등불을 끄지 않았다. 등불이 수염 없는 매끈한 볼을 금빛으로 비추어, 때에 맞지 않게 젊어 보이는 스테파노스가 그곳에 누워서 조는 모습을 브레티키는 보았다.

마침내, "스테파노스? 뭐 했어요?" 브레티키가 말했다.

"나? 뭐 했냐고? 그게 무슨 뜻이지?" 스테파노스가 나른한 기색을 못 이긴 채 말했다.

"음, 모든 상처가 처벌당해 얻은 거라면…. 당신은…. 어떤 처벌을 받았어요?" 브레티키가 당황해 얼굴이 붉어진 채 말했다.

"성모 마리아이시여!" 스테파노스가 꼿꼿이 앉은 채 말했다. 그는 미덥지 않은 눈빛으로 브레티키를 쳐다봤는데, 처음 보는 눈빛이 아니었다. 그때 스테파노스는 설명하기를 포기한 듯했다. "환관들은 달라. 그들은 처벌받지 않았어. 내가 범죄자처럼 보이니?" 스테파노스가 말했다.

"아니요, 아니요. 물론 아니죠." 브레티키가 창피해하며 말했다.

"내게 일어난 일은 아버지의 손으로 이루어졌단다." 스테파노스가 말했다.

브레티키가 홱 움직여 침대 위에 꼿꼿이 앉았다.

"왜요?" 브레티키가 외쳤다.

"내가 소년으로서 영리한 기색을 보일 때였어. 나를 위한 일이었지. 일이 진행되고 치료를 끝내자, 아버지는 나를 가르치는 데 동의한 학자에게 데려갔어. 가격은 나중에 지불하기로 한 채로 말이야. 그다음 내가 라틴어와 그리스어로 읽고 쓰기 시작할 때, 나는 황제 폐하께 팔렸어. 거기서 나 자신을 발전시켰지. 일은 잘 수행했어. 나는 후회하지 않아. 그렇지 않으면, 나는 텅 빈 땅마지기에서 근근이 먹고 살기 위해 매년 짐승처럼 고되게 일하는 형제처럼 살아야 했을 거야."

"하지만 당신 아버지는 왜 그런 일을 했죠?" 브레티키가 물었다.

"환관들은 다른 이들이 할 수 없는 일을 할 수 있거든. 그들은 절대 황제가 될 수 없기에, 황제는 그들을 신임할 수 있어. 그들은 여인들의 구역에서 신임을 얻을 수도 있지. 그들에게는 야망이 없기에, 훌륭한 하인이 될 수 있거든…. 그게 이유야."

"하지만 스테파노스, 신경 쓰이지 않아요?" 소년은 눈물을 글썽거리며 외쳤다.

"신경 안 써. 내가 말해줄게. 난 거의 후회하지 않아. 나는 내가 잃은 게 무엇인지 판단하고, 다른 이들이 가진 것이 무엇인지 볼 수 있을 만큼 충분히 오래 살았어. 나는 젊은 남자와 소녀를 봐도 신경 쓰지 않아…. 아내와 함께 있는 남자들을 보면 더더욱 신경을 쓰지 않지…. 주군을 잘 보필하는 것으로 충분해. 오로지 가끔, 아들과 함께 있는 남자를 볼 때 신경을 쓰긴 해…. 곧 있으면 거대한 대포 소리를 듣겠구나. 그들은 하루 종일 발포하니, 밤에도 한 번 정도는 발포하겠지. 우리는 그 소리를 들을 것이고, 들은 다음에 자자꾸나." 스테파노스가 베개를 대고 상체를 뒤로 젖힌 채, 천장을 응시하며 말했다.

그들을 찾아온 대포 소리는 늘 그들이 기억하는 대포 소리보다 더 크게 들렸다. 대포 소리는 건물을 흔들고, 귀를 멍하게 했다. 고요할 때 윙윙거리는 소리가 따라왔고, 스테파노스는 몸을 구부려 등불을 껐다. 그러나 이때 어둠 속에서 스테파노스는 다시 말했다. "들어보렴, 애야. 튀르크인이 들어오면 무슨 일이 일어날지 아무도 모른단다. 하지만 만일…. 만일 너와 상관있는 일이 일어난다면, 내 운명보다 훨씬 더 최악의 운명이 네게 오리라는 사실을 기억하거라."

13

다음 날 아침, 황제는 벽의 크게 갈라진 구멍을 어제 억지로라도 메운 모습을 보려고 일찍 갔다. 흙벽은 임시변통으로 대충 만든 것 같았지만, 방어군에게는 보호막을 제공하고 돌격하는 적들에게는 그들을 저지할 장애물이 되어 주었다. 주스티니아니는 추가 인력을 모아서 내벽 중 무너진 구역의 잔해가 있는 곳으로 배치해, 약해진 석조 부분을 더 강하게 보수하였다. 그러나 주스티니아니는 서서히 계속해서 채워지는 해자에 관해 걱정했다. 낮에 무너진 곳의 잔해와 돌무더기를 치울 시간이 밤에 충분하지 않았다.

이날은 일요일이었다. 황제는 신성한 사도의 교회에서 진행하는 예배식에 참석하러 갔다. 그곳에, 바로 문 앞으로, 전령들이 넋이 나간 채 달려와서 경악한 채 큰 소리로 외쳤다. 그들이 황제에게 말한 순간, 사람들 사이에서 큰 소란이 벌어져 달려들었다. 이러한 사태로 인해 황제는 바로 다시 말에 올라 테오필로스, 디미트리오스 칸타쿠지노스와 함께 말을 타고 떠났을 뿐 아니라, 신자 중 절반가량이 교회를 떠나 같은 방향으로 허둥지둥 달리면서 소리쳤다.

스테파노스는 새로운 장소에서 제공받은 황제의 처소를 유지하는 데 필요한 많은 일을 처리하느라 그날 황제와 함께 있지 않았기에, 브레티키에게 무슨 일이 일어나는지 말해줄 사람이 없었다. 주위에서 소리를 모두 들은 브레티키는 "튀르크", "배"라는 단어만 알아듣고 분간할 수 있었다. 모두가 달려드는 방향이 어느 쪽인지 알고 당황했다. 그들은 북쪽으로, 벽에서 유일하게 안전한 구간, 즉 방재 뒤의 금각만 해안으로 향하고 있었다. 재앙이 그들을 불시에 덮친다면 성벽 쪽을 덮칠 것이 확실했기 때문이다.

혼란에 빠진 채 긴장하던 브레티키는 주군 뒤에서 말을 탔다. 잠시 후 그들은 루카스 노타라스가 예비군과 함께 순찰하던 벽의 구간으로 왔다. 루카스는 안색이 창백해진 채 빠르게 말을 늘어놓았다. 그는 황제가 성벽에 있는 탑의 지붕으로 오르게 했고, 그들은 올라가서 금각만을 건너다보았다.

튀르크 배 세 척이 떠다니고 있었다. 이슬람군의 초승달이 돛대 꼭대기에서 펄럭였다. 배들 뒤로 설명할 수 없는 광경이, 겁에 질린 그리스도교인들 눈에 보였다. 튀르크 배들은 방재를 부수지 않았다. 배들은 육로로 끌려 나오고 있었다. 페라의 벽 뒤 언덕을 굽이지며 나갔고 봄의 골짜기라고 불리는 작은 만으로 내려가니, 통나무로 만든 조선대*가

---

* 배 위에 올려놓는 대

한 줄로 나란히 놓여 있었다. 하룻밤 사이에 어두울 때 도시에서 보이는 곳에서 지어졌다. 각각 배의 앞부분에서 뒷부분까지 밧줄로 묶여, 황소 무리와 함께 언덕을 따라 내려가는 배들이 크게 전열을 이루어 느리게 오고 있었다. 소의 기상천외한 대열이 언덕을 내려와, 비바람이 들이치지 않는 물로 향했다. 각각의 배는 썰매 모양의 받침대 위로 끌려 나오고 있었다. 돛을 펼친 채 모든 선원이 배 안에 앉아 있었고, 많은 노가 날개처럼 허공에서 계속 퍼덕였다. 트럼펫 소리와 드럼 소리가 먼 곳에서 희미하게 들렸고, 많은 이교도 무리가 득의양양하며 춤추는 모습과 이 기괴한 길에서 그들이 선박들을 호위하는 모습이 분명히 보였다. 황제는 서서 지켜보았다. 반대편 언덕의 우리에서, 앞으로 미끄러지듯 오는 배의 숫자는 세면 셀수록 올라갔다. 40…. 50…. 브레티키는 주군이 떨면서 두려워하는 모습을 보았다.

갑자기 주스티니아니가 베네치아 바일로인 미노토와 함께 이곳으로 왔다. 그들은 엄숙한 표정을 지은 채, 낮고 빠른 어조로 이야기했다. 황제는 고개를 끄덕였다. 이곳의 전령들은 급히 보고하느라 부산스럽게 움직이다가 빠르게 달려갔다. 황제는 몸을 돌렸다. 내려가, 밑의 거리에서 거의 히스테리 상태에 있는 군중을 맞닥뜨렸다. 브레티키는 황제가 나아갈 길을 마련하기 위해, 밀고 떠밀고 소리쳐야 했다. 황제는 말에 오른 뒤, 군중에게 어떤 말을 했다. 숨죽인 신음이 답했다. 그다음 그들은 말을 타고 갔다.

주스티니아니는 파란 물 쪽을 바라보며 좀 더 머물렀다.

"성인들께서 우리를 지켜 주시리! 그대들도 알다시피, 이 일은 위대한 일이다!" 주스티니아니는 특별히 누구를 가리키며 말하지 않았다.

그들이 간 곳은 성모 마리아의 작은 교회였다. 이곳은 도시 구역 안의 방조벽 속에서 있었고, 베네치아인에게 주어진 장소였다. 미노토는 이곳에서 회의를 소집했다. 모든 베네치아 지휘관이 모였고, 장교 몇 명과 도시에서 아주 영향력이 큰 베네치아인들도 있었다. 주스티니아니와 황제, 소년만이 회의에 참석한 사람 중에서 베네치아인이 아니었다. 자신에게 말을 속삭여 줄 스테파노스 없이, 브레티키는 대화의 과정을 따라잡으려고 안간힘을 썼지만, 말은 어렵고 대화는 다급하게 열의를 가지고 빠르게 진행됐다.

"우리는 페라의 제노바인들더러 갤리선 열두 척을 가져와 우리가 공격하는 데 도와달라고 요청해야 합니다. 갤리선을 가지고 우리는 튀르크군의 70척과 맞설 것입니다." 미노토가 말했다.

"그들은 그리하지 않을 것입니다. 그들은 자기들의 귀중한 중립을 위태롭게 하지 않을 거예요. 우리가 패배할 경우를 대비해, 그들은 중립을 위해 자기들 목을 내걸 거요. 게다가 페라에서 알려진 곳 중 한 시간 안에 도달할 수 있는 곳을 술탄은 알고 있소. 배신자들의 보금자리와 동맹을 맺을 바엔 저 혼자 바로 싸우리다!" 트레비사노가 말했다.

"그들이 봄의 골짜기에 올리고 있는 대포를 우리가 처음 공격할 수 있었다면, 우리가 많이 다쳤을 것이오. 우리는 기습조를 건너편 다른 해안으로 배치해 대포의 화문*을 막아버린 다음, 전력을 다해 우리가 가진 모든 배로 공격합시다…." 콘타리니가 말했다.

"너무 위험한 것 같군. 그렇게 하면, 여러 목숨을 바쳐야 하오. 우리에게는 그런 일을 할 만한 여력이 없소. 이미 상황이 절박하구려. 또한 금

---

* 대포의 아가리

각만도 방어해야 하기에, 그런 일을 할 사람을 찾을 방법을 모르오. 우리는 목숨을 걸 수 없소." 황제가 말했다.

이처럼 이야기는 왔다 갔다 했다. 브레티키는 제안되기만 하면 모두 거절당하는 모습을 볼 수 있었다. 갑자기 브레티키가 알지 못하는, 붉은 머리의 건장한 남자가 말했다.

"우리는 저들을 태워야 합니다. 밤중에, 오늘 밤에." 그가 말했다.

시끄러워졌고, 질문과 지적이 많아졌다. 황제가 말했다. "그게 어떻게 가능하오, 코코, 나의 벗이여?"

"제가 하겠습니다. 폐하께서 제게 커다란 수송선 두 척과 갤리선 두 척, 작은 푸스타˙ 두 척을 하사하신다면요. 그리스의 불도 많이 필요합니다." 코코가 직설적으로 말했다.

"누가 그대와 함께 가겠소?" 황제가 말했다.

"이 일은 우리끼리 합시다. 우리에게는 배가 충분하니, 이리저리 알아볼 필요가 없습니다. 비밀도 유지해야 합니다. 제노바인들이 알지 못하게 해야 합니다. 나를 용서하십시오. 주스티니아니. 그대는 다르다는 사실을 우리가 모두 알고 있습니다." 미노토가 바로 말했다.

"그럼, 오늘 밤에 합시다." 코코가 말했다.

"기다리시오. 기다리시오. 누구의 배를 이용할 것입니까, 확실히? 오늘 밤까지 모두 준비할 수 있습니까?" 트레비사노가 말했다.

그런 것 같지 않았다. 코코를 관심 두고 지켜보던 브레티키는 코코의 불만이 더욱더 커지는 모습을 보았다. 다른 이들이 왁자지껄할 동안, 코코는 매우 무례하고 퉁명스러워 보였다. 마침내 모두 준비가 될 때까

˙ 작고 빠른 갤리선의 일종으로, 얕은 강이나 해안에서 순찰하고 급습하기에 적당하다.

지 한다는 이유로, 이틀 밤 미루고 시도하기로 합의했다. 회의가 끝났다. 황제는 크게 불안해하며 블라헤르네의 성벽으로 귀환해, 금각만에 평화롭게 정박한 70척의 튀르크 선박을 절망한 채 바라보고 있었다. 이미 술탄의 수없이 많은 군대는 물을 가로질러, 성벽 위로 떠 있는 다리를 짓느라 바빴다. 다리는 금각만의 습기 찬 상류를 도는 긴 물길을 가로막아, 군대와 보스포로스에 있는 함대 사이를 술탄의 전령들이 더 빠르게 오가게 해주었다. 다리는 함께 묶여 있는 포신*들 위로 떠 있었고, 나무판자로 덮어 길을 더 넓고 평평하게 만들어 주었다.

이튿날이 되자, 그들은 다리 건설을 마쳤다. 셋째 날 코코가 아침에 원정을 떠나서 보니, 그들은 다리 위에 대포를 올려놓은 채, 벽의 가장 약한 곳, 그러니까 블라헤르네 궁전을 에워싼 벽을 저격하고 있었다.

대포가 새로운 다리에서 발포될 때, 황제는 블라헤르네에 있었다. 황제는 프란치스와 다른 이들을 만나고 있었다. 브레티키는 자신이 바랑인 요안니스와 옛 친구들을 찾고, 잠시 영어로 말하는 즐거움을 추구하고 있을 정도로 자유롭다는 사실을 깨달았다. 요안니스는 아주 따스하게 환대했다. 병사들은 밤에 벽에서 시간을 보내느라 지쳐 있었고, 열병식을 위해 윤을 내는 것이 아닌, 벽의 흙, 먼지, 때를 제거하기 위해 갑옷을 닦아야 하는, 진짜 해야 할 일이 있었다. 브레티키는 앉은 뒤 누더기와 기름이 담긴 냄비로 일을 시작하면서, 대화를 들었다.

"저들은 싸움터에서 꽤 오래 있어." 마틴이 고개를 홱 움직여, 벽 너머 시끄러운 소리가 들리는 곳을 관찰했다. "오늘 밤까지 기다려야 할

---

* 대포의 몸통

거야, 응?" 마틴은 특별히 누구를 보지 않고 윙크했다.

"코코의 배를 봤어? 트레비사노의 배는?" 다른 사람이 말했다. "그들은 코르셋을 살로 가득 채운 뚱뚱한 여자처럼 목화 꾸러미를 몸에 덧댔어!" 귀를 쫑긋 세운 브레티키는 성모 마리아 교회의 회의 때 무슨 이야기를 나누었는지 바로 아주 충분히 알게 됐다. "그 얘기는 하지 마요, 부탁입니다! 비밀로, 하기로 했잖습니까. 확실히 비밀로!" 그가 바랑인 요안니스에게 말했다.

"도시 전역에서는 비밀이기도 하고, 아니기도 하지." 바랑인 요안니스가 말했다. 요안니스는 깨끗이 닦이기만을 기다리는 더미에서 흉갑 하나를 빼냈고, 브레티키는 갑옷 밑부분을 보았다. 혈액이 말라붙어 검은 줄을 이루고 있었지만, 쌍두 독수리만큼은 확실히 보였다. 이 갑옷은, 그랬다, 마누일의 것이었다.

"죽었어. 망가졌어. 지금, 흥분하지 말렴. 얘야. 그는 용감하게 죽었어. 바로 너와 나 사이에, 그의 죽음보다 더 우리 사이를 끈끈하게 해 줄 것은 없을 거야." 소년이 갑옷을 응시하는 모습을 보며 바랑인 요안니스가 말했다.

브레티키는 스테파노스에게 바로 말하지 않았다. 브레티키가 스테파노스를 발견했을 때, 스테파노스는 청중 가운데에 있는 황제의 옥좌 뒤에 서 있었기 때문이다.

황제와 함께 있는 사람들은 모두 제노바인이었다. 카타네오와 랑가스코 형제 두 명, 보키아르도 형제까지 총 세 부류였다. 그들의 목소리는 높아져 있었고, 공손한 기색을 거의 보이지 않았다.

"우리는 폐하를 위해 싸우러 왔습니다. 폐하, 야경꾼처럼 벽을 어슬렁거리려고 온 게 아닙니다!"

"벽을 감시하지 않고, 도시를 어떻게 방어할 수 있겠소? 우리가 모두 짐을 똑같이 나눈 게 아니란 말이오?" 황제가 말했다.

"승리할 기회가 왔는데, 폐하께서는 이 사실을 우리에게 들리지 않게 했습니다!" 카타네오가 계속했다.

"하지만 비밀이 유지되어야 한다는 점을 그대들은 알아야 하오. 누군가가 승리할 기회를 빼앗기 위한 것이 아니라, 단지 전략상에서 소수만이 아는 것이 가장 좋을 듯하여…."

"폐하께서 저희가 폐하를 잘 위하지 않는다고…. 믿을 만한 가치가 없다고 생각하신다면…." 형 랑가스코가 목소리를 죽인 채 말했다.

"폐하께서 저희를 믿지 못하신다면, 저희는 가렵니다. 우리는 페라로 떠나, 거기서 끝을 볼 것입니다!" 카타네오가 말했다.

"그대들을 충분히 믿고 있소이다. 왜 내가 그대들을 못 믿겠소? 그대들이 말한 대로, 언제 어느 때나 페라로 가서 목숨을 보전할 수 있소이다. 그대들이 친절을 베풀어, 정직하게, 여기서 머물러도 되리다. 난 그리 알고 있소. 난 그대들을 충분히 신뢰하고 있소." 황제가 녹초가 된 채 말했다.

"그러면 우리도 모험을 시작하게 해주십시오. 우리도 갑시다. 알겠습니까?" 랑가스코가 말했다.

"코코를 내게 데려오게." 황제가 스테파노스에게 말했다. 스테파노스가 떠나 있을 때, 브레티키는 화난 제노바인들을 위해 포도주를 붓고, 황제는 조심스레 달래는 어조로 그들에게 말했다. 코코가 오자, 황제는 문간에 있는 코코에게 계획하는 바를 빠르고 조용한 어조로 말했다. 코코는 흥분해서 정신을 놓은 듯했다. 마침내 코코가 앞으로 와서,

그들을 대면했다.

"좋소. 내가 제노바 선박 한 척을 가지고 갈 테니, 그대들은 오늘 밤에 준비해야 하오. 그대들은 내 명령을 따라야 하오." 코코가 말했다.

"물론이오. 나의 형제 코코여, 그대가 지휘관이오. 우리는 오합지졸이 아니오. 우리는 명령을 받들겠소. 하지만 오늘 밤까지는 준비가 어렵소. 준비하려면 시간이 걸릴 것이오. 그대는 우리를 위해 기다려야 하오." 카타네오가 말했다.

"기다려?" 코코가 외쳤다. 그는 황제를 향해 몸을 돌렸다. "폐하, 우리는 이 일을 하기 위해 이미 너무 오래 기다렸습니다. 기습해야 합니다. 아니면 일을 진행할 수 없습니다!"

"그의 말이 맞다." 황제가 호소의 자세를 취한 카타네오에게 고개를 돌린 채 말했다.

"저희가 준비를 덜 한 것은 누구의 잘못입니까? 폐하께서 처음에 저희에게 이 일에 관해 말씀하셨더라면, 저희가 이렇게까지 준비를 못 하지 않았을 것입니다." 카타네오가 요구했다.

"알았소. 이미 이틀을 연기했고, 다른 날 해도 차이가 거의 없을 것이오." 황제가 말했다.

"지금부터 이틀이면, 28일 밤이군요. 그럼, 그때까지 준비하겠습니다. 나를 보며 이마를 찌푸리지 마시오. 나의 벗 코코여. 우리가 어떻게 싸울지 보시오. 제노바 함대 몇 척보다 더 좋은 베네치아 함대는 절대 없을 것이오!" 랑가스코가 단호히 말했다.

이 때문에 이틀 밤 후에 기습이 이루어졌다. 수도사들이 새벽 3시에 스테파노스를 깨웠다. 그는 황제를 깨워서 황제에게 두꺼운 망토를 둘러주었고, 방조벽의 탑으로 황제와 함께 갔다. 달이 떠올랐다. 어둠은 벨벳처럼 두꺼웠지만, 황제는 코코가 그가 말한 것처럼 잘하는지 볼 수 있을 정도로 충분히 밝으니, 코코가 어떻게 하는지 보겠다고 말했다. 브레티키는 따뜻한 포도주가 담긴 병의 온도를 유지하기 위해 옷감에 싼 채, 바구니에 작은 빵 덩어리들과 치즈를 담아 서둘러 가져 왔다. 스테파노스는 주군과 떨어진 곳에서 약간 조마조마해하기 시작했다. 황제가 전보다 더 마르고 극도로 피곤한 경우가 사실 종종 있었다.

두 사람이 선택한 탑에 있을 때 황제는 그들이 가져온 횃불을 내밀었고, 빛의 웅덩이에 서자 저편의 어둠 외에는 아무것도 보이지 않았다. 그렇다고 횃불이 없으면 너무 어두워서, 브레티키가 총안이 있는 흉벽 저편으로 아무것도 알아볼 수 없을 정도였다. 발걸음 소리가 그들 뒤로 올라오더니, 프란치스가 그들과 합류했고 테오필로스와 노타라스가 함께 보러 왔다. 앞이 보이지 않는 상태에서 그들은 조용히 선 채 들으려고 안간힘을 썼다. 물은 그들 밑, 닻을 올린 작은 배 주위에서 찰랑거리고 철썩거렸다. 닻의 밧줄을 잡아당기고 약간 풀었을 때, 굵은 밧줄을 세게 잡아당기느라 삐걱거리는 소리가 가장 가까운 튀르크 함대 사이에서 간헐적으로 들렸다. 그들은 더 멀리 있는 해안에서 개가 울부짖는 소리를 저 멀리 희미하게 들었다.

드문드문 널찍하게 뻗어서 간격을 넓힌 채 벽을 지키던 사람들은 어둠 속 더 가까운 곳에서 소리를 냈다. 오른쪽으로, 어딘가에서 어떤 남자가 차가운 발소리를 내다가 하품하더니 느슨한 깃대들이 덜커덕거리는 소리를 듣고 몸을 떨었다.

"저게 뭐요?" 갑자기 테오필로스가 말했다. 물을 가로질러 오른쪽으로 넘어가니, 갑자기 빛이 확 타오르다가 사라졌다.

"누군가 페라에서 신호를 보냈습니다. 우리는 배신당했어요." 프란치스가 말했다.

"그렇지 않을 거요. 야경꾼의 등불일 거요. 아마?" 늘 희망을 품던 테오필로스가 말했다.

"오고 있다가 갑자기 사라졌습니다." 노타라스가 암울하게 말했다. 노타라스는 보초를 불러 의논했다. "그는 여기서 지난 6일 밤 동안 감시하면서, 저편에서 어떠한 등불도 보지 못했다고 말합니다." 노타라스는 훨씬 더 암울한 투로 보고했다.

몹시 괴로워하는 그들은 들으려고 안간힘을 썼다. 브레티키는 첨벙거리는 소리를 한 번 들었다고 생각했다. 하지만 코코가 아주 은밀히 와서, 더 먼 곳에 있는 자신의 배들을 그들이 서 있는 탑 바로 밑으로 이동시켰는데도, 불안해하던 청자들은 대포 소리가 들리기 전까지 아무것도 듣지 못했다. 그들은 봄의 골짜기에서 대포의 섬광을 보았다. 갑자기 다홍색 물 위에 검은 배의 윤곽선이 드러났다. 대포가 내는 우레 같은 굉음 속에서도, 그들은 나무통 위에서 포탄으로 인해 갈라지고 소름이 끼치는 소리를 들을 수 있었다. 물 쪽에서 첨벙거리는 소리와 비명이 분명히 들렸고, 튀르크군이 웃으면서 지르는 비명도 들었다. 연기에서 피어오르는 숨 막히는 냄새가 어둠 속에서 표류했다. 그다음 튀르크 배들에서 불꽃이 피어올랐고, 튀르크군은 차례차례 싸우려고 앞으로 움직였다.

"그들이 알았어. 그들은 경고받았군." 황제가 단조롭게 말했다. 괴성이 어둠을 뚫고 그들에게 들렸다. 그들은 튀르크 함대가 횃불을 켠 채 앞뒤로 움직이며 떠다니니, 마치 벽에서 군데군데 피어오른 빛의 모습을 작게나마 볼 수 있었다. 그들은 무슨 일이 일어나는지 알아볼 수 없었다. 대포는 저 멀리 해안에서, 적의 배에서 계속 발포됐다. 빛과 불이 움직이면서 혼란을 모두 일으키자, 빛과 불은 윤이 나는 검은 물에 비치고 겹쳐 보였다. 한 시간 반가량 그들은 이상하고 끔찍한 광경을 보면서 괴로워하며 서 있었다. 그때 동이 트기 시작했고, 어둑한 회색빛이 검은 물 위에서 적의 배에 둘러싸인 커다란 갤리선 두 척과 사방에 뜬 물품들, 부서진 둥근 목재와 낙심한 사람들을 보여주었다. 코코와 함께 떠난 다른 배들에서는 신호가 오지 않았다. 황제는 얼굴을 감싸고, 고개를 숙였다.

날이 밝아지자, 갤리선들이 움직이기 시작했다. 결국 동료들의 고통에 빠진 모습이 보였으며, 다른 그리스도교 배들이 원조하기 위해 뒤늦게 방재에서 움직였다. 튀르크 선박들은 급히 물러났다.

"가늠할 수 있으면 수치를 계산해서 알려주게." 황제가 떠나며 말했다.

프란치스는 그날 수치를 계산해서 늦게 왔다. 코코의 배는 모든 선원과 함께 침몰했다. 트레비사노와 다른 선원들은 해안으로 헤엄쳐 왔어도, 트레비사노의 배 역시 마찬가지였다. 90명이 죽었는데, 총살되거나 익사했다. 오직 튀르크 배 한 척만이 파괴됐다. 황제는 입술이 새파랗게 지리고, 모든 근육의 긴장을 풀지 않은 채 조용히 프란치스의 말을 들었다.

그러나 프란치스 바로 뒤에 트레비사노가 왔다. 그때 머물렀던 트레비사노가 말하길, 기독교 국가들의 영예 덕에 자신이 초라한 상태로라도 있을 수 있다고 했다. 눈물이 얼굴에 쏟아져 내렸고, 눈은 붉어지고 부어올랐다. 이마에 깊은 상처가 벌어졌고, 옷은 다 망가지고 축축해졌다.

"황제 폐하! 황제 폐하!" 트레비사노가 외친 뒤, 황제의 발밑에서 무릎을 꿇었다. "그들이 포로를 잡았…. 모두 어둠 속에서 잘못된 방향으로 수영한 탓에…. 반대편 해안으로 제 벗들과 동료들이…."

황제는 손을 뻗어 트레비사노의 손을 잡았다. "그들은 포로들을 꼬챙이로 찔러 해안가에 즐비해 놓았고, 화살이 미치지 않는 거리에 있던 이들은…. 우리는 그들을 돕기 위해 아무것도…. 아무것도…." 트레비사노는 울면서 떨었다.

브레티키는 몸이 경직된 채, 황제의 눈 속에 피어오른 어두운 빛을 보았다.

"우리에게 포로가 있나?" 황제가 프란치스에게 물었다.

"모두 260명입니다. 폐하."

"그들 모두 방조벽으로 끌어내려, 그곳의 총안이 있는 흉벽에서 목을 매달게 하게." 황제가 말했다.

바랑인 요안니스는 앞으로 가서 명령대로 하였다.

14

 그 후, 심각한 공격에서 오랫동안 한숨을 돌릴 수 있었다. 대포들은 멈추지 않고 무자비하게 쾅쾅거렸다. 벽에서 일하던 사람들은 소음으로 귀가 마비되어 1-2시간 동안 듣지 못했다. 그런데도 이러한 소리에 이미 익숙해서 스스로 위협을 느끼지 못한 채, 새들은 대포 소리를 듣고도 나무에 있다가 더는 위로 날아가지 않고, 벽 안에서 오직 1.6km 떨어진 곳의 정원과 관목에서 평화롭게 노래 불렀다. 거의 매일 튀르크 함대들이 힘차게 떠나서 방재를 공격할 것처럼 굴거나, 성곽 공격용 사다리를 들고 오고 금각만을 따라 벽에서 가장 낮고 약한 곳을 공격하는 척했다. 그러나 벽의 경우, 매일 밤에 조각난 부분을 때우고 서툴게 고쳤다. 공격은 오로지 그림자 연극에 불과했고, 아무런 효과도 없었는데 말이다.

그리스도교인들에 관해 알려진 점은 이것이 전부였다! 예전처럼, 그들은 계속해서 경보를 올리고 어서 자신의 위치로 가서, 서둘러 벽 한 구역에 있는 사람을 다른 곳으로 보내곤 했다. 그런데 기꺼이 자신의 위치에 있고자 하는 이들이 점점 줄었다. 냉정을 유지하기 어려워졌다. 오직 황제만이 평정을 유지했다. 하루하루, 브레티키는 황제를 지켜봤다. 황제가 처리해야 할 문제, 다툼, 난관이 들이닥쳤다. 황제는 회의장에서 장시간 일했다. 사람들을 진정시켰다. 그러면서 그들에게서 대포나 포탄, 또는 여분의 일손을 찾으려고 했다. 그다음 황제는 그들에게 감사하다고 전했고, 그들을 추켜세웠다. 황제는 매일 말을 타고 벽을 돌면서, 직접 보고 문제를 들었고, 자기 사람들을 칭찬하고 응원했다. 황제는 사람들이 있는 교회에서 매일 기도했고, 절망한 채 거리낌 없이 밤에 성상 앞에서 몸을 뻗기도 했다. 황제는 아주 적게 먹고 적게 잤다.

때때로 브레티키는 자신이 끔찍한 꿈을 꾸던 밤을 기억했다. 꿈 자체는 잊어버렸지만, 황제의 예복을 입은 노턴 삼촌을 보았던 것만큼은 기억했다. 브레티키는 꿈을 꾼 이유가 궁금했다. 지금 자신에게 그 꿈은 터무니없이 보였다. "콘스탄티노스 황제가 제국에서 위세 부리는 것보다 노턴 삼촌이 배와 창고 밖에서 호들갑 떨고 위세 부리는 게 더 큰데 말이지." 소년이 생각했다. 노턴 삼촌은 저녁 식사 때 먹을 음식이 충분한지 시종에게 물을 사람이 절대 아니었다. 그때 소년은 주스티니아니가 황제와 이야기하는 모습을 지켜보았고, 이 훌륭한 지휘관이 어떻게 주군의 의견을 따르는지 보았다. 주스티니아니는 형식적으로 예의를 갖춘 것이 전혀 아니었다. 오히려 활기차면서 농담하며 빈정거리는 경향이 있었다. 그러나 그가 존경하는 사람을 섬기고 있다는 사실은 누구든 볼 수 있었다. "황제에 관해 내가 싫어하는 점은 뭐지?" 소년은 자신이 의문에 빠졌다는 사실을 알아챘다. "그가 나를 여기로 데려온 것밖에 없어. 오로지 그 이유로 두려웠고, 두려워. 그런데도 다른 이들은 위대한 일을 하겠다는 마음을 가슴에 품고, 자유로이 똑같은 위험 속에 뛰어들었어." 소년은 주스티니아니를 흘깃 보았는데, 희끗희끗한 검은 머리가 그들이 논의하고 있는 지도 앞으로 골똘히 기울어져 있었다. "나 자신을 부끄러워해야 해." 브레티키는 생각하면서 후회했다. 손은 자신의 역할을 다하라고 주어진 단검의 자루로 이동했다.

한 번도 멈추지 않고 반복해서 순찰하던 황제가 방어군이 없는 벽의 구역을 발견한 날이 왔다. 빈 구간 저편에서 두 사람은 우연히 싸움을 맞닥뜨렸고, 너무 싸우는 소리가 크고 싸움이 격렬해서 싸움에 연루된 사람들은 황제와 일행이 그들을 정면에서 맞닥뜨리기 전까지, 황제와 일행이 왔는지 보지도 못하고 소리를 듣지도 못했다.

"여기서 무슨 일이 일어나고 있는가?" 황제가 엄격하게 물었다.

"이자가 자신의 구역을 지키려 하지 않습니다." 지휘관이 도시로 내려가는 길목의 꼭대기를 가로막고, 칼의 뾰족한 부분으로 어떤 남자를 저지하면서 말했다.

"그대 자신을 위해 무슨 할 말이 있는가?" 황제가 말했고, 브레티키는 황제의 눈에서 분노의 불꽃이 어둡게 번쩍거리는 모습을 보았다.

"폐하의 하인을 용서해 주시옵소서. 하지만 제 아내가…. 제 아이가 아파서…. 그들은 아무것도 먹지 못했습니다. 저는 음식만 찾기를 바랄 뿐입니다. 바로 돌아오겠습니다. 바로…." 남자가 무릎을 꿇고 말했다.

"어제 제 감시망에 있던 사람 세 명더러 음식을 찾으러 갔다 오라고 보냈는데, 다섯 시간 동안 돌아오고 있지 않습니다." 지휘관이 말했다.

"그대가 떠난 사이 공격이 찾아오면 어쩔 텐가? 그대 아내는 아이들을 위해 음식을 살 수 없는가?" 그러나 황제가 조용히 말할 때, 분노가 느껴졌다는 사실은 모든 사람이 알 수 있었다.

"어려운 문제입니다. 황제 폐하. 옆으로 가도 가질만한 것이 없고, 도시 전역을 둘러봐도 아무것도 살 수 없습니다. 우리는 몇 시간을 터벅터벅 걸으며 무언가, 어떤 음식이라도 찾으려고 다녔습니다. 음식을 발견했을 때가 있었지만, 다들 가격이 너무 높았습니다. 페라에서 온 제노바 쥐새끼들은 배고픈 자들에게서 마지막 하나의 오볼*까지 쥐어짰고…. 어부들은 아무것도 내놓지 못했으며, 이 계절에 상추 외에 아무것도 자라지 않았습니다. 열매가 무르익기 전에 제노바인들이 모두 가져간 탓이었습니다. 황제 폐하, 폐하께서 아시다시피, 성벽 안에는 소나 양이 없고 빵도 거의 없으며…." 지휘관이 말했다.

"알겠네. 젊은이여. 이해했네." 황제가 말했다. "내가 할 수 있는 것을 하겠네. 하지만 그대는 그대의 위치에 머물러야 할 테야." 황제가 무릎 꿇은 남자를 내려다보며 덧붙었다.

"이것 참 터무니없군. 우리는 모든 시민과 남자, 여인, 아이에게서 병사를 차출했소. 우리는 그들을 위해 음식을 제공해야 하오." 황제가 자신의 의원들에게 말했다.

"저희가 어떻게 해야 할지 모르겠습니다…." 노타라스가 말했다.

"우리는 해야 하오. 우리는 도시에서 모든 음식을 사야 하오. 그게 다요. 발굽 달린 짐승, 들판에서 자라는 채소 등 모든 것을 얻어야 하오. 그 다음 우리는 하루치 먹을 양을 모두에게 배급해야 하오."

---

* 고대 그리스에서 쓰던 은화로 소액을 상징한다.

"폐하, 폐하의 금고에는 돈이 충분하지 않습니다. 마지막 동전까지 배급하는 데 쓸 거라면 말이지요." 프란치스가 말했다.

"가격이 너무 올라서, 돈이 부족할⋯."

"우리가 좀 더 일찍 생각했어야 하오. 하지만 도시에는 돈이 충분히 있소. 우리는 부유한 시민들과 교회에서 분담금을 징수해야 하오. 그들은 촛대와 남은 접시를 우리에게 내어줄 수 있소⋯." 황제가 말했다.

"그러면 분노를 유발할 것입니다. 폐하." 프란치스가 말했다.

"그건 어쩔 수 없소. 튀르크군이 차지하는 것보다는 낫지 않겠소? 각 지역의 시장市長들에게 그대와 함께 일하게 하시오. 테오필로스, 그대에게 임무를 부여하리다. 교회 통합을 지지하는 이들의 교회와 지지하지 않는 이들에게서 공평하게 돈을 확실히 가져오게 하시오. 그대가 음식을 살 때, 불합리한 가격을 지불하지 말고 음식을 가져오되, 합당한 값을 지불하시오. 음식을 나누어 줄 때는 빈민들에게 부자들과 똑같은 양의 음식을 주고, 그가 누구든 간에 더 받는 이가 확실히 없도록 하시오. 기다려 보시오⋯. 그래. 성벽에서 싸우는 이들에게는 더 주시오."

"폐하, 제안드리자면 여분의 몫을 밤에 벽을 수리하는 이들에게 주는 게 어떻겠습니까?" 테오필로스가 말했다.

"좋소. 그렇게 하면 좋으리다."

"폐하, 그뿐만 아니라 우리가 튀르크군을 물리치는 데 성공한다면, 교회에 배상금을 지불하겠다고 약속해야 할 것입니다." 프란치스가 말했다.

"네 배를 지불하겠다고 약속하게." 황제가 말했다.

* * *

그다음 브레티키는 바랑인 요안니스를 우연히 만났다. 요안니스는 얼굴에 함박웃음을 짓고 있었다. "총기 제작자 놈에게 무슨 일이 있었을까? 맞춰보렴. 애야." 요안니스가 말했다.

"맞추지 못하겠어요. 당신이 말해줘요." 소년이 말했다.

"망했네! 끔찍하게 작은 진흙 조각으로 깨지고 말았지, 뭐야. 여기에 무슨 일이 있었을까?" 요안니스가 말했다.

"오, 말해줘요!"

"음, 들어봐. 너 보통 뭘 듣니?"

"보통 총소리를 듣죠."

"그 커다란 소리를 마지막으로 들었을 때가 언제니? 알지, 이 괴물 같은 것이 도시의 끝에서 끝까지 있는 집들을 흔든 것을. 항구의 배들도 뒤흔들었지? 너는 소리를 마지막으로 언제 들었어?"

"아, 당신이 지금 그렇게 말하니, 저는 오늘 소리를 들은 적이 없군요." 브레티키가 말했다.

"어제 폭발했거든. 그놈의 빌어먹을 총기 제작자도 함께 날려 보냈어!" 요안니스가 크게 만족하며 말했다.

"어떻게 알았어요?" 소년이 미심쩍어하며 말했다.

"다 방법이 있지." 바랑인 요안니스가 말했다.

"방법이 뭔데요, 요안니스?" 브레티키가 말했다.

"이걸 보렴." 요안니스가 말하면서, 주머니에 있는 통의 빽빽이 말려 있는 작은 종이를 잡았다. 요안니스는 종이를 평평하게 쫙 펴고, 브레티키에게 종이에 적힌 글을 보여주었다. "벽에 있는 누군가는 이런저런 일들을 알아야 한다고 생각해. 그는 어여쁜 깃털 조각을 화살에 붙인 뒤 쏘았어." 요안니스가 말했다.

"그럼 튀르크군에도 배신자가 있군요!"

"배신자란 말은 여기서는 좀 센 말이야. 있지, 밖에도 그리스도교인들이 있어. 세르비아의 데스포트가 대표적이지. 그는 술탄의 봉신으로서, 술탄을 돕기 위해 군대를 보내야 했어. 아마 그들 중 몇 명은 튀르크인에게 맞서 그리스도교인을 돕는데 가장 열의를 발휘할 거야."

그날 저녁, 소년은 스테파노스 옆에서 황제보다 몇 걸음 뒤에서 말을 타고 가던 중 벽을 점검하며 스테파노스에게 말했다.

"술탄의 군대에 그리스도교인이 있다는 게 사실이에요?"

"몇 명 있어." 스테파노스가 말했다.

한쪽에서 늘 프란치스가 함께 타고, 다른 쪽에는 돈 프란시스코가 있는 상황에서, 스테파노스는 앞에 있는 황제의 모습을 걱정 어린 눈빛으로 바라보았다.

"어떻게 그럴 수 있죠?" 소년이 물었다.

"음, 우리 편에 오르한 왕자가 있고, 그의 조신들도 튀르크인이자 이슬람교도야. 그들이 우리를 위해 싸우지 않아야 하니?" 스테파노스가 말했다.

"아." 브레티키는 분노가 커지던 와중 갑자기 정곡이 찔렸다.

"아직도 모든 것이 하나이기를 바라니?" 스테파노스가 미묘하게 미소 지었다. 황제는 제노바 지휘관과 이야기하기 위해 멈췄다. "너희는 다 똑같아. 너 같은 서방 놈들은! 단일화를 갈망하지. 십자군 놈들처럼! 황제께서 이교도와 교류한다는 이유로 십자군 군주들이 분개한 사실을 알았니? 그렇지만 황제들은 거의 800년간 이슬람과 국경을 맞대 왔었어! 여기에는 하나인 것이 없어. 시간이 흐르면서 복잡해졌지." 스테파노스는 마치 자신에게 말하듯 조용히 말했다. "황제들은 지상의 예수 그리스도로, 솔로몬처럼, 다윗처럼 하느님께 선택받았지. 그러나 그들은 강탈자, 성상 파괴자, 간통을 범한 자, 고문한 자, 사기꾼이기도 했어. 어떤 여제˙는 연인이 통치하는 데 위협이 되지 않도록 하기 위해 아들의 눈을 뽑았어. 시간은 복잡성을 엮었지. 이곳, 도시, 황제의 옥좌, 지상의 그리스도교가 앉을 옥좌는 한 때 눈으로 볼 수 있는 영광이었지만, 지금은 폐허이고 추억일 뿐이야. 추억은 꿈의 실로 만든 옷을 입고 있지. 주위를 둘러보렴. 브레티키, 이 놀라운 것을 보렴. 여기 이를 위해, 그러니까 폐허와 추억, 꿈을 위해 싸우고 죽을 준비가 된 훌륭한 사람들이 있어. 저쪽에는(스테파노스는 그들 밑과 저편에 있는 튀르크 야영지를 가리켰다), 더 용감한 사람들이 있어. 그들은 무엇을 위해 싸울까? 그들이 여기로 오게 한 것은 그들만의 꿈 덕이야. 그들의 선지자가 그들에게 한 약속, 군대와 귀족에게 내려진 축복이 우리를 정복해야 해. 왜 우리냐고? 왜 이교도 선지자는 자신의 사람들더러 우리를 습격하게 했을까? 왜냐하면 이곳은 전 세계 그리스도교 국가의 꿈과 지상에 있는 그리스도교 왕국의 이상 덕에 완성된 곳이기 때문이야. 그들 또한 이곳에 욕망을 품고 갈망해 왔어. 우리에게서 이곳을 빼앗기 위해 행군했지. 우리가 이곳을 지키겠다고 꿈꾸고, 그들에게 한 번도 정복당하지 않았기 때문이야. 브레티키, 만일 모든 사람이 세계가 어떤지, 그러니까 도시가 평화롭게 썩어들어가 한없이 늙어간다면, 술탄이 고국

˙ 이리니 여제(재위 797~802)로 추정된다.

에서 머무르고 궁전과 정원을 짓는 모습을 볼 수 있다면, 다들 피 한 방울 흘리지 않을 거야!"

"있죠. 스테파노스. 당신이 틀린 것 같아요!" 소년이 말했다. 그러나 그때 황제는 지휘관과 이야기를 마쳤고 말을 타고 가고 있었다. 스테파노스는 소년의 얼굴에서 즐거워하면서 궁금해하는 표정을 보았지만, 그때는 더 이상 이야기할 시간이 없었다.

황제는 도시에 있는 베네치아 지휘관들과 함께 회의를 소집했다. 미노토가 도움을 요청하기 위해 베네치아로 급히 파견됐지만, 더는 아무것도 듣지 못했다. 황제가 물었다. "배를 몰래 보내 튀르크 선박을 지나 우리를 도우러 오는 함대를 찾으러 갈 수 있소? 그들은 우리가 도움이 빨리 오기를 얼마나 필사적으로 바라는지 깨닫지 못한 듯하오."

"그렇게 할 수 있다고 생각합니다. 작고 빠른 배, 그러니까 쌍돛대 범선이나 비슷한 배가 있으면 좋겠습니다. 다르다넬스는 감시받지 않기에 가 볼 수 있지만, 그들이 여기에 모든 배를 끌고 나타나려고 그곳을 개방된 채로 내버려둔 것 같습니다." 미노토가 말했다.

"하느님께서는 알고 계신다. 우리가 좋은 소식을 갖고 올 수 있다는 사실을. 도움이 오고 있다고 사람들에게 말할 수 있다면…." 황제가 말했다.

"저희가 배를 준비하겠습니다." 미노토가 말했다.

그날 저녁, 스테파노스와 브레티키는 황제의 저녁 식사를 시중들었다. 코라의 수도실에 세 사람만 있을 때, 황제가 스테파노스에게 말했다. "아이에게 떠날 때가 됐다고 말해주게. 나는 배에 타서 안전하게, 내

어머니나 고인이 된 아내를 보필했던 나이 든 여인 한두 명을 숨길 거야. 할 수 있다면, 내게는 아이를 고통에서 구해야 할 의무가 있어. 나는 아이가 어찌 생각하든 간에, 아이를 위험에 빠뜨려 부당하게 대우했다고 생각하네. 그들과 함께 안전하게 갈 수 있다고 말해주게."

브레티키는 고통으로 가득 찬 표정으로, 황제를 응시하는 스테파노스를 흘낏 보았다. 그다음 스테파노스는 황제의 말을 통역했다.

"하지만 예언은 어쩌고요? 황제는 예언 때문에 저를 필요로 했잖아요! 저는 여기 있어야 해요!" 브레티키가 악쓰며 외쳤다.

스테파노스는 황제에게 이 답을 들려주었고, 황제는 의자에서 피로한 채 털썩 앉은 뒤 작은 난로에서 타오르는 불꽃을 응시하며, 연약한 가운뎃손가락에 끼워진 반지를 돌리고 돌렸다. 황제는 놀람의 기색을 드러낸 채 브레티키를 올려다보다가, 갑자기 열의를 가지고 말했다.

"폐하께서 말씀하시길, 너는 내가 바보라고 생각하니? 내가 예언에 마음을 쓴다고 생각해? 폐하께서 말씀하시길, 나는 플리톤을 기쁘게 하려고 너를 여기로 데려왔고, 여기 있는 시민들 모두 예언에 관해 알았을지라도, 지금은 잊었다고 생각한다. 폐하께서 말씀하시길, 왜 내가 예언을 마음에 두어야 하나? 내가 어떤 일을 하든 어떤 일이 일어나도, 그 일을 이유로 사람들은 나를 비난할 것인데? 너는 엘레니의 아들 콘스탄티노스가 첫 번째 황제의 이름과 같다는 이유로 내가 마지막 황제가 될 거라면서, 황제의 이름을 가지고 사람들이 황제를 얼마나 비난하는지 내가 모를 거라고 생각하니? 너는 튀르크군이 침입해서 콘스탄티노스 광장의 십자가 기둥까지 온다면, 천사가 분노의 검을 들고 와서 우연히 자리에서 대기하던 소박한 빈민에게 검을 주고 내가 튀르크군을 되돌려보내면, 로마인들이 승리할 거라고 그들이 말하는 바를 내가 듣지 못한다고 생각하니? 만일 나보다 일을 훨씬 잘해 낼 소박한 빈민이 나타나 준다면, 나는 얼마나 기쁘게 짐을 내려놓을까! 이러한 사람들의 비난을 피하려고 애쓰는 게 무슨 소용이 있지? 폐하께서 말씀하시길, 아무도 내게 비난의 화살을 돌리지 않고 떳떳하게 죽고 있다는 사실을 증명하고 싶다고, 그래서 네가 집에 돌아가기를 간절히 바라고 있다고 하는구나." 스테파노스가 말했다.

그러나 브레티키는 엄청난 충격을 받고 혼란스러워했다. 단단한 땅이 밑에서 갈라졌고, 브레티키는 수렁에 빠진 사람처럼 갈등하는 감정 속에서 허우적거렸다. 마침내, "맞아요. 나는 집에 가기를 원했죠. 하지만 지금 떠나라뇨! 황제, 주스티니아니, 당신 스테파노스까지 모두 여기 있는데, 나는 가야 하고 앞으로 일어날 일에 관여할 수 없다뇨! 여기 머무르게 해주세요!" 브레티키는 우울하게 말했다.

"여기 머무를 이유가 없다. 여기에는 너를 위한 것이 없어. 여기 머무르는 이들은 죽을 거야." 스테파노스가 조용히 말했다.

"아이가 뭐라고 말하는가?" 황제가 그들을 보며 물었다.

"아이는 제국을 위해 죽겠다고 말합니다." 스테파노스가 말했다. 그러나 브레티키는 이때 오랫동안 그리스어를 들었고, 문장은 간단했으며, 귀에 익숙한 단어들로 구성되어 있었다. 브레티키는 말을 이해했다.

"아니에요. 제국을 위해 죽는 것은 황제의 특권이지만, 더 낮은 계급의 사람들은 더 작은 일이라도 할 용기가 있어요. 당신 스테파노스, 당신은 '여기 있는 것은 없다.', '폐허와 추억, 꿈'을 이야기했었죠. 당신의 말은 잘못됐어요. 여기 있는 사람들은 실재하고, 그렇기에 그들의 용기도 실재하며, 콘스탄티노스 황제가 살아 있는 동안 용기를 위해 싸울 거예요. 폐허와 추억, 꿈 모두 제게는 똑같이 실재해요." 브레티키가 말했다.

"그럼 아이를 머물게 하게. 아이가 희망을 품었다면, 아이가 바라는 바를 지키도록 조심하겠다고 말하게. 아이에게, 내가 젊었을 때 유독 황제가 되고 싶어 했고, 형의 영지를 물려받기를 원했다고 말하게. 나는 더 큰 야망을 위해, 음모를 꾸미고 계책을 세우고 다른 형제들과 싸웠지. 주님께서는 내 바람을 들어주면서, 내게 벌을 내렸지. 나는 원하는 바를 얻었어. 위엄있게 처신하기 위해 고난을 겪어야 하는 것은 무겁고도 힘든 시련이지. 나는 꽤 오래전에 소년을 풀어주기를 원했어. 지금 소년은 물러나서, 대신 다른 일을 원한다고 말하고 있어. 그래서 소년에게 네가 요청하는 바를 들어주겠다고 말하게. 소년에게 네가 요청하는 바를 확실히 들어주겠다고 말이야." 스테파노스가 소년의 말을 통역하자, 황제가 온화하게 말했다.

"여기서 머무르게 해주세요!" 브레티키는 당장이라도 울음을 터뜨릴 것처럼 완강히 말했다.

"그럼, 소년이 머무르게 하게. 아이가 계속 있게 하는 더 작은 것이 무엇인지 물어봐도 되나?" 황제가 스테파노스에게 말했다.

마치 대답하려는 듯 소년은 무릎을 꿇은 채, 어설프면서 빠르게 황제의 오른손을 잡는 자세를 취하고, 마침내 혀를 간신히 굴려 그리스어로 두 단어를 말했다. "나의 주군이시여αφέντης μου."

"내게 아들이 있었다면, 그대도 알다시피 스테파노스…." 황제가 말했다.

"네, 폐하, 알고 있습니다." 스테파노스가 말했다.

베네치아인들은 쌍돛대 범선을 준비했다. 선원 열두 명이 자원했다.

그들은 숯으로 얼굴을 검게 물들인 뒤, 터번을 쓰고 튀르크의 바지와 상의를 입었다. 배는 돛대 꼭대기에 빨간 초승달을 휘날리며, 5월 3일 밤에 방재를 통과했다. 브레티키가 배에 오르지 않았는데도, 배는 안전히 떠났다.

15

 며칠이 지나갔다. 하루에 두 번, 황제는 말을 타고 벽을 따라 달렸다. 거의 매일 교회 한두 곳을 방문했지만, 교회에 있는 시간은 평소보다 더 적었다. 황제는 의원, 지휘관들과 협의하느라 훨씬 더 많은 시간을 보냈다. 황제가 보내는 날들의 영역은 오직 벽과 벽 주위 교회에서 보내는 시간으로 줄어들었다. 황제에게는 도시 한가운데로 말을 타고 달릴 시간이 없었기 때문이다. 그러므로 스테파노스도, 브레티키도, 아마 황제 자신도 사람들의 감정이 어떻게 변하는지 깨닫지 못했다. 마모되고 찢어질 듯한 배고픔과 두려움, 나병 환자처럼 슬금슬금 올라오는 절망감이 시민들의 감정을 갉아먹었다.
 그러나 어느 아침, 황제가 신성한 지혜의 교회를 방문했을 때 사람들은 거리에 있는 황제에게서 고개를 돌려 마주하지 않았다. 황제가 지나갈 때 그들은 쉬이 하고 소리 지르며 침을 뱉었고, 뒤에서 저주한다며 소리쳤다. 황제가 교회를 통합했기에, 하느님이 도시에 저주를 내린 탓이라고 외치기도 했다. 황제는 이 모든 소리를 무시했다. 그러나 주군의 상황을 아는 스테파노스와 브레티키는 주군 대신 움찔하며 비난자들을 혐오했다.

베네치아인과 제노바인들이 서로 다투고 싸운다는 소문이 그들에게 당도하기 시작했다. 처음에는 단지 소문에 불과했다가, 불평이 올라왔다. 결국 시장市長 몇 명이 황제에게 와서, 자신들의 지역에 있는 거리에서 평화를 유지하기 어렵다고, 너무 광범위한 곳에서 세게 난동과 싸움이 벌어지고 있다고 말했다. 즉, 외국인들은 서로 싸우거나 서로를 위협하고 있고, 시장市長들은 그들을 통제할 수가 없다는 뜻이었다. 그들은 로마인이 하는 명령에 주의를 기울이지 않았기 때문이다. 황제는 자기 앞으로 베네치아와 제노바의 지도자들을 불렀고, 무슨 이유로 두 나라 국민 간에 불화가 일어났는지 물었다. 처음에는 음울한 침묵이 감돌았다. 두 나라 국민들은 전투 전의 적수처럼 홀의 양 측면에서 서로 마주 보며 서 있었다. 그들은 서로를 노려보았고 방의 분위기가 너무 지옥불 같아, 브레티키는 여기에 누군가 불을 붙이면 화약처럼 터질 것 같다고 생각했다. "자, 신사 여러분," 황제가 엄중하게 말했다. 황제는 청중들을 위해 자주색 예복을 입고 왕관을 썼다. 옥좌에 앉아 복음서를 낭독할 때의 방향으로 몸을 돌린 채, 오른손에는 위엄 있는 보주를 쥐고 왼손에는 먼지투성이인 비단 자루를 쥐었다. "그대들 자신을 위해 어떤 변명을 하겠소?" 황제는 사납게 날뛰는 동맹들을 보며 얼굴을 찌푸린 채 물었다.

"저들이 저희를 자극합니다. 저들은 튀르크 함대를 불태우는 데 실패한 게 저희 탓이라고 말합니다. 그들이 그걸 가지고 저희를 조롱…." 결국 제노바 사람인 랑가스코 형제 중 한 사람이 말했다.

"이건 너희 잘못이야! 너희 때문에 연기됐고 연기한 탓에 실패했어. 이걸 부인할 수 있어? 너희는 작전을 연기해 너희도 참여할 수 있기를 바란다고 말했고, 그 덕에 페라에 있는 너희의 귀중한 공범들에게 전갈을 전할 시간을 마련했지. 공범들은 역겨운 배신자처럼 비밀을 발설했고 말이야!" 미노토가 외쳤다.

"너희한테 배신자 소리를 듣다니 좋군! 너희 같은 베네치아 쥐새끼들은 기회를 얻기만 하면 배를 가지고 안전한 곳으로 도피하지!" 손을 검의 자루에 댄 채 카타네오가 외쳤다.

"우리 배들은 키를 풀었고, 돛을 접고 장비를 도시 안에 저장해 뒀어. 모든 사람이 우리가 머무르려는 모습을 볼 수 있게 말이야. 너희는? 모두 당장 달아날 준비를 하고 있었잖아!" 미노토가 으르렁거렸다.

"우리는 언제라도 싸울 준비가 됐고, 배들이 항해를 못 하게 할 의도가 전혀 없었어. 우리는 겁쟁이가 아니야!" 랑가스코가 쏘아붙였다.

"너희는 모두 페라의 사람들과 결탁했고, 그자들은 술탄과 한통속이야!" 미노토는 보란 듯이 등을 돌렸다.

황제는 입을 꾹 다물고 누런 볼에 기이한 회색빛이 도는 상황에서, 앉아 그들의 이야기를 듣고 있었다. 브레티키는 불안하게 황제를 쳐다보며, 황제가 의식을 잃을지도 모른다고 생각했다. 그러나 황제가 그들에게 외쳤을 때, 목소리는 충분히 안정되어 있었다. "신사 여러분, 그대들이 서로 적이 되어 전쟁을 시작할 거요?"

침묵이 감돌았다. 귀족들과 지휘관들은 부끄러운 표정을 지었다. 고개를 숙이고 볼을 붉혔다. "확실히 우리는 함께 분투하고 일해야 하오. 우리가 실패하면, 함께 죽는다는 사실을 하느님은 알고 계신다. 자, 여기에는 배신자가 없고 오직 용감하고 고결한 그리스도교인만이 있을 뿐이오. 내 앞에서 물러나기 전에 그대들이 다시 벗이 된 모습을 보여주시오." 황제가 말했다.

아주 느리게, 아주 느리게, 마지못해 두 나라 국민들은 서로에게 접근했다. 제노바인 사이에 조용히 서 있던 주스티니아니가 가장 먼저 움직였다. 걸어가 미노토에게 엄숙히 경례한 다음, 손을 잡았다. 그다음 차례차례 다른 이들도 따라서 구혼했다.

그러나 그들이 떼를 지어 나가고, 프란시스, 테오필로스, 노타라스, 다른 로마인 한두 명이 옥좌 주위에 서 있을 때, 황제는 절망한 채 말했다. "우리는 날이 갈수록 힘이 빠지고 결합력이 약해지고 있어."

프란치스가 말했다. "폐하, 우리는 협상해야 할 것 같습니다."

"그렇게 하면 조금이라도 우리에게 도움이 되는가?" 황제가 미심쩍어하며 말했다.

"실낱같은 희망이 있다고 생각합니다. 폐하, 술탄의 야영지에 평화를 바라는 부류가 있습니다. 그는 우리를 상대하기가 까다롭다는 사실을 알고 실망했을 것입니다. 그는 바다와 땅 양쪽에서 실패했습니다. 우리가 지친 것도 사실입니다. 하지만 그는 들판에서 대군을 유지해야 하고, 잘 먹이고 기운차게 해야 하지요. 시간은 그에게도 힘겹게 흘러간다고 확신해도 될 것 같습니다." 프란치스가 말했다.

"나는 공개적인 장소에서 그를 상대하지 않을 것이다. 하지만 은밀한 장소에서는 할 수 있겠지." 황제가 말했다.

"우리는 페라의 사람들을 통해야 술탄을 상대할 수 있습니다. 그래야 그가 무엇을 요구하는지 알아낼 수 있습니다." 노타라스가 말했다.

"좋아. 알아보자." 황제가 일어나서 기도하러 가며, 녹초가 된 채 말했다.

답을 얻는 일은 어려워 보였다. 밀봉된 편지가 이틀 후에 황제에게 전해졌다. 술탄이 무슬림으로서 말을 전하니, 도시가 두말 말고 항복하면 사람들과 그들의 재산을 지킬 수 있을 것이다. 황제는 원한다면 조신들과 함께 재산을 가지고 모레아로 갈 수 있을 것이다. 만일 도시가 항복하지 않으면 파란이 불 것이다.

"안 된다." 답을 듣고 황제가 말했다. 의회에 있는 사람 중 아무도 술탄의 말을 받아들이라고 조언하지 않았다. 그러나 노타라스는 많은 이를 대변하듯, 황제에게 도시를 떠나라고 강권하며 거리낌 없이 말했다. "폐하, 폐하께서 패배하시면, 화살은 길을 잃을 것이고 도시와 제국 둘 다 영원히 잃을 것입니다. 만일 폐하께서 무사하시면, 도시를 잃었다고 끝나지 않을 것입니다. 서방인들 중심에 폐하께서 계신 것만큼 서방인들을 확실히 분발할 수 있는 게 있겠습니까? 헝가리인들이 폐하를 도울 것이고, 세르비아인들도 도울 것입니다. 폐하께서 후방에 계시면, 술탄이 바로 포위를 풀 것입니다."

"아니 되오." 황제가 말했다.

"폐하, 이 조언은 우리 모두의 조언입니다." 프란치스가 말했다.

"테오필로스? 그대는 어떠하오, 사랑하는 친척이여?" 황제가 테오필로스를 돌아보며 말했다.

"다른 모든 이처럼 생각합니다." 테오필로스가 쌀쌀맞게 황제에게 시선을 고정한 채 조용히 말했다.

"주스티니아니는?" 황제는 마치 호소하듯 말했다.

"저는 폐하를 안전하게 모실 수 있도록 배 한 척을 준비할 것입니다. 폐하." 주스티니아니가 말했다.

황제는 고개를 숙인 뒤 말했다. "아니 되오. 내게 이렇게 부탁하지 마시오. 차라리 그대들과 함께 남게 해달라고 부탁하시오. 나는 그대들과 함께 죽을 준비가 되어 있소."

"폐하, 신중하게 행동을…." 테오필로스가 말하기 시작했다.

"신중해? 신중해지라고? 그대는 내게 도시, 교회, 사람들, 수도사와 수녀들, 신성한 성상들을 두고 떠나라고 말하는 거요…. 그대의 조언이 내 안전을 위한다는 것은 알겠으나, 그러면 세상이 내게 뭐라 말하겠소? 신중? 차라리 양들을 위해 자기 목숨을 바친 선한 목자*의 예시를 따르리다." 황제가 테오필로스를 올려다보며 말했다.

그러자 프란치스와 테오필로스는 터놓고 울었고, 노타라스는 거만한 표정이었다가 잠시 부드럽게 주군을 바라보았다.

잠시 후 주스티니아니가 말했다. "폐하, 폐하께서 가시지 않는다면 최소한, 폐하의 처소라도 더 안전한 장소로 옮기는 것이 어떻겠습니까? 폐하께서는 여기 벽과, 많은 타격을 입은 곳과 너무 가까이 있습니다. 만일 그들이 뚫고 난입한다면…."

"나는 벽과 가까이 있어야 하오. 이미 말을 타고 다니느라 지쳤고, 더는 수 마일을 이동하는 데 몸을 맡길 수 없소." 황제가 말했다.

"사실 폐하는 가까운 곳에 계셔야 합니다. 하지만 저들이 뚫고 들어오면, 폐하께서는 어찌시렵니까? 그들이 밤에 들어온다면요? 폐하께서 너무 가까이 계시면, 경고하기도 전에 그들이 폐하 앞에 나타날 수도 있습니다. 그들이 폐하께서 주무시는 모습을 발견하면, 폐하를 살려둘지…. 부탁합니다. 폐하의 시종들 마음이 평온하도록 더 먼 곳에서 주무

---

* 예수 그리스도를 가리키는 말이다.

시옵소서." 주스티니아니가 말했다.

"좋소. 나는 블라헤르네로 돌아갈 것이오. 하지만 적어도 성 로마노스 문 앞에 천막을 설치하시오. 내가 문과 가까이 있으면, 경고할 시간이 있을 것이오." 황제가 말했다.

그래서 다음 날 브레티키와 스테파노스는 다시 바빠졌다. 주스티니아니의 사람들로 이루어진 소규모 파견대는 두 사람이 천막을 설치하고 물품을 옮기도록 도와주었다. 그 덕에 웃고 이탈리아어로 말하고 감질나는 목소리로 왁자지껄하며 농담하고 떠들며, 힘든 일을 빠르게 마쳤다. 이때 브레티키는 라틴어에 익숙해져 있지만(브레티키에게 그렇게 느껴지는 것), 잘 이해하지는 못했다. 그들은 자주색 리넨으로 된 높고 넓은 천막을 발견했다. 밖을 보면, 천막에는 술 장식과 깃발이 달려 있는데, 모두 진홍색과 금색이었다. 천막은 운이 다한 먼지투성이의 도시 벽 안의 건조한 길가보다, 예식을 위해, 초록색 들판에서 마상 시합을 가는 왕을 위해 만들어진 듯했다. 스테파노스는 황제의 침실을 위해 커튼을 쳐서 구역을 나누었고, 자신의 침구와 브레티키의 침구를 풀어놓고 가리며, 거물들이 보이지 않는 곳에서 의심받지 않도록 들어오고 나갈 수 있게 해주는 장막을 발견했다. 그들은 가장 기본적인 도구만 가져다 놓고, 그 밖의 다른 모든 것은 블라헤르네로 돌려보냈다.

그들이 계속 천막에서 물품을 깔끔히 정리하고 있을 때, 갑자기 천둥소리가 울려 퍼졌다. 브레티키는 바람을 받은 돛처럼 천막의 벽이 안으로 쑥 들어간 모습을 보았고, 잠시 후에 돌풍처럼 강한 바람이 귀를 아프게 하며 압박을 가했다. 브레티키와 스테파노스는 둘 다 급히 천막 밖으로 나갔다. 그들은 약간 떨어진 곳에서 리코스 골짜기를 향해 외치는 소리를 들었다. 그들은 급히 계단을 타고 올라가 내벽 뒤의 보행자용 통로로 올라갔고 총안이 있는 흉벽에 도달해, 아래 골짜기로 향하는 경사지를 불안하게 내려다보았다. 분홍색의 거대한 먼지구름이 벽 위에 걸려 있었다. 점점 얇아지는 연기의 장막을 뚫은 그들은 거대한 대포의 총구에서 연기가 질질 흐르고 계속 둥둥 떠 있는 모습을 볼 수 있었다. 대포의 등 부분에 각재*와 진흙을 박아 넣어 대포의 엄청난 반동에 버틸 수 있게 해주었다. 튀르크 병사가 대포에 물을 부으니, 쉭쉭거리는 하얀 공기가 사라지고 이 뜨거운 금속이 작동했다.

"이렇게 그들이 대포를 수리했군." 스테파노스가 침울하게 말했다. 끝없이 대열을 이루어 올라오는 더 작은 대포가 연달아 포격했고, 그들을 향해 으르렁거렸다. 그들은 벽을 향해 포탄이 아치를 이루는 모습을 볼 수 있었고, 충격으로 갈라지는 소리도 들을 수 있었다. "자, 누가, 이 음울한 모습을 보고 싶어 하겠니? 우리는 해야 할 일이 있어." 스테파노스가 말했다.

그날 포격이 유난히 심했다. 폭발하는 소리가 해안에서 줄줄이 부딪히는 파도처럼 끊임없이 굴러들어 왔다. 새로이 고친 대포는 다섯 번을 발포했다. 금각만의 함대도 움직이고 있었다. 소형 배들이 보급품을 가지고 금각만 주위로 바삐 움직였다. 그들은 전투할 준비를 하는 듯했다. 오후에 황제는 루카스 노타라스의 부름을 받고 방재에서 무슨 일이 일어나는지 보러 왔다. 그곳에서도 연달아 포격당하고 있었다. 튀르크군은 페라의 벽 뒤에 대포를 설치해 놓고 바로 식민지를 향해 하늘 높이 포격하여, 포탄들이 방재의 배로 곤두박질치게 했다. 물론 포탄들이 정

---

* 네모 모양으로 쪼갠 나무

확히 조준하지 못했어도, 그들은 그날 선박 한 채를 가라앉혔다. 이는 선원들을 충분히 위협하고 불안하게 했다.

"공격하려는군. 우리는 이에 대비해 뭐든 해야 하네." 황제가 말했다.

성벽에서 포격은 어두워져도 멈추지 않았다. 적은 밤새도록 무턱대고 포격했다. 주스티니아니의 수리조가 망가진 곳을 고치지 못하도록 막으려는 게 틀림없었다. 그러나 주스티니아니는 재고를 좀 더 뒤로, 외벽 대신 박살 나고 폐허가 된 내벽 건너편으로 치웠고, 간격이 벌어진 벽 사이의 테라스에서 측면의 공격자들을 잡기 위한 부대를 소집했다. 그래서 새벽이 왔을 때, 도시로 향하는 길은 절대 열리지 않았다. 예전과 똑같은 장애물들이 있었다. 어느 정도 해자가 채워지고 마구 늘어진 돌무더기가 해자에 가득했으며, 발판을 위태롭게 해 성벽과 방책^{防柵}이 단단히 방어의 기색을 갖췄다. 튀르크군은 다음 날에도 계속 포격했다. 그다음 한밤중에 공격이 찾아왔다.

3,000명이 리코스 골짜기 안의 벽에 있는 틈으로 돌진했다. 천막에서 자고 있던 황제는 소리를 듣고 바로 일어났고, 브레티키와 스테파노스는 등불을 켜고 황제가 갑옷을 입도록 도왔다. 동부*가 사슬로 된 훌륭한 황금 흉갑(브레티키는 급히 모든 손가락으로 끈을 서투르게 만졌다)과 쌍두 독수리를 엮은 자주색 겉옷, 마지막으로 검을 준비했다. 그들은 급히 황제를 준비시켰고, 황제는 밖에 나갔다.

황제는 세 시간가량 밖에 있었고, 황제의 뒤에 있곤 했던 브레티키는 (스테파노스가 브레티키더러 어둠 속에서 황제를 뒤쫓지 말고, 잔과 병을 가지고 몸 간수를 하게 했다) 천막에 혼자 앉아 떨면서, 전투하면서

---

* 가슴과 배

울리는 무시무시하고 시끄러운 소리를 듣고, 튀르크군이 천막에 난입할 순간을 모두 상상했다. 브레티키는 자신이 황제의 곁에 있지 않으면, 도시가 함락되리라는 예언을 기억했고, 이 말이 사실이라고 느꼈다. 스테파노스의 말을 어기고, 가서 황제를 찾아야 했다. 그러나 밤은 어두웠고 소리 때문에 나갈 수가 없었기에, 자신이 있던 곳에서 머물렀다. 세 시간이 채 지나지 않은 듯했다!

마침내 황제가 바랑인 몇 명의 호위를 받으며 돌아왔다. 브레티키는 벌떡 일어서 황제의 과중한 갑옷을 벗도록 도우러 갔다. 먼 곳의 소음은 점차 사라졌고, 썰물처럼 오르락내리락하면서 물러났다. 그러나 황제는 울고 있었다. 조용히 눈물이 해쓱해진 채 움푹 꺼진 얼굴로 흘러내렸다. 황제는 아무 말도 하지 않았다. 브레티키는 난로 위의 팬에서 따뜻한 포도주를 가져왔지만, 황제는 포도주를 마시지 않았고 계속 눈물을 흘리며 바로 침대에 갔다.

"무슨 일이 일어난 거죠?" 브레티키는 두려워하며 말했다. 도시가 함락되어, 결국 튀르크군이 난입해 그들을 모두 학살하는 것까지 생각했다.

"랑가베가 죽었어. 폐하의 죽마고우로 폐하의 곁에서 자주 싸웠고, 헥사밀리온 전투에서 폐하의 목숨을 구하기도 했지. 랑가베는 술탄의 기수 두 명의 목을 베었지만, 그들은 그를 포위해 죽였어. 폐하는 랑가베의 죽음을 비통해하고 계셔." 스테파노스가 말했다.

"그들이 벽을 통과했나요?" 브레티키는 쉰 목소리로 물었다.

"아니, 그들은 물러났어. 하느님만이 방법을 알고 계시지. 이제 자자. 새벽에 폐하를 깨워야 해."

스테파노스가 브레티키를 흔들어 깨우며 등불을 켜고 포도주를 데우라고 했을 때, 브레티키는 오직 1~2분 잔듯했다. 스테파노스가 다시 와서 이불을 잡아당겨 쌀쌀한 아침 공기가 제 일을 하게 할 때까지, 브레티키는 눈을 뜨거나 베개에서 고개를 들 수가 없었다.

"그런데 어젯밤에 꿈을 꾸거나 일어난 적 있니?" 스테파노스가 황제를 위해 깨끗한 리넨을 펼치며 말했다.

"아니요. 이상해요. 저는 잠깐이라도 한 번도 악몽을 꾼 적이 없어요. 황제는 저더러 가라고 했는데도, 저는 여기 머무르는 걸 택했어요. 그런데도 저는 여느 때보다 더 두려워요." 브레티키가 말했다.

"진짜 튀르크군이 충분히 나쁘다는 뜻이구나. 그런데 악몽 속 튀르크군이 더 낫니?" 스테파노스가 기묘한 미소를 지으며 말했다.

"그들은 전에 진짜였죠. 튀르크 해적이요. 이제 모든 것을 기억했지만, 더는 기억하려 하지 않을 거예요. 제 마음은 거기에서 벗어나려고 노력하고 있어요." 브레티키가 말했다.

"네가 머무르는 것을 택하다니 기쁘구나. 제멋대로이긴 한데, 너를 위해 나도 기뻐하마. 여기에서 달아나려고 했던 것은 잊어버릴게." 스테파노스가 무표정한 얼굴에 아무런 감정도 스치게 하지 않은 채 말했다.

"저는 머물러야 해요. 당신이 옳다고 생각해요. 당신이 스스로 이겨내기를 바랄 수가 없을 때, 좋은 일을 맞닥뜨린다는 보장을 할 수 없지만요." 브레티키가 말했다.

"우리는 스스로를 이겨낼 수 있어." 스테파노스가 커튼을 들어 올리고, 황제를 깨우러 가면서 말했다.

황제는 일어난 뒤 옷을 갖춰 입었다. 황제는 스테파노스와 브레티키가 자신의 갑옷을 끈으로 고정하는 동안, 향신료를 넣어 데운 포도주를 약간 홀짝이면서 둥근 빵 조각을 먹었다. 천막 문에서 돈 프란시스코와 테오필로스가 황제와 황제의 말을 데리고 있는 마부를 기다렸다. 스테파노스와 브레티키는 황제와 함께 올라가면서, 계속 빵을 먹고 있었다.

 그들은 처음에 금각만을 따라 방조벽을 향했다. 그러나 계속 이동했어도 공격은 없었다. 하지만 페라 저편에서 포탄이 발포하자 방재에서 배들이 물러났다. 그들은 제노바 벽의 바람이 받지 않은 곳으로 아크로폴리스 밑의 작은 항구로 피신했다. 상황은 점점 더 어려워졌다. 황제는 되돌아갔고 블라헤르네 벽 주위로 말을 몰면서, 튀르크 부교[*]를 타고 올라가는 대포의 수가 늘어나는 모습을 암울하게 바라보았다. 그다음 경사지를 올라, 성벽을 따라 성 로마노스 문으로 향했다. 전날 밤 전투로 인해, 해자에 시체가 두텁게 흩뿌려져 있었다. 성벽의 고요하고 흐릿한 공기 속에서 피 냄새가 방어군이 들이마시는 공기를 더럽혔다. 방책防柵 뒤에서 사람들은 극도로 지친 상태에서 앉거나 기대고 있었다. 방책防柵 저편으로 시체 속에서 서서히, 조심스럽게 튀르크 병사들은 매장하기 위해 동료들의 시체를 되찾아, 시체들을 끌고 갔다. 시체가 끌려갈 때 어떤 시체는 악 소리를 질렀고, 황제는 이를 올려다보았다. "저걸 허락해야 하나?" 황제는 가장 가까이 있는 지휘관에게 물었다. 지휘관은 대답하기 위해 애쓰는 듯했다. "시체가 썩고 있으며 위생도 좋지 못합니다. 폐하, 악취를 풍기고 있어요." 지휘관이 말했다. 황제는 고개를 끄덕였다. "저들이 어디까지 진행하는지 확실히 지켜보겠습니다. 폐하." 지휘관이 말했다. 지휘관 목소리는 피로 탓에 느릿느릿하고 저음 상태였다.

---

* 배나 널빤지를 깔아서 만든 다리

황제는 말을 탔다. 벽의 중간쯤 왔을 때, 황제는 감시병 중 절반이 자신들의 자리에서 자는 모습을 발견했다. 그들 중 몇몇은 총안이 있는 흉벽을 향해 기울어 선 채 말 그대로 잠들어 있거나, 외벽 탑들의 대포가 있는 곳에서 대포를 끌어안고 푹 쓰러져 있었다.

"제가 말에서 내려 저들을 깨울까요, 폐하?" 그들이 처음으로 자는 사람 몇 명을 발견했을 때, 돈 프란시스코가 물었다.

황제는 꽤 지치고 예리한 눈으로, 자기 병사들을 보았다. 그들이 옆에서 지켜보던 감시병의 볼에는 깊은 상처가 있었고 손에 피딱지가 앉았으며, 손은 감시병의 옆에 뻗은 상태였고 활을 쥔 손가락은 약간 말려 있었다. "그들이 푹 자고 있다고 말하지 않을 수가 없군. 그대가 그를 깨우면, 우리가 다음 탑까지 가기 전에 다시 잠들 것이네. 자게 내버려두게." 황제가 말했다.

사실, 느리고 지친 기색은 적의 천막에도 내려앉은 듯했다. 저쪽에서 충격을 주거나 바쁘게 움직이는 소리가 들리지 않고, 얼마 지나지 않아 아침 기도를 위해 구슬프게 울부짖는 소리만이 들렸다.

그날 하루 종일 조용했다. 베네치아인들이 황제에게 와서, 금각만에 있는 자기들 배에 폭약과 무기를 계속 두기에는 더는 안전하지 않을 것 같다고 말했다. 무슨 이유인지 튀르크군은 아직도 보스포로스에서 방재를 공격하지 않았고, 동시에 금각만에서도 마찬가지였다. 그러나 그들이 공격한다면…. 베네치아 무기들을 황제의 블라헤르네에 있는 무기고로 옮기고, 배들은 네오리온이라는 항구로 보내는 것이 나을 듯했다. 베네치아인들은 선원들을 데려와 성벽 방어를 돕게 했다. 황제는 그들에게 감사를 표했다. 모든 사람이 필요했다. 황제는 그들더러 부교의 대포로 맹공격을 당하는 벽의 구역으로 가달라고 요청했다.

며칠이 지나갔다. 베네치아 지휘관들은 사람들더러 움직이라고 설득하는 데 곤욕을 겪었다. 이들은 해전에 익숙했고, 물에 뜨기를 더 바랐다. 게다가 보스포로스의 거대한 함대에서 군사력을 과시하지 않고는 하루가 거의 흘러가지 않을 지경이었다. 이교도 배들이 트럼펫과 드럼 소리를 내면서, 방재를 향해 당당히 출항했다. 지친 그리스도교 선원들은 기민하게 모였고, 대포를 많이 발포하지 않은 채 튀르크군이 물러났다. 이러한 터무니없는 행동은 사람들의 신경을 아주 날카롭게 했다. 특히 모두의 배가 고팠고(공평하게 배급받았지만, 배급량이 적었다), 피곤했으며 조급해하고 지친 상태라 괴로워했다. 이를 느낀 브레티키는 이것이 어떤 느낌인지 잘 이해했다. 위기를 맞닥뜨릴까 봐(재앙을 마주할까 봐) 늘 긴장하다가 위기가 지났다는 사실을 알고 나면, 다른 낮, 다른 밤, 다른 날에 똑같이 위기에 맞설 준비를 해야 했다. 이는 모두의 가슴을 아프게 했다. 마치 아버지가 병상에 있는지 지켜보고, 천천히, 죄스럽게 한 사람은 두려워하고 거의 모두는 바라는 것, 죽음이 오는 것과 같았다.

황제는 끊임없이 말을 몰았다. 황제는 거의 먹지 않고 거의 자지 않았다. 계속 벽을 돌았다. 황제는 병사들을 격려하고 그들에게 감사를 표하며, 지휘관들이 현실을 보면서 용기를 계속 갖게 하고, 회의장에서 기민하게 외교적 수완을 발휘했다. 그러나 힘겨운 하루가 끝나고, 황제는 먹기에 너무 피곤해 앉아서 저녁 식사를 깨지락거렸다. 마침내 황제가 잠이 들 때, 조용한 노예 두 명만이 주군의 얼굴에서 진실을 볼 수 있었다. 황제의 볼이 더 움푹해져서, 광대뼈의 낮은 모서리 부분이 선명하게 보였다. 눈구멍의 가장자리가 움푹 들어간 눈을 감았다. 어느 날 밤,

스테파노스는 황제가 조용히 기도하다가 침대에 몸을 기댄 채 잠든 사실을 발견했다. 그는 브레티키를 불러 와, 황제를 침대로 옮기고 이불을 덮어주는 것을 돕게 했다. 그다음 두 사람은 서서, 자는 남자의 피폐해진 얼굴을 내려다보았다. 황제는 그들이 자신을 옮길 때조차 일어나지 않았다. "아, 일어나야 할 일이 바로 일어나면 좋을 텐데. 내일이 오겠지!" 브레티키가 말했다.

"내일은 오지 않을 거야. 달이 차오르고 있어. 이곳은 달의 도시라고 부르지. 달이 저물 때 도시는 멸망할 거야." 스테파노스가 침울하게 말했다.

"이해하지 못하겠어요." 그들이 황제의 침대 옆에서 물러날 때 소년은 배가 너무 고파서, 황제가 먹지 않은 빵을 집어 든 채 말했다. "언젠가 당신은 모든 예언을 경멸하겠죠. 다음 날에는 그리하지 않을 거고요."

"예언이 미래를 대신 알려준다면, 예언이 소용이 있는 걸까? 하지만 예언이 성취되지 않도록 위협하는 것들을 없앤다면, 우리에게 남아 있는 게 있겠니?" 스테파노스는 우울감에 빠진 채 말했다.

"제가 황제의 곁에 가까이 있는 동안 모든 일이 잘 풀리리라는 예언이 있어요. 여기 예언이 있어요." 브레티키가 말했다.

"모두 불확실해." 스테파노스는 웃으려 하지 않으며 말했다.

"저는 당신에게 예언이 성취되는 모습을 보여줄 거예요. 내일은 끔찍한 날이겠죠!" 브레티키가 말했다. 포도주를 꿀꺽 마시면서 빵을 먹으며, 이번만은 이것이 맛 좋은 잉글랜드 맥주이기를 바라면서 침대로 갔다.

＊　＊　＊

악천후가 오기까지 좋은 날이었다. 그러나 소음, 먼지가 있는 곳에서 몇 시간이나 말을 타고 다녔고 쉬거나 먹을 시간이 거의 없었으며, 계속 불안해하며 이야기를 나누는 외국인들을 보며, 브레티키는 다른 날과 마찬가지로 이날이 끔찍할까 봐 걱정했다. 해 질 녘에 황제는 교회 통합을 받아들인 사제들이 벽의 전사들처럼 끝없이 철야예배를 하는 신성한 지혜의 교회로 철야예배를 하러 가기 전에, 몇 시간 동안 휴식을 취했다. 황제의 일행은 다시 예복을 입었고 횃불을 켠 채 어두운 거리를 뚫고 나아갔다. 하늘이 별로 된 막으로 두텁게 싸였고, 밝은 달이 보름달이 되어가고 있었다.

　　도시의 성위*가 회색과 은색의 그림자로 덮인 상황에서 그들이 말을 타고 갈 때, 치솟는 원주와 부풀어 오르는 돔이 그들 곁을 지났고, 돔의 아치가 포도주가 담긴 은색 잔처럼 가득 채워졌다. 앞에, 신성한 지혜의 교회에 있는 대규모 무리 앞에서 웅장한 돔의 호가 달빛으로 가득 찬 뒤, 환영처럼 치솟아 올랐다. 안은 모두 금색이었다. 따뜻한 등불, 충직하면서 희망에 찬 촛불이 켜지고 향이 둥둥 떠다니고 낭랑하면서 애절한 음악이 형체 없는 허공에서 형체를 엮어냈다. "어찌 저리 거대하고, 아름다울까!" 브레티키는 안으로 들어가면서 생각했다. "난 늘 이를 기억했다고 생각하지만, 늘 기억력이 약해지고 저하됐다는 사실을 깨닫지."

　　예배는 길었다. 잠시 후 황제는 잠깐 휴식을 취하기 위해 화랑으로

---

* 위치를 바꾸지 않는 항성이 위치한 자리

물러났다.

황제의 화랑은 모자이크로 화려하게 장식됐다. 사방에서 예전의 행복했던 황제들과 황후들의 초상화가 빛나고 있었다. 화랑 넓은 구간의 한쪽 벽에서 머리와 어깨를 황금 지면에 기댄 거대한 인물상이 브레티키를 내려다보았다. 한 손에는 보석이 박힌 책을 움켜쥐고 있었다. 수염을 기른 얼굴은 황제처럼 움푹 들어가고 음울한 상태였다. 이마에는 홈이 있었다. 형언할 수 없을 정도로 엄격해 보였고, 밝지 않고 흉포해 보였으며 얼굴 전체에 엄격함이 묻어난 채, 커다랗고 검은 눈동자가 브레티키에게 시선을 고정했다. 브레티키가 넓은 화랑을 돌아다닐 때마다, 눈이 계속 브레티키를 똑바로 응시했다.

"저건 누구예요?" 성가대의 노래가 멈췄을 때 브레티키는 이때를 틈타 스테파노스에게 물었다.

"예수 그리스도란다. 그리스도 말고 누가 또 있겠니? 네 비참한 교회에서는 그리스도를 묘사하지 않니?" 스테파노스가 말했다.

"그렇지는 않아요! 우리는 그리스도의 십자가에 못 박힌 모습이나 제자들과 함께 있는 모습이나 여물통에 있는 모습을 보여…." 브레티키가 조용히 말했다. 브레티키는 냉혹하면서 무서운 형상을 보기를 꺼렸다.

"이 형상은 갈릴리에 있을 때 그리스도의 모습이 아니란다. 지금 여기 계시는 예수님의 모습이지." 스테파노스가 대답했다.

스테파노스가 말한 대로 생각하며 몸을 떨던 브레티키는 겁에 질렸다. 무서운 모습이 눈을 치켜떴다. 이제 무섭지 않아 보였다. 쌀쌀맞거나 냉담하지 않고 오히려 측은해 보이면서, 끔찍해 보이던 모습은 연민 어린 모습으로 녹아내렸다.

"오, 이 형상이 예루살렘을 바라보는 그리스도처럼 우리를 보면, 우리에게 무슨 일이 일어날까?" 브레티키가 속으로 외쳤다.

이러한 생각이 대답으로 튀어나올 지경까지 이르렀을 때, 발소리가 화랑을 따라 황제의 대리석 문으로 향했다. 불안해하던 전령이 리코스 골짜기가 아닌, 벽이 감싸는 블라헤르네가 공격당한다는 소식을 가져왔다. 황제는 브레티키를 보내, 교회의 신도석에서 기도하던 프란치스와 노타라스를 데려오게 했다. 소규모 무리가 미친 듯이 전속력으로 도시의 끝부분을 향해 달렸다.

그들은 자신의 구역에 있다가 도착한 주스티니아니와 동시에, 벽에 도달했다. 튀르크군은 해 질 녘 전에 구멍 뚫린 곳에 와서, 사람 수천 명을 던져 넘어뜨렸다. 튀르크군은 해자를 건넜고 외벽을 향한 길을 뚫었다. 무너진 내벽을 따라 필사적으로 싸움을 하고 있었다. 방어군이 이들을 방어하는 데 실패하면, 이들은 단번에 도시로 들어올 것이었다.

"케르코포르타! 나간 뒤 측면에서 그들을 잡아야 합니다!" 주스티니아니가 외쳤다. 혼란을 뚫고 소리친 그는 소량의 보급품을 모았고, 비상문으로 나아가면서 궁전 모퉁이를 돌아 사라졌다. 황제는 말에 박차를 가하며 주스티니아니의 뒤를 쫓으며 힘껏 외쳤지만, 고막을 찢는 듯한 소음에 목소리가 묻힌 상황이었다. 스테파노스는 황제를 뒤쫓았고 브레티키는 스테파노스를 따랐다. 그러나 그들이 케르코포르타로 내려갔을 때, 주스티니아니의 사람들이 막 몰려와 거칠게 소리쳤다. 그들은 바랑인 요안니스가 그곳에서 황제의 말 굴레를 잡고 외치는 사실을 깨달았다. "아니 됩니다. 황제 폐하. 아니 됩니다!"

"가게 해주게! 내가 가게 해주게!" 황제가 외쳤다.

"폐하, 그리스도를 불쌍히 여겨 혼란 속으로 뛰어들려는 것입니까?

무장하지 않고 자주색 예복을 입고요? 물러나십시오. 폐하!" 스테파노스가 황제의 옆에 나타나 말했다.

그들이 실랑이하고 있는 바로 그 순간에, 벽 밖의 튀르크 트럼펫이 후퇴하라는 소리를 냈다. 공격은 어둠 속으로 차츰 잦아들었고, 소란이 줄어들다가 서서히 사라졌다.

주스티니아니는 바로 다시 나타나 함박웃음을 지으며 말했다. "우리는 비둘기 앞에 고양이를 놓았습니다!" 그의 눈이 반짝였다. 브레티키는 주스티니아니가 실은 싸우는 것을 좋아한다는 사실을 처음으로 깨달았다. 주스티니아니는 싸울 때 빛났고 광이 났다. 전 세계에서 그보다 더 용감한 남자는 없는 게 확실했다. 곧 주스티니아니는 두 명의 그리스 지휘관 어깨에 팔을 얹었고 그들더러 착한 친구들이라고 부르며, 구멍 뚫린 곳을 잘 지켜주어서 자랑스럽다고 말했다. 수리조가 그곳으로 파견됐다. 황제는 병사들과 이야기하고 불안해하는 눈빛으로 벽의 틈을 바라보며 이리저리 말을 몰았다.

"너무 좁습니다. 그들이 수적인 이익을 보려면 아주 큰 틈이 필요합니다." 주스티니아니가 말했다.

황제가 떠날 때 수리조가 나섰다. 시민들이 길게 줄을 서서 흙과 돌을 운반했다. 브레티키는 그들이 들고 있는 횃불로, 시민 중 최소 절반이 여성이었고 자신보다 훨씬 더 어린아이들인 모습, 그들이 흙과 돌을 운반하느라 몸을 구부린 채 비틀거리는 모습을 보았다. 브레티키는 오랫동안 말을 타거나 서 있느라 피곤해하기만 했던 사실을 부끄럽게 여겼다. 브레티키는 황제의 천막으로 되돌아왔을 때, 앉아 있는 스테파노스에게 식사와 취침을 스스로 준비하겠다고 주장했다.

16

 다음 날, 여전히 주저하던 베네치아 선원들은 마침내 자신들의 배에서 내리기로 했다. 그들은 블라헤르네 구역의 방어를 도우러 갔었다. 그들이 떠났을 때, 술탄은 봄의 골짜기에 놓여 있던 대포들을 옮긴 뒤 대포들이 리코스 골짜기를 내려다보게 했다. 술탄의 배들은 계속 이리저리 항해하다가 보스포로스로 내려가서, 방재를 향해 허공에 공격을 가했다.
 블라헤르네 성벽 공격에 실패한 지 며칠 후, 미노토는 심하게 불안해했고, 이른 아침에 황제를 알현하러 왔다. 자기 보초들이 밤에 벽 밑에서 소리, 이상한 소리를 들었다고 말했다. 그들은 무슨 일이 일어났는지 보려고 햇불을 켰고, 아무것도 보지 못했다. 쥐가 움직인 것도 아니었다. 그러나 소리는 계속 들렸다. 새벽에 보초병들이 미노토에게 보고

했을 때, 미노토는 튀르크 전선 뒤로, 막 뚫은 흙더미가 지난 며칠 사이에 나타나는 모습을 보았다. "그들이 갱도*를 파고 있는 것 같습니다. 폐하. 벽 밑에 굴을 뚫고 있습니다." 미노토가 말했다.

그때 주스티니아니가 도착했고, 이야기는 그에게 전달됐다.

"굴을 뚫고 들어간다고?" 황제가 물었다.

"아마도요. 아니면 벽 밑에 폭약을 놓고 폭파할 작정 같습니다." 미노토가 말했다.

"그러면 어쩌면 좋지?" 황제가 놀란 채 물었다.

"제 중대에 전문 공병이 있습니다. 이러한 일의 경우 임금의 두 배를 주고 데려와야 합니다. 그는 존 그랜트입니다. 바로 그를 폐하께 보내겠습니다." 주스티니아니가 말했다.

"그랜트? 무슨 이름이 그런 식인가?" 미노토가 말했다.

"그는 스코틀랜드인입니다. 제 생각에는요." 주스티니아니가 말했다.

존 그랜트는 바로 왔다. 그는 칼리가리아 문 근처의 벽까지 굴이 거의 다 닿았다는 사실을 발견했다. 존 그랜트는 사람들을 동원해 대항 갱도를 파서 튀르크군의 갱도에 침입했다. 그리스의 불을 던져 지붕 받침대를 태워버리니 갱도 전체가 붕괴하고, 갱도 안의 사람들은 생매장당했다. 그러나 이러한 성과 덕에 기뻐하던 황제의 조언자들은 하나의 굴이 존재하면, 굴은 많이 있을 것이고 굴들을 모두 찾을 수 있다고 확신하지 못하기에 입을 꾹 다물었다. 존 그랜트가 통역가와 함께 파견되어 벽을 순회했고, 모든 보초병에게 무엇을 잘 살피고 무엇을 들어야 하는

---

* 굴 안에 뚫은 길

지 말해주었다. 그들은 이미 피곤하고 긴장한 상태에서, 이러한 임무로 인해 훨씬 더 조마조마했다.

날이 올 때면 더는 버틸 수가 없을 것 같았다. 그러나 매일 사람들은 어떻게든 필요한 일을 간신히 하고, 어떻게든 그 속에서 살아갔다. 5월 18일 새벽이 되었을 때, 초조한 병사들이 도착해 벽으로 황제를 불렀다. 그들은 허공에서 손을 높이 흔들어 급히 뭐라고 말했다. 아침 식사를 하던 황제는 접시를 다른 데에 밀어 놓고 그들과 함께 갔다. "또 무슨 일이야?" 브레티키가 따라가며 궁금해했다. "그가 먹었으면 좋겠어. 계속 이렇게 지내면, 그는 쇠약해지고 말을 탄 채 죽을 거야!"

그들은 몇 야드를 말을 타고 벽으로 달려가, 무엇이 잘못됐는지 보러 갔다. 거대한 공성 기구가 밤사이에 성 로마노스 문 앞에 나타났다. 그 기구는 공성탑으로, 거대한 정사각형의 나무 발판으로써 외벽보다 더 높았다. 많은 흙과 돌로 탑이 짓눌리고 균형을 잡고, 불에서 탑을 보호하기 위해 불 하이드˙를 뒤집어썼으며, 바퀴가 밑에 달려있어 앞으로 나아갈 수 있었다. 꼭대기의 대는 총안이 있는 흉벽보다 더 높이 있었고, 튀르크 궁수들과 투석 병사들이 위에 앉아 벽의 방어군보다 우위를 점하게 했다. 탑의 꼭대기에 성곽 공격용 사다리를 매달아 사용할 준비를 했다. 확실히 브레티키는 어떠한 통역자도 필요로 하지 않았다. 탑 때문에 높이 차이가 얼마나 벌어졌는지 응시하고 볼 수만 있을 뿐이었다. 밤마다 방책防柵이 열심히 만들어졌고, 방어군은 이제 숨을 곳이 없었다.

"도시에 있는 모든 사람을 동원해도, 저런 것을 한 달 안에 만들지

---

* 늙은 소로 만든 가죽

못해. 그런데 저들은 저것을 하룻밤 만에 만들었어!" 황제가 당황해 외쳤다.

황제의 목소리는 왼쪽의 해자 건너편에 있는 거대한 대포의 발포 소리 때문에 끊겼다. 아주 강한 불꽃, 쾅 소리, 으르렁거리는 소리, 검은 연기구름이 그들을 감쌌고, 천둥 같은 소리가 뒤따르자, 앞의 소리는 서서히 사라졌다. 땅은 그들의 발밑에서 마구 흔들렸고, 병사 무리는 거대하게 부풀어 오른 분홍색 먼지구름이 뒤에서 함께 따라붙은 채, 정신없이 그들 앞으로 몰려왔다. 벽의 탑 중 하나가 해자 쪽으로 무너졌다. 이번에는 방어군이 다시 탑을 간단히 떠받칠 수 없었고, 해자를 채우려고 노력하는 튀르크군을 쏘아 넘어뜨릴 수 없었다. 판이 바뀌었다. 공성탑 위의 튀르크군은 그들이 방책防柵을 급히 만들려고 할 때마다 그들을 쏘았고, 방어군은 가까이 다가갈 수 없어 이러한 활동을 밖에서 할 수가 없었다. 그래서 하루 종일 그들은 수많은 무리가 북적거리며, 해자를 채우려고 땀 흘리는 모습을 무기력하게 보았다. 무너진 탑은 포위자들을 도왔고, 포위자들은 많은 흙과 돌무더기, 쓰레기와 불쏘시개, 그 외 탑 꼭대기에 놓을 만한 모든 것을 찾아 올렸으며, 공성탑이 벽과 더 가까이 닿을 수 있는 것을 막기 위해, 수로를 채우고 평평한 둑길을 만들었다. 해 질 녘까지 그들은 작업을 마쳤다. 수로에 다리를 놓고 공성탑이 외벽과 몇 걸음 이내로 가까워지자, 주스티니아니는 외벽의 넓게 뻗은 테라스에 있는 사람들더러 물러나라고 한 뒤, 내벽의 총안이 있는 흉벽에 있던 사람들을 대신 내세웠다.

황제는 존 그랜트를 소환했다. 하루 종일 벽에 있던 황제는 떠나지 않은 채, 총안이 있는 흉벽에서 머무르며 자신의 사람들과 함께 저녁 식사를 했다. 직접 수리를 위해 돌무더기를 날랐다. 스테파노스와 프란치스가 멈추게 하지 않았으면 계속했을 것이다. 브레티키가 관찰하길, 황제는 주스티니아니처럼 위험에 빠지자 더 흥분한 듯했다. 황제의 어두운 눈에서 흥분의 불꽃이 타올랐다.

그랜트는 채워진 해자를 점검했다. 그다음 황제는 화약과 정예병 몇 명을 요구했다. 황제는 어둠 속으로 그들과 함께 재빨리 내려가 사라졌다. 그동안 쭉 방어군은 벽의 무너진 탑에서 일하고 있었다. 석조의 왼쪽 각도 부분은 원래 높이의 절반가량이 서 있었다. 방어군이 해자에서 석재들을 되찾아 오고, 정신없이 서두는 노동자들이 탑에 있는 곳을 튼튼히 짓고 거칠고 강하게 보수를 마칠 때마다, 석재를 사용해 탑의 위를 구축했다.

새벽 두 시에 그랜트는 테라스로 기어 돌아왔고, 준비가 됐다고 말했다. 다들 피하고자 고개를 숙였다. 왜냐하면 해자를 가로지른 길 일부분이 불쏘시개 위에 놓여 있었고, 밑에 가까스로 화약을 설치했다. 그곳에서 느리게 우르릉거리다가, 쾅 소리가 나면서 불이 붙었다. 불의 빛줄기가 그들의 머리 위에서 타올랐고, 불꽃이 밑으로 떨어져 나는 요란한 소리를 들었다. 한 시간 후 타오르는 잿더미에서 불꽃이 사그라들자, 노동조는 해자로 기어 내려갔고 다시 해자를 청소하기 시작했다.

그래서 새벽에 공성탑은 사라졌다. 해자를 건널 수 있는 길도, 입을 크게 벌린 벽의 틈도 사라졌다. "우리가 하룻밤 사이에 이렇게 일할 수 있는 것은 기적이야." 황제가 말했다.

그러나 병사들은 극심하게 피곤해했다. 공성탑 네 개가 다른 장소의 벽을 따라 나타난 상태였지만, 아직 공성탑 앞에서 해자를 채우려는 시도는 이루어지지 않았고, 황제의 무기고에는 화약이 거의 위험할 정도로 남지 않았다.

존 그랜트는 다음 4일을 거쳐 하루에 하나씩 땅굴을 발견했다. 땅굴은 모두 블라헤르네 구역을 감싼 벽 앞에 있었고, 벽은 이중이 아니라 한 겹으로 쌓여 있었다. 벽의 대부분 구역은 밖으로 튀어나와 있었고, 짧은 거리 내에 해자가 없었다. 그랜트는 땅굴 하나를 범람시키고, 또 다른 땅굴에는 연기를 피웠으며, 다른 벽 두 개는 폭파했다. 그다음 어느 저녁, 그랜트는 튀르크 장교 한 명을 사슬로 묶은 채 회의장에 있는 황제를 알현했다. 주스티니아니가 설명하길, 그랜트는 대항 갱도를 파서 튀르크군의 수많은 땅굴 끝부분을 차단한 뒤 튀르크군을 생포했다. "이자가 지휘관입니다. 폐하. 하지만 우리는 이자에게 말하라고 설득할 수가 없습니다. 폐하, 또 다른 땅굴이 있다면 이자가 위치를 알 것입니다." 주스티니아니가 말을 마쳤다.

황제는 누구에게도 조언을 요청하지 않았다. 황제의 병사들은 서서 기다리며, 기대감과 불안감에 차서 황제를 바라보았다. 고통스럽고 불쾌한 기색이 프란치스의 얼굴에 드러났다. 테오필로스는 고개를 돌렸다. 노타라스는 단호하면서 긴장한 듯했다. 황제는 거무스름한 얼굴을 세우고, 머리를 높이 치켜세운 채 교만하게 서 있는 튀르크 장교를 앉아서 바라보았다. 튀르크인이 땀 흘리는 모습이 눈에 보였고 볼의 근육이 경련하고 있었다. "저자는 두려워하고 있어." 브레티키는 호기심으로 가득 찼다. 이들 중 한 사람도 그만큼 두려워하는 사람이 있으리라는 생각은 하지 않았다.

"왜 저자는 여기 있어요?" 브레티키는 스테파노스에게 속삭였지만, 아무 답도 듣지 못했다. 황제는 슬퍼하는 것 같았다. 황제는 이마를 손으로 받친 뒤 포로를 다시 올려다보았다.

그때, "하느님께서 나를 용서하실지언정, 그를 설득해야 하네." 황제가 말했다. 브레티키는 그랜트의 얼굴에서 안도의 기색을 보았고, 주스티니아니의 얼굴에서 놀란 기색이 약하게 스치다가, 찬성하는 기색이 드러난 모습을 보았다. 그들은 튀르크인을 끌고 갔다. 오직 테오필로스만이 눈에서 결정에 관해 도전의 기색을 비쳤다.

다음 날 아침, 그랜트가 와서 모든 땅굴이 발견됐고 모두 막고 파괴했다고 보고했다.

오후에 황제는 추기경 이시도로스가 있는 곳으로 불려 갔다. 방조벽에서 이들은 배 한 척, 작은 배 한 척을 보았다. 배는 튀르크 국기를 휘날렸지만, 아시아 해안에서 내리지 않고 금각만을 향해 항로를 잡은 듯했다. 말이 준비됐고, 황실 일행은 가서 무슨 일이 일어났는지 볼 준비를 했다. 그러나 브레티키는 바다에서 불어오는 개방되고 상쾌한 공기를 맞고 싶다는 유혹이 살짝 들면서도, 황제의 뒤에서 사슬에 묶인 포로처럼 계속 말을 타고 계속 걷는 삶을 사느라 너무 애태우고 조마조마한 탓에 말 등자*에 문제가 있는 척하고, 다른 이들이 움직이기 시작할 때 말에서 내린 뒤 가죽끈을 만지작거렸다. 그다음 말에 다시 올라타 거리를 뒤따라 잡았다. 그들이 메세로 내려가기 시작하자마자, 브레티키는 옆길로 벗어나 바로 자유와 기쁨에 압도당했고 스스로 어디로 갈지, 무엇을 할지 결정할 수 있게 됐다.

갑자기 브레티키는 자신이 목조 주택이 즐비한 곳에 있다는 사실을 발견했다. 길을 조금 따라 거닐면, 가장 옆은 담홍색 벽돌로 만들어진 작은 교회가 있었다. 그곳의 벽은 모두 무늬화되고 양각이 새겨졌으며,

---

* 말을 탈 때 발을 디디게 해주는 장치

그곳의 작은 돔들은 위에 함께 자리 잡고 있었다. 길게 나부끼는 식물은 보라색 꽃들로 장식된 채, 교회 저편의 정원 벽에 걸려 있었다. 총소리는 멀어졌다. 브레티키는 옆에서 꽃에 벌이 날아드는 소리를 들을 수 있었다. 거리는 텅 비어 있었고, 셔터가 달린 위쪽 격자창 뒤에서 브레티키는 집 한두 채가 그늘이 졌다는 사실을 알아보았다. 집들은 전혀 허물어진 것 같지 않았고, 오히려 깔끔하고 예뻤다. 브레티키는 이러한 종류의 집에서, 너무 웅장하지도 않고 너무 비참하지도 않은 중간쯤의 집에서, 가족들이 살았다면 어땠을지 생각했다. 이 집은 브레티키가 추구하는 집이 전혀 아니었다. 꾀죄죄한 장소, 약간 불쾌한 장소가 필요했다. 브레티키는 자신이 원하는 것은 음식이라는 사실을 바로 떠올렸다. 물론 도시의 모든 음식은 배급되지만, 브레티키는 그렇기는 해도 음식이 있는 곳이 있어야 한다는 사실을 충분히 알았다. 브레티키는 셔츠 안에 손을 넣고, 자신이 대관식 날에 바느질했던 작은 빨간 다발이, (아주 오래전에!) 모레아에서 항해할 때 황제를 보살피고 받은 동전이 어디 있는지 찾아보았다. 브레티키는 자신이 이를 얼마나 열심히 간직했는지, 이 돈이 어떻게 당나귀를 타고 배를 타고 온 힘을 다해 잉글랜드의 집으로 갈지, 지금, 돈으로 자신이 물고기를 잡거나 닭을…. 생각하며 살짝 웃었다. 그러면서 쭉 말을 타고 갔다.

브레티키는 양옆에 거대한 점토 병을 매단 당나귀를 이끄는 물장수를 지나쳤고, 구불구불한 길을 내려가다가 완만한 내리막길을 타고 마르마라해로 향했다. 마치 행운이 소년이 바라던 부류의 장소로 소년을 데려다준 듯했다. 거리는 여기서 넓어졌고 상추밭이 있었으며, 네다섯 마리의 깡마른 양 떼를 거느린 사람이 있었다. 건너편에는 문에 염소를 묶어 놓은 집이 있었다. 브레티키가 이 집의 뜰을 들여다보았고, 먼지

속에서 쪼아대는 암탉 세 마리가 보였다. 입에 침이 고였다. 브레티키는 농민들이 사는 구역을 발견했는데, 아무도 야위거나 굶주리지 않은 사실에 주목했다. 그래서 브레티키는 말에서 내린 뒤 말에 굴레를 씌우고 말을 이끌며, 출입구에 앉아 있는 노파에게 걸어가 그리스어로 더듬거리며 비용을 지불하겠으니 먹고 싶다고 몸짓으로 정교하게 표현하며, 파는 음식이 있냐고 물었다.

노파는 벌떡 일어선 뒤 머리를 흔들고 손짓하며, 브레티키가 한 마디도 알아듣지 못하는 그리스어를 마구 쏟아냈다. 그래도 노파가 '없다'라고 말하는 것은 분명했다. 그런데 왜 노파는 먼저 다가와 주먹을 흔들었을까? 브레티키는 뒷걸음질 쳤고 적은 군중 속에 있는 사람에게 몸을 돌린 뒤 다시 요청하기 시작하니, 똑같이 갑작스럽게 분노를 표출 받았을 뿐이었다. 이번에 그들은 가는 게 좋겠다는 몸짓을 분명히 했다. 브레티키가 조랑말을 타고 멀리서 반짝이는 마르마라해로 거세게 몰았을 때, 뒤에서 야유와 조약돌 한 움큼을 받았다.

브레티키는 계속 단호히 말을 몰았다. 방조벽에 다다랐을 때, 지금껏 온 길을 돌아보았다. 곧 남쪽 벽의 항구 한 곳에서 길이 나타났다. 그곳에서 노인이 앉아 밧줄을 붙이고 작은 어린이 두 명이 물에 조약돌을 던지고 있었다. 소년은 다시 음식을 달라고 요청했고, 이번에는 돈을 보여주었다. 노인은 고개를 저었다. 노인은 바다와 연결되는 아치를 향해 팔을 흔들며 말했다. "튀르크야!" 브레티키는 "바실레프스(그리스어로 "황제"를 가리킨다)"라고 자신이 최소 아는 단어를 말했다. 그때 브레티키는 자신의 배에 손을 갖다 댔고, 슬프게 얼굴을 찡그렸다. 자신의 볼을 손가락으로 눌러 우묵하게 만들었다.

노인은 숱 많은 이마 밑에서 소년을 빠르게 보았다. 그때 노인은 바로 일어나 떠나버렸다. 브레티키는 우울하게, 당혹스럽게 물을 바라보았지만, 포기하고 싶지 않았다. 머지않아 브레티키는 노인이 똑같이 나이 든 수도사와 같이 돌아오는 모습을 보았다. 이들은 막대기를 하나씩 짚고 걸었고, 다리는 걸을 때마다 구부러지는 듯했다. 두 사람은 브레티키를 향해 느리게 왔고, 새로 온 사람은 목소리가 떨리는 상황에서 라틴어로 물었다. "음식은 원하나?"

"네, 돈은 지불할 수 있어요." 브레티키가 말했다.

"황제가 너를 보냈니?"

"아니요, 아니요. 그는 제가 어디 있는지, 누구와 있는지 알지 못해요. 그러나 그는 매우 피곤해 보이고 야위었어요…. 그가 저녁에 먹을 만한 음식을 찾고 싶어요." 브레티키가 말했다.

"너 우리를 염탐하러 온 것 아니지?"

"아니에요. 맹세할게요." 브레티키는 얼굴이 밝아진 채 외쳤다. 그러자 이에 관해 소란이 벌어졌다. 다들 브레티키가 황제의 시동이라는 사실을 알고 있었다. 그들은 은밀한 거래를 하는 자신들을 잡기 위해 브레티키가 자신들을 속인다고 생각했다.

수도사는 브레티키를 오랫동안 응시했다. 그다음 "우리가 너를 위해 물고기를 잡아 줄게. 대신 어디서 물고기를 얻었는지 말하지 않겠다고 맹세하거라." 수도사가 말했다.

노인은 벽을 불안하게 올려다보았다. 벽에는 병사 한두 명이 서 있었다. "우리에게 지금 돈을 다오." 수도사가 브레티키에게 말했다. 브레티키는 자신의 비축물을 주었다. 그들은 동화 여러 개와 은화 한 개를 가져갔다. 그때 수도사는 브레티키를 항구에 묶인 작은 배로 이끌고 왔고, 그동안 노인이 방조벽을 올라가 그곳의 보초병과 이야기했다. 브레티키가 짐작하길, 보초병에게 뇌물을 주는 것 같았다. 그때 세 사람 중 브레티키와 어부는 노를 저으며, 요새화된 부두의 좁고 낮은 아치형 입구를 통해 항로에 올랐다. 항구로 향하는 주요 출입구는 목재 더미와 구멍 난 배들로 막혀 있었기 때문이다.

그들은 약간만 앞으로 나아갔다. 그들 뒤로, 빨간 줄이 매달린 회색빛의 방조벽이 구불거리는 모습이 어렴풋이 보였다. 어부는 그물을 던졌고, 수도사는 튀르크 갤리선들을 계속 경계했다. 그들은 거의 한 번에 커다란 물고기를 잡았지만, 수도사는 세 마리를 잡을 때까지 안으로 들어갈 수 없다고 말했다. "한 마리는 너를 위해, 한 마리는 우리를 위해, 한 마리는 보초병을 위해." 많은 물고기를 잡지 못했다. 물이 얕았기에 돛자락이 울부짖는 소리가 났기 때문이다. 그들이 기다리면서 그물을 질질 끄는 동안, 작은 배가 비스듬히 나아가 도시의 끝 쪽을 향해 이동하고 있었다. "노를 더 세게 저어. 튀르크 갤리선이 올 수 있으니, 저 아치에서 절대 멀어지면 안 돼." 수도사가 브레티키에게 말했다.

"여기 해류가 세요." 브레티키가 말했다.

"저기 보스포로스가 흘러나오는 곳은 해류가 그리 강하지 않아. 내 형제가 말하길, 벽을 휘감은 해류는 더 강한 해류를 빨아먹는 소용돌이에 불과해. 그곳에서는 수면 위를 너무 빠르게 나아가면, 배 밖으로 던져진 오렌지가 배를 따라잡아 배에 부딪힐 거야." 수도사가 그물을 너무 앞으로 기울인 탓에 수염이 거의 물에 닿을 지경일 때 말했다.

"해류가 배를 빨리 데려다줄 거예요. 당신 형제에게 이건 진짜 어부의 이야기라고 해줘요!" 브레티키가 활짝 웃으며 말했다.

"더 깊이 내려가면 역류가 있어. 큰 배는 깊은 곳을 나아갈 때 여러 방향으로 노를 저어야 해."

"물이 위험한가 보네요." 바다의 고요한 표면을 보며 브레티키가 말했다.

"넌 해 질 녘에 작은 새들이 물 위에 있는 모습을 보았니? 죽은 선원들의 영혼이야. 익사한 이들의 영혼이라고." 수도사가 말했다.

바로 그때 그물에 작은 것이 걸렸다. 그들은 그물에 엉킨 물고기 세 마리를 잡아끌었고, 빠르지 않게 안전하게 노를 저었다. 그들 위의 벽에 있는 부패한 보초병이 적의 선박이 오자 바로 소리쳐, 이를 알렸기 때문이다.

그래서 브레티키는 자신의 안장주머니에 질 좋고 신선한 넙치 한 마리를 넣고 돌아오기 시작했다. 그러나 브레티키는 모든 성난 사람들 곁을 지나, 특히 눈으로 보아도 가득한 게 보이는 가방을 들고, 자신이 온 길, 다시 집으로 가는 길을 거닐며 더 좋게 생각했다. 그래서 스투디온 수도원까지의 길을 따라 나아갔다. 수도원은 사랑스러우면서도 강한 바람이 부는 경사지의 정원에 조용히 놓여 있었고, 바다와 섬의 경치를 마주했다. 브레티키는 벽을 향해 가로질러 나아갔고, 내벽 기슭을 따르는 넓은 포장도로를 거쳐 돌아갔다. 그래서 도시를 마주한 두꺼운 벽 속에 아치화 된 넓은 처소들이 있는 주스티니아니의 구역을 지나서 왔다. 그곳에서 브레티키는 쓰레기로 가득 찬 수레가 서 있는 모습과 끌채* 사이의 참을성 있는 당나귀의 모습을 보았다. 수레 뒤편에 쓰레기와 양의 뼈 사이에 시체가 던져져 있었고, 파리가 위에서 기어다녔다. 대포가 발포됐다. 파리들은 부패한 공기 속 몇 인치가량의 거리에서 윙윙거리다가 다시 멈췄다. 시체는 부상으로 흉물스러웠다. 함께 묶인 손에는 손톱

---

* 수레의 양쪽에 있는 긴 채들

이 없었고 벗겨진 발에는 발톱도, 발가락도 없었다. 갈비뼈는 고스란히 드러나 있었고 바람과 불로 인해 피부가 벗겨져 있었으며, 머리가 수레의 모서리 부근에서 거꾸로 매달려 있는데도, 브레티키는 그게 누구인지, 혹은 누구였는지 알 수 있었다. 그는 전날 그들이 잡았던 튀르크 장교였다. 브레티키의 위가 요동쳤다. 브레티키는 눈을 돌리고 지나갔다.

"너 어디에 있었니?" 브레티키가 황제의 천막으로 들어올 때, 스테파노스가 물었다. "이리 오렴. 황제께서는 블라헤르네로 가실 거야. 네가 탔을지도 모르는 배는 소식을 들으니, 여기서 20일 전에 떠난 쌍돛대 범선이라고 하더구나. 배의 선장이 폐하께 보고하러 오는 중이란다."

황제는 궁전의 거대한 황금 옥좌에 앉아 있었고, 선장과 선원이 몰려와 정중히 인사했다. 가라앉은 목소리로 선장은 황제에게, 그들이 여러 날 동안 에게해를 항해했고 도시에 원조하러 오는 함대를 발견하지 못했으며, 항구에서도 함대에 관한 소식을 듣지 못했다고 말했다. "더 수색하는 것은 소용이 없다고 생각했습니다. 황제 폐하, 우리는 다 함께 우리가 무엇을 해야 할지 논의했습니다. 한 사람은 도시가 이미 틀림없이 함락됐고 초토화가 됐을 테니, 도시로 돌아가봤자 소용없다고 말했습니다. 하지만 남은 이들은 죽든 살든 간에 폐하께 돌아가 말씀을 전하는 것이 우리의 의무라고 말했습니다." 선장이 말했는데, 말할 때 목소리가 떨렸다.

황제는 손으로 고개를 푹 숙인 채 울었다. 황제는 옥좌에서 일어나, 선장에게 가서 형제처럼 안아주었다. 황제는 선장에게 충절을 지켜주어서 고맙다고 말했고, 계속 조용히 눈물을 흘리며 선장의 손을 잡은 채 말했다. "그러면 우리는 세속적인 도움을 받지 못할 것이오. 우리는 우리 도시의 설립자와 도와준 자이신 예수님을, 성모를, 성 콘스탄티누스*경을 믿어야 할 것이오."

그날 밤, 황제는 블라헤르네에 있는 자신의 처소에 걸린 성모 마리아의 성상 앞에서 무릎을 꿇고 몇 시간 동안 기도했다. 그들이 밤늦게 자려고, 부드러운 달빛을 받고 벽의 천막으로 돌아올 때였다.

"몸이 아픈 것 같군." 스테파노스가 황제의 부츠를 벗길 때, 황제가 스테파노스에게 말했다.

"더 많이 드셔야 합니다. 폐하." 스테파노스가 말했다.

"절망을 치유하기 위해?" 황제가 쓴웃음을 남긴 채 말했다.

"절망을 버틸 힘을 얻기 위해서입니다." 스테파노스가 아주 단호히 말했다.

"나는 이보다 더 많은 빵을 먹을 수가 없네. 내 위에 돌 같은 것이 놓여 있어." 황제가 말했다.

바로 그때, 브레티키가 안장주머니를 가져와 스테파노스에게 자신의 물고기를 자랑스럽게 보여주었다.

"하지만 어디서 얻었는지 말하지 않기로 약속했지." 브레티키가 덧붙였다.

그래서 황제는 물고기 조각을 얻어 천막의 불에 구워, 절망에 맞설 기운을 돋우었다. 황제가 침대에서 잘 때, 브레티키와 스테파노스가 남은 것을 먹었다.

---

* 콘스탄티누스 1세(재위 306~337)로, 그리스도교를 공인하고 콘스탄티노폴리스를 세운 업적 덕에 콘스탄티누스 대제라고도 칭한다.

17

 다음 날 싸움이 벌어졌다. 베네치아인들은 가죽과 솜으로 겉을 덮은 나무 덮개를 만들었다. 총안이 있는 흉벽이 사라진 벽에서 싸우기 위해 뒤에 대려는 용도였다. 그들은 시민 몇 명에게 덮개를 벽까지 옮겨 달라고 요청했고, 로마인들은 돈을 받지 않으면 하지 않겠다고 거절하였다. 왜 그들이 외국인, 이교도 라틴 의식의 추종자들 명을 받아야 하나? 베네치아인들은 보호용 덮개 없이 하루 종일 전투했고, 그들의 분노는 헤아릴 수 없이 커졌다. 황제는 일단 진정시켰고 그들에게 화해하라고 말했지만, 쉽지 않았다. 똥한 시민들은 가족들을 위해 음식을 찾으려면, 황제에게 자기들한테 시간이나 돈이 있어야 한다고 말했다. 돈이 없었기에, 그들이 무급 노동을 하지 않았다.
 "도시 방어에 실패하면 그대 가족들은 어떻게 살아갈 것인가?" 황제가 그들에게 물었다.

"우리 가족이 죽으면, 도시가 버틴다 한들 무슨 소용이 있겠습니까?" 그들이 투덜거렸다.

그날 밤 보름달이 떴다. 황제는 신성한 사도의 교회에서 예배하다가 나왔다. 거리에는 교회에서 흩어져 있는 사람들로 가득했다. 갑자기 크게 울고 울부짖고 신음이 나기 시작했다. 다들 하늘 쪽을 가리키며 보다가, 경악으로 가득 찬 목소리를 냈다. 별들이 흩어져 거미줄처럼 빛나는 하늘에서 비잔티움의 은빛 달이 서서히 어두워지더니, 빛을 잃고 말았다. 검은 그림자가 살금살금 다가와 달의 절반을 가렸고, 나머지 부분은 피처럼 붉게 얼룩이 지고 있었다. 황제와 황제의 일행은 괴로워하는 소리가 무작위로 그들의 귀에 울려 퍼지는 가운데, 짙어진 어둠 속에서 처소로 향했다. 천막 문에서 브레티키는 멈춘 채 위를 올려다보았다. 로마인들의 미신은 더 이상 브레티키에게 조롱거리가 되지 못했고, 마음속에 무겁게 다가왔다. 브레티키는 달이 자기 도시의 상징이고 달이 구릿빛의 붉은 색을 띠고 꺼져가는 불의 재처럼 불그죽죽하게 빛난다면, 어떤 심정일지 헤아리려고 노력했다. 브레티키는 서서 한참 동안 올려다보았다. 이처럼 바라보고 있을 때, 어둠이 달을 지나치기 시작했다. 밝은 은빛, 은빛의 깨끗한 달이 나타났지만, 어두운 곳과 밝은 곳 사이에 핏빛의 넓은 띠가 생겼다.

다음 날 아침 일찍, 황제는 회의를 소집했고 도시의 중요한 사제를 모두 소환했다. 그러자 사제들은 모두 왔다. "우리는 사람들을 안정시키기 위해 무언가를 해야 하오. 우리가 그들을 진정시키고 격려하지 못한다면, 그들은 무시무시한 폭도가 될 것이오. 우리는 도시에 있는 성모 마리아의 성스러운 성상을 신성한 지혜의 교회로 옮겨야 하오. 사람들은 다 함께 축복을 빌기 위해 기도할 수 있소. 이처럼 할 수 있소이까?" 황제가 말했다.

"그렇게 되도록 하겠습니다." 사제들이 황제에게 약속했다.

"이때 무엇보다 우리가 통합된다면, 신부들이여, 그대들이 스콜라리오스더러 그대들과 함께 걸을 것을 요청할 수 있소?" 황제가 말했다. 하지만 이때 이시도로스 추기경과 함께 온 대주교 레오나르드가 갑자기 분노를 터뜨렸다.

"우리는 교회 통합의 적, 변절자, 이단자의 주축인 그가 참석하는 의식에 참여하지 않겠습니다!"

황제는 한숨을 쉬었다. 노타라스가 레오나르드에게 말했다. "훌륭한 신부여, 우리는 모두 똑같은 위험에 처해 있습니다. 우리 모두 다 같이 기도하며 우리의 의견 차이는 잊을 수 있습니까?"

"의견 차이는 있을 수 없습니다! 우리 교회들은 통합에 동의했고, 동의한다고 서명했습니다. 지금 이를 받아들이지 않는 이들은 빌어먹을 이단자입니다! 그들이 더 좋은 마음가짐을 지닐 때까지, 우리는 그들을 퇴짜 놓고 처벌할 것입니다. 폐하의 행렬에 관해 말씀을 드리자면, 저는 스콜라리오스와 함께 걷지 않겠습니다. 저는 그 악마와 함께 걷는다면, 최대한 빨리 가버릴 것입니다!" 라틴인 주교가 외쳤다.

추기경 이시도로스는 마치 저지하려는 듯이 자신의 주교 팔을 손으로 잡았지만, 노타라스가 외쳤다. "내 입장을 표하자면, 신성한 지혜의 교회에서 라틴인의 미트라*를 볼 바에는 차라리 튀르크인의 터번을 보

---

* 주교가 쓰는 모자

겠습니다!"

그때 침묵이 감돌았고, 사람들은 서로를 경계하듯 보았다. "오, 루카스, 루카스. 받아들여지기엔 너무 과한 바람이구려!" 황제가 말했다.

"행진을 진행하십시오. 황제 폐하. 나와 내 성직자들은 참여할 것입니다. 그런데 누가 우리와 함께 있는지 확인하려고 오른쪽도 왼쪽도 보지 않을 것입니다." 추기경 이시도로스가 조용히 말했다.

그러나 돌발 상황은 행렬에 그림자를 드리웠다. 스콜라리오스가 가지 않겠다고 한 채, 단단히 잠긴 수도실에서 지옥에 갈 거라는 예언을 남기면서, 시간이 낭비됐다. 성직자 네 명의 어깨를 받치는 나무 대에 거대한 석상을 올려놓는 와중, 누군가가 발이 걸려서 미끄러지고 진흙탕에 떨어져 머리를 박고 말았다. 공포에 질려 숨이 막히는 소리가 몰려 있는 신앙인들 사이에서 들렸다. 성상을 옮기기 전에 축복을 내려야 했고 성상이 납처럼 매우 무거웠기에, 다시 위로 옮기는 데 여섯 명의 사람이 동원됐다. 그림은 은으로 덮이고 포장됐고 보석으로 싸였기에, 오직 성모 마리아의 얼굴만이 보였다. 수백 년 된 촛불 연기와 향으로 뒤덮인 성상의 모습 중 작은 계란형 얼굴만이 불현듯 보였다. 그러나 스테파노스가 브레티키에게 말하길, 성상을 성 루가˙가 있는 그대로 그렸기에 그림은 아주 신성했다.

행렬이 움직이기 시작하자, '주여, 우리를 불쌍히 여기소서.'를 읊조렸다. 그들은 태양이 구름으로 들어갈 때는 거의 움직이지 않았다. 그러다가 브레티키가 올려다보니, 잉글랜드를 떠난 이후로 거의 본 적이 없는 두터운 쥐색 구름이 보였다. 커다란 빗방울이 볼에 철벅 떨어졌다.

---

* 그리스도교의 초기 성인으로, 루가의 복음서와 사도행전을 집필했다. 성모 마리아를 최초로 그린 것으로 유명하다.

처음에는 하루 종일 울려대는 폭격 소리에 너무 익숙해진 나머지, 그들은 하늘 높이 천둥번개가 치고 있다는 사실을 깨닫지 못했다. 그러나 곧 술탄의 대포보다 더 크게 으르렁거리고 쾅 소리를 냈다. 비가 후두두 떨어졌다. 성상은 비단 덮개로 감싼 채 이동했다. 비가 갑자기 세지고 가벼운 물방울이 떨어지다가 묵직한 폭우가 내릴 때, 행렬은 불안하게 떨리면서도 계속 앞으로 나아갔다. 비로 된 단검이 길의 물웅덩이와 진흙 속에서 세차게 부딪쳤고, 예배자들은 함빡 젖고 말았다. 아이들은 부모에게 꼭 붙었고, 그들 머리 위의 어머니 옷 주름을 잡아당겼다. 모자를 쓰지 않은 브레티키는 비가 머리카락 속 두피를 두드리는 것을 느꼈다. 물줄기가 차갑게 척추로 흘러내렸다. 행렬의 앞에 선 이들이 포럼에 도착했다. 포럼의 길은 마르마라에서, 금각만에서 나왔다.

여기서 차디찬 돌풍이 갑자기 그들에게 들이닥쳤다. 돌풍과 함께 우박, 달걀만큼 거대한 우박이 움츠린 사람들을 찌르고 멍이 들게 하고 때리기도 했다. 성상을 덮은 덮개는 띠 부분이 찢겼고, 사람들이 옮기던 깃발은 진흙탕에 떨어졌으며 등불이 꺼졌다. 브레티키는 머리 위에 손을 놓고, 폭포처럼 쏟아지는 얼음 총알이 부딪치는 것을 피하려고 했다. 더 많은 인파가 동요하고, 하늘의 분노 밑에서 절을 하였다. 그다음 다들 피난처를 향해 허둥지둥 달리기 시작했다.

브레티키는 옆길로 내려갔고, 처음부터 보이는 아치형 출입구에 바짝 기댄 채 고통과 추위로 흐느꼈다. 비와 우박이 코 부분을 후려칠 동안, 브레티키는 집의 원기둥꼴 출입구 밑에 서 있었다. 어딘가의 수로가 범람하거나 터졌는지, 갑자기 급류가 폭포처럼 브레티키를 지나쳐 거리를 휩쓸었고, 발을 씻던 작은 소녀는 언덕 아래의 더러운 진흙 폭포로 미끄러져 나갔다. 브레티키는 소녀 앞에서 뛰어올라 미끄러운 도로 위에서 몸부림치고, 자신의 발목을 세게 잡아당기는 물속에서 격렬히 발을 빼내며, 소녀를 안전한 곳으로 끌고 갔다. 잠시 후 제정신이 아닌 여자가 와서 소녀를 데려가려 했다. 그때 갑자기 우박이 내렸을 때처럼, 우박이 갑자기 멈췄다. 브레티키가 피난처에서 나오니, 이제 비는 약하게 떨어지는 듯했다. 브레티키는 겁에 질린 아이를 위로하는 어머니를 남겨둔 채, 황제의 수행단을 찾으러 갔다.

    사람들을 진정시키고 위로하려고 진행됐던 행렬에는 아무것도 남지 않은 상태였다. 깃발과 꽃들은 진흙탕에 질질 끌린 채 밟혀 더러워졌다. 흠뻑 젖어 물이 뚝뚝 떨어지는 사람들 몇 명만이 출입구에 황량이 서 있거나, 집으로 달아났다. 전에 폭풍을 몰고 왔던 트라키아에서 온 찬 바람은 여전히 불고 있었다. 바람은 남은 시간 내내 계속 불면서, 벽에 있는 사람들의 차가운 갑옷과 비에 흠뻑 젖어 축축해진 옷을 스치며, 고통을 주었다.

    다음 날 아침, 브레티키는 일어나서 자신이 어디 있는 것인지 잠깐 궁금해했다. 자신의 머리 위에 자주색 옷감이 부드럽게 처진 모습을 보고 이해하지 못했다. 집에 있는 다락방 지붕창의 작은 여닫이창을 본 것 같다고 생각했다. 사과 과수원의 익은 과일이 있는 것 같다는 생각이 강하게 들었다. 브레티키는 일어나서 어리둥절했다. 아무도 아직 움직이지 않았기에, 브레티키는 불에 탄 재들을 쿡 찔려서 불을 피웠다. 천막의 문으로 갔다. 밖의 땅은 이슬에 젖어 있었고 안개가 자욱했다. 공중에 표류하는 흰 안개가 모든 것을 가렸다. 오직 1~2야드 정도의 거리만 볼 수 있었고, (여전히 돌발적이고 일과의 시작에 불과한) 대포 소리가 이상하리만큼 들리지 않았다. 모든 대포 발포가 끝난 게 분명했다. 안개, 안개의 희미한 냄새가 잉글랜드의 가을 아침때처럼 브레티키의 기억을 얼얼하게 했다.

다른 이들이 일어나자마자, 브레티키는 안개가 봄에 도시에서 머문 적이 한 번도 없었다는 사실을 깨달았다. 어제 이후 더 깊게 우울감에 빠지는 것이 가능했다면, 그들은 안개로 인해 더 깊게 우울감에 빠졌을 것이다. 그 뜻은 모두에게 분명히 전해진 듯했다. 신이 도시에서 떠났다는 사실을 감추고 있었다가 말이다. 하루 종일, 고요하고 바람이 불지 않았고 안개가 남아 있었다. 안개는 벽과 건물의 대부분을 흐리게 했고 마치 꿈이나 유령처럼 흐릿하게 맴돌았으며 소용돌이치는 공기 속에서 오고 가고, 움직일 때마다 떠는 듯했다. 규모나 상황 면에서 볼 때, 유령들이 행진하듯 사람들이 벽을 따라 서 있는 모습이 무시무시하게 보였다. 적의 소리는 들렸어도, 적의 모습은 전혀 보이지 않았다. 발포하라고 외치는 소리와 오고 갈 때의 소음만이 벽 저편 하얗게 비어 있는 공간에서 으스스하게 떠돌았다.

해 질 녘에 바람이 휙 나타나서 안개가 저편으로 돌아가게 했다. 벽 밖에서 적의 무수히 많은 모닥불이 갑자기 보였다. 하늘 위로, 별이 보였다.

그러나 시련은 끝나지 않았다. 안개 낀 날 이후의 맑게 갠 밤, 갑자기 시민들은 신성한 지혜의 교회 돔 위에서 이상한 빨간 빛이 깜빡거리는 모습을 보고 겁에 질렸다. 황제는 블라헤르네의 옥좌 쪽에 있는 창문에 서서, 먼 곳에 있는 불빛을 보았다. 마치 돔의 아랫부분에서 밝게 불타는 듯한 빛의 띠가 둥글게 돌아 위로 돔으로 올라가, 꼭대기의 거대한 십자가에 빛이 모여드는 듯했다. "이게 무슨 뜻이지? 이게 무슨 뜻이냐? 하늘이 우리에게 등을 돌린 것 같아 두렵구나." 황제가 조용히 말했다.

황제의 조신들이 왔을 때, 황제는 계속 높은 창문을 바라보고 있었다. 황제의 나이 든 중신이자 비서인 프란치스, 테오필로스, 스스로 황제의 친척이라고 하는 스페인 사람인 돈 프란시스코가 왔다. 루카스 노타라스도 거기 있었고 베네치아인 미노토, 주스티니아니, 이시도로스 추기경도 있었다.

"저것을 본 적 있소? 이게 대체 무슨 뜻이오?" 황제가 그들에게 물었다.

"그게 어떤 의미이든지 간에 지금 우리에게는 희망이 없습니다. 우리가 와서 폐하께 빕니다. 폐하께 애원합니다(이처럼 말하면서 이들은 마치 교회에 있을 때처럼 갑자기 무릎을 꿇었다). 시간이 있을 때 안전한 곳으로 가십시오." 프란치스가 말했다.

"나의 폐하이시여. 황제가 도시에서 내몰리기 전에, 어떤 일이 일어날지 생각해 보시옵소서. 제국은 계속될 것이고, 도시도 다시 찾을 수 있을 것입니다. 모레아로 가십시오. 폐하의 형제들이 폐하께 올 것이고 아마 후냐디도, 교황도…." 테오필로스가 말했다.

황제를 바라보던 브레티키는 황제의 볼에서 혈색이 빠진 모습을 보았다. 황제의 누런 빛 피부밑에 있는 창백한 기색 탓인지 마치 죽은 사람처럼 초록빛 기미가 돌았다. 입술은 창백하고 핏기가 없었다. 갑자기 황제의 흰자가 번쩍이더니 눈동자가 돌아갔다. 테오필로스가 계속 말하는 동안 황제는 무릎을 꿇더니, 쿵 소리를 내며 바닥에 앞으로 고꾸라졌다.

그들은 달려가서 황제를 일으켜 세우고 긴 의자에 눕혔다. 황제는 벌어진 입술을 통해 숨을 쉬고 있었다. 침으로 인한 약한 거품이 입에서 생겼다.

"물 가져와!" 프란치스가 괴로운 탓에 손을 비벼대며 외쳤다. 스테파노스가 석고 병을 손으로 들고 왔다. 그는 긴 의자 주위에 모여든 귀족들 사이를 뚫고 나아갔다. "폐하는 기절하셨을 뿐입니다. 제 생각에는 그렇습니다. 아, 폐하께 왜 그리 압박을 가했습니까?" 스테파노스는 주군 위로 몸을 굽히며 말했다. 그러더니 병의 마개를 뽑고 황제의 얼굴에 내용물을 끼얹었다. 장미 향수였다. 방부 처리된 꽃의 희미한 향이 베개 위로 올라왔다. 황제의 검은 속눈썹이 깜빡거리고, 눈이 빙글빙글 돌다가 떴다. 걱정하며 황제를 에워싼 사람들의 얼굴을 멍하니 보고, 다시 기억해 내기까지 시간이 걸렸다. 그다음 황제가 말했다. "아니 되오. 하느님의 뜻을 따른다면, 내가 어디로 달아날 수 있겠소? 오래전 이 도시, 이 제국은 훌륭한 수의를 만들 것이라는 말이 있소. 수의는 나의 것이오."

"하지만 황제 폐하, 우리가 말하는 바를 들어…." 노타라스가 다급히 말했다.

"나는 그대를 버리지 않겠다고 말했소." 황제가 말했다. 목소리에는 힘이 없었다. "나를 불쌍히 여겨 주오. 더는 재촉하지 마시오."

스테파노스는 베개 옆에 무릎을 꿇고, 장미 향수에 담갔다가 짜낸 천으로 주군의 이마를 닦아주었다. 조신들을 바라보던 브레티키는 그들이 포기한 모습을, 고개를 숙인 모습을, 어깨가 처진 모습을 보았다. 프란치스는 눈물을 흘렸다. 소년은 프란치스의 손을 잡아주고, 이 위풍당당한 사람들을 한 명씩 안아주고 싶었다. 그들은 자신의 주군을 사랑했고, 주군을 구하려고 했다. 브레티키는 알았다.

브레티키가 천막에 있는 침대 요를 던지고 돌리는 와중, 밤공기가 흘러가듯 상황도 대포가 예전보다 심하게 발포하는 상황으로 변한 듯했다. 끊임없이 쾅쾅거리고 우르릉거리니 거의 소음 속에서 사는 것처럼, 소음이 공기처럼 느껴졌다. 그러나 보통 밤에는 대포가 덜 소란을 부렸다. 그날 밤에는 전력을 다하고 있었다. 브레티키가 끊임없이 뒤척이는 소리를 들은 스테파노스는 어둠 속에서 소년에게 손을 뻗었다. 소년은 잠들 때까지 스테파노스의 손을 잡았다.

다음 날은 일요일이었다. 황제와 황제의 수행단은 성벽으로 가기 전에 예배식을 들으러 갔다. 마치 폭풍우와 불길한 전조가 한 번도 오지 않은 것처럼 맑게 갠 아침에 시간이 절반쯤 흘렀을 때, 그들은 리코스 골짜기의 벽으로 말을 타고 내려갔다. 튀르크 야영지 안에 온 그들 앞에 멋진 광경이 펼쳐졌다. 착착, 너무나 지루해하는 튀르크 무리가 평원을 가로질러 뻗어 있었다. 바람에 흔들리는 익은 밀처럼 불룩해진 머리 장식물이 찰랑찰랑 흔들렸다. 그들의 옷은 촌스러운 꽃들처럼, 색깔이 만화경처럼 변화무쌍했다. 깃발과 창, 군기가 그들의 머리 위에서 곤두서 있었고, 그들의 투구와 무기가 태양 빛 속에서 어슴푸레하게 빛나고 번쩍거렸다. 대열을 따라가면, 수를 놓은 비단으로 온몸을 감싼 말 위에 술탄이 올라탄 모습을 볼 수 있었다. 트럼펫 연주자들은 술탄의 앞과 뒤에서 말을 탄 채, 화음이 맞추지 않고 트럼펫을 불었다. 가끔 술탄은 멈춰서 자신의 모여 있는 사병들에게 연설했다. 어마어마한 환호 소리가 대답했고, 수없이 넓은 곳에서 외치는 목소리들은 인간의 것이 아니라, 산꼭대기를 넘어서서 폭풍이 지르는 소리, 또는 바다의 분별 없는 포효 같았다. 알라아아아아아아아아아! 소리가 벽에서 조용히 있던 사람들에게까지 울려 퍼졌다.

  황제의 일행은 방책防柵을 따라가다가, 중간쯤에 있는 주스티니아니 앞에 멈췄다. "그들을 기쁘게 해 봤자 우리에게 좋을 게 전혀 없습니다." 주스티니아니가 으스스하게 웃었다.

  그들은 저 멀리서 무슨 일이 일어나는지 모두 골똘히 지켜봤다. 인근에, 탄환을 가득 채운 채 방책을 겨누는 우르반의 거대한 대포가 신관*을 달고 발포됐다. 그들은 쾅 소리와 탄환이 팽하고 날아가는 소리를 들었다. 그다음 그곳에서 흙과 파편이 여기저기를 날아다니고, 말들이 앞다리를 들었다가 히힝 울고 달아나 혼란이 발생했다. 스테파노스는 앞으로 나아가 팔을 쭉 뻗었다. 얼굴에 펀치를 날리듯, 무언가가 브레티키의 볼을 쳤고, 눈은 먼지와 모래로 가득 찼다. 옷깃이 젖고 끈적거렸다. 브레티키는 물체를 잡아당겼고, 눈을 깜빡거리며 문질렀다. 브레티키가 다시 눈을 떴을 때, 끔찍한 모습을 보았다. 말뚝 울타리가 밑에 뻗어 있었고, 뒤에서 일렬로 선 사람들이 온몸을 비틀고 신음을 내고 있었다. 이미 그들의 동료들은 그들을 향해 몸을 숙였다. 목소리가 다급하게, 고통에 차서 올라갔다. 몇몇 멍한 사람은 충격에 빠진 채 돌아다녔다. 파편 하나가 주스티니아니의 말을 공격했다. 상처가 주스티니아니의 쇠사슬 갑옷을 뚫고 생겼고, 빨간 피가 흘렀다. 황제는 머리부터 발끝까지 먼지와 때로 두껍게 덮인 채, 꼼짝도 하지 않은 채 서 있었지만, 다치지 않았다. 황제가 서 있는 땅 위에, 황제를 향해 날아왔던 삐죽삐죽하게 조각난 파편에 스무 군데가 찔린 시체가 놓여 있었다.

  브레티키는 죽은 사람을 바라보았다. 그의 얼굴에 있는 큼지막한 천

---

* 탄환을 발포시키는 기폭 장치

조각을 떼어냈다. "왜 그가 스테파노스 옷을 입고 있지?" 브레티키가 우둔하게 생각했다. 브레티키는 스테파노스를 찾아 돌아다녔다. "왜 그가 당신 옷을 입고 있어요?" 스테파노스에게 묻고 싶었다. 스테파노스는 그곳에 없었다. "스테파노스?" 브레티키는 떨리는 목소리로 말했다. "스테파노스, 스테파노스!" 브레티키는 날카롭게 아주 높은 목소리로 비명을 지르기 시작했다. 주스티니아니가 브레티키를 붙잡아, 테라스를 가로질러 힘껏 옮겼고, 내벽 모퉁이로 데려갔다. "당황하지 마! 소리 지르지 마$^{\text{Noli hic clamare}}$!" 주스티니아니는 브레티키의 입을 손으로 틀어막으며 말하고 있었다. 소년은 조용해졌고, 아무 말 없이 고개를 끄덕였다. 사실 이곳은 극심한 공포감에 사로잡혔다. 울고 울부짖으며 무슨 일이냐고 소리치고, 사람들은 이리저리 달렸다. 그다음 주스티니아니의 사람 두 명이 황제의 어깨를 부축해, 황제를 모시고 전선 여기저기를 왔다 갔다 했다.

"제발, 폐하, 숨으세요! 튀르크군도 폐하를 볼 수 있어요!" 테오필로스가 내벽에서 소리쳤다. 황제는 다시 일어섰다. 시체들은 테라스를 가로질러 끌려가 내벽 밑부분에 놓였다. 부상자들은 문을 통해 도시로 옮겨졌다. 황제가 브레티키에게 왔다. 많은 사람이 황제와 함께 왔다. 브레티키의 눈에 그들은 낙심한 듯했다. 황제는 고개를 저었다. 황제는 브레티키를 걱정하듯 바라보았다. 황제와 다른 목소리들이 묻고, 묻고 있었다….

"아, 아, 뭐라고 말하는 거죠? 오, 스테파노스, 일어나서 저들이 뭐라고 하는지 알려줘요!" 소년이 울었다. 둔하게 느껴지던 통증이 볼에서 욱신거렸다. 저들은 왜 소란을 피울까? 너무나 멍했기에 브레티키는 자신의 볼이 다쳤다는 사실을 깨닫지 못했다. 피가 옷깃과 목 사이를 타고 흘러내렸다. 손이 피로 물들었고 따끔거리는 눈을 문질렀다. 브레티키는 자기 얼굴을 피로 발랐고, 그들은 소년이 심하게 다쳤다고 생각했다.

바랑인 요안니스의 사람 중 한 명이 브레티키를 데리러 와, 내벽 안문을 통한 뒤 길을 따라 황제의 천막으로 브레티키를 옮겼다. 황제는 천을 찾아 브레티키의 얼굴을 닦아주었다. 그다음 황제는 활짝 웃고 브레티키의 볼을 쓰다듬으며, 힘을 북돋는 듯한 목소리로 무언가 말한 뒤 떠났다. 브레티키는 잠시 황제의 등에 누워 있다가, 마치 기절한 듯이 기진맥진한 채 빨리 깊은 잠에 빠져들었다. 벽에 있던 황제의 말이 돌아왔고, 황제는 말을 타고 다른 장소를 방문하기 위해 떠났다. 주스티니아니가 가서 브레티키의 상처를 닦아주고 붕대로 맸다. 테오필로스는 수리조더러 망가진 방책^{防柵}을 수리하라고 지시했다. 노동조는 스테파노스를 다른 시체 15구와 함께 내벽 밑부분의 얕은 무덤에 묻었다. 어떤 사제가 그 모두를 위해 축복을 빌고, 기도했다.

18

 브레티키가 일어났을 때 땅거미가 지고 있었다. 빈 천막에서 정신이 말똥말똥했다. 볼의 상처 난 부위가 아팠다. 브레티키는 앉아서 주위를 둘러보았다. 마음 한편에서 이처럼 생각했다. 앉아서 스테파노스를 떠올리며 슬퍼하기를 바라다가, 이곳에 불이 켜지지 않고 등불이 타오르지 않고, 저녁 식사를 위한 포도주도, 음식도 제공되지 않는다는 사실을 생각했다. 그래서 일어난 브레티키는 바로 일을 시작해, 스테파노스가 했을 일, 황제를 편안하게 하기 위한 일을 했다. 자신이 생각한 모든 일의 준비를 마쳤을 때, 브레티키가 앉아서 생각할 시간을 갖기 전에 황제가 돌아왔다. 브레티키는 무릎을 꿇고, 황제의 부츠를 벗겼다. 무너진 벽의 모래가 황제에게 아직 묻어 있었기에 황제를 씻기기 위해, 필요한 깨끗한 물과 새로운 옷을 가져왔다. 익숙하게 행동하는 것에 갑자기 어색함을 느끼고 주저하던 브레티키는 황제의 상아색 빗을 집어, 황제의 뒤로 살금살금 다가가 먼지투성이의 엉킨 머리를 부드럽게 빗기 시작했다. 그들은 똑같이 말을 거의 나누지 않고, 조용히 있었다. 황제는 소년더러 자신과 함께 앉게 했다. 브레티키는 많은 음식을 찾지 못했어도 그곳에 있는 음식을 나눠 먹었다. 식사는 빵과 수프가 전부였다. 브레티키는 그간 봐왔던 탐욕스러운 만찬을 모두 간절히 기억했고, 다른 사람이 죽었을 때 배고픔을 느끼는 자신에게 몹시 수치스러움을 느꼈다.

저녁 식사 이후, 황제는 망토를 두르고 브레티키를 곁에 둔 채 코라의 교회로 기도하러 갔다. 그곳이 근처에 있었기 때문이다. 그들이 교회를 떠났을 때, 해가 진 지 세 시간이 지났지만, 아직 밖은 어둡지 않았다. 안개가 낀 주황색 하늘이 그들 위에 보였고, 도시의 옥상과 돔에 모두 번쩍번쩍한 불빛이 켜졌다. 황제는 바로 내벽에서 가장 가까운 탑으로 말을 타고 갔고, 황제와 소년은 탑에 올라 망을 보았다. 도시 밖 적군의 야영지 곳곳에 거대한 모닥불이 타올랐고, 불타오르는 야영지에서 피를 얼어붙게 하는 소리를 들을 수 있었다. 불빛이 땅과 하늘에서 넘쳐 흘렀다. 불빛은 무쇠 같은 금각만을 비추었으며, 불빛 덕에 갈라타의 멀리 있는 탑들과 스쿠타리 만큼 멀리 떨어진 곳의 배들을 볼 수 있었다.

"그들의 야영지가 불타고 있어!" 브레티키의 심장이 거칠게 솟구치며, 생각했다. 브레티키는 황제를 따라 탑의 계단을 타고 내려가, 테라스에 올랐다. 그곳에서 방어군은 불길과 불꽃으로 자신들을 비춘 채, 해자를 채우는 일을 하는 거대한 적의 노동자 무리를 무력하게 바라보았다. 그들은 홀린 사람들처럼 열광적으로 일했고, 방어군의 대포, 화살, 투석기가 발포되는 상황 속에서 긴 행렬을 이루고 있는데도, 남은 이들에게 잠깐 겁을 주거나 멈추라고 하지 않고 쉼 없이 일을 계속했다. 해자 저편에서 거대한 원형을 이룬 튀르크인들이 춤을 추고, 파이프와 드럼, 트럼펫으로 광란의 대포 소리를 내고 있었으며, 불빛이 그들의 날뛰는 얼굴 위에서 타올랐다. 그들 중 몇 명은 한자리에서 자신이 최고인 양 서서 빙그르르 돌았고, 다른 이들은 위아래로 뛰며 비둘기처럼 공중제비를 넘었다. 브레티키는 그들이 만들어 내는 무시무시한 소음이 큰 불을 보고 놀라서 외치는 소리가 아니라, 광란의 기쁨으로 울부짖는 소리임을 알아챘다. 불빛과 횃불의 빛은 브레티키에게 낡은 벽과 벽을 따라 일렬로 선 사람들을 보이게 했다. 그들 대다수는 자신의 위치에서 무릎을 꿇고, 두려워하며 기도했다.

이때까지는 자정이었다. 모닥불에서 난리법석이 일어난 가운데, 종이 울렸다. 그러자 갑자기 해자의 노동자들이 물러났다. 침묵이 감돌았고 시끄러운 소리는 갑자기, 뜻밖에 지나가 버렸다. 바로 모닥불과 횃불이 꺼졌다. 어둠과 침묵이 평원을 압도했고, 벽의 그리스도교인들은 앞이 안 보이는 밤에 허공을 바라볼 뿐이었다.

브레티키는 밤에 일어나, 악몽으로 휘청이다가 비명을 질렀다. 어둠 속에서 손이 와서 소년을 꽉 잡았다. "스테파노스?" 소년은 잠결에 중얼거렸다. 브레티키는 바로 다시 졸았다. 브레티키는 잠에 빠졌을 때, 자신이 쥐었던 손가락이 길고 얇았으며 두툼하고 큰 반지를 끼고 있었다는 사실만을 알아챘다…. 아침에 브레티키는 이 일을 꿈의 일부라고 생각했다.

아침이 기이하면서 조용히 시작됐다. 대포 소리가 울리지 않았다. 외치는 소리도 들리지 않았고, 불빛만이 조용히 빛날 뿐이었다. 브레티키는 일찍 일어나 밖을 나갔다. 야외를 조금 걷다가, 리코스 골짜기인 황야를, 파괴된 집들이 모인 곳을 통과했다. 침묵은 온 세상을 새롭게 보이게 했다. 개울 소리가 최근 몇 주 내내 발포 소리로 귀가 먹었던 소년의 귀에 음악처럼 향기롭게 다가왔다. 되는대로 퍼져 있는, 아치형으로 물을 뿌려 놓은 종이처럼 얇은 꽃잎이 피어나는 야생의 장미 덤불이 있었다. 브레티키는 옆에서 잠시 서 있었으며, 원근을 불문한 공기에서 모든 새의 무리가 감미롭게 가득 채우는 노래를 황홀하게 들었다. 브레티키는 자신의 주위에서, 어제, 또는 오늘도 생각하지 않았던 아침이 된 순간을 보고 넋을 잃었다. 짧은 순간이었다. 브레티키는 일을 하러 돌아가야 했다.

브레티키는 불을 쑤셔대고 우유가 든 접시를 데워야 했다. 그때 코라 수도원을 우연히 마주했고, 황제의 아침을 위해 빵과 쇠고기 스튜 요리를 가져왔다. 과거에 먹을 때는 양이 많지 않았는데, 지금은 호화로웠다. 일이 끝나자, 브레티키는 황제의 옷이 담긴 거대한 나무상자를 열었다. 주군의 피부와 가까이 닿는 깨끗한 리넨 속외투를 선택했고, 하얀 바탕에 검은색으로 과일과 꽃을 수놓은, 자신이 가장 좋아하는 옷을 골랐다. 브레티키는 옷을 펼쳐서 주름을 없앴다. 그다음 금박 사슬 동부와 금박 흉갑, 모두 깨끗이 닦은 무기를 꺼냈다. 그런 뒤 밑창 한 쌍을 꺼냈다. 덧신의 일종으로 정강이받이와 이어주는 신발이었다. 깨끗한 정강이받이는 오직 한 쌍만이 남았고 자주색 비단으로 만들었으며, 금색 독수리가 엮어져 있었다. 그다음 브레티키는 황제의 부츠를 찾았다. 자주색 가죽으로 이루어져 있었으며, 이음매 부분에 진주 띠가 꿰매져 있었다. 마지막으로 황제가 입을 훌륭한 자주색 겉옷을 꺼냈다. 갑옷 밑 무릎까지 닿았고, 곳곳에 금색 자수가 새겨져 있었다. 그다음 브레티키는 자는 주군을 깨웠고, 잠옷용 셔츠를 입고 앉은 황제가 먹을 식사를 가져온 뒤, 황제가 옷 입는 것을 도왔다.

침묵으로 어색해진 그날은 다른 여러 날과 다를 바 없이 싸움으로 시작됐다. 황제의 앞에서 목소리를 높였으며, 황제는 분노와 의심으로 안 좋아진 분위기를 해결해야 했다. 이번에 황제의 천막으로 온 사람은 주스티니아니와 노타라스로 서로 으르렁거리면서, 황제에게 서로를 꾸짖어 달라고 요청하고 호소했다.

그들에게 포도주를 가져다주며, 성이 난 채 그들을 무시하던 소년은 무슨 일이 일어났는지 알아차리려고 노력했다. 스테파노스 없이 어떻게 해야 할지 몰랐고, 난감해져서 두려워했다. 그러나 브레티키는 몸짓과 태도로, 노타라스가 거절한 것을 주스티니아니가 원한다고 대략 이해했다. "헬레폴리스". 여기에 대포가 설치될 듯했다. 황제는 주스티니아니가 대포를 가져야 한다고 생각했다. 실망해서 울부짖던 노타라스는 벽에 있는 금각만에 관해 이야기하기 시작했다. 황제는 리코스 골짜기를 언급했다. "대포를 놓을 수 있는 곳에 관한 거구나." 브레티키가 생각했다. 브레티키는 황제가 주스티니아니에게 협력했다고 기뻐했다. 주스티니아니가 늘 옳다고 확신했기 때문이다.

황제가 주장했다. 노타라스는 분노로 입술이 새파랗게 질렸고, 황제와 함께 벽으로 가지 않을 것이었다. 성벽에서는 다람쥐 쳇바퀴처럼 지겹도록 안 끝나는 수리 공사가 계속되었다. 그러나 저편(적의 야영지 밖)에서 계속 경탄할 수준의 침묵이 감돌았다. 소음이 들리지 않았다. 움직이는 소리도 들리지 않았다. 천막 주위에 사람 한 명 보이지 않았다. 벽의 보초병들은 튀르크군이 불을 피우지 않았고, 아침을 요리하지 않았으며 말을 훈련하거나 몰지도 않았고, 대포를 발포할 준비도 하지 않았다고 말했다. 대신 기이한 침묵만이 있었다.

"저들이 갈 준비를 하겠군요. 아마도." 한 보초병이 말했다.

"아니다. 그들은 단식 중이다. 자기들의 신을 달래고 있어." 주스티니아니가 말했다.

"기도하는 날이군요. 이것 보세요. 폐하." 요안니스 달마티오스가 말했다. 그는 황제에게 벽을 넘어선 화살대를 통해 온, 돌돌 말린 종이 하나를 보여주었다. 종이에는 한 단어가 적혀 있었다. "내일."

황제가 말했다. "그래, 자, 우리에게도 신이 있어. 우리도 하느님과 모든 성인께 기도하세."

정오에 종들이 울리기 시작했다. 금속들이 모여 큰 소리를 내다가, 종소리에 맞춰 계속 조화로운 소리를 낸 뒤에 무서울 정도의 침묵으로 가득 찼다. 시민들은 거리로 떼 지어 몰려 나갔다. 노인, 여인, 아이, 수도사와 수녀들과 벽에서 시간을 할애할 수 있는 사람이라면, 누구든 모였다. 그림, 성상, 성유물이 교회 밖으로 옮겨졌고, 거대한 행렬이 벽을 향하는 그들을 호위했다. 향이 은빛 그늘에 빙글빙글 돌며 피어올라 갔고, 사람들은 손에 든 촛불을 켰다. 그들은 노래했다. '주여, 불쌍히 여기소서.' '주여, 불쌍히 여기소서.' '주여, 불쌍히 여기소서.'하고 끝없이 반복했다.

행렬이 힘을 모았을 때 황제는 모자를 쓰지 않고 행렬에 참여했다. 브레티키는 주군의 옆에서 함께 했다. 누군가 각자 촛불을 하나씩 주었다. 거대한 인파가 벽을 따라 구불구불 나아갔다. 낡고 망가진 곳이 나타나면, 행렬은 멈췄다. 행렬의 사제들은 병사들에게 성찬식*을 치르고

---

* 예수의 수난을 기념하여, 빵과 포도주를 나누어먹는 의식

축복을 빌었다. 성상들을 부서진 난간이나 뼈대만 남은 방책防柵에 차례차례 놓아, 성상의 형언할 수 없는 신성함이 위기를 막아줄 수 있게 하였다. 찬송가를 엄숙히 읊조리는 소리가 수천 명의 애원하는 목소리에 맞춰 더 커졌다. 브레티키는 자신이 기도하고 있다는 사실을 깨달았다. "오, 주여, 힘을 내주십시오!" 브레티키는 반복해서 독백했다. 앞에, 덮개 밑에서, 성모 마리아의 성상과 성 루가가 그린 그림이 움직여, 거리를 돌아다닐 수 있게 했다.

 행렬이 끝나기 전에 네 시가 되었고, 성 루가의 성상은 블라헤르네로 돌아왔다.

 블라헤르네에 있는 황제는 옥좌로 갔다. 황제는 널찍한 황금 옥좌에 앉아 복음서를 자신의 옆에 활짝 펼친 채, 왕관을 썼다. 황금 천장 아래 천장이 높은 대리석 방으로, 모든 귀족과 도시의 시장市長들이 몰려왔다. "내가 거의 이해하지 못하는 거대한 규모의 회의가 개최되겠구나." 브레티키가 생각했다. 가슴은 회의 내용을 설명해 줬을 스테파노스를 생각하느라 떨렸다. 그러나 이는 회의가 아니었다. 위기가 오기 전, 황제가 마지막으로 자신의 사람들에게 하는 연설이었다. 이시도로스의 사제 중 한 명이 그리스어를 거의 알지 못하는 이들을 위해 한 구절씩 번역했기에, 브레티키도 연설 내용을 이해했다.

 "고귀한 귀족들이여, 고문관들이여, 저명한 군인들이여, 우리의 무장한 가장 관대한 동료들이여, 모든 충직하고 명예로운 시민들이여, 위기가 왔소. 적은 우리에게 맞서 땅과 바다를 활용해 극도의 힘을 발휘한 뒤, 할 수 있다면 사자처럼 우리를 집어삼킬 것이오. 그러므로 내가 그대들에게 기도하고 그대들에게 촉구하니, 늘 그래왔듯이, 변함없고 아량 있게 용기를 가지고, 우리의 신앙으로 적에게 맞서주시오. 내가 그대들에게 권하노니, 그대들이 이 가장 유명하고 걸출한 성채와 우리의 조국인 도시들의 여왕*을 지켜주시오. 그대들, 내 형제들도 알다시피, 우리가 죽음을 감수하고 지켜야 할 명분에는 네 가지가 있소. 우리의 신앙, 우리의 조국, 하느님의 기름 부음을 받은 종복인 우리 황제, 우리의 가족과 친구들이오. 우리가 살면서 이 중 하나라도 지킬 의무가 있다면, 네 가지 모두가, 그 이상이 위기에 처해 있으니, 우리는 불굴의 정신을 가지고 죽음을 맞닥뜨려야 하오! 그러나 만일 나의 죄로 인해 하느님께서 이교도에게 승리를 주신다면, 우리의 참된 신앙심에 찾아온 시련을 맞닥뜨린다면, 예수님의 피로 속죄할 것이오. 오늘은 비도덕적이고 비열한 술탄이 우리를 포위한 지 57일이 되는 날로, 그는 활용할 수 있는 모든 장비를 가지고 전력을 다해 끊임없이 싸우고 멈추지 않고 우리와 싸우고 있소. 그런데도 지금까지, 하느님의 은총으로 우리는 그를 벽에서 격퇴해 왔소. 그는 전쟁의 기구에, 병력에 자신의 신앙심을 바쳤다면, 우리는 신, 하느님, 구세주에게 신앙심을 바치고 있소." 황제가 말했다.

황제는 안정된 어조로 조용히 말했다. 그들은 시선을 황제의 얼굴에 고정한 채, 돌처럼 움직이지 않고 들었다. 황제가 잠시 말을 멈추고 라틴어로 말이 되풀이되자, 아무도 움직이지 않은 채 골똘히 들으려 했다.

황제가 계속했다. "그러므로 용기를 가지시오. 용감히 검을 휘두르시오. 그대들은 저들 대다수에게 없는, 그대들을 보호해 줄 쓸 만한 훌륭한 갑옷을 갖고 있소. 그대들은 성벽 안에서 싸우고, 그들은 트인 곳에서 싸우고 있소. 수많은 로마 말이 카르타고 코끼리 몇 마리만 보고 들

---

* 콘스탄티노폴리스의 이명

었는데도, 달아났던 게 얼마나 오래전 일이었는지 기억하시오. 거친 들짐승들이 달아난다면, 우리가 동물들의 왕이라고 생각한다면, 우리는 얼마나 쉽게 저들처럼 될 수 있겠소! 특히, 우리와 싸우는 이들이 거친 들짐승보다 훨씬 더 잔혹하다는 것을 생각한다면 말이오. 그대들이 신성 모독자라고 알고 있는 인간들 무리를 사냥할 때, 그들과 같은 야수가 아니라 그리스와 로마의 자랑스러운 후예인 귀족과 군주처럼 싸운다고 생각하시오. 그대 형제들도, 비열한 술탄이 어떠한 원인을 제공하거나 도발하지 않은 채, 우리와의 평화를 어떻게 깨고 우리를 포위해, 훌륭하고 대단히 복 받은 콘스탄티누스 황제가 세우고 성모 마리아에게 하사해 마리아가 후원하고 보호하며 그리스도교인들의 피난처 역할을 한, 도시에 있는 우리를 비틀어 짜는지 알고 있을 거요. 모든 헬라스*의 희망과 기쁨이자 동방 제국의 영광인 도시, 들판의 장미처럼 한때 번영했다가, 태양 밑, 모든 이의 여왕이 된 아름다운 도시가 신성 모독자들에게 짓밟히고 그들의 노예가 되게 해야겠소? 삼위일체**에 예배를 드리고 기도서를 노래하고 살을 만든 말의 신비를 극찬하는 우리의 신성한 교회들이 신성 모독자들의, 그들의 쓸데없는 선지자 마호메트의 성지가 돼서야, 그들의 말과 낙타가 사는 마구간이 돼서야 하겠소? 그대들이 우리의 자유를 위해 싸울 때, 내가 말한 바를 생각하시오."

그다음 황제는 오른쪽에 모인 베네치아인들에게 고개를 돌린 뒤 말했다. "그리스도교의 내가 사랑하는 베네치아 형제들이여, 저명하고 충실한 전사들인 그대들이 오늘, 도시를 열과 성을 다해 방어해 주시기를 바라오. 이곳은 늘 그대들의 나라가 될 것이오. 그대들의 두 번째 어머

---

* 고대 그리스인이 자기 나라를 부를 때 쓰던 호칭
** 성부, 성자, 성령이 모두 하느님 안에 존재한다는 교리

니와 아버지가 되기를."

그런 다음, 황제는 제노바인들에게 고개를 돌린 뒤 말했다. "나의 고귀하고 용감한 형제들이여, 그대들은 불운한 이 도시가 나의 것일 뿐 아니라, 그대들의 것이기도 하다는 사실을 알고 있소. 우리는 전에 그대들의 도움이 필요했고, 이제 다시 필요로 하고 있소." 그런 다음, 황제는 자기 팔을 뻗어 모두에게 말했다. "우리 모두 용감히 싸워, 하느님께서 지상에 있는 우리에게 자유 선사를 바라오. 불멸의 왕관이 하늘에서, 사라지지 않는 기억에서 우리를 기다리기를."

돌이 내려앉은 듯한 엄숙함이 그들 모두를 감쌌다. 황제는 말을 마쳤지만, 그들은 움직이지 않았다. "희망을 버리지 않았구나. 희망은 절망을 맞닥뜨렸을 때, 품은 용기에 불과해." 브레티키는 황제의 말에 마음이 쿡쿡 찔리는 상태에서 생각했다.

황제는 옥좌에서 일어난 뒤, 인파 속으로 내려갔다. 황제는 한 사람씩 차례대로 느리게 마주했고, 각자에게 말해주었다. "지금까지 내가 그대에게 잘못한 것이 있다면, 이렇게 기도하니 나를 용서해 주시오." 딱딱한 노타라스에게 황제가 말하자, 노타라스는 갑자기 눈물을 터뜨렸다. 그는 주스티니아니의 자리로 급히 건너갔고, 두 사람은 형제처럼 포옹했다. 방에 있는 모든 사람은 황제가 했던 말을 서로에게 해주었다. "지금까지 내가 그대에게 잘못한 것이 있다면…." 이처럼 그들의 입술에서 맴돌았다. 그들은 마치 죽음을 예감하는 사람처럼 눈물을 흘리며, 서로에게 작별했다.

많이 모인 사람들이 흩어질 때, 이미 땅거미가 지고 있었다. 황제는 대교회로 나아갔다. 돈 프란시스코, 테오필로스, 요안니스 달마티오스가 황제와 함께 말을 타고 달렸다. 도시의 거리는 조용했고, 사람들은 대부분 밖에 있지 않았다. 그들이 말을 타고 갈 때, 손에 장미꽃을 쥐고 내일 있을 축제를 위해 성녀 테오도시아의 교회를 장식하러 가는 여인 무리를 지나쳤다. 여인 중 한 명은 황제를 축복했다. 황제는 멈춰서 고 맙다고 표하며 여인을 누이라고 불렀다. 그렇게 그들은 신성한 지혜의 교회 정문으로 갔다. 교회에서 깊은 소리를 내던 종들은 머리 위에서 끝 없이 울렸다. 황제는 나르텍스*에서 멈춰, 왕관을 벗었다.

한 번 더 브레티키는 자신이 기억하던 바를 생각했다. 브레티키는 대리석 바닥이 아주 넓고, 빛나는 교회의 넓은 공간을 알고 있다고 생각했다. 이번에는 사람들이 꽉 찼고, 이곳이 얼마나 넓고 아름다운지 기억하지 못했다. 시민들 인파가 광대한 신도석을 채웠다. 그들은 통로와 화랑도 채웠다. 바람이 잘 통하는 광대한 호와 돔은 그들의 목소리로 활기가 들었다. 무수히 많은 등불과 촛불이 춤을 췄고, 황금 천장의 곳곳에 울리는 소리가 어슴푸레하게 빛을 발했다. 제단에서, 그리스 제의**를 입은 추기경 이시도로스는 교회 통합을 비난하고, 자신의 교리를 절대 받아들이지 않는 사제들에게 둘러싸여 있었다. 통로에서 사람들이 긴 줄로 선 채, 그리스 사제이든 라틴 사제이든 누가 용서하든 상관없이 자신이 고해성사를 받을 차례를 기다리고 있었다. 제단에서 사제 30명이 성찬식을 공동 집전할 준비를 했다. 어제만 해도 이 교회는 시민 절반이 죄악의 소굴이라면서 피했다. 지금 오지 않은 이들은 벽에서 일하는 이들을 구하고 있는 것일까?

황제는 들어오다가 문턱에서 잠시 서 있었다. "저들은 내 추모 예배를 하러 왔소." 황제가 중얼거렸다. 그다음 고해성사하러 갔다. 성서대

---

* 성당 정면과 본당을 이어주는 긴 현관
** 예배할 때 사제가 입는 겉옷

에는 성경책과 십자가가 올려져 있었다. 황제는 앞에 서서, 옆에는 사제를 두고 낮은 목소리로 자신의 죄를 열거했다. "그럼, 이제, 주님께서는 종복 콘스탄티노스의 죄를 용서하리다." 사제가 크게 말했다. 황제는 자신의 자리로 돌아갔고 다른 이들이 대기 행렬에서 움직였으며, 사제들의 목소리는 계속 들리고 들렸다. "종복 테오필로스의 죄를 용서하리다…. 종복 루카스의…. 종복 주스티니아니의…. 이제, 오 주여, 종복의 죄를 용서하십시오…."

브레티키는 빛나는 비단 예복을 입은 모든 사제를 보고 황홀해했다. 그들은 정해진 순서대로 엄숙하고 느리게 움직였다. 성찬식을 받기 위해 몰려든 사람들에게 작은 빵 조각이 포도주에 적셔져, 성스러운 은수저에 올려져 제공됐다. 교회에서 한 번 더 수천 개의 이름을 반복하는 소리가 울렸다. "그대는 누구인가? 누가 주님의 피와 살을 요구하는가?"

"콘스탄티노스." 황제가 무릎을 꿇고 간단히 말했다.

콘스탄티노스, 요안니스, 요르요스, 테오필로스…. 바실리오스…. 루카스…. 미하일…. 방대한 명단의 이름이 계속 불렸다. 마침내 의식이 끝에 가까워졌다. 수많은 목소리가 올라가고, 사람들의 찬송가로 교회가 가득 채워졌다. 브레티키는 부풀어 오르고 치솟으며, 이 넓은 장소를 채운 소리로 인해 기분이 북돋워졌다…. 하느님의 신성한 지혜의 빛을 받은 하느님의 사람 중 한 명이 되고…. "그대의 아름다운 집을 사랑합니다. 주여…. 주여, 제 소리를 듣고…." 황제의 주위에서 노래 부르는 목소리가 들렸다.

그다음 사제들은 "안녕히 가시길."이라고 말하며, 모든 사람을 축복했다.

흩어진 사람들 사이에서 엄숙하고 평온한 분위기가 계속됐다. 황제는 수많은 지휘관과 사령관들과 함께 말을 타고 벽으로 돌아갔다. 그들은 서로 거의 이야기하지 않았고, 축복할 때처럼 침묵을 지켰다. 블라헤르네로 가는 길에 그들은 헤어졌고, 황제는 몇 사람만을 데리고 궁전으로 갔다. 궁전의 시종들, 황제의 사람들과 가정 노예들은 그곳에서 황제를 기다렸다. 많은 이는 지난 몇 주간 벽에서 싸우느라, 이제 막 황제의 부름을 받느라 갑옷을 입은 상태였다. 그들 모두가 둥그렇게 서고, 황제는 한 사람씩 포옹하면서 말했다. "지금까지 내가 그대에게 잘못한 것이 있다면, 이렇게 기도하니 나를 용서해 주시오." 방에 있는 모든 이는 바로 눈물을 흘렸다.

황제는 급히 떠났다. 프란치스와 함께 말을 타고 성벽 전체를 돌며, 찬란하며 무정한 별 밑에서 모든 것을 점검하고, 모든 지휘관에게 차례차례 간단히 말했다. 돌아오는 길에 황제는 칼리가리아 문에서 내렸고, 황제와 프란치스, 브레티키는 탑에 올랐다. 블라헤르네 주위의 새로이 튀어나온 벽에 있는 가장 바깥쪽 탑이었다. 그곳에서 그들은 건너편의 적진과 밑의 금각만을 볼 수 있었다.

그들 밑 어둠 속에서 소음이 있었다. 사람들이 일하는 소리와 물품들이 질질 끌리고 움직이는 소리가 뒤섞였다. 금각만의 어두운 물 위에서 빛이 움직였고, 광이 나는 물과 겹쳐 보였다. "해가 지자 떠났습니다." 감시자가 그들에게 말했다. 황제는 탑의 방 창문 쪽에 서서 밖을 보았다. 방은 고요했고 평화로웠다. 그런데도 브레티키는 평화를 느끼지 못했다. 창문 가까이에서 비명을 지르고 싶었다. 황제는 자신의 의무를 다했다. 황제는 자신이 할 수 있는 바를 다했고, 신과 인간 사이의 평화를 구축했다. 이제 황제는 바라지도 않고 절망하지도 않고 두려워하지도 않고, 오직 준비할 따름이었다.
 그러나 소년은 마음속에서 여전히 운명을 향해 "안 돼!" 하고 외치고 있었다.

19

　그들이 어두운 탑에 머무르며 망을 보고 들은 지 한 시간이 지났다. 그다음 황제는 프란치스를 멀리 보냈다. 논쟁이 일어났고, 프란치스는 눈물을 흘렸다. 그러나 황제는 고집을 부렸다. 황제는 프란치스가 가서, 도시의 다른 곳에 무기가 얼마나 비축되어 있는지 확인하기를 바랐다. 황제의 옛 친구는 머무르기를 바랐다. "당연히 그럴 수밖에. 황제는 그의 목숨을 구하고 있어. 그는 차라리 목숨을 버리려 하고 있고." 브레티키는 프란치스의 백발 머리를 보면서 생각했다. 그러나 이처럼 잠깐 이해했음에도, 소년은 오늘 밤 꽤 많이 울음소리를 들었다고 생각했고, 프란치스가 더 근엄하게 행동하기를 바랐다. 그러나 프란치스가 떠났을 때, 황제는 브레티키에게 돌아와서 라틴어로 더듬거리며 부드럽게 말했다. "나의 용감한 브레티키. 너를 여기로 데려온 것에, 내가 친절하게 대하지 못한 것에, 이렇게 기도하니 나를 용서해다오…." 소년은 오직 이 대답만 할 수 있었다. "나의 주군이시여 αφέντης μου!" 중간쯤 말했을 때 목이 막혔고 눈물이 얼굴을 타고 내려갔다. 황제는 소년의 손을 잡았고 그들은 탑을 내려갔다.

그들은 리코스 골짜기를 향해 말을 타고 달렸고, 그곳에는 바랑인들이 일렬로 서서 그들의 황실 지휘관을 기다리고 있었다. 성벽을 따라서 있는 방어군은 그들 뒤 내벽의 문을 잠갔고, 지휘관들은 열쇠를 가져와 황제에게 주었다.

이지러지는 달빛의 불안정한 빛과 감시탑에서 시민들이 태우는 불길이 적진의 움직임을 보여줄 때, 거의 새벽 2시가 되었다. 사람들은 그림자가 드리워진 곳에서 모여 있었다. 보초병들은 경보를 주기 위해 추를 쳤다. 그러자 벽 안에 있는 성 게오르기오스 교회와 근처의 코라에서 종이 울리기 시작했고, 종소리는 들불처럼 도시의 너비와 높이에 걸쳐 있는 교회에서 교회로 퍼졌다. 소리가 들리지 않는 곳에서 빠르게 소리가 답했다. 타닥거리는 불소리와 화음이 맞지 않는 거칠고 거대한 파이프 소리가 울리는 가운데, 비명을 지르고 악을 쓰는 광대한 튀르크 무리가 벽으로 몰려왔다. 그들은 질서 없이 벽에서 좋아 보이는 자리를 차지하기 위해, 서로를 팔꿈치로 거칠게 밀치며 왔다. 그들은 불과 성곽 공격용 사다리 수백 개를 가져왔다. 그들은 사다리를 오를 때 베어졌다. 그들은 행렬째, 무리째 베어져 나갔는데도, 해자 저편에서 그림자가 쏟아져 나왔고 더욱더 많은 이가 왔다. 처음으로 방어군은 많은 이들이 그들에게 맞서려고 몰려온 것을 느꼈다. 해자의 많은 곳이 이제 가득 채워져, 공격자들이 넓은 면에 오를 수 있었다. 그리스도교인들은 원조할 병력이 오기를 기대하기 어려웠다. 벽 전체, 심지어 방조벽까지 공격당하고, 성벽을 따라 성곽 공격용 사다리를 둔 배들이 별 밑에서 서성거렸기 때문이다. 대망의 총공격이 마침내 왔다.

"최악의 공격은 아직 오지 않았습니다. 저들은 비정규병에 불과합니다. 갑옷을 입지 않았습니다." 테오필로스가 황제에게 말했다. 사실 방어군은 화살로, 사람 한 명을 각각 죽이는 듯했다. 그들이 밑의 몰려든 인파를 향해 돌을 던져 많은 공격자를 쓰러뜨렸다. 황제는 조금씩 말을 타고 왔다 갔다 했지만, 자신에게 도착한 전갈과 자신이 볼 수 있는 것에 따르면, 주요 공격은 리코스 골짜기에서 일어나는 것이 분명했다. 황제는 리코스 골짜기가 보이는 곳에 머무르며, 방책防柵 뒤에서 싸우고 있는 완전 무쌍한 지휘관 주스티니아니를 보았다. 튀르크군은 다른 이의 어깨 위에 서서, 돌무더기와 돌멩이가 있는 방어벽에 도달했다. 그들은 로마군의 검이 닿는 범위 안으로 스스로를 내던졌다. 이와 중 높은 소음, 함성, 팔이 부딪히고 드럼 치는 소리가 계속됐다.

불공평한 만남이었다. 튀르크군은 가벼운 무기를 들고 갑옷을 입지 않은 이상한 조합으로, 완강한 용기를 갖추고 훌륭한 갑옷을 입은 방어군과 싸우며 수백 명이 죽었다. 그런데도 술탄보다 그리스도교인들이 더 두려워했다. 튀르크군이 물러나기 두 시간 전이었다. 그들이 어둠 속에서 등을 돌린 채 달아나는 장면을 보고, 성벽을 따라 서 있는 사람들은 크게 환호했다. 지휘관들은 어수선한 행렬을 정비하기 시작했다. 브레티키는 무리에 있는 여인들, 수녀들, 어린 소녀들이 길을 따라 물 항아리를 갖고 오는 모습을 보았다. 브레티키는 황제의 포도주병을 채웠다. 그런 다음, 물러난 지 몇 분 안에 군악이 갑자기 들렸고 튀르크군이 다시 나타났다.

이번에는 아나톨리아 사단이었다. 더 잘 훈련되고 단단히 무장한 이들은 질서정연하게 나타났다. 그들이 사다리를 고정하려고 노력할 때, 한 사람이 다른 사람을 엄호했다. 벽을 따라 서 있는 행렬의 가운데 부분은 공격에서 벗어났다. 갑자기 벽을 따라 연료를 가득 채운 대포가 있는 힘껏 발포했다. 방어군은 귀를 먹고 연기 때문에 앞을 보지 못했다. 연기 바깥 부분에서 돌격하는 부대가 방책防柵을 들이받으러 왔다. 황제는 주둔지에서 약간 물러나, 바랑인들의 수장에게 갔다. 황제는 매우 흥분한 상태였고, 칼을 칼집에서 뽑은 채 방책防柵으로 길을 재촉했으며 기어오르는 적의 손과 머리를 바로 잘랐다. 황제는 자기 사람들에게 소리쳤고, 사람들은 이처럼 함성을 질렀다. "바실레프스!" 모든 사람은 영웅처럼 일하느라, 싸우느라 근육과 뼈를 혹사하고 있었다.

두 번째 공격은 거의 첫 번째 때만큼 오래 지속됐다. 달이 졌고, 동트기 전에 모든 것이 어둠에 싸였다. 그때 거대한 대포에서 고막을 찢는 듯이 포격해 그들을 공격했다. 포탄이 방책防柵의 가운데를 정면으로 공격했고, 길게 서 있는 방책을 파괴했다. 나무와 흙 조각이 소나기처럼 쏟아져 내렸다. 먼지와 연기가 어두운 공기를 더럽혔고, 곧 적군이 틈 사이에 와서 울부짖었다. 황제는 큰 소리로 외치며, 말이 박차를 가한 채 그들에게 향했다. 황제의 사람들은 주군과 함께 급히 움직였다. 이때 나타난 튀르크군은 갑자기 선 채, 궁수와 투석기 사용자들이 위에서 공격을 퍼붓는 거대한 내벽을 마주한 사실과 각 측면에서 행해지는 흉포한 공격 속에서 테라스에 있는 남자들이 그들에게 돌격하고 그들을 베는 사실을 발견했다. 튀르크군 중 한 명은 왔던 길로 물러났다. 그들 중 몇백 명이 쓰러지고, 그들의 시체가 군데군데 망가진 방책防柵으로 굴러떨어졌다. 이와 같이 총공격은 불안정했다. 잠시 적진이 흔들리고, 그들은 나아갈지 후퇴할지 망설였다. 그다음 그들은 떠났다.

느리게 빛나는 하늘에서 별들이 서서히 사라졌다. 벽 뒤에서, 희미하고 붉은 장밋빛 해가 돔 모양의 수평선에서 후광을 드러냈다. 황제의 군대는 녹초가 된 채 땅에 털썩 앉거나 벽에 기댔다. 그들의 머리는 피곤해서 축 늘어졌고, 검을 쥔 손가락은 느슨해졌다. 한 다리만 있는 납빛의 죽은 이, 수많은 죽은 이를 질질 느리게 끌고 갔다. 땀과 먼지는 그들 모두를 흉하게 했다. 피의 짙은 냄새가 그들 주위를 맴돌았다. 내벽에 누워 있는 누군가가 끊임없이 신음을 냈고, 해자에서 조금 떨어진 곳의 고통으로 차서 죽어가는 튀르크인 한 명이 비명을 질렀다. 빛이 거의 들어오지 않아 볼 수가 없었다. 브레티키는 불꽃과 횃불의 힘이 햇빛을 마주하면, 왜 앞을 볼 수 없을 정도로 어둑해지는지 궁금해했다. 브레티키는 기나긴 밤의 소음과 혼란으로 약간 멍해져 있었고, 수많은 사람 속에서 황제를 잃을까 봐 두려워했다. 브레티키는 전투가 치열한 곳에서 옆으로 물러서 있었다. 그러나 전투의 열기가 조금 약해지자, 주군의 곁으로 다시 나아가 주군에게 물을 주었다.

이처럼 소년이 행동하고 있을 때, 파이프의 거칠고 새된 소리가 찾아왔다. 철로 된 포탄과 화살이 그들을 향해 비처럼 퍼부었고, 드럼들이 다시 한번 연주되기 시작했다. 술탄의 예예병인 유명한 예니체리가 갑옷을 입고 무기를 단단히 갖춘 채, 그늘이 진 새벽에 빛을 내고 탈진한 방어군을 압도하며 착착 앞으로 행군하고 있었다. 갑작스럽게 소리를 들은 그리스도교인들은 다시 자신들의 위치로 재빨리 움직였다. 브레티키는 바랑인 요안니스가 최전방에 서서 자기 사람들에게 소리치고 발을 구르는 모습을 보았다. 웅장하게 행렬을 갖춘 예니체리들이 왔다. 그리스도교의 대포, 활과 투석기가 그들의 진열에 구멍을 냈다. 틈이 바로 가까워졌고, 군대는 비틀거리지 않고 계속 왔다. 많은 장소에 있는 그리스도교인들이 허물어진 방어물에서 물러서지 않은 채 접전하고 있었다. 그들이 뒤에서 버티게 해줄 방책防柵이 거의 남지 않은 상태였다. 적들이 파도처럼 새롭게, 용감하게, 단단히 무장하고 왔다. 그들은 방책防柵에서 구멍을 내고, 자르고, 기어오르고, 사다리를 고쳤다…. "이미 다 끝났어. 나는 단검을 꺼내, 죽이고 싸울 튀르크군을 택해야 해…." 브레티키는 양옆에 부상자와 함께 한 채, 내벽에서 몸을 웅크리고 생각했다. 하늘 높이 새로운 하루가 밝아오고 있었다.

아직 방어군 전선은 움직이지 않았다. 그들은 고집스럽고 필사적이었다. 항복은 아내, 아들, 딸을 잃는 것과 같았다. 패배하면 달아날 곳도 없었다. 결국 공격에서 조금이라도 밀리면, 여기저기가 흔들릴 것이었다. 이제 예니체리가 왔다. 그들은 의기양양하지 않고 패배할 가능성을 염두에 둔 사람들처럼 조심하면서 왔다. 튀르크 전선이 벽에서 멈추었다. 전투, 도시, 제국 모두 어느 쪽이 쟁취할지 모르는 상황이었다.

황제는 뒤돌아 브레티키를 찾았다. 소년은 달려왔다. 황제는 물통을 쥐고 입술을 적신 뒤, 전투가 시작될 때부터 자신의 곁에 있던 테오필로스, 요안니스 달마티오스, 돈 프란시스코에게 병을 건넸다. 그때 어떤 제노바인이 황제에게 왔다. 그는 지친 병사로, 자신의 정교한 서방 갑옷의 무게를 견디기 어려워하는 듯했다.

"황제 폐하, 제 장군님께서 다치셨습니다. 장군님께서 도움을 요청하기 위해 몸을 옮겨야 한다고, 내벽과 통하는 문의 열쇠를 요구하셨습니다." 병사가 말했다.

주스티니아니의 사람 중 한 명이었다. 황제는 입술을 물병으로 적시다가 잠시 얼어붙어 서 있었다.

"제게 열쇠를 주십시오. 폐하. 장군님은 고통받고 있습니다. 장군님의 상처를 치료해야 합니다." 병사가 고집을 부렸다.

황제와 황제의 동료 세 명, 브레티키는 바로 갔다. 그들은 말을 타고 한쪽으로 갔고, 테라스 위 병사들 사이로 천천히 움직인 뒤 북쪽으로 향해 황제의 오른편에서 주스티니아니에게 당도했다. 브레티키는 토할 것 같았다. 스테파노스 때 그랬듯이, 주스티니아니가 알아볼 수 없을 정도로 상처를 입고 누운 모습을 볼까 봐 두려워했다. 그러나 이 훌륭한 지휘관은 일어선 채, 벽을 등지고 힘겹게 기대고 있었다. 그의 흉갑에는 구멍이 뚫려 있었다. 그는 꿰뚫린 어깨를 움켜잡았다. 움켜잡은 손가락 사이로 피가 분출하고 있었고, 하얗게 질려 있었다. 땀방울이 이슬처럼 이마에 있다가 볼을 타고 흘러내렸다. 예니체리가 주스티니아니의 동요하는 사람들과 투쟁하느라 생기는 전투의 소음이 그들 주위에서 맹렬히 들렸다.

"나의 형제여, 지금은 아니 되네. 그대가 없으면 다들 낙담할 걸세. 그대에게 간청하니 현장을 떠나지 말아 주게. 그대가 있는 곳에 머물러서 우리에게 용기를 북돋워 주게." 황제가 주스티니아니의 축 처진 오른손을 붙잡고 부드럽게 말했다.

주스티니아니는 황제의 말을 듣지 못한 듯했다. 숨소리가 그를 다치게라도 한 듯, 그는 아주 가쁘게, 얕게 숨을 쉬고 있었다. 격렬하게 몸을 떨었다. 그러면서도 주스티니아니는 고개를 저었다.

"맹공격하는 튀르크군의 힘이 바닥났네. 그대가 한 시간만 견뎌주면…." 황제가 말했다.

황제의 옆에서 다른 지휘관이 말했다. "폐하, 그는 가야 합니다. 상처가 치료되면 돌아올 수 있습니다."

"나의 형제여! 나는 그대를 몹시 사랑하네. 그대는 나의 육신이고 그대가 다친 것을 보니 나는 대단히 슬프지만, 그대에게 간청하니, 그대에게 애원하니, 부디 지금 우리를 버리지 말아 주게…." 황제는 괴로워하며 외쳤다.

주스티니아니는 신음을 냈다. 그다음 떨리고 훌쩍이는 소리로 말했다. "제게 열쇠를 주시옵소서!"

테오필로스가 외쳤다. "겁쟁이 같으니! 당신! 당신의 모든 사람은 당신의 피를 보고 남성성을 잃었어! 부끄러운 줄…."

격렬한 분노, 화, 비탄으로 미쳐가던 브레티키는 허리끈을 뒤지며, 끈에 달린 칼집과 단검을 쥐었다.

그러나 황제는 허리띠에서 열쇠를 풀어, 주스티니아니의 사람에게 주었다. "그럼 빨리 가서, 빨리 돌아오게." 황제가 말했다.

소년은 자신의 단검을 떼어 내, 먼지 속 주스티니아니의 발밑에 던졌다. 소년은 단검을 쾅쾅 짓밟고, 침을 뱉었다. 주스티니아니는 보지 못한 듯했다. 그의 눈동자는 멍하고 텅 비어 있었다. 황제는 요안니스 달마티오스와 돈 프란시스코에게 말했다. "내 위치로 돌아가, 그곳에서 방어가 잘 되고 있는지 보시오. 나는 조만간 따라가리다."

그들은 앞서가서 벽을 따라 돌아갔다. 황제는 들 것에 누워 있는 주스티니아니를 한 번 더 길게 보고, 등을 돌려 그들을 뒤쫓았다.

* * *

지옥 같은 혼란이 바랑기아 주위에서 계속됐다. 전투는 너무나 광란에 휩싸여서, 무슨 일이 일어나고 있는지 볼 수 없었다. 황제의 동료 세 명은 아무도 이 싸움 속에서 보이지 않았다. 브레티키는 말뚝 울타리 발치에 누운 사람의 시신을 보려고 몸을 구부렸고, 그 사람의 단검을 마음대로 휘둘렀다. 검은 어설프게 대충 만든 철이지만, 검의 소유자는 죽을 때까지 용기를 가지고 있었다. 그의 용기를 북돋우기 위해 그 무기를 쥔 브레티키는 수많은 인파를 헤치고 주군 곁으로 돌아갔다.

브레티키가 주군에게 도착했을 때, 황제는 뒤를 돌아봐 그들이 온 길을 다시 보았고 오른편의 거의 비어 있는 테라스를 보았다. 제노바인들은 자기들의 지휘관이 실려 나가는 모습을 보았다. 그들은 그들 뒤의 도시를 향하는 문이 열린 모습을 보았고, 황제와 황제의 로마인들을 남겨둔 채 문을 통해 황급히 도주했다.

"문을 다시 잠가야 해! 왜 그는 자기 뒤의 문을 잠그지 않은 거야!" 황제가 외쳤다. 황제는 미친 듯이 전령들을 찾으려고 돌아봤지만, 브레티키만이 곁에 있었다. 싸우는 사람들의 동요와 비명으로 어수선한 가운데, 아무도 부름에 응답하지 않았다.

"브레티키! 열쇠를 가져가. 제노바 문으로 가렴. 가서 문을 잠그렴. 문을 잠그면, 너를 도와줄 사람이 있을 거야. 빨리 가. 빨리!" 황제는 소년에게 맞춰 몸을 구부리며 말했다.

갑작스러운 두려움이 브레티키를 덮쳤다. 브레티키는 머리가 아니라 골수까지 자신이 가면 안 된다고 확신하고 있었다. 반드시, 반드시 황제의 곁에 머물러야 한다는 사실을 알았다. 그러나 황제는 다시 말했고 애원했다. "가, 브레티키, 그들에게 문을 잠그라고 말해!"

브레티키는 사람들의 인파를 밀고 나아갈 수 없었다. 브레티키는 인파 속에서 잠시 밀고 당기다가, 내벽의 가장 가까운 탑으로 잽싸게 움직였고, 계단으로 돌진해 거의 텅 빈 보행자용 통로로 갔다. 브레티키는 그곳을 따라 달리기 시작했다. 피곤한 사지가 속도를 발휘하게 하며,

몇 분마다 속도를 늦추고 테라스를 살펴보고, 왼쪽 밑에서 얼마나 멀리 왔는지 보았다. 이제 새벽빛이 밝아오고 있었다. 청량한 황금빛 아침 하늘이 자신을 향해 아치형으로 구부리며, 밤의 그림자가 흩어지자, 자신이 온 길을 볼 수 있었다. 브레티키는 달리면서 벽과 이어지는 오르막길을 보았다. 그곳을 오르고 오르다가 아침 태양 빛이 비치는 곳을 보니, 케르코포르타의 탑 꼭대기에서 튀르크 깃발, 튀르크 군기가 당당히 휘날리는 모습이 보였다. 브레티키는 갑자기 멈췄다. 도시가 함락됐다.

20

　브레티키는 무슨 일을 해야 할지 몰랐다. 이제 아무짝에도 쓸모없는 문의 열쇠를 손에 계속 쥐고 있었다. 누군가 작은 비상문 케르코포르타를 열어놓았다. 튀르크군은 문을 통해 들어갔다. 오직 확실히, 몇 명만이 이처럼 작은 문을 통과할 것이었다. 그들이 들어오는 것을 멈추게 해야 했다. 그러나 브레티키가 이처럼 생각하는 바로 그 순간에, 튀르크 병사들이 궁수와 투석기 사용자들을 난간에서 떨쳐 버리고 보행자용 통로를 따라 달리며, 저편에서 자신의 앞으로 오는 모습을 보았다. 자신의 밑에 있는 테라스에서 공포와 두려움으로 외치는 소리가 들렸다. 뒤를 돌아본 방어군은 튀르크군이 위에, 그들의 뒤에 있는 모습을 보았다. 높은 곳에서 밑을 지켜보던 브레티키는 외벽의 사람들이 얼굴을 감싼 채, 해자로 뛰어들어 바로 추한 죽음을 향해 몸을 던지는 모습을 보았다. 대다수 방어군은 겁에 질린 채 테라스를 따라, 브레티키를 향해 거대한 인파를 이뤄 우르르 몰려왔다. 브레티키는 그들이 달리면서 브레티키의 바로 밑까지 왔고, 제노바인이 열어놓은 문이 열린 사실을 발견했다. 그곳은 좁은 문이었다. 문을 통해 빠져나가려고 밀치던 그들은 공간을 차지하기 위해 서로 싸웠다. 몇몇은 발 디딜 자리를 잃고 떨어졌지만, 군중은 이에 개의치 않고 사람들을 밀치며 그들 뒤로 오고 있었다. 강한 이들은 약한 이들을 짓밟았고, 자기 자신들이 짓밟히기도 했다. 그들 뒤로, 황폐해진 외벽에서 튀르크군은 누구의 방해를 받지 않은 채 사다리를 고정해 독수리처럼 그들을 향해 날아들었다. 그러나 브레티키 밑의 문으로 온 그들은 안으로 들어가지 못했다. 시체와 으스러지고 적에게 짓밟혀 죽어가는 사람들에게 문이 막혔기 때문이다.

그리고 황제, 그는 어디 있지?

"나는 그와 함께 있어야 해! 난 그의 곁에 있어야 해!" 브레티키가 외쳤다. 브레티키는 뒤돌아서 자신이 왔던 길로 뛰어갔다. 튀르크군은 들어갈 또 다른 길을 찾기 위해, 브레티키의 밑에 있는 테라스에서 이리저리 달렸다. 브레티키는 내벽 탑들을 지나는 보행자용 통로를 이리저리 나는 듯이 달리며, 흐느끼면서 숨을 헐떡였다. 오직 몇 분 전, 황제를 두고 올라왔던 지점에 도달하자, 난간에 매달려 필사적으로 군중을 훑었다. 브레티키는 황제를 어디에서도 볼 수 없었다.

안쓰러운 광란의 투쟁이 브레티키의 밑에서 여전히 계속됐다. 오른편에 있던 제노바인에게 버려진 황제의 바랑인 친위대와 몇몇 시민 병사는 각지에 퍼져 물러서지 않으려고 했다. 튀르크군은 방책防柵 위의 발판을 얻었다. 그곳에서 그들은 그들 밑의 로마인에게 죽음을 퍼부었으며, 방책防柵 줄을 밀어제쳐 로마인들이 테라스 바닥에 파인 구덩이와 도랑으로 빠지게 하고 흙 속에 파묻히게 해, 끊임없는 수리 작업을 하게 했다. 로마인들은 발 디딜 곳을 잃고 미끄러운 구덩이 밖으로 올라가지 못한 채, 서로의 위에 떨어져 서로를 으스러뜨리고 짓밟다가 죽고 말았다. 브레티키는 몸을 떨며 달렸다. 절망의 울부짖음이 사방에서 올라왔고, 브레티키는 여기 내벽 위에서 살아있는 유일한 생명체인 듯했다. 도시가 함락됐다 ἑάλω ἡ Πόλις! 이 말이 브레티키의 위를 맴돌았다. 브레티키는 황제를 찾으며 계속 달렸다.

브레티키는 리코스 골짜기 바로 건너편을 달리고, 황제를 보지 못한 채 다시 뒤돌아 뛰어갔다. "오, 그는 어디 있지, 그는 어디 있지, 무슨 일이 일어난 거지?" 브레티키는 혼자서 흐느껴 울었다. 경련이 생겨 어느 정도까지만 달리고 빨리 달릴수록 아팠기에 멈춰서 몸을 웅크렸다가, 난간에 기대어 천천히 자신의 자세를 바르게 할 뿐이었다. 그런 다음 브레티키는 마침내 황제를 보았다.

황제는 브레티키가 보던, 내벽과 외벽 사이의 테라스에 있지 않았고, 도시 안 내벽 뒤 도로를 따라 말을 타고 있었다. 황제는 옆에 함께 말을 타던 동료 세 명에게서 약간 벗어나 있었다. 그들은 케르코포르타 방향에서 브레티키를 향해 오고 있었다. 황제는 그곳으로 불려 온 게 분명했고, 아무것도 이루지 못했음을 깨달았다. 이제 황제는 자기 사람들에게 돌아오고 있었다.

브레티키는 주군이 있는 가장 가까운 계단을 찾으며 급히 전진했다. 그러나 바로 그때 크게 갈라지고 쪼개지는 소리가 들리더니 나무가 쪼개져, 브레티키의 바로 밑에 있는 성 로마노스 문을 통해 작게 쪼개진 조각들이 황제의 근위대를 향해 쏟아졌다. 그들은 벽을 부순 뒤 탈출하고 있었다. 그들은 브레티키 밑의 벽을 뚫고 있었다. 튀르크군이 그들 뒤로 서둘러 향했으며, 사람들 무리가 브레티키와 주군 사이의 도시로 쏟아져 나왔다. 그때까지도 끔찍한 투쟁은 아직 끝나지 않았다. 문 안에서 몇몇 용감한 사람이 돌아서 전선을 재정비하기 위해, 적의 돌격을 막기 위해 투쟁했다.

    투쟁하는 곳 저편에서 황제와 황제의 벗들이 말에서 내렸다. 테오필로스는 약간 떨어지고 훨씬 위쪽에서 난간을 타고 오는 브레티키에게 들릴 정도로 크게 외쳤다. "이제 차라리 죽을 것이다!" 그들은 적의 들끓는 인파 속으로 뛰어들었다. 황제는 아직 뒤에 남아 있었다. 황제는 자신의 자주색 겉옷을 벗어 던졌고, 갑옷의 동부와 흉갑을 벗으려고 노력했다. 반지를 빼서 던졌다. 몸을 굽히고, 금색 정강이받이를 묶은 끈을 잘라 정강이받이를 차 버렸다. 다리를 구부리고 부츠를 벗어 버렸다. 브레티키는 황제를 겁에 질린 채 보았다. 그러나 오른편의 요안니스 달마티오스와 왼편의 돈 프란시스코는 황제를 멈추려고 움직이지 않았고, 조용히 기다릴 뿐이었다. 그다음 검을 뽑은 세 사람은 뛰어나갔다. 문 안에서 저항하던 사람 중 마지막 사람이 문을 쓰러뜨렸지만, 이제 잠시 세 사람만이 서서 좁은 길을 막을 뿐이었다. 그다음 그들은 시야에서 사라졌고, 튀르크군은 그들에게 달려들었다. 브레티키는 높은 난간을 뒤로 한 채 미끄러져 내려갔다. 밝게 빛나는 아침 태양이 드리운 그림자 속에서, 시야에서 보이지 않는 곳에서 브레티키는 웅크렸다.

    잠시, 브레티키의 밑에서 튀르크군이 문을 통해 계속 돌진했다. 승리로 울부짖는 술탄의 대군이 안으로 몰려와 여기저기로 흩어져, 약탈품을 찾으러 다녔다. 그러나 잠시 후, 더는 문을 통해 인파가 쏟아지지 않았다. 대포 소리와 저 멀리 리코스 골짜기에서의 소란이 멈추자, 브레티키는 이제 구멍 나고 무너진 벽의 틈을 통해 밀려오는 적들을 멈추게 할 수 없다고 판단했다. 넓은 길이 그들에게 열리면, 그들은 시체로 막힌 좁은 길을 통해 오지 않을 것이었다. 스스로에게 용기를 계속 가지라고 말하면서, 브레티키는 벽을 따라 움직였다. 문 저편에 계단이 있었다. 브레티키는 오직 더 멀리, 빨리 달렸을 뿐이었다! 살금살금 내려가다가, 벽 뒤 거리에서 자신이 혼자 있다는 사실을 깨달았다. 저 멀리, 소란스러운 소리가 바다의 파도처럼 오르내렸다.

문 안에, 죽은 사람의 시체가 쌓여 있었다. 그들은 황제를 죽였고 황제를 평범한 병사로 남겨두었다. 브레티키는 더 가까이, 더 가까이 살금살금 다가갔다. 브레티키는 토가 몰려왔고, 무언가를 보고 두려워했다. 브레티키는 그림자 속에 서서 떨고 있었다. 격분의 파도가 브레티키를 압도했다.

"그는 황제다, 황제다! 먼지 속에 누운 썩어가는 고기처럼 내버려두면 안 된다. 그와 꽃, 품위와 예식을 위해 기도해야 한다. 오, 주여, 그는 그만한 가치를 받아야 합니다!" 브레티키는 되뇌었다.

브레티키는 무릎을 구부렸고, 축 처진 채 벽의 발치에 기대어 앉았다. 그러나 브레티키는 황제가 받을 만하다는 사실을 바로 깨달았다. 황제가 받을 만한 것은, 황제가 원했던 것으로, 용맹한 죽음과 이름 없이 묻히는 것이었다. 황제는 이를 누리지 못한 듯했는데, 무언가가 잊혔기 때문이다. 소년은 알았다. 소년은 황제가 잊힌 모습을 보았다. 튀르크군은 황제를 모욕하고 망신을 줄 것이었다. 그들은 황제의 머리를 베고 자루에 넣을 것이었다.

"하지만 난 못해!" 소년은 마음 속으로 답했고, 어두운색의 포도주가 돌에 흘러 이미 피가 스며든 흉물스러운 더미에서, 으스러지고 눌린 주군의 시체가 어디 있는지 숨은 채 보면서 울부짖었다. "난 못해!" 브레티키는 생각했다. 하지만 그렇게 해야 한다는 사실을 알았다.

브레티키는 휘청거리며 일어서고 자신의 주군을 찾기 시작하며, 여전히 신음했다. "난 못해." 브레티키는 주군을 찾기 전, 시체 두세 개를 시체 더미에서 굴러 떨어뜨렸다. 처음에는 과일과 꽃을 엮은 속옷 단이 피로 흠뻑 젖은 것을 보았지만, 브레티키는 돈 프란시스코의 시체를 주군의 시체에서 밀어낼 수 없었다. 다른 시체들에 묶여 있었기 때문이다. 브레티키는 요안니스 달마티오스를 끌고 갔다. 그러다가 마침내 시체가 미끄러져 넘어졌다. 그런 다음 브레티키는 아무것도 덮여 있지 않은 황제의 오른편을 볼 수 있었다. 황제의 얼굴이 브레티키를 향해 있었다. 그렇게 시도했는데도 황제의 시체를 알아볼 수 없었다. 시체들은 무거웠고, 브레티키는 힘이 충분히 강하지 않았다.

브레티키는 흥분해서 몸을 격렬히 떨었다. 황제에게 도달하기 위해 사람의 부드러운 살을 밟고 내려다보니, 테오필로스를 알아보았다. 테오필로스의 머리는 늘어지고 목이 잘려있었다. 브레티키는 잔뜩 겁을 먹었고 움츠러들었다. 그다음, 테오필로스의 발목을 붙들고 들어 올린 뒤 질질 끌어 길을 트이게 했다. 테오필로스는 무거웠다. 소년은 테오필로스를 잡아당겨 부츠 하나를 벗겼다. 맨발의 복사뼈를 새로 쥐어야 했다. 브레티키는 노력하며 숨을 헐떡였다. 마침내 30~60cm 정도, 시체가 젖은 땅 위에서 미끄러져 내려왔다. 브레티키는 끈적거리는 도로의 판석만 밟고, 황제에게 닿을 수 있었다.

그러나 왜, 브레티키는 이제 궁금했다. 이 일이 황제가 원하는 일이었을까? 자신은 여기서 무엇을 하고 있는가? 머리가 혼란스러웠다. 브레티키가 해야 하는 일이 있었다. 해야 하는 일이···. 주군의 눈꺼풀에 손가락을 댔고, 어둡고 공허한 눈을 감아주려고, 눈꺼풀을 무겁게 짓눌렀다. 해야 하는 일이…. 브레티키는 주저했다. 그때 기억했다. 황제는 자신을 알아보지 않기를 원해서 자신의 자주색 겉옷을 벗어 던졌다. 그러나 황제는 자신의 밑창, 비단 덧신을 잊었다. 브레티키는 정신을 바짝 차리려고, 분명히 생각하려고, 그만 떨려고 노력했다. 그다음 브레티키는 밑창을 벗겼다. 황제의 맨발, 돈 프란시스코의 어깨 밑으로 기어 나와 얼굴을 숙인 친척 사이로 가로누운 황제의, 햇빛으로 부드럽고 무력하게 빛나는 맨발을 차마 볼 수가 없었다. 브레티키는 서둘러 눈길을 돌렸다. 그때 브레티키는 가서 테오필로스의 밑창 하나를 황제에게 신겼다. "이것이 당신이 그를 위해 해야 할 마지막 일입니다." 브레티키는 시체에게 말했다. 그러나 브레티키는 두 번째 신발을 얻지 못했다. 테오필로스의 다리는 부러진 듯했다. 브레티키가 테오필로스의 비단 정강이받이를 잡아당길 때 뻣뻣하지 않았다. 토할 것 같아 포기했고, 자신의 허리띠를 통해 두 번째 덧신을 구부렸다.

그다음 브레티키는 황제의 시체로 돌아왔다. "이제 당신은 안전합니다. 주군이여." 소년이 황제에게 말했다. "더는 수모를 겪지 않을 것입니다. 아무도 두 번 다시 당신을 발견하지 않을 것입니다. 당신에게 작별 인사를 할 사람은 저뿐입니다. 하지만 황제에게 어떻게 작별을 고해야 하지?" 브레티키가 생각했다.

브레티키에게 제국의 예식에 관한 뒤죽박죽 섞인 기억이 찾아왔다. 황제가 옆에서 복음서를 들고 옥좌에 앉아 있을 동안, 많은 국가의 거물이 나아가서 황제의 손과 볼에 입맞춤했다. 스테파노스가 번역한 단어 중 황태후 엘레니의 추모 예배도 있었다…. 브레티키는 무릎을 꿇고 황제의 오른발, 오른손, 핏물이 흐르는 오른쪽 볼에 입맞춤했다. 그다음 일어선 채 조용한 거리에서 크게 외쳤다. "황제의 곁을 떠나라. 왕 중의 왕, 군주 중의 군주가 그대에게 가라고 명하노니!"

21

그 이후 브레티키에게 할 일이 더는 없는 듯했다. 브레티키는 자신이 있는 곳에 서 있을 뿐이었다.

소규모의 튀르크 무리가 문을 달그락거리지 않았다면, 브레티키는 오랫동안 멍하고 지친 채 그곳에서 머물렀을지 모른다. 손이 자신의 허리띠에 달린 덧신으로 움직였다. 브레티키는 그들에게서 달아나 그림자로 들어갔다. 벽에서 벽으로 움직이다가 탁 트인 덤불에서 덤불로 이동했고, 몸을 옮길 곳을 제공해 줄 미로 같은 거리로 몸을 옮겼다. 만일 저들이 자주색 덧신을 쥔 브레티키를 발견한다면, 그들은 자신에게 덧신이 어디서 났는지 말하게 할 것이었다. 브레티키는 신발을 숨겨야 했다. 숨겨야 했다. 어디로 갈 수 있는가? 브레티키는 도시의 궁전과 교회를 모두 알고 있었다. 튀르크군은 그곳들에 바로 가서 약탈할 것이었다.

브레티키는 평범한 거리 몇 곳을 알고 있었지만, 거리는 적들이 노예를 찾느라 뒤집어엎어 놓았다. 도시 전체에서 안전한 곳은 없었다, 없었다! 그때 브레티키는…. 무쇠 벌판으로 덮인 밑으로 내려갈 수 있는 우물 수직 통로를 기억했다…. 우물 수직 통로는 말라 있었다…. 바닥 부분에서 무언가 빛이 났다. 그곳은 어디 있지? 어디인지 기억이 나나? 그래, 그곳은 폐허가 된 궁전, 바다 옆의 옛 황궁에 있었다.

그곳으로 가려면 도시 전체를 건너야 했는데도, 브레티키는 그곳에 가기 위해 애썼다.

브레티키는 소음이 들리는 곳에 가까이 가지 않았다. 브레티키가 비명과 외침을 들었을 때, 바로 자리에서 일어나 다른 길로 향했다. 눈에 여전히 참상이 보였다. 이곳이 약탈당했다는 사실을 보여주기 위해, 모든 집의 문에 작은 백기를 달아 놓은 거리로 내려갔다. 노인들은 문지방에 죽은 채 널브러졌고 아이들과 병자들은 도로에 짓밟힌 상태로, 그들이 무언가 던져서 깨뜨린 유리창의 덧문이 하늘 높이, 경첩에 매달린 채 갈라져 있었다. 어떤 장소의 배수로에는 핏물이 이룬 강이 두껍게 흐르고 있었다. 브레티키가 길을 건널 때, 연약해 보이는 튀르크인 한 명이 시민 열 명을 데리고 가고 있었다. 그중 네 명은 소녀일 뿐이었다. 소녀들은 너무 창백해서 이때 전까지 한 번도 태양이 비추는 곳에서 걸은 적이 없는 것 같았으며, 나머지는 건장한 남성들이었다. 그들은 함께 자기들의 허리띠로 묶여, 저항하지 못하는 상태였다. 브레티키는 그들이 지나갈 때까지 문간에 숨어 있었다. 브레티키는 포로가 된 여인들이 꼬챙이에 찔려 하늘이 찢어지게 소리를 지르는 교회 뒤에 있다가, 노랫소리와 기도 소리가 절망적으로 스며드는 다른 교회로 건넜다. 어떻게든 브레티키는 약탈이 진행되는 곳을 앞질러 갔고, 히포드롬 밖에서 브레티키는 거대한 무리를 이룬 시민들이 대교회로 달아나는 모습을 마주했다. 브레티키는 그들 사이에 섞여 있다가 탈출해서 히포드롬의 바닥을 발견했다.

옛 황궁의 폐허는 완전히 파괴된 듯했다. 실신한 정도로 매우 놀란 브레티키는 갈라진 대리석 바닥 사이로 양귀비가 자라고, 잡초투성이의 정원에서 장미가 자라는 모습을 보았다. 브레티키는 자신이 우물을 발견했을 때와는 다른 방향으로 왔고 이곳은 넓고 미로 같지만, 자신이 들어갈 수 있는 궁정 옆의 파괴되지 않은 교회를 대략 기억한다고 생각하며 그곳을 찾았다. 브레티키는 우물의 가장자리로 향했고 철로 된 사다리를 타고 급히 내려갔다. 브레티키가 옳았다. 우물은 말라 있었다. 바닥은 먼지투성이의 돌무더기와 깨진 잔해로 가득했다. 브레티키는 숨을 헐떡이며 바닥에 누웠다. 여기 밑에서, 깊은 곳 시야에서 벗어나 눈에 띄지 않는 곳에 파묻혀 안전함을 느꼈다. 더는 피와 고통을 보지 못하게 됐고, 우물 윗부분, 머리 위로 동글납작한 파란 하늘만이 보였다. 버티다 못해 지친 브레티키는 거의 바로 잠에 들었다.

브레티키가 일어났을 때, 태양이 더 높이 떴다. 태양 빛은 우물 밑을 만지작거렸다. 약탈의 소리가 더 가까워지고 있었다. 아마 교회 근처인, 브레티키가 있는 곳 위로, 달리는 발소리, 신이 나서 외치는 소리, 박살 내고 산산이 부서지는 소리를 들을 수 있었다. 소리는 계속 들리고 들렸다. 브레티키는 꽤 안전히, 조용히 누워 있었다. "왜 난 여기 있지? 그의 곁을 절대로 떠나면 안 돼. 난 그와 함께 죽어야 해. 난 내가 죽기를 바라." 브레티키는 궁금해했다.

그러나 잠시 후, 브레티키는 자신이 보는 여기 바닥을 비추는 것이 무엇인지 궁금해했다. 브레티키는 그것을 찾기 위해 돌무더기 바닥을 돌아다녔다. 브레티키가 움직이자마자 태양빛이 그것에 부딪혔고, 눈에서 빛줄기가 번쩍이는 모습이 보였다. 브레티키는 손을 뻗었다.

그것은 황금으로 만든 작은 새였다. 그것의 깃털은 모두 섬세하게 조각됐고 눈은 둥근 구슬로 만들었으며, 발톱은 산호로 되어 있었다. 으스러지고 훼손됐고 납작했지만, 그것은 여전히 매력적이었다. "불쌍한 새 같으니." 브레티키가 그것을 손으로 돌리며 중얼거렸다…. 스테파노스가 자신에게 들려준 이야기가 무엇이었지? 모든 것이 운명에 묶인 물체, 스토이케이온이었다. 누군가 혹은 다른 이의 스토이케이온이 기둥이고, 기둥의 꼭대기를 자르니 그는 죽고 말았다. "이 안쓰러운 물체는 도시의 스토이케이온이겠구나. 으스러지고 닳아버렸으니. 네 날개를 부러뜨린 것은 튀르크군이지, 나의 새야? 오래전, 여기서 더 심하게 약탈한, 네 황금 나무에서 너를 거칠게 끌어낸 십자군들이 너를 망가뜨리고 여기 밑으로 던졌구나." 브레티키가 생각했다.

브레티키는 섬세히 새겨진 깃털을 만지작거렸다. 그다음 생각에 잠긴 채 손가락을 대고, 으스러진 새가 등과 배를 따라 만들어 낸 주름을 손가락으로 따라갔다. 새를 부드럽게 쥔 브레티키는 새를 눌러 원래의 모습대로 만들려고 노력했다. 새를 쥐자, 새의 옆면이 밖으로 불룩해졌다. 그때 갑자기 이 작은 것이 브레티키의 손에서 떨고 진동하기 시작했다. 윙윙거리고 윙윙거리는 소리가 새에게서 들렸고, 황금빛 물체는 브레티키와 손가락 사이, 새의 배에서 나온 금빛 줄 위에서 무게가 줄기 시작했다. 브레티키는 몸을 웅크린 기계 장치와 안의 움직일 수 없는 바퀴와 톱니들을 놓아주었다. 물체는 날지 못한 채 삐걱거리고 윙윙거렸다. 새의 부리는 재빨리 열고 닫혔고 날개는 크게 흔들렸다. 마치 날개를 퍼덕거려 헛되이 날려고 투쟁하는 듯했다. 브레티키는 매료된 채 새를 쥐었다. 브레티키는 약탈의 소리가 자신의 위에서 다시 물러나고, 거리 속으로 서서히 사라진다는 사실을 눈치채지 못했다. 새는 이제 느려지고 있었다. 새의 고동치던 힘이 다 떨어져 가고 있었다. 그런 다음, 끝도 없이 계속 씽씽 대던 새는 힘이 떨어져 가는 와중 두세 번 깨끗하고 진실한 목소리로 노래했다.

브레티키가 새를 흔들자, 새는 더 이상 노래를 하지 않았다. 브레티키는 어떻게 해야 새가 숨을 쉴지 방법을 찾으려고 노력했지만, 새를 돌릴 톱니나 열쇠를 찾지 못했다. "네게 있는 것은 최후의 순간뿐이구나. 아마 네가 내 스토이케이온일거야. 난 죽기를 바라거든!" 브레티키가 새에게 마지막으로 말했다.

그때 브레티키는 갑자기 스테파노스의 목소리와 황제의 말을 들었다. "상황이 허락한다면, 자신이 원하는 바를 그가 할 수 있게 해주게."

"나는 이에 관해 생각해야 해." 브레티키는 새에게 말했다. 새는 말똥말똥한 눈으로 정확히 시선을 고정했다. "있지, 스토이케이온, 난 확실해, 확실해, 난 죽고 싶어. 나는 내 벗들, 나의 사랑하는 주군을 생각할 뿐이야…. 하지만 있지. 내가 확신할 때 나는 늘 잘못되는 것 같아. 나는 여기 오기를 원치 않았다고 확신해…. 스테파노스는 남자답지 못한 게 확실하고, 주스티니아니는 용감한 게 확실하고, 황제는 아니…. 난 어떻지? 하지만 나는 확실히, 했어." 그가 새에게 말했다. 새는 계속 그를 보았다.

"내 어머니께서 너 스토이케이온을 좋아할 거야." 브레티키는 새에게 말하면서, 어머니가 기발한 것을 보고 아이처럼 기뻐하는 모습과 아버지의 놋쇠로 된 작은 아스트롤라베*에 달린 자철석을 얼마나 사랑하는지 기억했다.

브레티키는 어머니가 가슴에 짚이자, 어머니가 다른 사람에게 기뻐할 때와 달리 아무 말 없이 자신 때문에 얼마나 한탄하고 나날이 슬픔을 마음속에 품고 있을지 생각했다. 브레티키는 자신이 비잔티움의 우물 밑바닥에 있으면 안 된다는 사실과 어떻게 해서든 할 수 있으면, 자기 자신을 구해야 한다는 사실을 알았다. 브레티키는 작은 새를 내려놓아 두 손을 자유롭게 했다. 그다음 철로 된 단을 손으로 번갈아 짚으며 올라가, 빛이 비치는 곳으로 몸을 위로 움직였다.

브레티키가 필요로 한 첫 번째 것은 시야를 확보할 수 있는 높은 곳이었다. 브레티키는 폐허가 된 벽으로 기어 올라갔다. 브레티키는 놀라서, 자기 밑의 방조벽에서 병사 무리가 안팎에서 공격받고 있는데도, 계속 싸우는 모습을 보고 있었다. 그러나 브레티키의 옆 오른편에서는 모두 끝났다. 브레티키는 문이 열린 모습과 저편의 파란 하늘을 볼 수 있었다. 파괴된 궁전 속 교회를 약탈하고, 자신을 우물 밑으로 숨게 했던 튀르크 선원들이 그곳에서 분명히 나타났다. 브레티키는 여전히 소음과 외침을 멀리에서, 자기 뒤의 불운한 도시 어딘가에서 들을 수 있었다. 그러나 브레티키는 자신의 시선을 무언가, 보스포로스의 배 중 소함대에 고정했다. 그들은 황실 깃발이나 제노바 깃발, 베네치아 깃발을 휘날리고 있었다. 그들은 방책防柵을 통해 왔고, 저 멀리 떨어져서 그들과 합류할 사람이 있는지 보려고 기다리는 듯했다. 브레티키는 벽에서 뛰어

---

* 시간 측정이나 건물의 길이 계산을 위해 천체의 높이와 거리를 재는 기구

내려 경사지를 타고 내려갔고, 하나의 뜰에서 다른 뜰로 재빨리 움직였으며, 파괴된 계단으로 뛰어내려 방조벽에서 열려 있는 문을 향해 갔다.

해안에는 튀르크 배가 흐트러져 있었다. 배의 선원들은 배에서 내려, 강간과 약탈을 하러 갔다. 그래서 그리스도교 배들이 방책防柵에서 방해받지 않은 채 통과한 듯했다. 그들은 이제 연안에서 자유로이 기다렸다. 그러나 해안에는 가련한 여인들 인파로 가득했다. 여인들은 배에 손을 내밀고 자기 가슴을 치며, 선원들에게 눈물을 흘리며 우리를 구해 달라고 간청하고 있었다. 브레티키는 가슴을 치느라 시간을 버리지 않았다. 브레티키는 자기 부츠를 벗고 파도치는 바위로 재빨리 움직여, 물속으로 뛰어들었다. 가장 가까운 배를 향해 계속 수영했다.

배는 보이던 것보다 더 멀었다. 브레티키는 수영하면서, 배들이 이제 모두 출항했고 바람을 타고 움직이는 모습을 보았다. 해류는 저 멀리 선두에 선박이 있는 마르마라해 쪽을 휩쓸었고, 가장 가까이 있는 배는 아니어도, 배는 브레티키를 향해 밧줄을 던졌다. 브레티키는 물속에서 빠져나왔다.

"황제의 잉글랜드 소년입니다." 누군가가 말했다. 브레티키는 갑판에 선 채 그들을 안전하게 이끌어 준 활기찬 북풍에 몸을 떨고 물이 뚝뚝 떨어지는 상황에서, 주위를 둘러보았다. 그들은 모두 제노바인이었다. 브레티키는 주스티니아니의 배에 구조됐다.

"난 그가 싫어요. 황제 폐하께서 돌아가신 이유는 그가 비겁했기 때문이에요." 브레티키는 영어로 그들에게 말했다. 그들은 브레티키의 말을 이해하지 못했지만, 브레티키는 말하며 기뻐했다. 뒤로 도시의 탁한 하늘빛 윤곽이 어둑하고 희미해지다가, 배의 끝부분 너머로 사라졌다.

배를 탄 의사가 라틴어로 말했다. 의사가 와서 브레티키와 의논했다.

"주스티니아니는 죽어가고 있습니다. 그는 미쳐가고 있어요. 그는 황제에게 무슨 일이 일어났는지 묻고 또 묻고 있습니다. 와서 그에게 말해 줘요." 의사가 말했다.

브레티키의 심장은 증오와 경멸의 매듭에 단단히 조여, 속에서 망가져 버렸다. 그러나 주스티니아니는 선실에서 헐떡이고 땀을 흘리며 누워서 피 묻은 천을 덮고 있었다. 눈은 움푹 꺼져 있었고, 머리카락은 두피에 붙어 내려온 상태였다.

"잉글레제, 무슨 일이 있었어?" 주스티니아니가 브레티키를 보았을 때 말했다.

"황제는 모든 것을 잃었습니다. 그는 문에서 잔인하게 살해당했어요." 브레티키가 말했다.

"황제는 아무것도 잃지 않았어. 나는 잃었지…." 주스티니아니가 말했다.

"보다시피, 고통이 주스티니아니의 마음을 심란하게 하고 있습니다." 의사가 조용히 말했다. 하지만 브레티키는 의사가 한 말을 충분히 이해했다.

"황제가 잃어야 할 것은 거의 없어요. 그게 사실이에요. 사실 제국을 잃어서는 안 돼요. 폐허와 추억, 꿈도 그렇죠. 하지만 모두 잃었고, 이제 황제는 죽었어요." 브레티키가 말했다.

"아무도 꿈을 정복하지 못했어. 그는 꿈을 잃지 않았어. 사람들이 도시를 떠올릴 때면, 그가 거기 있다고 생각할 거야. 마지막으로…. 황제는 문에서 용감히 죽어갔…. 하지만 나는 도시에서 내 역할을 잃었…." 주스티니아니가 천 위에서 기운 없는 손을 까닥하며 말했다.

"아, 당신이 죽기를 바란다면, 죽어가는 중이라는 사실을 두려워하지 마요!" 증오감이 차츰 사라져가며 브레티키가 외쳤다.

"아, 기쁘군." 주스티니아니가 말했다.

소년은 뒤를 돌아 살금살금 떠났다. 이 훌륭한 지휘관이 더는 아무 말 없이, 응시하던 눈을 감았기 때문이다. 그러나 브레티키가 문에 당도했을 때 고통에 찬 목소리가 브레티키를 멈추게 했다. "내가 네게 준 단검을 버렸구나…."

"네."

"내가 내 검을 지금 준다면, 계속 갖고 있을 거니?"

"네." 브레티키가 말했다.

제노바 선장은 브레티키에게 따뜻한 음식을 제공했다. 누군가가 브레티키의 옷이 마른 것을 발견했다. 브레티키는 더블릿과 몸에 딱 붙는 바지를 다시 입고, 마치 있는 그대로 서양 신사가 된 듯해 이상함을 느꼈다. 배가 삐걱거리는 소리에 브레티키의 기억은 흔들리고 홱 움직였다. 배는 브레티키를 자극해 지금 바로 다시 집에 가게끔 했다. 브레티키는 그들에게 무엇을 말해야 할까! 갑자기 브레티키는 어머니가 황제를 사기꾼 같은 동방 이단자라고 생각할 것이고, 어머니에게 황제가 진정으로 용맹한 그리스도교 신사였다는 사실을 확신시키려면 꽤 고생해야 한다는 사실을 알고서 놀랐다. 이처럼 생각하면서 살짝 웃었다. 숙모는 매우 탐탁잖아 할 것이었다. 브레티키는 조카가 집에 아무런 물품도 가져오지 못했다면서 불평하는, 숙모의 누구보다 신랄하고 딱 부러지는 소리를 들을 수 있을 것이었다. "사촌 알리스는 자주색 덧신을 보기를 원하겠지." 브레티키는 생각하면서, 사촌에게 신발이 원래 자주색이었다가, 보스포로스의 차가운 소금물이 신발을 창백한 담홍색으로 씻어버렸다는 사실을 깨닫게 해줄 것이었다.

브레티키는 자기 전, 갑판에 올라가서 밤하늘을 보았다. 단단한 난간에 기댄 채, 배 뒤에서 배가 지나가 물이 흔들리는 모습을 보았다. 브레티키는 집에서 가족들에게 절대 설명할 수 없다는 사실을 알았다. 어떻게 한 줌의 단어로 그만한 거리의 다리를 놓을 수 있을까? 왜, 아마 처음에는 영어로 더듬더듬 말할 것이었다. "나는 스테파노스가 내게 준, 고리버들 우리에서 파닥이는 새와 같았어. 그러나 내가 새를 풀어주었을 때, 새는 마치 기꺼이 다시 안으로 들어가려는 것처럼 빗장이 없는 곳으로 부딪혔어. 내가 태어난 바로 이 집에, 불멸의 도시와 그 도시가 어떻게 사라졌는지 생각하며 망명자의 심장을 들고 갈 것이야. 내게 다시는 평범한 일이 일어나지 않겠지." 브레티키는 생각했다.

브레티키의 위에서 별들이 두텁고 눈부시게 빛났다. 이지러지는 달은 배가 지나간 곳을 은빛으로 물들였다. 섬세하게 갖춰진 달그림자가 달을 따라 미끄러졌다. 달은 바람을 따라 경사지고, 서방의 처음 보는 땅, 즉 정복되지 않은 섬, 그리스도교인들에게 안전한 정박지, 대서양 상인들이 북쪽 추운 바다에 있는 잉글랜드를 위해 물품을 싣고 사람을 배에 태울, 훨씬 먼 제노바로 향하며, 조용히 마르마라해를 미끄러져 나갔다.

작가 노트
Auther's note

나는 이 책을 집필하는 과정에서 고맙게도 많은 분께 빚을 졌다. 내가 그리스어를 겉핥기 할 수 있도록 포위 과정을 담은 글을 읽게 해 준, 고고학자 테미스 아나그노스토롤로스 박사께 특별히 감사를 표한다. 런던 도서관에도 감사를 표한다. 런던 도서관에서 연구 자료를 대출하는 데 관대한 규칙을 적용하지 않았다면, 작품이 나오는 것은 불가능했을 것이다. 그다음 내가 이 분야를 막 배웠고 지식이 빈약하기에, 나는 영어로 된 콘스탄티노폴리스의 함락을 가장 잘 설명한 책 두 권에 유독 심하게 의존했다. 바로 에드윈 피어스의 《그리스 제국의 파괴*》와 스티븐 런치만 경의 분별력 있고 감동적인 《콘스탄티노폴리스의 함락**》이다. 나는 미스트라에서 마지막 황제 대관식을 유창한 언어로 묘사해, 책을 집필하는 데 필요한 자극을 처음 받게 해 준, 미하일 맥라간 씨에게도 감사를 표한다. 그다음 내가 일일이 이름을 알지 못하는 많은 현대 튀르크인과 이스탄불의 미로를 통과하도록 안내해 줘, 지금은 파괴되고 묻혀 버린 정복당한 도시의 건축물들을 찾게 해준, 그들의 많은 자손에게도 감사를 표한다. 남편과 여행에 동참한 열정적인 동료들에게도 감사를 표한다.

---

* 원제는 《Destruction of the Greek Empire》이다.

** 한국에서는 2004년에 《1453 콘스탄티노플 최후의 날》로 출간됐다. 원제는 《The Fall of Constantinople》이다.

마지막으로 내가 일할 동안 내 가정을 친절히, 효율적으로 관리한 게리 반 크레벨 양에게도, 끝없이 후하게 관심을 표하고 정신적으로 지원해 준 J.V.H에게도 감사를 표한다.

　끝으로 나는 비잔티움과 서방의 관점에서 쓰인 책을 통했기에, 튀르크에 관해 잘못 전할 수도 있다고 말하고 싶다. 나는 똑같은 주제를 다룬 두 번째 책에서 균형을 잡기를 바란다.

J.P.W.

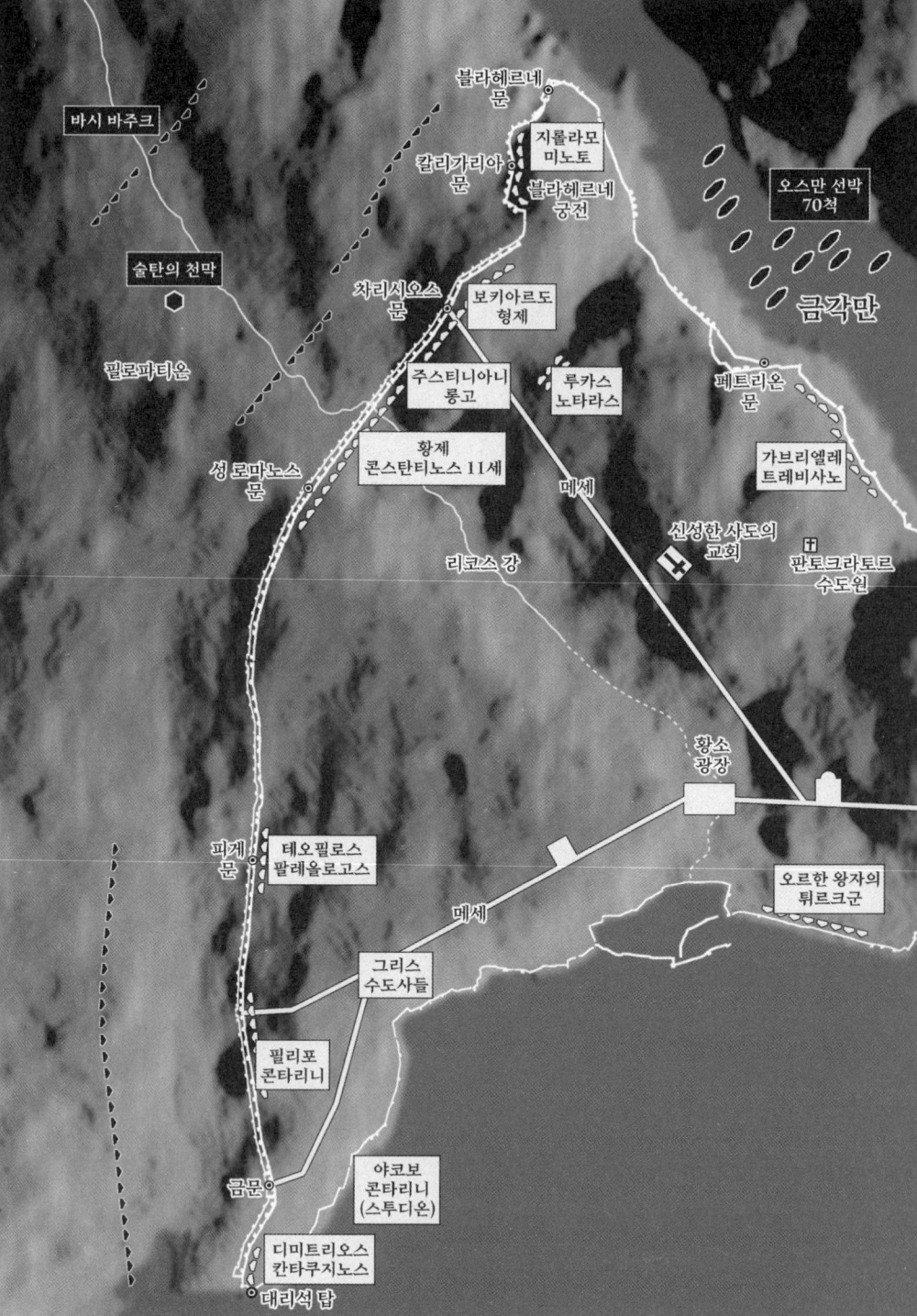